司馬遼太郎全講演

1964—1983

第1巻

朝日新聞社

目次

一九六四年―一九六八年
死について考えたこと 5
法然と親鸞 17
歴史小説家の視点 42
大阪商法の限界 61
一九六九年―一九七一年
学生運動と酩酊体質 77
うその思想 89
松陰と河井継之助の死 103

松陰の優しさ　130
河井継之助を生んだ長岡　158
大化の改新と儒教と汚職　182

一九七二年―一九七五年

薩摩人の日露戦争　197
民族の原形（一）――儒教　229
民族の原形（二）――毛沢東　242
民族の原形（三）――日本の将来　256
天皇について　269
国盗り斎藤道三　280
幕末の三藩　297

週刊誌と日本語 316
一九七六年―一九七九年
土地問題を考える 333
『空海の風景』余話 344
日本人と合理主義 354
世間について 376
大坂をつくった武将たち 396
浄土教と遠藤周作 408
鉄と日本史 424
一九八〇年―一九八三年
松山の子規、東京の漱石 441

文章日本語の成立　454
『坂の上の雲』と海軍文明　471
朝鮮文化のルーツ　484

装幀　多田　進
装画　安野光雅

司馬遼太郎全講演　第1巻

一九六四年（昭和三十九）——一九六八年（昭和四十三）

【一九六四年―一九六八年】

第十八回オリンピック東京大会開催（六四年十月）

米軍機が北ベトナム空爆を開始（六五年二月）

中国で「文化大革命」はじまる（六六年五月）

政界に「黒い霧」事件、衆議院解散（六六年十二月）

羽田事件（第一次）。以後、学生運動が活発化（六七年十月）

ソ連・東欧五カ国軍がチェコに侵入（六八年八月）

【司馬遼太郎四一歳―四五歳】

大阪市内から大阪府布施市（現・東大阪市）中小阪に転居（六四年三月）

菊池寛賞受賞（六六年十月）

●主な著書

『燃えよ剣』（六四年三月）

『新選組血風録』（六四年四月）

『尻啖え孫市』（六四年十二月）

『功名が辻〈全二巻〉』（六五年六月―七月）

『国盗り物語〈全四巻〉』（六五年十一月―六六年七月）

『関ケ原〈全三巻〉』（六六年十月―十一月）

『最後の将軍―徳川慶喜―』（六七年三月）

『殉死』（六七年十一月）

『故郷忘じがたく候』（六八年十月）

『峠〈全二巻〉』（六八年十月）

死について考えたこと

今日はお暑いところをお集まりいただきました。私は怠け者ですから、とても暑い日に四天王寺まで来る気にはなれません。皆さん大変だと思い、それなのに、あまり役に立たない話になるなと思いながらやってきました。

親鸞聖人の話からいたします。

親鸞聖人の話を聞きに、たくさんの人が諸国から集まってきました。

鎌倉時代でして、旅行は困難でした。宿屋が整備されたのは徳川時代になってからですから、この時代に宿屋はほとんどなかったと思います。

強盗も心配だし、飢えもしのがなくてはなりません。そんな悪条件のなか、必死になって親鸞聖人のもとにやってくるわけです。

人生とは何だろうか。仏法とは何だろうか。

ところで親鸞聖人の場合、お寺の住職になる資格のなかった人ですね。

親鸞聖人は、お寺の住職になる国家試験を受けたのか受けないのか、落第したのか、とにかくそういう資格はありません。ただ頭を丸めて、坊さんらしいたたずまいをしているだけで、厳密にいえば、もぐりであります。

当時のお坊さんは、たいへん位の高いものでありました。私だって頭を丸めて衣を着れば、なんとなく坊さんに見えないこともないでしょうが、そういう者は寺を持てません。

奈良の東大寺に戒壇院という、いいたたずまいのお堂があります。なかに四天王が納まっていて、その彫刻は世界的なものですね。

戒壇院とは僧侶になるための授戒の儀式を行うところです。奈良時代、ここで戒を授けられると、国家試験に通ったことになり、れっきとしたお坊さんになれました。

少し時代が下って平安時代になりますと、比叡山にも戒壇が設けられました。

なかなか難しい試験でしたから、お坊さんになることのできる人は優秀ですし、なっただけでも尊いものでした。

西行法師などは頭を丸め、杖をついて諸国を歩き、歌をつくって一生を過ごした。西行という坊さんめかした名前がついていて、たしかにお坊さんではありますが、厳密には資格はない。

お師匠さんの法然上人はたぶんパスなさったと思うのですが、親鸞聖人は国家試験を受ける前に比叡山を下りてしまったようですね。

その親鸞聖人が町や村で庵を結んでひとり修行をしていらっしゃいます。

いかにも人生を深く考えているようで、あの人に頼れば仏法が得られる、あるいは悟りが開かれる、浄土に参ることができると期待された。ほうぼうから人々が集まってきたのですが、もっとも、親鸞聖人はそんなに甘い人ではありません。

親鸞聖人の絵像が西本願寺にも東本願寺にも残っていますが、三船敏郎よりも恐ろしい顔をしています。仏法を究めれば、ああいった顔になるのかと思わせる。

余人をはねつける厳しさがあったようですね。こんなことを言ったのではないかと想像します。

「おまえさんたち、十余カ国の境を越え、わざわざ何をしに来られたか。仏法を得るためならば、ほかへ行ってもらいたい。私はここで仏法とはこうだと思って、考えるとおりに行ってはいるけれども、それは自分自身だけのためなのだ。人にまで教えるようなものは何も持ち合わせていない。自分だけが救われようと思っているだけだ」

厳しいですね。

「南無阿弥陀仏を唱えていれば極楽往生できる。自分はそう信じていて、それはうそではあるまいと思う。それがうそならば、それを教えてくれたお師匠様の法然上人がうそをついたことになる。だんだんたぐっていけば、お釈迦様がうそをついたことになる。そんなことはありえないことだ。ただ信じて、ここで暮らしているだけである。自分の人生観、仏法観、あるいは信心というものは、自分というたった一人を救うためのもので、人に教えるものではない。やっと自分がかろうじて救われようとしているときなのだ。邪魔をするな」

そう言いそうな顔であります。

「親鸞は一人の弟子も持ち候わず」

ということですね。

突きつめていけば、仏法とは人のためではなくて、自分のためにするものだということになります。もちろん、私は今日、仏法について話すというつもりはありません。まず親鸞聖人を持ち出して、偉そうな断り書きをさせていただきました。親鸞聖人でしたら、効き目がありそうですから。

いまわれわれは四天王寺におります。

大阪の天王寺区の上町《うえまち》台地にありますね。聖徳太子が開かれた、日本でも最大の名刹《めいさつ》のひとつです。大阪でいま地震があっても、ここなら大丈夫そうな感じです。皆さん、安心されています。いま三百人の方に私の話を聞いていただいていますが、四天王寺にいるということで安心されている。でも、これが南極や火星だったら、落ち着かなくて不安ですね。どこかわからない場所だったら嫌でしょう。とても私の話どころではありません。

仏法とは仏の教えのことですが、いまおまえさんはどこにいると教えてくれる一枚の地図だと思います。

地図がなかったら、寂しいですよ。

私には悪い癖がありまして、どこに行くにも地図を持っていきます。

知らない土地に行って、土地の人に地図をのぞき込んでもらい、いろいろ教えてもらって安心します。ああ、あれが畝傍山《うねびやま》かと、安心する。

われわれは自分の位置関係をはっきり把握しながら歩くものですね。人生にも、一枚の地図が必要です。

仏法という地図は、世界でもいちばん精巧で、正しい地図だと私は聞いています。もし、仏法という地図が私に与えられるならば、仏法に参入したいとも思います。

戦時中は信心を得たと思いました

しかし、どうも私は迷いが多いのですね。地図一枚を信じることがなかなかできません。信じることは難しいですね。

私などはショックを受けなければだめです。私だって信じたことがあるのですよ。それは兵隊に行くときのことでした。

急に兵隊に行くことが決まり、ずいぶん驚きました。いままでは人が行くものとばかり思っていたからで、お葬式のようなものですね。

お葬式は人のものだと思っていますから、お葬式に行ってあの人に会ったらどうしようとか、いろいろ考えます。人が死ぬことは考えても、自分が死ぬことはちっとも考えないから、ニコニコ暮らせるわけです。

生死は人生の地図の重要なものですが、なかなかそこに人間は参加できません。やはり人間はのんべんだらりと暮らしている間はだめで、ショックが必要になります。

私は兵隊に行くときにショックを受けました。

まず何のために死ぬのかと思ったら、腹が立ちました。

いくら考えても、自分がいま急に引きずり出され、死ぬことがよくわからなかった。自分は死にたくないのです。ところが国家は死ねという。

国家とは何だと思いました。

死ねというような国家は、国家であるはずがない。おれのところは三代ほど国家に税金を払ってきたが、死ねというために国家は税金をいままで取ってきたのか。そんな国家ならつぶすべきだ（笑い）。私は生まれが大阪で、どうも愛国心がないのかもしれませんが、そんな国家は不必要だと思いましたね。

見たこともない人のために死ぬのもよくわからないし、何のために死ぬのか、相当考えました。結局、こう考えました。人間は親があるから生まれてくる。何代もたどれば鎖のようにつながっている。おれの先祖は源頼朝だとか平清盛だとか言っているのはばかげた話でして、みんなが頼朝の子孫であり、清盛の子孫であり、天皇の子孫である。いまの天皇さんもわれわれと同じような血を持った、同じ先祖を持つ人間である。つまり、先祖とは日本人全体ということであり、そのために死ぬのなら、嫌だけれど仕方がない。これで何のために死ぬのかは片づいたような気になったのですが、まだ問題が残っていました。

死んだらどうなるかが、わかりませんでした。

人に聞いてもよくわかりません。

仕方がないので本屋に行きまして、親鸞聖人の話を弟子がまとめた『歎異抄』を買いました。非常にわかりやすい文章で、読んでみると真実のにおいがするのですね。

人の話でも本を読んでも、空気が漏れているような感じがして、何かうそだなと思うことがあります。

『歎異抄』にはそれがありませんでした。本当のところ、『歎異抄』は理屈ではわからない本です。本当に浄土はあるのかと弟子が聞けば、親鸞聖人は答えます。

「そんなことわからない。法然上人がおっしゃったことを信じるだけだ」

理屈も何もありませんが、どうも奥に真実があるようでした。

ここは親鸞聖人にだまされてもいいやという気になって、これでいこうと思ったのです。兵隊となってからは肌身離さず持っていて、暇さえあれば読んでいました。私は死亡率が高い戦車隊に取られましたから、どうせ死ぬだろうと思っていました。

ところが生きて帰ってきました。

日本が手をあげて終戦になったとき、これから生きるのかと茫然としたものでした。何を職業にするかもよくわかりません。

トラックの運転手をしようと思いまして、これは本当にそう思ったのですよ。私が所属していた連隊には、戦車が百輛あり、トラックも二、三十台ほどありました。

「戦車でメシは食えないが、トラックで食おうじゃないか」

と言った男がいました。私は自動車は運転したことがないのですが、車よりも難しい戦車を運転できたのですから、おそらく運転はできる。その気になったのですが、なんとなく大阪に帰ってきてしまいました。あのままトラックを運転するようになったら、事故ばかり起こし、始末に負えない運転手になっていたと思いますが。

そういうわけで、飯を食うことばかりに一所懸命になっていた時期がありました。そうすると、『歎異抄』はもう読みませんね。

兵隊のときには、なかなか信心を得たと思っていたのです。

宇宙からゴミに至るまで、植物も、走っているネコも、今日の暑い空気も、すべて私と同じなのだと。そこらに生えているコケを阿弥陀さんといってもいい。そして、宇宙のなかで生かされている自分が、心からありがたいと思ったとき、思わず南無阿弥陀仏と出てくる人間になればよいのだ。たいへん立派な気持ちになった。

しかし、戦後はすっかり忘れましたね。

そんなことあったかしらという感じです。ショックが続いている間だけの真人間だったようですね。もっとも、ショックを受けてもケロッとしている人もいます。そして偉人といわれる人は、われわれがショックと考えないようなことをショックに思うようです。

親鸞聖人はごくお小さいときに、急に花が咲いたり散ったりするのはどういうことかと思われた。すぐお坊さんにしてくれと、おっしゃったそうですね。有名な歌があります。

「あすありと思ふ心のあだ桜夜半に嵐のふかぬものかは」

今日嵐が吹いてしまえば花も終わりである。人は人生最大の問題に目覚めたときに、即刻その問題に入るべきである。すぐ髪をおろしてくれ。

とても小さい子供が言ったとは思えない内容ですが、いずれにしても親鸞聖人のような人だと、われわれが感じないことでも感じてしまうのです。

リンゴが落ちてくるのはだれでも知っていたでしょうが、ニュートンが見たからこそ、ショックを受けることができた。万有引力の発見につながった。

風が吹いてもハトが飛んでも自動車が動いても、その瞬間に深く心に感ずるという人が、偉い人ですね。

この四天王寺を建てられた聖徳太子もそういう人でした。まだまだ未開だった日本に仏教が伝来します。きらびやかな仏像が入ってきます。

聖徳太子は芸術感覚のするどい人でしたから、その仏像に非常にショックを受けた。ほかの人にもショックを与えたくて、壮麗な伽藍《がらん》をいくつもつくられたのだと思います。

お寺をずいぶん残していますね。

そして聖徳太子の残したお寺は不思議と残っています。たいていのお寺は残らなかったのですが、法隆寺も残っていますし、四天王寺も残っていますし、京都の太秦《うずまさ》にある広隆寺も太子ゆかりですね。なかなかの建築道楽です。

少し四天王寺の話をいたします。

聖徳太子はモダンな方でしたから、難波津《なにわづ》に文物が到着するのがうれしかったのでしょうね。

この近くに堺に向かう電車が通っていますが、あれはそのまま日本でいちばん古い街道であります。奈良に竹内《たけのうち》という村がありまして、私は小さいころによく遊びにいったのですが、街道はその村を通り、大和の三輪神社までつながっています。

この街道を中国からの伝来物が行き来したわけで、聖徳太子も何度も往復したことでしょう。ですから聖徳太子には土地勘があったと思います。

私はいつ死んでも構いません

京都大学の先生の調査によれば、上町台地は大阪でも地盤がもっとも固いところだそうですね。

昔の人は建物を建てるときによく土地を調べますから、ここなら大丈夫だということで四天王寺は建てられた。

芸術的なショックを受けたことが、壮麗な建築、仏教の受容につながったわけで、しかし、われわれは鈍感に生まれついていますから、なかなかそうはいきません。

私のように兵隊に取られるとか、がんにかかるとか、そのようなショックでもなければ、なかなか考えるのは難しい。

きのう東京に行ってまいりました。

午前中で用事がすんだので、晩の飛行機まで時間があきまして、世田谷の経堂に住んでいらっしゃる方をお訪ねしました。作家の海音寺潮五郎さんです。

海音寺さんは若々しくていらっしゃいますが、私よりもずいぶん年上です。六十三歳ぐらいだと思いますが、このごろ、生死の問題には深刻になるところがあります。私がそのことでちょっと笑いますと、海音寺さんが言いました。

「あなたのような若い人にはわからない。ここに一万円が入った財布がある。夜店に遊びにいったとき、最初は一万円があるから気分が豊かだけれど、夜店の端のほうへ行ってしまうと三十円しか残っていない。

帰りの電車賃はいくらだったかなと考え始めます。そうすると、三十円が非常に貴重で、すがりつきたいようなカネになってくる。残りが少なくなると、そういうものだ」

私はちょっと反論しました。

「僕はいつ死んだって構わないんです。いますぐこの瞬間に死んでも構わないと、ときどき考えます。そういう癖があって、なんとなく死んでも大丈夫な感じがあるんです」

するとと海音寺さんは、

「それはノイローゼでしょう」

と言う。

「ノイローゼではなくて癖なんです。いまの瞬間死んでも家のことはできているし、悲しくもない。死ぬことをよく考えるんですよ。一カ月に十二、三回も考えます。だから大丈夫です」

と言いますと、海音寺さん、

「そうですかね」

それから海音寺さんは話題を変えられました。

「嫌な世の中ですね。どうでもない人が三度も総理大臣になったり、中学生が先生を先生とも思わなかったり、こんなのんべんだらりとした状態が続いていると、いつか暴動になるかもしれませんね」

「そうかもしれませんけど、ちっともそんな気配はないですね」

「気配もないけど、自衛隊が暴動を起こすかもしれないな」

「そんなこと期待していらっしゃるんですか」

「そんなことはないです。私はいかに平和に暮らせるかということを考えているんです。それより、地震が起きそうですね。地震が起きたら、このあたりは全部だめです。あなたは大阪に住んでいていいですね」

なんだかそんな話になったのですが、学者の話ですと、大阪には淀川沿いに淀川地震帯というものがあるそうですね。

伏見もその地震帯にあり、かつて十六世紀末に大地震がありました。

規模からいうと関東大震災に匹敵するもので、伏見城は崩壊しています。

ですから関西にもそういう地震が来るかもしれませんが、しかしながら地震が起きるのも仏様の一表現かもしれません。

自分が生きているのも一表現であり、そう思えば地震だって可愛く思えるかとも思うのですが、そうはなりませんね。そういうものまで可愛く思えるとしたら、僕は作家などやめてお坊さんになります。(笑い)

小説は、悟りますと書けませんね。

小説というものは、迷っている人間が書いて、迷っている人間に読んでもらうものなのです。ここが文学と宗教の違いでして、宗教は一枚の地図であります。

小説は、地図もなくさまよっている人間が書くものであり、ですから、私は自分の営業上、あやうく悟りかけては、悟らないようにしているのです。(笑い)

一九六四年七月十一日　大阪市・総本山四天王寺　第二回仏教文化講演会　原題＝人生に想う

法然と親鸞

話すということと文章を書くということは、同じ言語中枢が働いてできることなのでしょうが、全く別の場所から生まれるような、そんな感じがすることがございます。

私がこうやって皆さんの前でお話ししたあと、すぐ原稿を書かなくてはいけないとしますね。この場合、なかなか文章は出てきません。三時間ぐらいたって出てくる格好でして、しゃべっているときには私の頭はしゃべる機能で満たされているんでしょう。文章を書く機能が小さくなっているに違いありません。そして、文章を書くときには、やはりしゃべる気にもなりません。どういうわけでしょうね。しゃべるのも文章を書くのも、同じ言語なのです。

私はその文章を書いて世を送っているわけですが、文章を書くことがそんなに難しいかと人に聞かれれば、こう答えます。

「初めは難しかったが、いまはちっとも難しくない。文章にはリズムというものがあるようだ」

体の中に何か楽器のようなものがあり、リズムがあり、文章はそれに乗って生まれるものらしい。

三日も文章を書かずに旅行ばかりして遊んでおりますと、四日目に帰ってきて原稿を書く場合、脂汗が流れるほど四苦八苦します。

ところが文章を毎日書いていますと、そういうことはありません。三日も遊んでいますと、体の中にあるリズムが消えてしまっていますね。

文章とかリズムとか言いますと、たいそうに聞こえますから、簡単な例で言います。タクシーの運転手さんに聞いたことがあります。

「運転手さん、あなたが一日休んで次の日に運転するとき、運転しにくい感じがありますか」

と聞いたら、

「そりゃあ運転しづらいです。走り始めから三十分か一時間ほどは体が反射しませんから、実に気を使います」

向こうから自転車が来るからハッとして避けるとか、毎日のリズムのなかで体や精神が動いているけれど、一日でも休むと、そのリズムが消えてしまって、最初は神経を使う。うまく運転できないと聞きましてね、ああおれの小説と同じだなと。

小説も運転も同じです。

つまり、自分でつくったリズムが体の中にあるんですね。そのリズムにさえうまく乗せれば、私の見たこと、感じたこと、書こうとしていることがうまく文章になっていく。

私の中にあるリズムは、ほかの作家のリズムともちろん違います。

ほかの作家のリズムは短い波長だとか、私のリズムは多少長いとか、真ん中ほどで乱れているとか、ていく。

いろいろあります。作家はことごとくリズムが違うに違いない。思想家の場合もリズムがあり、物事を考える場合、その思考のリズムに入っていって、結論を出していく。

宗教家にもありますね。

法然上人に、ある人がこんな質問をしたそうですね。

「私はお念仏を唱えていると、すぐ居眠りをしてしまいます。これは念仏というものに自分の心が緊張していない証拠だと思い、大変いけないと思うのですが、つい寝てしまいます。どうしたらいいでしょうか」

法然上人がおっしゃるのには、

「目が覚めてから、お念仏なされればよろしゅうございます」

これは達人の答えですね。

もし私が法然上人だったら、いろいろ小理屈をこねそうです。

足をつねりなさい。眠くならない方法はこうだ。だいたい、あなたはたるんでいる。あなたは大食いだからいけない。大食いだから眠くなるんだ。くどくど説教をしそうですが、法然上人は目が覚めてからにしなさいと。

これは法然上人のリズムが言わせているのだと思います。

それが法然上人の心の中にあるのか、胸の中にあるのか、そういう質問が出たとき、すぐにリズムが奏でて答えを出している。人間の精神作用はそういうものらしいですが、それにしても法然上人のリズムは尊いですね。

法然上人のリズムが尊いから、われわれは恭順できます。法然上人の書物とか、おっしゃった言葉もありがたいものでしょうが、それよりも法然上人のリズムが尊いと、私が思うことをまず言っておきます。

法然上人のお弟子さんが親鸞聖人ですが、さらにそのお弟子の唯円という方にお話しされたのが、『歎異抄』ですね。大変な名文でして、私は若いころからこの本を愛好しています。

私は学生の半ばで戦争に取られまして、いきなり死について考える事態に立ち至りました。生きて帰れることはないと思いましたし、しかし平素、死ぬということを考えたこともなかったのです。いろいろなことを考え、読みもしました。そして『歎異抄』も読んでみました。最初はつまらない感じがしました。

そこに、べつに人生の秘密が書いてあるわけでもなく、信仰の勘どころが書いてあるわけでもないと思いましたね。だいたいわれわれは現代人ですから複雑な言い回しをされたほうがおなかにこたえます。オートミールよりはビフテキのほうがいいし、ビフテキも手の込んだほうがおなかにこたえます。

現代人の目から見れば、『歎異抄』は単純な書き方です。物足りないどころかつまらない感じがして、これではおれは救われないと感じていました。

ところがある日、ちょっと音読してみますと、全く違うのです。

これは皆さん、法然上人の『一枚起請文』でもいいのですが、声に出して読めばよくわかります。私は『歎異抄』を黙読してわかった気になっていましたが、これは誤りであることがわかりました。声を出して読むと、リズムがわかってくるのです。親鸞聖人、そしてこの本を書いた唯円という、あまり知られていない僧侶の心の高鳴りが、声を出すとよくわかってきます。

法然上人の絵ばかり見ていました

例えば数学の教科書を声を出して読むおばかさんはいないでしょう。目でずっと見て、数式その他をじっと見て、解いていく考えが浮かんできます。目で読むということは、頭で読むということですね。数学の教科書も新聞も、いま私が書いている小説も、いまの文章は全部黙読のためにできている文章であります。

ところが昔の文章は、声を出して読むために書かれていたようです。『歎異抄』を読んでいて、理屈としてはつまらないと思ったあたりが、むしろいきいきと躍りだすようでした。

文章よりも、文章の行間が、リズムを奏でながら出てくる感じです。そのリズム、高鳴りが、声を出して読むと、体で、心で感じてしまう。頭で感じず、心で感じる。宗教はこれだなと思いましたね。

心で相手の心の響きを受け止め、同時に自分の心が響き始め、高鳴り始める。こういうものだなと、そのころやっとわかった気がして、これは私にとって非常に大きな経験でした。ですからいまでも古い文献を読むときには、手紙類などは目で読んでもいいけれど、声を出すと全然感じが違いますよと、よく人に言っています。

リズムの話はこの講演の真ん中ぐらいで話すつもりだったのですが、言ってしまったものは仕方ないので、法然上人の話を続けます。

私と法然上人との関係といいますと大げさですが、どうして私が心の中に法然上人を持っているかということを申しますと、これは簡単なことであります。

私は浄土宗の建てた旧制中学を出ていまして、いまは大阪の上宮高校といっているところが私の母校です。

私の時代は、そんなにできる生徒が行く学校ではなく、もちろん例外はありますが、私はその中でも勉強というものをほとんどしなかった人間でした。学校が嫌いでしたね。

なぜ学校が嫌いなのかと考え込むぐらいに嫌いでした。

しかし、大変なわんぱく者だったり、よっぽどの不良というなら、まだ名誉なのですが、学校を休むこともしませんでした。臆病ですからね。雨が降っても風が吹いても通い続け、それでも学校が嫌いなままでした。

大人になってからやっとわかったのですが、人間にはいろいろあり、人の話が聞けない奴がいて、どうやら自分もそうらしい。

今日はこうやって一方的に話していますが、もし立場が変わって皆さんの席に私が座ったとしたら、もう私は講師の話など聞けません。ほかのことばかり考えています。聞く能力に乏しいとしか言いようがないですね。

こういう人間は学校に行っても何の役にも立ちません。「右向け右」と言われても、私だけは左を向くようなことがよくありました。

ですから親戚がこの子はできないと言ったりすると、

「できない子だっているんだ」

と言ったりするのです。

そのくせ私は一対一なら、大変よく聞くほうなのです。自分が話すよりは、相手が持っている精神や知識や経験について、意気込んで聞きます。いまや非常な聞き上手とさえ言われることがあり、どうして学校では聞けなかったのでしょうね。やはり大勢のなかで聞く能力がなかったのでしょう。結局、勉強はしませんでしたから、どういうこともなしに卒業したわけです。

つまり、せっかく法然上人の影響下にある中学を出ながら、法然上人についてはたいして知ることもなく過ぎました。

ところが、大人になって物事を自分で考え、求めるようになってきますと、ぼんやりと法然上人の偉さがわかってきた。そういう中学を出たおかげでもあります。

その中学では毎月二十五日、講堂に集まって法然上人についての話を聞くことになっていました。講演をなさる方は毎月違います。私は先ほど申し上げたような人間ですから、講演はちっとも聞いていません。話は聞けなくても、居眠りはできませんので、目だけは開いています。

講堂の正面に法然上人の絵像が描いてありまして、その絵ばかりを見ていました。いまでも法然上人を描けと言われれば、すぐにも描けそうなくらいによく覚えています。

法然上人という人は、当時から大変に円い人だと言われていた人です。

知恵も円く、人柄も円いと。生まれついての高僧というのが、法然上人の特徴です。絵像を見ていても、その感じが伝わってきますね。

生まれついて精神が高く、人に親切であり、自分の罪業について反省心が強く、求道欲が強く、知恵にあふれている。こういう人は、まず珍しい。

同じく親鸞聖人の絵像も残っていますが、非常に対照的です。親鸞聖人の絵像は、なんと言いましょうか、叡山の荒法師のような、それよりもっと凄みのある感じです。

西本願寺にも東本願寺にもあると思うのですが、背は五尺八寸はありそうで、骨組みがたくましくて、顔は非常にいかつい感じです。

西洋人のような顔ですね。

親指ほどの眉毛が跳ね上がっています。非常に彫りが深くて、目がぎょろっとして、鼻柱が雄大です。顎は張っていて、全般にいかつい。武蔵坊弁慶など、手もなくねじ伏せられそうなすさまじい顔をしていて、師匠とは、ずいぶん違います。

同じ念仏の行者でありながら、なぜこんなに違うのだろうと思ったことがありますが、無理もないのです。

親鸞聖人という人は、非宗教的な体質に生まれたところがある。ちょっとほかに例をとりますと、トルストイというロシアの小説家がいますね。近代小説の元祖であり、人類がもう一人持てるかどうかというぐらいの大才能ですが、なぜこの人はそれほど偉大だったのでしょうか。トルストイという人は欲望の強い人でした。トルストイにとって生涯の問題、ねじ伏せるために苦闘させられたのは、セックスの問題でした。

セックスの欲望が、気の毒なくらいトルストイにとっては巨大であり、このセックスの問題があるかぎり、自分はキリスト教のよき門人にはなれないと、トルストイは格闘します。

トルストイはロシア正教の熱心な信者であり、禁欲ということは、キリスト教にとって、重要な天国の門への関門になっていますから、トルストイは大いに悩みました。

これは本当は解決のつかない問題なのですが、解決のつかない問題に悩むのが思想家であり、文学者であり、そして宗教家であるべきです。

要するにトルストイという人は、一生涯、岩の牢屋の中に入れられていたような人ですね。どうにもならない絶対の問題の岩壁に囲まれ、いくらたたいても壊れません。脱出しようと、頭をぶつけ血を出したり、吠えたり、わめいたりして、この苦しみから逃れようと、血みどろになって生きた人です。

似た人が親鸞聖人ですね。

親鸞聖人もセックスについては悩まれました。お坊さんもセックスについては禁欲であるべきとされていましたから、大変に悩まれた。

自分のような罪悪心境の者は、けっしてお浄土には参れない。現世で人としての姿もとれず、人としての仮の姿が終わっても、これではお浄土には行けない。親鸞聖人は悩まれた。

ところが、法然上人のお弟子になってからは、その悩みから解放されました。トルストイで申し上げた岩牢の例で言いますと、親鸞聖人もその岩牢の中にいました。親鸞聖人だけでなく、われわれ皆が岩牢にいるわけですね。

その中で親鸞聖人があがき、血みどろになって脱出しようとするとき、法然上人が現れ、

「そこに窓があるじゃないか。そこから出ていったらよろしい」

と、さらりと言われた。

ああそうかと、そこから出ていった世界が浄土宗の世界であります。

親鸞聖人は、『歎異抄』の中でこう話していますね。

「自分のような罪深い者でも救われた。地獄必定と思っていたけれど、救われた。法然上人のおかげである」

やはり『歎異抄』の中で、こんな質問を受けてもいます。

「本当に念仏を唱えていれば、お浄土に参れますか」

すでに法然上人はお亡くなりになっているころのことですね。

親鸞聖人は答えています。

「それはわからない。何も自分はべつだん、お浄土を見てきたわけではない。しかし自分は法然上人という人を信じている。法然上人が自分をだますわけもないから、私は一途にすがっているだけである」

もし法然上人が自分をだますのだったら、それでもいい。自分はどうせ罪業の身であり、地獄必定の身なのだから、地獄に行ってもともとなのだ。せめて尊敬している法然上人のお言葉にすがってお念仏をしているだけのことなのだ。だからおまえたちにそんな合理的な質問をされても、答えられない。

さらに釈迦の話になります。

法然上人、ひいてはお釈迦さんがそう言うから、自分は信じている。お釈迦さんがだますわけがないから信じているのだと。

これから先はお釈迦さんの話をしていきたいと思います。

お釈迦さんがどのような人であったのか、どういう考えを持っていて、どういうことをされたのか。はっきり言えば、お釈迦さんの仏教とは何なのかということですね。

これを知るのはなかなか難しいところがあります。いまどんなお経を読んだところで、おそらくはっきりしたことは、わからないだろうと思います。

なにしろお経はお釈迦さんが亡くなり、百年もたってからできあがったものだからです。キリスト教の『聖書』のようなものではありません。お釈迦さん自身は無言のままで亡くなられた方であり、文章を残されてはいません。

むしろ、文章というものを否定なさった方なのかもしれません。

つまり、仏教とはどういうものですかと聞く手立てがありません。

われわれ日本人は、仏教、仏教とひとまとめにしていますが、たくさんの宗旨がありますね。真言宗、天台宗、禅宗、浄土宗、浄土真宗、日蓮宗。日蓮宗には非常にたくさんの宗旨がそのあとにもできまして、その流れは創価学会にまで至っていますね。どれが仏教で、どれがお釈迦さまに近いものなのか、あるいはお釈迦さんの教えとはずいぶん違うというものもあるかもしれません。

合理的な考えが新しい宗教を欲しました

最近のことですが、家内の両親が亡くなり、仏壇を引き取ることになりました。私の家はまだ両親が健在ですので、もともと仏壇はありません。ですからわが家には、私の家の宗旨とは違う仏壇が仏間に置かれることになりました。私の家の宗旨は浄土真宗であり、家内の家は真言宗です。

毎月、真言宗のお坊さんがお参りに来られるようになった。私は真言宗にはいろいろ興味を持っているのですが、日常の生活の中で真言宗の作法を見るのはこれが初めてでした。

加持祈禱《かじきとう》をするのが真言宗ですから、印を結んだり、いろんなことをされて拝みますね。お経も浄土真宗とはだいぶ違い、きらびやかなというか、異様な感じがあります。

平素感じていることではありましたが、見ていて思いました。

もちろん、仏教ではあるけれど、やはりどこかが違うなと。

鎌倉時代に浄土宗の開祖である法然上人が出て、栄えていた真言宗、天台宗と縁を切られた。そして栄西和尚が出て、禅宗を開いて真言、天台と縁を切られた。

お二人のなされようも、もっともだという感じが、私にはしました。うまく理屈で言うことができればよいのですが、少し昔の仏教のことを考えてみましょう。

われわれの見えるところまで仏教を持ってきてくださったのは、孫悟空のお師匠様の玄奘三蔵法師ですね。

唐（六一八～九〇七）の時代の最盛期、玄奘法師は都の長安を出発します。そのころにもインドあるいはインド周辺から、仏教らしいものは長安にはいろいろ伝わっていました。仏教は盛んだったのですが、肝心なものがなかった。

お経が、あんまりなかったのですね。仏教とは何かということを知るためのお経が入ってきていない。

そこで玄奘法師はインドまでお経を取りにいこうとした。日本で言えば奈良朝の少し前ですね。大冒険でした。玄奘法師はおそらく中国からインドに行くまでの間に死ぬだろう。そういう見方が常識的だったと思います。

当時の旅行の困難さは言い表しようもありません。

伝染病にかかるかもしれないし、泥棒に襲われるかもしれない。

軍隊を遠く派遣するのも困難な時代ですよ。一万人を西域などに派遣して、帰ってくるのは百人もいたでしょうか。玉門関をいったん出たら、帰ってくるのはなかなか難しい。戦死するのではなく、途中で病死してしまうことが多かった。

当時の唐の人々が大冒険を志した玄奘法師を偉いなとは思いながらも、本当に行けるのかしらと、痛ましく思いながら送り出したのです。

この若い僧侶は一人で行きました。さぞかし大変だったろうと思います。その体験のすさまじさを踏まえ、大変想像力のある人がおとぎ話に仕立てました。孫悟空、猪八戒、沙悟浄が出てきて、いろいろなお化けの国が出てくる『西遊記』ができたのですね。

そして何年かかかってインドにたどり着き、さらにインドも広いですから、あちこちを巡り歩きます。

ところが、また困ったことが起きました。

肝心の仏教は、すでにインドではなきに等しい存在だったのです。

現実に仏教を信じている人がほとんどいない。仏跡に行っても草が生えているだけです。たまたま仏教の僧侶がいても、社会的に圧迫されている感じで、沈滞していました。

しかし、ともかく玄奘法師はお経を集めました。いろいろ集め、人からこれが大事だと言われればそれも荷物に入れ、はっきりしないものまで荷物にして、長安にようやく帰り着いたのは、十六年後よ。


のことでした。

長安の街は大騒ぎになりました。

南極を探検して帰ってきた人より、月世界に行って帰ってきた人より、大騒ぎになったと思います

地の果ての不思議な国に行って帰ってきた感じで、もちろん皇帝も騒ぎました。

さっそくお経を翻訳しようということになり、官立の翻訳工場ができ、サンスクリット語のわかる人が集められ、大急ぎで翻訳が始まった。

その翻訳の最中に玄奘法師は亡くなっていて、それからかなりたって日本から空海と最澄が中国にやってきました。とはいっても、いずれにせよ、私たちの知っている仏教が生まれ、まだほやほやのころです。

その熱気の冷めない時代に、日本の若い秀才が二人、仏教を求めて渡ってきた。それぞれに経典を持ち帰り、日本の仏教の新しい時代が始まりました。

伝教大師、最澄は近江坂本の出身ですね。大変に科学的な性格を持ち、あやしげなことは嫌いでした。論理的な事柄の好きな、宗教家というよりも、むしろ学者タイプですね。

いま生きていらっしゃったら東大の総長か、ケンブリッジの学長かをなさっていそうな、そういう頭脳の持ち主です。

その最澄が持って帰った経典の研究が、比叡山で始まります。

高野山とはずいぶん違っています。比叡山ではさまざまなお経を分析し、系列化していきます。叡山は法学部も工学部も医学部も文学部もある、一種の総合大学のようなものでした。法華経を研究す

る者もいれば、阿弥陀経を研究する者もいる。研究のにおいの濃い霊域となったのです。

何を学んだら救われるといったものではありません。救われる、救われないは関係がない。ただ勉強せよ、研究せよ。そして究めていく果てに、ひょっとしたら救われることもあるだろう。冷厳で、科学的な世界が最澄の世界でもあります。

讃岐出身の弘法大師、空海は不思議な人でしたね。非常な秀才ではありますが、芸術性と宗教性に富んだ才能を持っています。

そして持ってこられたお宗旨は真言宗ですね。真言宗はとにかく拝むことが大事です。当時でいえば、極端に言いますと、拝んで病気も治してしまえといったところがあります。

同じ仏教なのに、どうしてこんなに違うのでしょうか。空海と最澄は不思議なくらいに違うものを持って帰ったわけですね。

その原因は玄奘法師にあります。

玄奘法師がインドにいらっしゃったとき、隆盛をきわめていたのはバラモン教でした。インド一円をバラモン教が覆っていまして、今日のヒンズー教の系譜に連なるものですが、とにかく盛んでした。

バラモン教のことは私はよく知りませんが、『ウパニシャッド』という奥義書を読むと、その根底に大変に優れた思想のあることがわかります。

ただ、実際のバラモン教は簡単に言いますと、非常に妖怪変化を好み、現世利益を求めるところがある、私から見ればくだらないところも多い宗教なのです。

例えばガンジス川にワニがいまして、これが神様になるんですね。

神格化されて、それがどこをどう泳いできたのか、讃岐に来まして金刀比羅宮《ことひらぐう》になっています。金《こん》毘羅《びら》さんとは、ガンジス川のワニを拝んでいるわけですね。そういうことがいくつもバラモン教にはあり、ややこしいというか、ちょっとインチキくさいところもある。

そういう宗教がはびこっているときに、釈迦は仏教を開かれたわけです。バラモンの教えはおかしい、これでは人間は救えないと、釈迦は王子の地位を捨て、一介の修行僧となって自分を見つめ、艱難の揚げ句に悟りを開かれた。ですから仏教と、バラモン教のそういう俗な部分とは、本来関係のあるはずもないのです。

釈迦が到達した心境はひとつだと思います。人間はだれでも死ぬ。そして万物もみな死ぬ。しかしながら、それは流転していくものだと。

当然ですが、バラモン教は仏教をいじめました。バラモン教が一般社会と政治を握っているのに比べ、仏教は小さな教団でした。

法然上人が叡山からいじめられたように、釈迦はバラモン教からいじめられ、亡くなられると、その弟子たちはもっといじめられました。

釈迦に対しては遠慮があったのでしょうが、弟子たちには容赦ありませんでした。おまえたちのやっていることは間違っている、いけないことだと追及され、弟子たちは困りました。生きていくためにはバラモン教とも妥協しなくてはならず、バラモン教のお経を取り入れたのでしょう。

帝釈天は仏教の神様ではなく、バラモン教の神様です。先ほど言った金毘羅さんも入れ、水天宮も入れ、弁財天も入れ、いろいろ入れます。そうこうしているうちに、一見すると、仏教もバラモン教も見分けがつかない状態になってしまった。

そこへ玄奘法師がやってきた。

中国からインドに行ってすぐに言葉がわかるはずもありません。また、いくら玄奘法師が聡明な方だとしても、何が釈迦の思想を最も伝えているお経なのか、それを見極める力があったでしょうか。私は、なかったと思います。なぜなら、お経がほとんどない国から来たのです。良否の判断ができなくて当たり前だと思います。

とにかくみな持って帰った。天竺（インド）のものはみなありがたいのだからと持ち帰り、それらがいっせいに長安で翻訳された。

ですから最澄が持ち帰ったお経にも、空海が持ち帰ったお経にも、バラモン的なものがあります。特に空海の持って帰ったお経には、バラモンのにおいが濃厚にあります。先に申し上げた私の違和感、ちょっと仏教とは違うかもしれないという違和感は、ここに原因があると思います。

鎌倉時代の話をいたしますと、この当時の日本人は賢かったですね。鎌倉時代の日本人の考え方は合理的で、当時の西洋人よりもずっと近代的でした。

平安末期から鎌倉時代にかけて、いまの言葉でいえば農業科学が大変に進んでいます。荒蕪《こうぶ》の地だった関東平野も灌漑《かんがい》用水が引かれます。あちこちで運河や灌漑のための池が掘られ、田んぼが広がり、お米がたくさん取れるようになった。だれがしたというよりも、農業に頭を使うことが流行になった時代でした。

鎌倉時代の日本だったら、土地一町歩につき十人養えるとして、同時期のヨーロッパや中国だったらどうでしょうか。ごくわずかな人数しか養えなかったと思います。

ですから室町時代から戦国時代にかけて、倭寇と呼ばれる、日本人の海賊が中国の沿岸部を襲いました。

沿岸部の町を占領し、居座ってしまいます。たいへん困っただろうと思うのですが、当時の中国の文献を見ますと、こう書かれたものがありました。

「あんなやつらには占領させておけばいい。どうせ二年もすれば帰ってしまうんだ。日本人ほど、故郷を恋しがる者はいない」

恋しがるというよりも、占領しても食べ物がなかったのでしょうね。中国の農業はそれほどに進んでいませんから、腹が減って減って、故郷が恋しくなったのでしょう。

合理的な農業生産が始まりますと、人々の物の考え方も合理的になっていきます。日が照っているうちに何々をまくとか、春の間に何々をつくっておくとか、頭が科学的になっていく。そのうち鎌倉武士が勃興します。京都の貴族とは全く違った人種と言っていいでしょう。合理的な頭を持った者が日本の国の中枢を握る。だれも簡単にはだまされなくなっていきます。既成の加持祈禱の真言、天台に飽き足りない人々が増えてきて、新しい宗教が求められた。これが、この時代の精神でした。

法然上人が登場します。

法然上人も親鸞聖人も栄西和尚も皆、比叡山に学ばれました。

しかし、ここはしょせんは総合大学だったのです。

絶対他力の境地がお釈迦さんの悟り

お坊さんとして偉い人になり一生を送るのでしたら、比叡山にいればよいのです。しかし、人間はどうやって生きていくのか、人間は死ねばどうなるのか、人間はどういう具合で生かされているのだろうと、そういうことを考える人間にとっては、つまり知ろうとする者にとっては、おもしろくないところだったのでしょう。

お釈迦さんがどうおっしゃっていたかということさえもわからないのです。

万巻のお経を読んでもわからない。

法然上人は南都北嶺の偉い学者たちにいろいろ聞いたと思います。

「お釈迦さまは本当はどうおっしゃっていたのでしょうか」

だれも答えがなかったと思います。

偉い学者でもだめなのかと、一所懸命探しに探し、ついに浄土三部経にいきあたります。そして浄土宗をお立てになる。

法然上人は「絶対他力」ということをお考えになった。偉大なる自然といいますか、宇宙といいましょうか。われわれ人間はそういう力に生かされているのだという思想がまずあります。

そんなことをお釈迦さんがお思いになったかどうかは別として、お釈迦さんの悟りはその境地にあります。

お釈迦さんは絶対他力の思想でもって阿弥陀さまを信仰したわけではないのですが、お釈迦さんの悟りの境地は絶対他力の境地なのです。

お釈迦さんがあれほど苦労して到達した悟りの境地に、信仰によって一挙に入れる道が、浄土門ですね。浄土門の得心者は、悟りの境地に入ることができる。このことはまたあとで申し上げますが、その道筋を開いたのが法然上人であり、その偉大さは禅宗を考えてみることでよくわかります。

禅宗を始めたのは達磨大師です。

この方はインド人で、インドに住みながら法然上人と同じ疑問を持ちました。お釈迦さんとはどういう方で、どういう具合に悟られたのだろうと。そして万巻のお経はうそは書いていないにしろ、お釈迦さんそのものではないと考え、ひたすら探究された。そうして到達したのが禅でした。

文字を見ず、お経をあさることもしない。つまり頭で入るのをやめ、禅を究めることでお釈迦さんの悟りに近づこうとしました。巨人ですね。

法然上人が人類が持った宝であるように、達磨大師も偉大な宝物です。ところが実際問題として、達磨大師やその他の、まれに見る禅の天才ならともかく、普通の人ではなかなか難しいところがある。悟りに到達するどころか、逆戻りするような感じです。

野狐禅《やこぜん》とはよく言ったものですね。

禅を長いことやっていますと、陥りやすいことがあります。

沢庵和尚とか、そういう天才は別なのですが、天才性を持たないわれわれでは、やらないほうがましな感じです。

極端に言いますと、禅とは危険な思想であります。昔、マルクス主義が危険だと言われた時代がありましたが、もっと根源的な意味で、人間として最も危険な、劇薬の部分を持っています。いいかげんな者が禅をやってはいけないと私は思っています。

文藝春秋の講演会で但馬に行ったときのことです。但馬で禅宗のお寺を拝見しました。友人の水上勉さんと一緒でして、水上さんは禅宗に詳しい人ですね。

小さいころに禅宗のお寺の小僧となり、禅宗のお寺のことをよく小説に書いています。いまなお禅宗のお寺の人たちとよくつきあっている。聞いてもらうのに、こんないい相手はありません。もっとも、私もお坊さんには昔から縁があり、禅宗のお坊さんにも親しい人はたくさんいます。そのことを踏まえて聞いてください。

私は彼に言いました。

「禅宗というものは、難しい。禅宗はやったほうが悪くなってしまう感じがする。一万人に一人だけが悟りの境地に行けるけれども、九千九百九十九人はやらない前よりも悪くなるのではないか」

彼がうなずいてくれたようなので、私は少し安心したことがあります。

日本文化における禅の姿は尊いものですね。東山文化を生み、竜安寺の石庭などをつくり、茶道の基本的な思想にもなっています。

非常に誇るべき思想ではありますが、しかしながら、それは美の世界でのことであります。美の世界と精神の世界では少し違いますし、宗教の世界ではまた少し違います。美の世界では大変なカンフル注射、あるいはビタミン注射になったものも、生命を救うまではどうかなという感じです。肝心なところでは禅は難しい。

悪口にとられたら困りますが、それだけ禅は効き目のある劇薬だと申し上げているのです。ですから軽々に、私ちょっと座禅にいってきますとか、うちの息子はぐうたらだから、禅寺にでも行かせて座禅をやらせようかなどとは、言わないほうがいいですね。

あるプロ野球の監督が、負けがこんで申し訳ないと、どこかの禅寺に入って座禅を組む。その写真をマスコミが撮って、それを見た世間の人がなんとなく納得したりする。お互いに禅というものを何も知らないのです。

座禅をすれば、改心したとか、いい人間になるとか、そういうことはありません。深く考えてみれば、そんなことはありえないと、すぐおわかりになると思います。

つまり、お釈迦さんになれるのは、一万人に一人か、あるいは十万人に一人という世界なのです。そういうことは法然上人はよくおわかりだったと思います。

浄土宗の場合、絶対他力に随順し、われわれは弥陀の本願によって生かされているという、この境地にさえ到達すれば、お釈迦さんになれます。

なれるというと自力でなるようですが、なれそうだという感じです。

他力といっても他人の力という意味ではありません。みずからの力によらず、仏の力によって救われることをいいます。

ここが浄土宗の大事なところですが、南無阿弥陀仏を唱え参らせれば、お浄土に参ることができます。

自分たちはお浄土、弥陀の本願に生かされている。たとえ弥陀の本願から逃げようとしても、やっぱり生かされている。そして南無阿弥陀仏と唱えなくても生かされている。どういう悪人でも救われる。そうして南無阿弥陀仏を唱え、その唱えている自分さえも否定する。自分を否定して否定して、もう否定するものがなくなり、穴蔵の中で尻餅をつき、もうだめだと思ったときの境地が、悟りの、お釈迦さんの境地なのです。

同じ鎌倉仏教でも、日蓮宗はずいぶん違います。やはり玄奘法師が持ってきた仏教のなかで、現世《げんぜ》利益《りやく》の系譜に属するのだと思います。

私は関西の人間ですから、日蓮宗にはあまりなじみがありません。小説に書く必要があって、日蓮宗を調べたことがあります。

『国盗り物語』に斎藤道三という男が登場します。もともとは日蓮宗の僧侶の出身で、お寺を出て侍になった人間であります。

日蓮宗を知ろうと思って、根本経典の法華経を読んだのですが、大変けっこうなお経です。しかし、ここからどうして日蓮宗につながるのか、よくわからない感じです。

法華経は素直なお経ですね。気負い立ったような、これを信仰しなくてはいけないんだとか、そういうアクの強いところはひとつもない、なだらかなお経であります。日蓮宗のにおいはどこにもしないのです。

そうすると、日蓮宗とは日蓮上人の激しい自己肯定の精神が宗旨になっているような感じがします。日蓮上人のパーソナリティーこそが、日蓮宗の宗旨になっているといいましょうか。

例えば浄土宗と浄土真宗にもそれはありますね。同じ経典で同じ思想から出た宗教ですが、違いがあるとしたら、それは法然上人の円い人柄と、親鸞聖人が秘めた厳しい人柄の違いだと思うのです。宗祖の人柄、個性というものは、やはり染みついてとれないものかもしれません。日蓮上人は大変に立派な方ではありますが、言ってみればアクの強い方でした。

お釈迦さんに近づくための多くの宗旨

お釈迦さんの仏教は、つまるところ自己否定に始まります。自分を否定しつくして絶対的な境地を見いだすものであり、その点では法然上人も達磨大師も同じです。ところが、日蓮上人は自己肯定に始まります。自分を肯定する。そうして非常に現世利益的でもあります。

日蓮宗は不思議ですね。

室町時代や江戸時代で、当時問題になる新興宗教がたえずありましたが、それらのほとんどは日蓮宗の系統でした。いまもその傾向がありますね。

お釈迦さんはどういう人だったのでしょうか。

われわれは想像するしか仕方がありません。しかしながら現世利益を言うような人ではなかった、そんな人じゃないとははっきり言えます。

何代か前のご先祖を拝まないから、おまえにはおできができるんだと、お釈迦さんが言うでしょうか。

こっちを向いて拝んでいれば、明日になればお金が入ると、お釈迦さんが言うでしょうか。もしお釈迦さんがそんなことをおっしゃったとすれば、お釈迦さんは世界の偉人ではありません。そこらあたりでごろごろしている人ですね。

これだけ大きな仏教が生まれ、お釈迦さんの随順者が世界的に絶えないこともありえないでしょう。要するに法然上人が生涯をもって悟られたのは、お釈迦さんとはどういう人で、お釈迦さんに近づくにはどうすればいいかということでした。

それが浄土宗ですね。

弥陀の本願にすべてをゆだね、南無阿弥陀仏を唱えているうちに、お釈迦さんの境地に知らずにたどり着くことができる。現世利益を求めるものではありません。

お釈迦さんに近づくために、いろいろなご宗旨があって贅沢な時代です。

しかし私自身はわれわれのような普通の者がお釈迦さんに近づけるとしたら、法然上人の道しかない、浄土門しかないなと思うのです。

私は僧侶ではありません。

お医者でない者が体について講釈を述べるのと同じで、宗教についてこういう話をするのは避けてきたのですが、今日はずいぶん話しました。

核心のことは申しておりません。申すことは、やはりはばかられますので申しませんでした。ただ、私という小説家が法然上人をどう感じているのか、それだけを聞いていただきました。

一九六七年五月二十五日　京都市・山一証券ビル六階ホール　第二回おてつぎ文化講座　主催＝総本山知恩院、総本山知恩院布教師会　原題＝法然上人とわたくし

歴史小説家の視点

私どもは、何となく歴史というものがあるという錯覚がありますが、本当を言えば、歴史なんていうものはないのであります。

例えば、「史料」という言葉がありますが、史料というのはファクトのことであります。もうひとつ「史実」という言葉もありますが、こちらは実在しているような感じがしても、実際は空気のようなもので、ないようなものなのです。

歴史というのは、語られて初めてそこに存在するわけで、語られないかぎり存在しない。身近なことでたとえ話をしますと、

「自分は慶応大学の法学部の学生である」

と自己紹介して、履歴書を前に出すとします。昭和何年、どこそこ生まれ、何々小学校卒、何々中学卒……ずっと履歴書は続きますが、それでは何もおもしろくない。おもしろくないばかりか、その

人が「田中太郎」という名前だとすると、「田中太郎」という人が出てこないわけであります。

史実というのは、まずまずその程度のものです。履歴書のことをヒストリー、歴史という言葉を使いますが、個人の歴史でも煮詰めてしまえば一枚の履歴書に過ぎない。一枚の履歴書になってしまいますと、その人自身もそこにいなくなる。なるほど、昭和何年にどこどこに生まれたことは確かだけれども、それでもってその人は何も出てこない。

だから、結局その人に語ってもらわなければいけない。あるいはその人の友人に語ってもらわなければいけない。

「彼は父親が早くに戦死して、母親に育てられた」

と言うと、だいぶ出てきますね。そういう人かなと。

「鹿児島県出身といっても、実は台湾生まれで、引き揚げてきて鹿児島県の小学校に行ったから、土地の者との間に非常に違和感があって、少年時代は必ずしも愉快でなかった。母親一人の手で苦労して育てられた」

ここでもう少し出てきますね。そして、

「高校は普通の公立に行ったが、資力がないのでそれ以上は行くつもりはなかった。ところが、三年生のときに思い切って、とにかく苦学をするつもりで東京へ出ようと、慶応大学に入った」

これで少し、その少年の性格が少しわかるわけであります。そして、

「東京で恋愛をした。それはどういう人だった」

語れば、出てくるわけであります。

ですから、「何々著、日本歴史」、あるいは「何々著、世界歴史」といったものは、うそですね。日

本歴史というようなものはないわけです。「だれそれが語る日本歴史」というのならば存在しますけれども、単に「日本歴史」と称した書物、これはうそ。

語り手がいて初めて成立する歴史

ネールというインドの偉い政治家がいました。獄中にあったときに、自分の娘にだけ読ませるために、世界史を書きました。いろいろ書かれた世界史の中でも優れたものとして、いまでも読まれ続けていますが、これは「ネールが語った世界史」ということで、見事に成立します。単に「世界史　ネール著」ではいけないわけです。

だれかに語られなければ、歴史というものは存在しない。単に、一片の履歴書になるだけです。その語り手として、歴史家がいるわけです。トインビーも歴史家ですし、古くは司馬遷も歴史家です。

歴史家は文学の中のひとつの重要なパートを占めています。歴史家は、歴史研究者ではありません。歴史研究者は、どこの大学にも、日本史の教授、経済史の教授、農林経済史の教授、水産技術史の教授と、皆さんいらっしゃいます。しかし、それらの先生方は歴史家ではない。歴史家というのは、作家とか、詩人とか、劇作家とかいう人たちのジャンルに存在する、文学者の一派なのです。

人類は幾人かの歴史家を持ちました。そしてその幾人かのおかげで歴史というものを知るわけですが、なかなか存在し得ないものですね。歴史研究者はたくさんいても、歴史家はなかなかいない。

最近、学生時代に読んだフランス革命に関する書物で、翻訳が改まったものを読み直して非常に感動しました。

フランス革命というのは、豊富な史実と豊富な語り手を持った歴史ではありますが、それでもよく語られているという書物はなかなかないのです。ミシュレの『フランス革命史』は見事ですね。読み出すと、夕方になっても電灯をつけることさえ忘れて読みふけるような興奮を覚える。

それはミシュレという希代の名文家が、その見事な文体でもってとらえているからですね。そこでは、文体というものは穴掘り作業におけるシャベルの役目をします。シャベルが非常に鋭利な形をしている、そういう文体ですと、よく掘れる。また、シャベルが非常に風変わりな形をしていますと、風変わりな穴が掘れる。

ミシュレのシャベルでフランス革命を掘り起こせば、非常にわれわれを興奮せしめるような革命史になるわけです。

歴史家というのは見事な文章力、文体を持っていなければならない。そういう点では、小説家と変わらないのです。

そこで、小説の問題につながっていくわけですが、だとすれば、歴史家がやっていることと、歴史を取材した作家が小説を書いていることと、どれだけ違うのかというと、まるきり違うんですね。似たところもありますが、違うところのほうが多い。

私などが小説を書く場合に、まず大事なのは史実です。冒頭でお話しした履歴書のたぐい、あるいは小さなファクトのかけら、それらを集められるだけ集めてみなければ、どうも申し訳ない感じがするのです。なぜ申し訳ないか。ひとつは、史実というのはその国の国民の共有財産であって、作家が勝手に曲げたりするわけにはいかないからです。

次に、その史実から歴史を出すというのが、歴史家です。しかし、作家は、史実には全部目を通すけれども、その史実は、作家にとっては化学でいう「触媒」のようなものなんですね。つまり、だれがどこでどうこうしたといった事実をずっと見ていくと、いろんな空想が湧いてくるわけです。事実に触発されて、

「その人物はこういう人物だったんだな」

とか、

「このとき彼は、やはりこう思っていたんだな」

ということが湧いてくる。つまり、史実は空想、想像の触媒として重要なのであって、史実の延長線上に歴史を語らせる歴史家の仕事と、作家の仕事とは違うわけなのです。

史実という触媒でもって、全く違う化学変化が起きなければ、小説にはならないわけです。といっても、別にうそ話を書くという意味じゃありませんよ。小説はあくまでも人間のための芸術ですから、人間のトゥルーを探るためだけに、ファクトが必要なのです。

その人間がどんな人間だったか、そのときどう思ってそれを行動したかというのは事実ですが、事実というものは簡単なもので、ときに実にくだらない姿をしているものです。例えば、友人が泣きそうな顔で新宿の町を歩いているのをだれかが目撃して、

「やつは泣きそうな顔で歩いていた」

と報告する。そこで、

「彼は失恋したばかりだったから」

と想像するとします。ところが、実は彼はちょうど下痢をしていて、

「このあたりにどこかトイレがないかな」

と思いながら歩いていたのが本当だったと。事実というのは案外そういうものであります。ファクトというのは、泣きそうな顔という、ちょっとしたかけらの印象にしか過ぎないときがあって、往々にしてトゥルーとは違います。というより、ほとんどの場合、トゥルーと違う。

というわけで、作家は、トゥルーとは何かということを探す助けにするために、史実を、子供がめんこを集めるように集めるのです。別に高級な仕事なんかじゃなくて、比較的無邪気な動作なんです。とにかく机の上に史実のかけらどもを集めてみなければ、次の変化が起こらない。次の変化を期待するために集めるわけです。小説というものはそういうものであります。

この時間がくるまでの間、控室でたばこをのんでいました。たばこをのんでいるというのは単なるファクトです。けれども、頭の中ではたばこをのんでいることと何の関係もないトゥルーがあって、そのトゥルーというのは、何をしゃべっていいかわからないと……、何をしゃべろうということで、もだえておったわけです。すると、向かいにいた新潮社の、以前に私の係をしてくださっていた人ですが、それがいまは「芸術新潮」に移られたので、やはり芸術のことを考えている。それで私に、

「鎌倉時代から幕末に至るまでの美術の変遷を書く気はしないか」

ということを言うわけであります。でも、

「そんなことはあまり興味がない」

と返事をしまして、私の頭はとにかくしゃべることに気をとられておりました。

ここで、

「歴史というものをどうやって見るか、作家として、あるいは一人の教養人として、どう見るか」

という手口を、ちょっとご紹介します。

無教養が生んだ鎌倉時代の彫刻

鎌倉時代というのは彫刻の時代ですね。これはだれでも言うところです。新潮社の彼も「非常にすばらしいと思う」と言う。皆さんいろんな美術書で、優れた彫刻が頭に残っていると思いますが、運慶、湛慶なんていうのは日本全国の名刹《めいさつ》には、たいていあります。にせものもあるんでしょうけれども、仁王様が非常にリアリスティックに、力の表現を示していますね。筋肉が躍動している。

そういう彫刻というのは、その前の平安時代にはありませんでした。また、妙なことにその後の時代にもないんです。

一方で、日本人というのは彫刻がだめだと言われていますね。本当に苦手なんです。油絵を買ったり、掛け軸を買ったりする人はいますが、彫刻を買ったりする人はめったにいない。

これが西洋だと、町の広場か何かには噴水があって、大きな彫刻が並んでいる、また別の街角にも大きな彫刻がある、寺院に行くと、装飾しているのは全部彫刻であるといった具合ですね。西洋というのは非常に彫刻的な感覚に富んだ民族がつくった文明らしい。

ところが、日本人は鎌倉の例外を除いて非常に平面的です。

次の室町時代もやはり絵画の時代です。絵画といっても、室町時代はご存じのように庭園の時代と言ってもいいわけですが。京都の竜安寺に石だけでできた庭がありますね。あれを眺めていると、日本人の心がわかってくる。なぜかというと、あれは絵画と彫刻のあいのこであって、レリーフのようなものです。ちょっと凹凸のある平面。日本人が、やっと凹凸の芸術をつくっても、あの程度であります。

建築ひとつとっても、数寄屋普請というのは明かり障子があって、畳が敷かれている。それだけで二つの平面。そして天井があってと、平面で囲まれている。そこにやはり平面の屏風か何かを置いて、もうそれでお座敷であります。西洋の、例えば宮殿といったようなものとは非常に違う。日本の宮殿で代表的なものは二条城ですが、拝観するとわかるのは、襖絵ばかりが目につくことです。それはきっと、ヴェルサイユ宮殿とか、それからロシアのクレムリン宮殿とかとは非常に違うのに違いない。

そういう平面愛好の日本にあって、なぜ鎌倉時代に、わずかな期間ながら彫刻時代があったのかを考えることが、またおもしろいことです。歴史に心が参加したり、あるいは伝奇小説を書こうというようなときのウォーミングアップとして非常に重要なことなんです。

ひとつ思いつかなければいけない重要なことは、鎌倉時代というのが無教養時代だったことです。平安時代は、お公家さんが歌か何かを詠んで暮らしている。恋愛ひとつとっても非常に芸術的恋愛をしていまして、『源氏物語』とか『枕草子』が生まれたりする。

それが退廃してきて、社会的ないろんな矛盾が起こってくる。そして、源平騒乱時代、つまり武士の時代が起こるわけです。その武士というのは関東から起こる。この時代を代表した武士というのは関東平野にいる武士ですね。それらが、頼朝を擁して革命を起こしたわけです。

関東平野の武士というのは、要するに開墾地主です。武士と聞いて、鎧兜《よろいかぶと》を着た絵巻物のような姿だけを思い浮かべては、やはり歴史には参加できません。そのへんの荒れ地を開墾して、自分の田んぼにした連中のことを武士というわけです。

ところが、その時代の制度では、開墾したところで、自分の田んぼにしちゃいけません。一種の共産主義が、大化の改新のころにできあがって、田んぼは全部共有です。そして、「子供が生まれて大人になったら田んぼを与えるから耕作しろ、できた稲は何割国家に納めて、残りはおまえの食べ分にしろ」という。その律令制度が、平安時代は建前だけ続いている。

しかし平安時代も暮れになってくると、関東平野で自分で一所懸命耕した連中が、自分の田んぼにならないからと、反乱を起こしたわけであります。

開墾地主はひとつのテクニックとして、耕した田んぼを、いったん京都のお公家さんに寄付した形にして、辛うじて自分のものにしていました。しかしそのお公家さんが悪人で、「あれはおれのもんだ」と言って取り上げてしまっても、文句は言えない。非常に不合理な土地私有の仕方をしていたわけです。

開墾ということで言いますと、その時代の日本人というのは優れたところがありました。

田んぼを耕すには、当たり前のことですが水が要ります。だいたい田んぼというのはベトナムあたりでできたものです。ベトナムの場合だと自然に泥がありますね。雨期がきて、自然に泥田になる。日本でベトナムの状態をつくるには、山田がいいですね。山のふもとで耕していると、上から水が流れてきますから。山のふもとで、山ひだが入り組んだところを関東弁では「谷津《やつ》」または「谷戸《やと》」と言います。谷津の「津」「戸」がとれて「谷《や》」とも言いますね。関西では谷津という言葉がないので、「谷」は「谷《たに》」です。

それで、谷津で田んぼをつくれば上から水がきてちょうどいいけれども、それでは平地がずっと空

き っ放しになります。そこで、「あそこならずいぶんたくさん田んぼができるじゃないか」と思いついたのが、平安中期ごろです。

そんなことを思いついた民族はないそうですね。西洋史をやっている友人に聞きますと、西洋ではほとんどが森でけだものを追っかけていただけだったそうです。土地をそのように改良してつくりあげるという頭は、おそらく日本人がいちばん古いんじゃないかと。

なかでも、関東の日本人ですね。

例えば、頼朝は伊豆修善寺の近く、蛭ケ小島というところに流されていました。あのあたりは低い平野で、一面に草が生えていたんです。ところが、そこに川から水を引いていって灌漑をすれば田んぼになる。その知恵がついて、平安中期から末期にかけて、関東にいっぱい地主ができたんです。

「おまえも地主か」というぐらいに。

それがみんな自分の田んぼを守るために、弓矢を持って、兜なんかをかぶって、馬なんか走らせる。

それが武士の起こりです。

その地主が、私有の土地を擁護するために、自分の政権をつくろうとしたのが鎌倉政権です。

その武士たちは無学の連中が多い。むろん例外はいます。歌までつくれる侍もいますけれども、ほとんどの場合、有名な武士でも字が読めない。非常に素朴な、無教養なものであります。

ところで、彼らがいちばん怖いのは敵でありませんでした。怖いのは、死ぬこと、死んだ後に極楽に行けないかもしれないということでした。

だから、鎌倉期は非常な宗教時代でした。法然とか、親鸞とか、日蓮とか、栄西とかが出たのは、ご存じのように鎌倉期です。

ところが、鎌倉武士は宗教心が旺盛なのに、文字がわからない。だから宗教をうまく伝えられない。そのために、本当に生きた人間のようなものをつくった。それが彫刻です。仁王様を見たらいっぺんに「これは怖い」とわかる。観音様を見たらいっぺんに「これは優しい人だ」とわかる。偉いお坊さんが亡くなると、それも彫刻にする。

「この人は一所懸命南無阿弥陀仏を唱えて、衆生を済度するために諸国を行脚したんです」

と、行脚している格好のままで見せるわけです。すると、関東の、もの知らずの武士も、

「ああ、なるほどそうか、わかった、わかった」

となります。彫刻というのは、そういう素朴なリアリズムです。そのために鎌倉期だけがわっと彫刻が盛んになった。日本人の視覚の癖からは例外的に、鎌倉期だけが彫刻が盛んになった。

と、ここまで考えると、鎌倉というのはどんなだったろうということが、鎌倉の町を歩いている侍たちはどんなだったろうということが、わかってくるわけであります。

宗教と芸術を全く欠いていた幕末

歴史というものは、そのようにしてアプローチしていくわけであります。私は実に、いま、狡猾なことをしているわけですね。待合室での雑談をここでしゃべっているんですから（笑い）。そのときに先の新潮社の人は、

「幕末はどうだったでしょう」

と言うんです。

だから今日は幕末のことも少し話します。

幕末は、欠点から見た二つの大きな特徴があります。どうしたわけか、芸術がほとんどなかったことと、宗教が全くなかった時代だということです。この二つからだけでも、幕末とは何か、幕末の日本とは何か、幕末の日本人とはどういう日本人なのか、ということが見えてくるわけです。

江戸末期にも渡辺崋山のような人はいました。ただし、華山は不世出の天才です。天才はいつ、いかなる場所でも現れるわけで、時代の風潮の中から現れてくるものではない。天才というものは、ポールのように突き立っているわけで、ピラミッドの頂点の上に立っているんじゃないんです。だから、華山は天才であるがために例外なんです。ほかの、例えば絵かきたちはどうであったかというと、前時代のつまらない絵を描いておったわけです。

文人画で、筆をちょっと寝かしてすーっとやると、「ああ、竹になった」というようなのがありますね。つけ立てといいます。三日も習えば、竹が描けます。そしたら、今度は菖蒲か何か描くのに、「ここはちょっと力を入れて」と、先生が教えてくれる。こんなつまらない絵が、江戸時代、特に幕末の絵です。

これは余談ですが、いま、日本人の洋画家がアメリカなんかに行くときに、日本画家からこのつけ立てを習っていくそうですね。習っていくと、向こうで飯が食えるんです。「何と不思議な、魔法みたいなことをする」と。それで、油絵を修業することを忘れちゃって、それでもってけっこうに暮らしている人もあるそうであります。

幕末ではそういうものばかりがあったんです。つまり文芸復興とか、芸術が群がり起こってくる時代ではなかった。やはり、不思議な革命期であります。本来、革命期というのは、いろんな要素が出てくるものなんですが。

宗教も、やはりないんです。

幕末の志士には、一人も宗教信者がいなかったと言えるほどです。江戸時代は全部お寺に所属していて、みんなお宗旨があります。ですから、ファクトとしては大変な宗教時代です。どの人間も、お宗旨はと聞かれると、

「臨済宗だ」

「日蓮宗だ」

と答える。いまのわれわれと同じです。幕末の志士もみなお宗旨は持っているわけですが、だれも信仰している者がなかった。浄土真宗などは、戦国時代にあっては一向一揆を生むような、日本全国を揺り動かした大きな信仰ですが、それも幕末では、何の力も持っていない。冷えびえと冷えきった状態でした。

幕末の志士たちは死ぬことが平気で、すぐ死んじゃう。すぐ死んじゃうのに、

「死んだ後、どうするんだ」

と聞いても、きっと何も答えないだろうと思うんです。死ぬことが平気なくせに、宗教がなかった。

ヨーロッパ人から見れば、これほど不思議な現象はないと思うんです。

ヨーロッパ人にとっていまだに宗教が非常に大事なのは、死ぬのが怖いからですね。ヨーロッパ人は、いきいきとしていて、われわれの三倍ぐらいご飯を食べて、体も大きい。そういう連中は、きっと死ぬということが怖いに違いない。われわれの三倍だけ怖いに違いない(笑い)。

われわれ日本人は、大変植物的な民族ですから、死ぬことは、比較的怖くない。

幕末の志士は特にそうでした。幕末の志士とは、一言で言ったらどんなやつだというと、非常にたぎった時代ですから、たぎった人間を出します。平和な時代では想像できない人間を出す。ひとつティピカル（典型的）な例を挙げます。文久三年（一八六三）の春のことです。京都の町に将軍家茂《いえもち》が来ました。京都はいわゆるクーデター前夜のような状態で、勤王党が跋扈していた。そして、佐幕と見ればたたき斬《き》っていたようなころです。

志士がみんな将軍の行列を見ている。普通ならば土下座してお迎えしなければいけないのに、乱れ切っていますから、みんな立って見ていました。中に長州人の高杉晋作もいて、

「いよっ、征夷大将軍」

と言ったそうであります。江戸から将軍おつきで来た旗本の連中は、悲憤の涙を呑んだそうであります。

その時代に、高杉は将軍を暗殺してやろうと思ったんです。何も将軍は大物でないですから、暗殺する必要はないんです。しかし、将軍が暗殺されるという政治的効果を、この革命の天才は思ったんですね。将軍が暗殺されるとなれば、いままで大変なものだと思っていた徳川幕府が、何だこの程度だったのかということになる。時代の風潮がいっぺんに変わる。

それで、二条城に近いところの下宿で、仲間と相談をしていた。そうしたら、外は雨が降っていて——見てきたようなことを言いますけれども（笑い）——その雨をついて、一人の浪士がやってきた。浪人の志士のことを浪士といいます。高杉とは多少の知り合いであったらしくて、

「ちょっと聞いたんですが、将軍を暗殺されるそうで」

と。実に手軽な話ですけれども、この浪士は、

「それなら私も加えてほしい」

と言うんですね。

高杉は本当に将軍を暗殺できるとは思っていません。そのように言うことの政治的効果を狙っただけで、本気でそう思ってたんじゃないに違いない。だから、その浪士に、

「将軍の暗殺は、自分たち長州藩の人間でやるので、他藩の人間の力は借りません」

と、木で鼻をくくるようにして断った。そしたらその浪士は、別の場所で怒っちゃったんですね。自分を臆病者だと思ったのかと。

「臆病者でない証拠を見せてやる」

と言って、軒下で立ち腹切って死んじゃった。考えられないことじゃないですか。死んだらそれでしまいだのに（笑い）。これで実証はされたわけです（笑い）。だいたいその種類の人間が、京都で走り回っておるわけです。

その浪士が何らかの宗教を持っていたかというと、何も持っていませんね。無神論です。

「ファクト」をできるだけ並べておく

江戸時代というのは、初期の間までは侍も宗教を持っていました。

徳川家康という人は浄土宗の信者で、彼が関ケ原に掲げた大きな二つの旗は、「欣求浄土《ごんぐじょうど》」「厭離穢土《おんりえど》」ですね。この世はいとわしい、疎ましい。お浄土へ行きたいという旗です。だいたいこの旗が言うことをきいた時代であります。

ところが、元禄（一六八八〜一七〇四）のころから、日本人は非常に教養民族になった。つまり、戦争で手柄を立てることはできませんから、学問で身を立てようということになった。侍はもちろん、百姓もまかり間違えば学問で侍になることができますから、学問をし始めた。

その学問は、ご存じのように儒教です。儒教の中でいちばん最新式の儒教だと言われていた朱子学というやつです。朱子学というのは要するに、道徳のもとを科学的に尋ねていくという学問で、非常に科学的なものです。

ただ、要するに道徳なんです。学問といっても、人はどうやって生きるか、どう行動すれば美しいか、という取り決めを習うことなんです。江戸時代は、その儒教を徹底的にやった。

儒教の元祖は孔子様ですね。孔子様は宗教を否定はしなかったけれども、逃げた人でした。弟子があるとき

「孔子様、死んだらどうなるんでしょう。先生はそれをちっともおっしゃいませんけれども」

と尋ねた。そしたら、

「おれは生きていることもわからないのに、死んだ後のことはわからない」

大変科学的な答えをなさった。以来、儒教はそのまま来たわけです。

江戸時代の無神論は、儒教の無神論に禅宗の無神論が加わります。二つの無神論がミックスされて、日本の武士道的なものの中で花開いたわけです。その無神論的教養時代の煮詰まったときが幕末ですから、幕末の志士は実に死をいとわない。つまり、道徳で死ねるわけであります。

人間がどうやって生きていくかについては、宗教と道徳があります。

道徳だけで十分だという人もいれば、宗教が必要だという人もいます。

幕末の日本人というのは道徳だけですね。庶民は別として、いわゆる侍階級は道徳だけ。その侍階級の多少血の気の多い人間が、いわゆる革命運動に参加した。みんな、道徳で死ねたわけです。世界的にも非常に珍しい例です。一般の風潮としても、宗教は退廃しきって、何もなかった。

そうすると、幕末の大いなる欠落は、宗教と、さっき言った、造形美術で見るべきものがないということとの二つであります。

「ない」ということからだけでもこれだけ語れる。

歴史というのは、そのようにしていろんなところから接近していくべきものであります。接近して、とんでもないところへ行ってしまうことがありますが、それはたくさんのファクトを並べてないからですね。ですから、とんでもないところに行かないように、ファクトはできるだけたくさん並べておく必要がある。

それでは、幕末の日本人の関心というのは何だったんだというと、政治と経済ですね。特に先覚者的な人間は、実に経済に関心を持つ。例えば、幕末よりちょっと前ですが佐藤信淵とか、幕末では横井小楠とか勝海舟、坂本竜馬とかは、全部経済的感覚のある人です。どうやって国を運営すればもうかるかということを考えていた。

越後長岡藩の家老だった河井継之助《つぐのすけ》という人は、書生時代の長かった人です。いい先生を探そうと、十年ばかり諸国を遍歴しました。やっと岡山県の山の奥で一人見つけて、いろいろ学んだ。学んだことは全部、いわゆる経済学です。藩をどのようにして立て直したらいいか、どのようにして次の時代に生かしめたらいいかと。それまでの藩というのは米穀中心の経済で、侍の給料もお米で換算されている。ところが外国の経済と一緒くたになってくるとそんな具合にいかなくなる。どうしたらいいかということを、その先生に学んだわけです。

学んで別れしなに、継之助が先生を褒めて、

「先生のような人ならば、三井の番頭が務まりますね」

と言った。

先生も侍ですよ。三井の番頭といったら町人です。町人の三井の番頭のほうが侍より能力ありと、継之助はしたわけです。

坂本竜馬も同じようなことを言っています。彼が長崎で海援隊という、貿易会社兼商事会社兼私立海軍兼浪人結社みたいなものをやっている。いろんな同志を集めて好きなようにやっていたわけですが、そのときにいちばんかわいがっていたのが、陸奥宗光です。二十一、二歳で、紀州の脱藩浪士。その陸奥に対して、竜馬が、

「われわれの海援隊の中で、両刀を出しても飯が食えるのはおれとおまえだけだな」

と言って、二人で悦に入っていた。侍という肩書なしでも飯食っていけるというのは、おれとおまえだけだと。

非常に実利的な時代ですね。革命期というのはだいたいそんなもんでしょうね。

ですから、精神的な仕事、つまり宗教とか芸術とかというようなことは、二の次どころか、ないと同然なんです。

もっとも、革命でありますから、非常な抽象的飛躍が伴うわけで、そこで詩だけはいい詩が生まれるんです。江戸三百年を通じて日本人がつくった詩の傑作を挙げよと言ったら、やはり幕末に集中する。人の心が高揚していますから、詩には向くわけです。

なんだか、

「鎌倉時代には何々がなかった」

というようなことばかりをお話ししました。

「ない」ということからだけでも、いろんな具合で観察ができる。おもしろいものの考え方ができる。

そういうことぐらいが今日の結論でしょうか。

一九六八年四月三十日　東京・紀伊國屋ホール　新潮文化講演会　新潮カセット講演『司馬遼太郎が語る　第二集』から

大阪商法の限界

歴史小説というものは、書くよりも調べるほうがおもしろいものです。調べているうちに、大阪のことがよく出てきます。大阪はいま私が住んでいて、故郷でもある町であり、いろいろ思うことがあります。

しかしながら私は大阪という土地をちっとも褒める気にはなりません。ちょうど法事に集まってくる親類縁者の顔を見て、だれも褒める気がしないのと同じですね。むしろ弱点とか欠点ばかりが目につきます。

今日もそういう気持ちなのですが、その前にちょっとだけ褒めておくことがあります。

よく江戸のことを「八百八町」といいますが、大阪も語呂を合わせるように「八百八橋」といいます。

実際のところ、江戸時代には大坂に百六十八の橋があったそうです。

そのうち十二だけが官立の橋でして、例えば日本橋がそうでした。

残りは全部私立の橋だった。

心斎橋はある町人の引退してからの雅号をとったものですし、淀屋橋は淀屋辰五郎の淀屋であります。

みな、人の名前や屋号などからとっています。自分のお金で近所に橋を架け、人を通してあげる。人のためになっている。橋は、架けるよりも維持するほうが大変です。流されたら、また架けなくてはなりません。

江戸にもたくさんの橋がありましたが、あちらはほとんど官立の橋です。

この点は江戸時代の大坂人が誇るべきもののひとつであり、そしてその伝統は生きているようですね。

今日は新しい商工会議所のビルを初めて見たのですが、このビルを造るために約十五億円というお金がたちまち集まったという話を聞きました。

公のことで寄付するのをいとわない、できれば人より多くしたい。それが大阪という土地の伝統です。

学校にしてもそうです。

私の記憶では、明治以降の大阪におこった学校のほとんどは私立から出発しています。大阪の医学校も私立ではじまり、それが現在の大阪大学医学部になっています。この商工会議所がつくっていたプライベートな商業人の養成所が、のちに市立の大阪商科大学となり、現在の大阪市立大学がそうですね。大阪外国語大学にしても、大正時代に林蝶子さんという方が自分の財産でつくり、すぐさまそれを政府に移管して官立にしてもらいました。

まことに見上げたものですが、もうひとつの特徴は、その維持がへたなところにあります。どの学校も東京や京都の同種類の学校、学部に比べると、やや見劣りがします。阪大医学部よりも京大医学部のほうが、世間的な印象からすると上のように思われています。

昔も大阪商科大は神戸商科大の次にあるような印象があった。

お金はうんと出すが、そのあとが続かない。お金は続くのだが、どうもインテリジェンスが続かない。今日はこれからそういう話をいたします。

江戸時代の大坂という町は、非常に大きな存在でした。

私は、太閤さんは大坂の恩人に違いないが、むしろ江戸時代の経済体制そのものが大坂を大ならしめたのではないかと思っています。

豊臣から徳川に政権が代わりましたが、家康は経済体制を踏襲しました。

豊臣氏がつくった経済体制を壊すと、国そのものがつぶれます。だから踏襲したので、べつに温情ではありません。特に大坂において踏襲しました。

大坂を全国の物資の集散地とした。松前の昆布はわざわざ日本海を経て、下関を回って瀬戸内海に入り、大阪湾まで来る。大坂で市にかけられ、また東北に戻ったり、江戸に行ったりする。繁栄しないはずがありません。

元禄時代には西鶴、芭蕉、近松門左衛門という人々が大坂に現れます。

大坂なら、めしが食えたからですね。

芭蕉が奥の細道を歩けるのも、行った先々に旦那衆がいるからです。

旦那衆の家に泊まっては俳句の添削をする。お礼をもらって生活する。なかでも有力な旦那衆がいたのは大坂です。芭蕉は大坂を根拠地として、大坂で亡くなっています。元禄時代の大坂の人口は五十万とも七十万ともいわれます。当時の世界屈指の大都会だったのです。ただひとつ不幸なことがありました。

江戸時代の貨幣制度は、いわば二本立てでした。江戸では金本位制がとられ、大坂では銀本位制がとられた。よくわれわれは芝居や映画で小判の出る場面を見慣れていますが、大坂では小判は出てきません。銀が出てきます。

「千両役者」という言葉も、大坂ではなかったのではないでしょうか。少なくとも大坂相撲には「十両」という呼び方はなかったと思います。年十両の給料が払われるから十両なのですが、大坂では銀何匁《もんめ》です。何匁では強い感じがしませんね。

日本人は銀が好きなのです。

金も尊いが、紙一重で銀も尊いものだと思っていたわけです。ところがその考え方は国際的なものではありませんでした。ヨーロッパ人にとっては金だけが尊く、銀は食器に使うものでした。幕末になってヨーロッパ人が日本にやってきます。彼らにとって日本は金が安く、銀が高い国でした。

市場から金がどんどん流出し、銀が残ることになった。金本位の江戸も打撃を受けましたが、銀本位の大坂はもっと打撃を受けました。

鴻池は近藤勇を頼りにしました

どうも商売は番頭はん、丁稚どんではたちゆかない。幕末になると、そんな雰囲気が大坂を覆います。豪商の鴻池はこのことがよくわかっていたようですね。

従来なら帳づけを教えていればよかった。わずかな厘、毛まで数えられる技能を身につけさせ、商業の精神としては、節約をうるさく言えばすんだ。

しかし外国相手の交渉では、それではだめだということになった。

算盤《そろばん》ができなくても世界観を持った人間、政治がわかる人間が必要だと、鴻池では考えたのでしょう。

これにまつわる話があります。

東京の日野市はかつては南多摩郡日野宿でしたが、ここで土方歳三が生まれています。新選組の最初のスタッフたちは、ほとんどそのあたりの百姓の出身者です。名字帯刀を許された人で、佐藤彦五郎という人がいました。日野街道沿いの庄屋をしていて、土方の姉の嫁入り先でした。大変に教養もある人だったようですね。

彼は新選組のスポンサーでした。

近藤たちが京都に上った当初は資金がなく、ずいぶん佐藤家に無心をしています。

京都の四条烏丸の角にさる銀行の支店がありますが、幕末のときにはここが鴻池の京都支店でした。

新選組結成後のある夜、近藤勇らが夜回りをしていたところ、鴻池の店の黒塀を乗り越え、覆面の曲者が千両箱を抱えて路上に飛び降りた。

当時はやりの輩ですね。

「攘夷御用である。カネを出せ」

そう言って刀で脅す。

こういう手合いを鎮めるのが、新選組の仕事でもありました。のちには政治的存在になっていくのですが、初期には非常警察的な役割を果たしていました。

近藤にとっては事件が自分から飛び込んできてくれたようなものです。

またたくまに退治し、千両箱を鴻池に返してあげて引き揚げた。

大変に感謝されて、

「大坂に一度遊びに来てもらいたい」

ということになりました。

近藤たちは、鴻池の主人の挨拶を受け、北の新地でお酒を飲んだ。

鴻池の商売は大名貸しです。お金の質草に刀を入れる侍が多く、流れた刀が何千本とあったのでしょう。鴻池の主人は、

「どうぞご自由にお持ちください」

と言ったようで、それが近藤の「虎徹《こてつ》」だという説があります。

さらにこのとき鴻池は近藤勇をスカウトしたようなのです。

これからの商売は算盤ではなく、世界観だ。インテリが要るんだということになったのですが、適当な人間が見つからない。そこで、

「近藤さん、いかがでしょうか」

と言った。近藤勇なんかに経営をまかしたらとんでもないことになると思うのですが、当時の大鴻池でもその程度の人物観しか持っていなかったようですね。近藤のほうもびっくりしました。新選組をはじめたばかりで、鴻池の番頭になるのはつまらないと思ったのでしょう。近藤は言いました。

「自分にはとてもできないが、私の国元に佐藤彦五郎という人物がいる。尊敬すべき人で、庄屋なので経済にも明るい。彼を呼びましょう」

さっそく急飛脚を出した。

当時もう「支配人」という言葉がありました。

「鴻池の支配人にならないか」

という手紙が佐藤家に残っています。私は佐藤家を訪ね、その手紙を見せていただきました。もっとも、佐藤彦五郎は断りました。幕府の制度で、庄屋の当主はよその土地に移れないのです。近藤はまだ無知で、それをよく知らなかったようですね。

こうして人を得ずに、鴻池は明治維新を迎えます。大名貸しは大打撃を受けました。天王寺屋など、次々と金融家が倒産した。

鴻池もヨタヨタしていたのですが、そのとき早くも「住友」が出現しています。住友の先見性は士族を番頭以下に入れたことでした。鴻池は立ち遅れた。立て直しに苦慮したあげく、住友を見習おうと、つまり再び士族を入れようということになった。

落語で「士族の商法」という話があります。士族の急ごしらえではうまくいかないという話です。

ところが住友、鴻池は「士族の商法」でなければと考えた。

鴻池は五代友厚に相談します。

五代さんは薩摩の志士あがりです。

明治になって疲弊していた大阪の経済を再興するために活躍し、この商工会議所の初代の会頭になった人です。

いわゆる商家の出ではありません。

「いかがでしょうか。士族を一人回していただけないでしょうか」

鴻池は頼みました。

このころの士族とは、読書階級、知識人という意味でもありました。五代さんは考えて、

「土居通夫がいいだろう」

土居さんも商工会議所の七代目の会頭となった人です。

この人も変わった経歴の持ち主ですね。伊予宇和島藩の下級の侍の家に六男として生まれました。六男では養子にでも行くしか仕方ないのですが、この人は何度も養子に行っては失敗を繰り返していました。

二十五歳ぐらいで人生に迷っているとき、坂本竜馬に会っています。

「伊予もボヤボヤしていてはだめだ。土佐と一緒にやろう」

そういった話を聞いて、伊予の若い連中は興奮して帰っていった。ところが土居さんだけが残っている。

「君はなんだ」

竜馬が聞くと、土居さんは身の上話をはじめた。今後どうしたらいいだろうかと尋ねた。竜馬は聞きます。

「君は何ができるんだ」

土居さんは居合抜きの名人でしたが、そのほか侍では珍しいことに、算盤ができました。算盤だけでは食えないでしょうが、竜馬はハッパをかけています。

「脱藩して京都に行け。浪人となって奔走しろ」

言われたとおりに脱藩した。

もっとも、宇和島のような小さな藩から脱藩したところで、頼るあてなどありません。頼りの坂本竜馬は幕府のお尋ねものですから、行方は知れない。

結局、大坂の宇和島藩邸に出入りしていた炭屋の爺が、おじにあたりましたので、そこへ転がり込んだ。

おじさんは震え上がりました。

脱藩の手配書が回っていまして、土居さんを突き出さなかったら、自分の首も飛んでしまう。

「友達に高利貸がいる。そこへ行って手代でもしてくれ」

勤王の志士になるつもりが高利貸の手代になってしまった。

だんだんいたたまれなくなりまして、こんなことをするために宇和島を出たのではないと考えた。

しかし、京都に出ると、すでに竜馬は暗殺されたあとでした。

その後、竜馬の知己ということで陸奥宗光を頼り、さらに陸奥によって西郷を知ります。戊辰戦争を戦っていた西郷に経済的な政策を進言し、そのことで土居さんは認められるようになっていきます。

大阪府権少参事（副知事）を務めたあと、司法の世界に身を投じていたところへ、

「土居君、鴻池へ行ってくれないか」

そう五代に言われた。

もっとも、遅かったようですね。

土居さんは数年で鴻池を去ります。

つまり鴻池は最初は近藤勇を、次には土居通夫に活路を求めましたが、どちらにも逃げられた。大鴻池は自滅するように衰えてしまいます。鴻池ですらこうなのです。

大名の貸し倒れとかさまざまな事情はありました。しかし明治初年に大阪の商家は、まずその能力によって滅びていった。それが実情でした。

番頭はん、丁稚どん、ど根性がいかに脆弱なものか、いかに心細いものかがよくわかります。

歴代の大阪商工会議所の会頭、副会頭の方々の出身県をうかがいますと、純粋の大阪人はあまりいません。

明治以後、工業をおこしたり産業をおこしたりといった分野で活躍した大阪人はほとんどいません。工業・産業をおこしたのは多くは他府県の出身者です。

例えば幕末のときの佐賀藩は、藩ぐるみで産業国家のようでした。三十何万石の藩で、造船所を持ち、製鉄所を持ち、鉄の大砲の鋳造まで行っていました。そこで中心的な役割を果たした田中久重という人物が、今日の東芝をおこしています。東北の南部藩のなかから、釜石の製鉄所をおこす人が現れたりしています。

彼らには科学的な頭があったといえばそれまでですが、もっと重要なのは利にさとくないという点

です。

仮に、ある工業をおこすのに百億円のカネがかかるとします。失敗したらどうする。それより銀行に預けておけば、いくらかの金利が入るじゃないか。この考え方が大阪の伝統的な考え方でもあります。

これでは、けっしてインダストリーは生まれません。私心さえも捨てなくてはならない大事業はできない。それができるのは大阪からみて、いわゆる「田舎」の人たちであります。

つまり近代日本をつくりあげてきた原動力であるインダストリーに、「大阪」は参加していても、ほとんど「大阪人」は参加していない。そういう大欠点が大阪人にはあります。

この欠点の理由は、江戸三百年の販売第一主義に原因があります。

大坂は物資の集散地であり、市をたてて値段を決める。それも薄利多売を中心にするという考え方の町ですが、江戸のほうは違います。

幕末になると江戸も大坂と同格ぐらいの経済都市となる。

江戸は不思議な町でした。

元禄時代は大坂のほうが人口が多かったのですが、文化・文政時代になると江戸の人口は百万を超えています。

そのうち半分が武家でした。

大名が国元から連れてきた家来、もともと常駐している家来、旗本、その他を含めて五十万人ほどの人間がいた。彼らは消費階級でした。

あとの半分の町人たちはどうなるかといえば、善くも悪くも侍の美意識、モラルをまねるようになります。

大久保彦左衛門の横で一心太助が活躍しますね。あれが江戸の姿であります。おれの殿様がいちばん偉いんだと言って権威主義を振り回し、町内を自慢して回り、何事かあるとすぐに大久保の殿様のところに走り込む。

大変な忠義者でもあります。

義理堅く、小気味よくもある。いちばんいい魚を売ることに張り切り、腐った魚を売るぐらいなら、損したほうがましだと自慢する。これが江戸の商業精神でもあります。

商売にナルシシズムは禁物です

「忠臣蔵」で浅野内匠頭が吉良上野介にいじめられますね。畳があぁだこうだと言われて一夜にして江戸じゅうの畳屋を動員して新しくつくりなおす場面があります。

つまり浅野家が泡を食ったおかげで、江戸じゅうの畳屋がいい賃金で商売ができることになります。このように江戸ではすべての商家、職人、下職が大名の消費生活で食っていることになります。

「大名買い」といいまして、大名は値切りません。秋田の佐竹様が江戸屋敷の火鉢を新しくしようとして、出入りの商人を呼びます。

「全部で一千個つくりなおすことになる。いちばんいいのをつくってこい」

商人はすっとんで帰って、材料の吟味からはじめます。関東周辺の桐はよくないということで、信州に行く。

高い材料を買い、腕のたつ下職を選ぶ。コストは高いですが、いい物さえ納めれば、値切らずに買ってもらえる。そこで自然と、品質第一主義といった頭ができあがっていきます。

値切らない旦那がいて、一心太助のように品物の良さを競い合ったりする。

伝統とは恐ろしいものですね。その後、東京の品質第一主義と大阪の販売第一主義は、日本の経済体質のふたつの型となっていきます。

東京のタオル屋と大阪のタオル屋のけんかの話を聞いたことがあります。

東京のほうがまず、

「大阪の浴衣は安物で、見栄えだけよくて、一夏着たらベロベロになってしまう」

大阪が言い返しました。

「東京の人間は三夏も四夏も同じ浴衣を着るのか。大阪は一夏で浴衣なんて捨てるんだ」

しょせん負け惜しみですね。

結局こういう考え方の中に、大阪の経済体質がひそんでいるのです。

いまや伝統のよいところは大事にして、悪いところを見つめて捨てる時代がきているようですね。

商業は単に目先の利害ではなく、もっと長い目で見るべきものです。

経済にも形而上的な精神や哲学が必要です。それがあって物を売ったりつくったりして初めて、世界の需要に堪えられるのではないかと、素人なりに考えています。

私はよその土地で大阪の悪口が出ますと血相を変えるほうですが、今日は同じ大阪の皆さんと一緒です。大阪人はど根性があるとか、お互い褒めても仕方ありません。ナルシシズムはだめですね。私のような書斎生活者がものを調べて感じた、大阪の長所や欠点を申し上げました。かつて長所だったものが今日では欠点となり、さらには体質化しています。その原因について、聞いていただきました。

一九六八年十一月十三日　大阪市・大阪商工会議所国際会議ホール　大阪商工会議所創立九十周年記念講演

一九六九年（昭和四十四）——一九七一年（昭和四十六）

【一九六九年―一九七一年】

東大闘争で安田講堂の封鎖解除（六九年一月）
人類初の月面着陸（六九年七月）
日本万国博覧会開催（七〇年三月―九月）
東京で光化学スモッグ被害、公害問題が深刻に（七〇年七月）
三島由紀夫が自衛隊東部方面総監部で割腹自殺（七〇年十一月）
金―ドル交換の一時停止（ニクソン・ショック、七一年八月）
中国の国連復帰と台湾の国連追放（七一年十月）

【司馬遼太郎四六歳―四八歳】

週刊朝日に「街道をゆく」連載開始（七一年一月）
韓国に取材旅行（七一年五月）

●主な著書

『坂の上の雲〈全六巻〉』（六九年四月―七二年九月）
『歳月』（六九年十一月）
『世に棲む日日〈全三巻〉』（七一年五月―七月）
『街道をゆく〈全四十三巻〉』（七一年九月―九六年十一月）
『司馬遼太郎全集〈全六十八巻〉』（七一年九月―二〇〇〇年三月）
『城塞〈全三巻〉』（七一年十二月―七二年二月）

学生運動と酩酊体質

私は早く白髪になったものですから、近所の人でも、六十いくつだろうと思っている人がいたりします。本当は四十六なんですが。しかし最近、鏡を見ていると、我ながら七十ぐらいに見られそうだと思ったりもします。

私は、学生時代に兵隊に取られました。学校から軍隊に入ったのですが、それまでなんとも思っていなかった国家というものを、ちょっと考え込む気持ちになりました。

その当時、「人生は二十五年だ」というはやり言葉がありました。

私は二十一歳だったのですが、戦争を前にして二十五歳まで生きられるかどうかわからないような状態でした。

なぜ国家というものは勝手に人の寿命を縮めることができるのかと、非常に疑問に思ったわけであります。

人間は二十歳前後からいろいろ考えますね。自分はどんな仕事をしようか、どんなお嫁さんをもらおうか、いろいろです。しかし国家はそれを停止させてしまう。命を取ることよりも、むしろ思考を停止させることのほうが大きいと私は思いました。

さらに、そういう権限をだれが国家に与えたんだろうと思いました。考えているうちに、その国家そのものが非常に疑問に思えてきて、そういうものはないほうがいいのではないかとも思いましたね。ともかくも軍隊にいる間、ずっと考え込んでおりました。

しかし、戦場に行けば、おそらく逃げたりはしないだろうと、そういう自信はありました。なぜ逃げたりしないかというと、みっともないからですね。

人間にはぎりぎりのモラルがあると思います。たとえ国家に対するモラルを失っても、人間というものはバタバタしない。動物に戻ってしまうことはない。当時は「カッコよさ」という言葉はありませんでしたが、そういうことでしょうね。

自分の周囲の数人の人間に笑われたくないという気分でしょうか。そういうことだけが、人間を潔く死なせるものかもしれないと思いました。そのことについては、変なものですが、まあ自信がありました。

「カッコよさ」という言葉を少し難しく言えば、美意識という言葉になります。女の人がお化粧をするとき、こうありたいと思う願望があるように、男もいろいろ思います。

自分はこういう形の生涯を送りたい。友人にはこう言われたい。そういう自分自身の美意識というもので十分死ねるというような瞬間が、男にも女にも、人間にはあるらしい。

例えば室町時代は、中世の終わりぐらいの時代ですね。この時代の特徴を言いますと、死んでも極楽に行けるかどうか、あるいは極楽があるかどうかがわからなくなっていました。

つまり、神仏などないのではないかと、中世の信仰が崩れた時代でした。あらゆるモラルも崩れていきました。元の木阿弥《もくあみ》の、人間の生な姿に戻った時代でもあります。人間はモラルから見放され、あるいは解放されて、戦国時代を迎えた。

しかしそれでもなお、われわれがいま考えているほどには乱脈な時代ではありませんでした。戦国時代は戦国時代なりの秩序で動いていた。それはなぜかというと、やはり美意識ですね。カッコよさでしょう。せいぜい、カッコよさが自分の行動の基準になったらしい。

戦国時代にたくさんの英雄豪傑が出てきます。戦場でぶざまな格好をしては恥ずかしいから勇敢に戦ったり、あるいは友人を裏切ったりすると恥ずかしいから裏切らない。そういうモラルを持った人物もいて、社会は維持されたようです。

西洋でもそうなのですが、もっとも西洋人の場合、美意識だけで世の中が維持できるようでもなさそうですね。

西洋人の場合、日本人と比べて個体として、生物として、本質的にエネルギッシュです。日本人なら朝におかゆを食べ、夕方に飯を三杯食う程度で生きていけそうなのに、彼らはもっと多くのエネルギーが必要でしょう。体格も力もそうですし、あらゆる意味で強い生物です。

とてもカッコよさだけでは統御できそうもありません。先ほど私の前に遠藤周作さんがお話しになった、カトリシズムの話にも通じますね。

非常に強力なモラルといいますか、宗教といいますか、そういうものが西洋では必要になります。それらが人間生活の端々まで締め上げていく。結婚の儀式もそうですし、法律もキリスト教の精神できあがっていきます。そのぐらいでないと、ヨーロッパ人は難しい。そのぐらい強力なモラルの統制が必要らしいと、ひそかに思ったりするのですが、それに比べて日本人は本当はか弱い存在かもしれません。室町時代の終わりぐらいまでは、日本人はいまの硬いご飯を食べておらず、おかゆをすすって満足していたような民族なのです。

そういう民族ですから、生物としては非常に優しいエネルギーしか持っていない。せいぜいカッコよさ程度で十分に自己制御ができる。そういうことだろうと思います。

いまの時代は、室町時代に非常によく似てますね。

いろいろな既成のモラルが崩れて、国家というものについても、いろいろな見方が出てきています。だいたい国家というものは、明治以後の日本にとって、終戦までモラルの根源でもありました。「親に孝に」と言うよりも、むしろ「君に忠に」とばかり言ってきた国です。

それが戦争に敗れて崩れてしまいました。日常の規範が一時になくなったわけです。

現在、少しずつ国家は復権というか、回復していますけれども、しかしながら、戦争前には戻れません。国家がモラルの元締めとして、卸問屋として、重苦しくわれわれを締めていた時代とはずいぶん違います。つまり、いまの日本は非常に軽々とした国家であり、社会であります。

神様は二種類の人間をつくりました

そういう時代に、学生たちが暴れています。暴れることそのものは、何といいますか、認めているような格好ですね。機動隊という物理的な力であまり暴れさせないようにして、ちょっと埒外にいくと逮捕する程度です。それも黙秘権を行使せずに名前さえ言えば、扱いはそれほどでもなく、すぐ帰してくれるケースもあると聞きます。

軽々とした国家、社会になってもわれわれがあまり無秩序にならないのは、学生たちの使っている言葉でいうカッコよさ、見栄、難しく言えば美意識というようなもののせいでしょう。学生たちの暴れ方を見ても、日本人の社会の姿があるなと思っております。

来年は七〇年安保をめぐって政治の年だ、政治の季節だと言われています。これから、このことを少し考えてみます。

考えてみますと、神様は人間というものを二通りの体質につくったようですね。

ひとつはお酒が飲めない人です。

もうひとつは、お酒が飲める人、お酒がおいしくて、酔っぱらっていい気持ちだと言える人。この二通りの体質があるように思います。

その酒は、アルコールだけではありません。宗教をも含めて思想というものに酔える人、そして酔えない人と、二通りあります。

マルクス・レーニン主義がいかに立派な思想であろうとも、全部の人間がそれに感動できるわけではありません。

どんなにキリスト教が隆盛の時代であっても、キリスト教徒になれない人は常にいました。

さっき遠藤さんがおっしゃっていましたね。織田信長の時代の前後、日本のカトリックには五十万から百万の信者がいたらしい。爆発的な増え方であります。キリシタンが禁制になることがなければ、当時の人口は三千万ぐらいですから、三百万ぐらいにはなったかもしれません。しかし、それ以上は難しいでしょう。

同じく室町時代に爆発的に信者を増やしたのは、浄土真宗ですね。親鸞聖人です。「南無阿弥陀仏」を唱えれば極楽往生は間違いのないことだという浄土真宗、一向宗ともいいますが、本願寺の末寺の数は、東と西と合わせて二万弱でしょうか。一カ寺がだいたい百人の門徒を持っているとしても、二百万ですね。

戦国時代も二百万人だったかどうかはわかりませんが、それにしても全体の人口で言えば一割弱ぐらいです。現在は一千万人ほどですから、やはり一割弱です。あれだけ爆発的に流行しても、せいぜいその程度しか伸びきらない。

つまり、新しい宗教にどんなに勢いがあったところで、国民の一割を超えるのは難しい国なのかもしれません。国民の一割、つまり十人に一人は、あるいは集団的に酩酊できる人であるかもしれない。けれども、十人に九人までは、そういう思想というお酒をあてがわれても、「嫌だ」と言う人らしい。思想や宗教は、小説と同じようにフィクションであります。

つまり、「うそ」であります。

神様が天国にいるというのは、やはりうそであります。そして、マルクス・レーニン主義も、うそであります。いかなる思想もうそであります。

現実というものから形而上的に飛躍させた、ひとつの壮大なうそですね。

そのうそを、つまりフィクションを信ずるには、やはり狂おしい心が必要となります。

極論しますと、うそか本当かわからないけれども、とにかく信ずると。

信ずるところから力が出てくるわけでして、ともかくマルクス・レーニン主義を信ずると。信ずる人ならば、例えば『資本論』を全部読まなくても、ちょっと聞いただけでもう信じてしまいます。酩酊するわけです。酔っぱらってしまうわけですね。

石原慎太郎さんがテレビで学生たちと話をしているのを見たことがあります。全共闘の諸君と話していて、そのとき登場した全共闘の諸君がたいへん無学でした。石原慎太郎さんがその無学を突いていらっしゃるわけです。

「君は『資本論』を読んだか。『資本論』の何ページにはどういうことが書いてあるのか」

問い詰めていくと、学生たちは何も知らない。知らないけれども、マルクスの徒であると。これがおもしろいのです。

日蓮宗でも、日蓮の教義その他を読んで信じなくても、お題目さえ信じればそれでいいというようなところがありますね。あるいは南無阿弥陀仏でも同じだと思います。

念仏、お題目だけで、もうそのまま入ることができる。そういう酩酊体質の人がいます。お酒にすぐ酔える人がいる。

酔っぱらっている人というものは、不思議な存在ですね。

二十人ほどが集まってお酒を飲んだとします。会社のどこかの部が宴会をしたとしましょう。お酒の飲める人、酔える人はせいぜい二、三割ですね。あとの人は飲めても酔えない人もいるし、全く飲めない人もいる。結局、多くは素面《しらふ》で、おかずか何かつついている。歌が出れば、仕方なしに手をたたいたりする。

結局、宴会は、お酒の飲める人のためにあるものですね。お酒の飲めない人はぼんやりしているわけで、そのときには酔えない劣等感があったりします。なんとかお酒の飲める人の雰囲気に合わせよう合わせようとしている。

そして悪酔いした人まで出てきます。ふざけたり、人を攻撃したり、ついには罵倒したりする。「まあまあ」と言って、素面の人たちが止めて穏やかにさせようとするんですが、「おまえ、なんだ」とかなんとか、酔っぱらいは嵩《かさ》にかかってくる。手に負えませんね。素面の人はヘラヘラ笑っている。ヘラヘラ悲しそうに笑っています。

お酒の席では、酔っぱらった者が得になります。酔っぱらった人は、素面の人を脅すことができます。脅しが通ることさえあります。

酔っぱらいが街で少々ふざけたことをして、例えばゴミ箱を壊したとして、「あれは酔っぱらいだ」と言って、その場ではあきらめてしまいます。

酔っぱらいには、それだけの強い力といいますか、まかり通るところがあり、素面の人がそれを避けて通るところがあります。

思想の酔っぱらいも同じですね。

思想の酔っぱらい、それも集団の酔っぱらいになりますと、一種のヒステリー状態を起こし始めます。平素の個々の人間とは違う行動をとる。異様な雰囲気のなか、集団的な、ひとつの信仰的な行動が始まります。

例えば羽田にデモをかける。とても阻止できないことがわかっていながら行く。わかっていながら行って、暴れるだけ暴れてしまう。それで、佐藤栄作さんはアメリカへ飛んでいく。初めから戦略的に、戦術的に考えれば、もっとやり方があるようにも思えるのですが、とにかくそういう絶対の壁に向かって突撃して、案の定やぶれてしまうと、叫んだり、わめいたり、泣いたり、怒ったりする。やはり心理学的にはヒステリーの現象ですね。思想というものは、そういうヒステリーを起こすまで、そこまで力を持っています。

しかし、酩酊しない体質の人間にとっては、思想というのは何の意味もなさないものでしかありません。

必要以上に尊敬してはいけません

このあいだ何かで読んだ話ですが、中華そばを売っている屋台のおじさんがえらい目に遭ったそうです。

屋台を路地わきに置いていたら、棒を持った学生たちが集団になってやってきた。屋台を武器にするために壊そうとした。まあ壊したんでしょう。そうすると、おじさんが見つけて飛んできて言いました。

「おれの屋台に何するんだ」

当然ですね。ところが学生はこう言ったそうです。

「おまえ、何にもわかっちゃいないな。おまえは、安保のことがわかっているのか」

自分たちの信じているいろんな呪文のような言葉を吐きかけて、おじさんが悪いようにしてしまう。

「おまえ、何にもわかっちゃいない」

つまり、この場合、素面のおじさんと酩酊者の学生との関係が成立します。おじさんにしてみれば、どうしようもないわけですね。

人間は今日まで成長してきましたが、もうひとつ成長し足りないところがあります。

それは、思想というものが尊いということを、どこかで覚え込んでしまったことにあります。あるいは、宗教は尊いと、どこかで覚え込んでしまっています。もちろん宗教も思想も尊いのです。しかし、十八世紀、十九世紀、そして二十世紀の半ばまでの人たちが思っているほどの尊さは、いまはないと思います。

例えば、河上肇さんというたいへん立派な、優れた思想家がいらっしゃいます。いろいろな思想を持たれ、そのために牢屋に入ったり、いろいろなさって、生涯を清貧の中で送られた。

非常に尊敬すべき人ではありますが、かといって尊敬しすぎてはいけません。

河上肇さんは、もともとお酒に酔う、つまり思想的に酩酊する必要がある体質でした。河上さんの場合、いろいろな思想が入ってきては、抜けていきます。例えば宗教に入信したり、社会主義を展開したり、マルキストになったりと、さまざまな思想が河上さんの中を通り過ぎていく。変節などという言葉は当たりませんね。日本酒がウイスキーに代わっただけのことであり、酒には変わりない。

河上さんだけではありません。

明治の文士は、キリスト教徒が多かったですね。青年のときに洗礼を受けて、クリスチャンになる。しかし、彼らがやがて社会主義者になる。

同じことです。キリスト教も社会主義も、非常に高級なフィクションなのであり、そのフィクションが必要な、つまり酔っぱらわないといられない体質の人がいます。

キリスト教というブランデーを飲み、ブランデーに飽きたから、社会主義という焼酎を飲んだ。それは非常にいいことではありますけれども、しかし必要以上に尊敬したり、尊んだりしてはいけません。

思想というものは尊いものだということを思いすぎてきたのが、われわれの歴史です。歴史といっても古い時代ではなくて、ヨーロッパを含めてほんの二、三百年来の文明の歴史でもあります。

さて、思想は必要なのでしょうか。

非酪酊体質の人間にとっては何の必要もなく、むしろ害だけであります。ゴミ箱を壊されたり、ラーメンの屋台を壊されたり、あるいは一向一揆が起こったり、あるいは中世のヨーロッパの宗教戦争が起こったりする。人的な災害があるばかりですね。

昭和初期の文壇では、一人の作家を評するときに、こういう言葉がありました。

「あの男には思想がない」

それが致命的な悪口だった。

例えば谷崎潤一郎さんには思想がないと。そのように言えば、もう問題が全部解決したような気分になるわけですね。谷崎さんを全部やっつけたような、彼のすべてを抹殺したような、そういう感じの重々しさで「思想」という言葉は使われてきたんですが、そんなものが必要かどうか。

とにかく今日の日本人はよく働き、一億が世界中の加工業者のようになりました。原料をどこかの国から仕入れてきては、簡単な、あるいは複雑な加工を加えてもういっぺん売り出す。ずいぶん繁栄してきて、今日やっとわれわれの中に、極端な貧乏はなくなった。

今後も貧乏を退治したり、そういう経済的な面での不幸を退治していかなければいけませんが、それにしても日本史を考えてみて、今ほど食える時代はありません。

これは、政治のおかげではありませんね。われわれ自身が働いたからです。そしてわれわれの先祖も含めて、今日ここまで至るべく、運命づけられたものだろうと思うのです。

こういう大きな現実を前に、思想は社会的にどんな役に立てるのでしょうか。おそらく今後も、大きな思想というものはもう出てこないだろうと思います。現実に思想が負けたのだろうと思います。思想というフィクションは、人間の飢えを必要とします。物質的にも飢え、精神的にも飢えている状態に必要なのですね。飢えているからこそ、壮大なフィクションの中に入ることができ、信じることができ、酔いが回ります。酔っている間、人間というのは非常に幸福であります。

ところが、われわれの先祖が今日の時代をおそらく想像もしなかったほどに、貧乏というものは少なくなりました。国民の富が、べつに社会主義によらずしてほぼ平均化してきたこの時代になって、思想というものはどれだけの役目をなすものなのか。私は思想の悪口を言っているのではありませんよ。

私は学生のときに兵隊に取られ、

「国家というのは何だろう」

そう疑問に思いました。この年になりいま、

「思想というのは、どんな役に立つのだろう」

と思っています。個人の安心立命《あんじんりゅうみょう》は別ですが、社会や国家にとって害なのか益なのか。どんな役に立つのだろうという疑問の中にあります。

一九六九年十一月二十八日　東京・東宝劇場　文藝春秋祭りでの講演　原題＝歴史と人生

うその思想

こんな頭をしていますが、まだ四十六なんです。昭和十年代に兵隊に行きました。戦闘には参加しませんでしたが、そういう仲間に入っておりました。

外地におりましたが、戦争の末期に悪運が強く、連隊ごと帰ってきました。北関東のほうに移ったわけであります。

私は戦車兵でした。

当時、日本の戦車隊が玉砕していき、ほとんどなくなっているころでした。私の所属している戦車隊はその生き残りであり、大本営は東京の防衛のために連れ戻したのですね。

私は戻ってくる少し前に、硫黄島行きの志願をしていました。硫黄島は暖かくて、戦争がなくていいだろうと思っていたのですが、はねられて運が悪いと思っていた。それで帰ってきて、結局、命があった。

ともかく、そのときに初めて関東地方にやってきました。北関東の栃木や群馬におりまして、野原で寝転んでいますと、お百姓さんが話しています。私は関西の人間ですから、お百姓さんの言葉は聞き慣れていません。

「これは国定忠治と同じ言葉だ」

と思っていました。そのぐらいうぶな年齢のときでした。

敵が東京湾や相模湾に上陸したら、出ていく。これが私どもの戦車連隊の役目だったわけです。あるとき、参謀肩章をつけた大本営の偉い人がやってきて、いろいろ説明したことがあり、私はちょっと質問してみました。

だれでもする質問ですよ。

敵が上陸してきたら東京の人は逃げることになる。大八車に家財道具を積んで北のほうに逃げるとすれば、道が二つか三つぐらいしかない。ところがそれらの道をわれわれは使うことになっている。ですから聞いてみました。

「途中の交通整理はどうするのですか」

いまのように広い道ではありませんから、大混雑するだろう。交通が停頓して、戦争には間に合わないかもしれません。それで聞いたところ、大本営の人は頭をひねって、

「轢き殺していけ」

これにはびっくりしました。

日本人が日本人を守るために戦争をしていて、それで日本人を轢き殺していけと言う。不思議な理屈ですね。

平和な時代になって二十数年たってみると、そんなばかなやつがいたのかということになりますが、それが、当時の日本が持っていたイデオロギーというものであります。

イデオロギーというものは、はたして人間に幸福を与えるものでしょうか。

平素考えていることを、結論なしに申し上げたいと思います。

江戸時代に入りますと、教養の時代が始まります。

教養というものは大変な曲者ですね。江戸時代の学問といっても、今日のサイエンスではなく、漢文の学問であり、いわば道徳学のようなものでした。学問とは、朱子学であります。あるいは陽明学でもあります。もとは同じ宋学と言われているもので、つまり宋の国の学問ですね。

国民を統一するため天皇を皇帝にした

宋は異民族に悩まされ続けた国でした。最初は女真族の金が、その後はモンゴル人の元が中原を占領した。追われた宋の王様と家来たちは、かぼそく揚子江（長江）の南のあたりで生きていた。その滅びかけの宋の学者たちが、尊王攘夷という言葉をつくりもし、その思想もつくったわけであります。その王を尊び、攘夷せよ。つまり夷《えびす》、外国人を打ち攘《はら》えと。

外国人とは女真やモンゴルのことですね。

そういう事情からできあがり、朱子という偉い人が、それをひとつの完成まで高めた。それが日本に伝わってきたのは室町時代の少し前ですが、実際に定着するのは江戸時代からでした。

教養として定着したわけです。

江戸時代の三百年というのは、日本人の教養時代といいますか、教養好きの時代でした。末期になると、お侍だけではなくて、百姓・町人まで勉強するようになった。

その中心的なものが朱子学であり、尊王攘夷という思想の源になっていました。

ところで江戸時代は、将軍が対外的には皇帝という日本の元首になっていました。主権者は天皇ではありません。

しかしながら、末期になってくると、尊王だからということで、京都の天皇を尊ぶようになった。これについては後に述べますが、単に尊王攘夷という普通のなだらかな言葉が、革命の言葉になった。革命の言葉になって、ひとつの電気を帯びた。内容は大したことはないのですが、徳川幕府を倒すひとつのスローガンになった。思想というよりも単にスローガンですね。

孔子、孟子の儒教というものは、わりあい現実的な思想なんですが、宋学、朱子学は理屈っぽくて、理屈だけでできあがったような思想であります。

近代的な意味での思想に値する思想は、アジアではやはり、孔子、孟子よりも、ずうっと時代が下った宋学だろうと思います。

ところが、そもそもの思想とはどういうものかと言いますと、思想も宗教も含めまして、ひとつの観念だと私は考えています。

観念とは、うそであります。

フィクションですね。

例えば、キリスト教でもそうですね。

だれも見たことのない天国、だれも見たことのない神様を信じよという。信ずるところから出発するわけで、理解するところから出発するのではありません。

南無阿弥陀仏を唱えれば、極楽往生は間違いないと法然上人が言ったり、親鸞聖人が言ったりしました。

この間違いないというところから入らないといけない。極楽浄土はありますか、地獄はどんなところですかなどと言ったら、それはもうだめですね。

思想というものは宗教も含めて、理解して始まるものではなく、まず信ずるところから入る。マルキシズムも同じであります。

尊王攘夷の思想も、理屈の大建築でした。信ずる者には実在しますが、目をこすって見直すと幻であります。

非常に無理がある。

明治維新政府は、実際には開国して、外国とおつきあいして、産業革命の波に乗っかって、富国強兵の政府となりました。けれども尊王攘夷でもって政府ができたものですから、思想統一には尊王攘夷が使われました。

京都に天皇さんがいらっしゃる、あの天皇さんこそ大事なんだと。

われわれのすべての根源であり、すべてのモラルの中心である。こういう非常に不思議な理屈が明治以後にできたわけです。

明治以前の日本人ならば、思ったこともないことでした。奈良時代の日本人もおそらく思ったことはないし、平安時代もそうだと思います。

では、明治以前の日本人が天皇をどう見ていたかというと、神主さんだと思っていたようですね。

神主さんの大親玉であって、それだから尊い。神様にいちばん近いので、政治はなさらないし、浮世のことは、いっさいなさらない。

室町時代の応仁の乱で、京都の町は焼け野原になった。しかし、御所だけはだれも火をかけなかったし、だれも踏み込まなくて焼け残った。それは天皇は政治にタッチせず、神主だと思っていたからですね。皇帝ならば倒されているところです。

日本の元首であるのかどうかよくわからない、一種の特別な存在としての天皇がずうっと続いてきて、明治を迎えます。

明治政府には大きな課題がありました。それはつまり、人々を一階級にして、国民というものをつくりあげなければいけない。

それまで日本には国民も国家もなかったわけです。長州藩があったり、薩摩藩があったりしましたが、近代的な意味での国家はなかった。大昔からなかったわけで、「天下」というものがあっただけでした。

豊臣秀吉が天下、天下と言っていたら、中国人が、あんな小さいところで天下かと言って非常に笑ったそうですが、日本人の主観では天下である。

国家というものはない。

明治政府には自信がありませんでした。近代国家をつくるにあたり、はたして国民がついてくるかどうかですね。それまでの時代、人間は士農工商に分かれていて、それぞれの主人に忠節を尽くしていた。

日本橋の問屋の番頭ならば、問屋の主人に忠節を尽くした。長州藩の侍は、長州藩主に忠節を尽くした。昔からそうであります。義経の家来は義経に忠節を尽くした。

ところが、天皇という、それまでは何でもない、いわば空気のような存在に、いったいだれが忠節を尽くすだろうか。

明治政府は悩んだわけですが、国民が忠節を尽くさないと、近代国家ができない、つまりまとまりません。

いままで階級で分かれていた人間をひとつのおだんごにするには、何か中心が必要だ。それで、京都の天皇が皇帝の位置についたわけであります。

おそらく、奈良時代のある時期以後、天皇が皇帝の位置につくというようなことは、日本史上にほとんどなかったことですね。

これは日本に合わないことでした。

日本の実際に不適当な時代というのは、明治から第二次大戦が終わるまでの間であります。どうやってまとめようとしたかといいますと、尊王攘夷の教育をし続けました。

尊王攘夷の朱子学を日本化したのが水戸藩でした。水戸学と呼ばれます。

『大日本史』を編んだ水戸学というものがひとつの本山であり、その水戸学の歴史観、『大日本史』の歴史観というものは簡単なものでした。

天皇に味方した者はみな正義、天皇に反対した者は全部悪人、乱心不忠の人間である。そういう史観だけで貫かれている不思議な歴史であり、この不思議な史観が皇国史観といいますか、水戸史観というものだった。

明治以後、この水戸史観を、小学校、あるいはそれ以上の学校の国史の教科書にしたのですね。

非常に曲がったといいますか、つくりあげられたフィクションです。

イデオロギーという重苦しい漬物石

さっき申し上げましたように、思想はフィクションである。そのフィクションの歴史をつくって、国の中心があくまでも天皇であるということで、国民を統一しようとした。

これがヨーロッパなら、国家というものは国境がありますからわかります。ドイツの向こうはフランスですね。フランスとドイツとは全く文化の系列も違うし、においも違うし、考え方も違う。それがそれぞれ国境をつくって、国家を持っている。

つまり国家観念というのは、自然にある。ところが日本は周りが海でありますから、「天下」であります。

天下はいままでいえば、国際とか地球とか世界とかというような意味であり、日本という国家概念とはいえないところがあった。

ですから、そこからは国家が生まれない。そこで国家をつくろうと思えば、水戸史観による天皇でもって国民を教育する。

愛国ということよりも、忠義ということですね。天皇さまに忠義せよという、非常に素朴な形のほうが日本人にはわかりやすい。

例えばいままで番頭さんがご主人に忠義をしていたわけですね。あるいは、赤穂浪士が浅野内匠頭に忠義をしてたたえられた。それは芝居その他で慣れておりますから、忠義のほうがわかりやすい。

忠君愛国という言葉は、日本語でずいぶん言われましたが、愛国は付け足しであり、忠君が主でずうっときた。

しかし、それだけではやはり弱いものですから、憲法もつくらなきゃいけないということで、憲法をつくった。

明治憲法というものは、ほとんどドイツのプロシアの憲法を翻訳したものであります。プロシアにはカイゼル（皇帝）がいて、まあよく似ている。しかもプロシアの皇帝は、たいへん威厳があってよろしい。軍隊も強い。そういう事情があって、明治天皇を皇帝にしたわけです。天皇は神主さんであるがために、応仁の乱でも難を免れてきたのに、皇帝になったわけです。皇帝になって、その皇帝を理論づける、思想づけるものとして水戸学があった。簡単にいえば尊王攘夷があったわけで、それはただの理屈であります。それが戦争が終わるまで続いて、戦争が終わると、あっけらかんとみんな忘れました。すっかり忘れ去っています。

うそと言えばたいへん不道徳なにおいがし、フィクションと言うと小説のようなにおいがしますが、要するに同じことですね。

何にしても、うそが終わった。フィクションが終わったわけであります。うその時代がひとつ終わると、人間は夢から覚めたようになります。変節でも何でもなく、薄情でも何でもなく、うそというものの運命であります。

うそでひとつの国家をつくったり、うそで社会をつくったり、社会の統一を維持したり、社会の安寧を維持したりするためには、思想の取り締まりをやらなければいけない。尊王攘夷に反対するような学者はひっくくらなきゃいけない。

ですから、イデオロギーを国家が持っていると非常に苦しいですね。

われわれの時代は、明治から戦争が終わるころまでは、非常に重苦しい国家であった。

その非常に重苦しい漬物石のようなものが上からかぶさっていて、われわれは菜っぱのようにして縮こまっている。その漬物石がイデオロギーというものであります。

北関東に向かって大八車を引いて避難してくる日本人が交通の邪魔になるから、「轢き殺していけ」ということがすらりと言えるようになります。

イデオロギーのためには、生きた人間も殺さなくてはならない。

むしろ殺すことが正義である。

大日本帝国の勝利は大日本帝国のイデオロギーの勝利ですね。尊王攘夷であり、八紘一宇《はっこういちう》でありますが、それらフィクションを現実化させなくてはならない。フィクションは現実化しにくいものであり、無理やりに現実化させると無理が起こる。つまり現実化するには、轢き殺していかなければいけない。そこまでいく。

しかし、イデオロギーというのは実に不思議なものですね。

明治から八十年の間、われわれはひとつのイデオロギーで統一されていました。

つまり水戸学の尊王攘夷で統一されていたのですが、それに慣れてしまった体質の人がいます。

子供のときからお酒を飲みつけていて、お酒をしょっちゅう飲んでいるような人は、お酒が切れるとだめですね。アルコール中毒と同じで、いらいらしてしまう。

イデオロギーもそうですね。違うお酒が必要なんです。日本人のそういう心理の中で、戦後のマルキシズムが果たした役割があります。

違う酒としてマルキシズムが登場した。戦時中に右翼の先棒をかついで走り回っていた人が、戦後は共産党員になって走り回っている。あの人は変節した、信用できないということを言う人がよくありますが、そんなことはありません。彼らにとってはそれが当たり前なのです。

つまり、アルコール体質なものですから、アルコールが切れると困る。水戸学という尊王攘夷のアルコールが切れると、新しいマルキシズムというアルコールを入れなくては心が落ち着かない。そういう体質の人が、やはり社会の何パーセントか、ずうっと日本人を引きずってきたところがあります。

いまはどうなのでしょう。

はたして思想は、人類にとって必要なのでしょうか。

宗教を含めた思想というものは、個人の安心立命《あんじんりゅうみょう》のためには必要であります。

思想への尊敬心は捨てたほうがいい

われわれは相対的な物の考え方だけではなかなか死ねないところがありますね。相対的というか、要するに現実的な考え方ですね。

現実の世界は、全部相対的なものであります。全部相対的なもので、絶対的なものはひとつもない。例えば胃が少し痛くなったとき、きつい胃の鎮痛剤を飲む。そうすると、胃液の分泌が少なくなって食欲がなくなる。副作用ですね。それは相対的現象です。

これを一粒飲めば胃は百年も達者でいける、この注射ひとつ打てば心臓は鉄のようになるというような、絶対的というようなことはどこにもない。

あるのは思想の世界だけです。

思想というものは、だからフィクションでもあります。

しかし、はたしてこれからの世の中でそれが必要かどうか。思想が必要であるための社会には、条件がいろいろあります。いまはどうも違う時代に入っているのではないかと思うことがあります。

日本の歴史は非常に苦渋に満ちたものでした。民衆の経済にとっても苦渋に満ちたものでしたが、だれが細工したわけでもなく、いまのところは富は自然に平均化しています。

飢えて苦しんでいる人が道端に何人かいるというような時代ではない。日本の歴史が初めて体験する時代でもあります。

思想というものは、どうやら非常に飢えている時代に必要ですね。

人類は歴史が始まって以来、飢えっぱなしであり、日本も最近まで飢えっぱなしだったわけでありますが、どうも飢えている時代のために必要である。

あるいは、悲しいことがいっぱいあるときですね。母親は飢えで死んだ、父親は失業しているといった時代に、ひとつの宗教なら宗教、社会思想なら社会思想というものができあがる。

いまの日本はいよいよ技術革新が進み、われわれの未来というものは、いいか悪いかは別として、おそらく物質で埋まってしまうだろう。

その物質で埋まることの危険さ、むしろそれを避けねばならぬぐらいの時代になっています。

人間の魂の貧困と、物質的貧困から思想が生まれたものであるとします。

そういう幻想であるとすれば、少なくとも巨大なる思想は生まれない時代になろうとしているのではないか。

すると、今日、思想というのは何なのでしょう。

どういうようにわれわれは思想を待遇すべきなのか、ちょっと考え込んでいます。

人間は神様がつくったのかどうか知りませんが、二通りの体質があって、お酒でいえば、お酒の飲めない人と飲める人がいる。

思想も同じですね。

思想をちょっと聞いて、もうそこに入信して、そしていい気持ちになる人もいます。新宿かどこかで大暴れできる体質の人もいる。

そういう酩酊体質の人は、そう多くないんです。おそらく百人いて十人いるだろうかと思っています。

なぜそんないいかげんな数字を言うかといいますと、だいたい日本でひとつの宗教が爆発的に起こったのは、一向一揆のときぐらいですね。

いわゆる本願寺念仏が非常な勢いで伸びたときですが、あの時代の人口が千二百万ほどとして、二百万もいなかったような実感であります。

いまでも非常に力を得ている新しい宗教がありますが、それでも国民の一割という壁を破れない。破れないのは当然です。

酩酊できない体質の人がいる。昭和初期にマルクスが非常にはやったときでも、学生の一割以上をマルキストにさせることはできなかったんじゃないかと思います。

思想に酩酊できる人というのは、例えばマルクスというものを、『資本論』というあの膨大な、そして小難しいものを全巻読んで、ああ、わかった、おれはあしたからマルキストであると言って歩くのではないですね。

ちょっとだれかからお題目程度のことを聞いただけで、すぐ入信といいますか、酩酊できる。ですから全共闘の諸君も、いろいろなことを言っていますが、マルクスをべつに読んだわけでもなく、レーニンを少しばかりかじった程度であろうと思うのですが、それはそれでいい。お念仏かお題目をちょっと聞くだけですぐ酩酊して、集団的に一種のヒステリー状態になって走り回るということがもう可能なのですね。

それは人間の体質であって、思想のよしあしではないと思うのですが、ただ、その思想というものが、長い間、われわれの上に君臨していました。

しかしこれからは、思想というものに対する尊敬心は、むしろ捨てたほうがいいのではないか。捨てたほうが人類にとって幸福ではないか。幸福かどうか知りませんけれども、少なくとも思想からの災害を受けずにすむのではないか。最近はそんなことを思っています。

一九六九年十一月二十八日　東京・東宝劇場　文藝春秋祭りでの講演　原題＝歴史と人生

松陰と河井継之助の死

今日は「歴史の中の生きがい」というテーマでお話しすることになっています。私はスロースターターですから、自分の語るべきことがだんだん浮かんでくると思うのですが、それまでムダ話から聞いていただこうと思います。

今日も歴史の中にあり、明日もあさっても歴史の中にあり、人類は続いていきます。いったい生きがいとは何かということを考えてみましたが、生きがいというのは、何かのために生きることらしい。

人間はかわいらしい生き物ですね。

日本人は室町時代の中ごろから三度のご飯を食べるようになります。

その三度のご飯を食べることは大事でして、人間の個体の欲望を充足させます。しかし、もしそれが生きがいであるとすれば、実にはかないほどの生き物でしかない。

人間にはエネルギーがありますね。体力的な意味でのエネルギーのほかに、頭脳のエネルギーがあります。しかも、精神の複雑な屈折がある生き物ですから、何事かをしたいということによって人間は自分の存在理由を見いだすらしい。

しかし、何かのために生きるということが、今日、非常に探しにくい時代にきています。

例えば世界の国家の多くは、すでに十九世紀において、その光彩を失っています。日本は遅れて近代化しましたから、二十世紀の初頭に日露戦争を経験しています。

旅順の戦闘で、数万の人間が、まるで枯れ草を積み上げられるようにして死んでいきました。彼らの多くは、それを非常に光栄と思うようにして、そしてその遺族も悲しみながらも光栄なこととして受け止めようとした。

新興国家によくある精神現象です。

アジアの近所ではたくさん新興国家があり、それらの国々には国家のために死ぬ青年が無数にいると思います。もし万が一、そういう国と今の日本がけんかでもしたら、必ず負けますね。新品の国家では、国家が最も価値のある存在とされることがある。その価値のために死ぬ、あるいは生きるということが非常なる生きがいとされることがあります。

しかし、これがなくなった国というのが、フランスとか西ドイツとかイギリスとか、あるいは日本です。

明治後百年もたって、古びた国家になりますと、事情が変わってきます。国家のために国民に死ねと言っても、うまくはいきません。

私は、何かのために死ぬ、あるいは生きるということが、人間の精神を高揚させるものだとすれば、その対象は国家だけではないと思っています。

そして少なくとも、自分のためでもなさそうだと、私は思っています。

それぐらいを考えながら、歴史の中でいくつかのサンプルを挙げていきます。私には結論がありません。皆さんとともに、これから考えていきたいと思います。

松陰叔父のような明るい人におなり

私が歴史時代の人物に興味があるというのは、その人物のすべてがわかるような感じがするからです。

豊臣秀吉は死んで四百年近くになるわけですが、あんなに天才的な人でも、自分が死んだ後、自分の子供がどうなるかということはわからなかった。

ナポレオンという人について知っているのはナポレオン自身である、というのは大きな人間の錯覚です。

ナポレオン自身は自分についてはほとんど知るところがなくて、二世紀ほどたった今日、われわれのほうがよく知っている。

ナポレオンがやった仕事、あるいは影響、そしてその害、あるいはナポレオンの生きていた同時代の、例えばオーストリアとか、その他の国々の状態も知っています。

この意味でいうと、われわれはナポレオンの奥さんよりもナポレオンを知っているかもしれません。奥さんが知っているのは、ナポレオンの洟《はな》のかみ方とか、そういうことですね。あるときナポレオンはシャワーを浴びようとして転んだとか、つまり肉体的なことを知っているだけで、多くを知らない。

一個の完結した人生が成立するには、やはり百年が必要になると、ある西洋の歴史家が言っています。

私は乃木希典《まれすけ》のことを小説に書こうと思いまして、調べて途中でやめようと何度も思ったことがありました。

乃木さんは亡くなってまだ半世紀しかたっておらず、つまり、歴史的にいえば、いわば、まだ死体の温かな人物でした。

そうすると、乃木希典の雇っていた女中さんや書生さんで、まだ達者な方がいたりする。乃木さんの副官であったという人のお孫さんがいて、おじいさんから乃木さんの話を聞いていたりします。例えば乃木さんのそばを食うときの癖を知っていることは大事ですが、その知識を持っていることが、乃木さんのすべてを知っているという錯覚につながっていくのです。

皆さんにも、奥さんなり、ご主人なりを、あるいは友人なりを全部知っているという錯覚がありますね。

それと同じように、乃木さんの知り合いや身辺の人の子孫もそういう錯覚を持っていて、例えば小説を書きますと、ここが違うとか、あそこが違うとか、そういう話が出ないともかぎりません。

ですから歴史小説のおもしろさというのは、あるいは歴史そのもののおもしろさというものは、百年、もしくはそれ以前の人間というものをいろいろ考え、そこにおもしろさを見つけるところにあります。

しかも、やはり生きがいを持っていた人の一生というものは、やはりおもしろく、小説になりやすい。

生きがいというと、非常に平らかな言葉でありますけれども、自分自身の人生というものにテーマを持っていた人ということですね。

小説とか歴史とかを考えるうえで、そういう人が非常に好ましく、わかりやすい。知っていくにつれて、いよいよおもしろくなるように思うのです。

私は、吉田松陰という人が、どうにも食わず嫌いだった時期があります。

なぜかといいますと、吉田松陰という人を明治以後の国民教育が持ち上げたからですね。

松陰という人はたいへん堅苦しい、なんだか国民教育のサンプルのような人のように受け取れて非常に嫌いでした。

しかし、何年か前に偶然読む本がなくて、ちょうど手元に『吉田松陰全集』というのがありました。十二巻ほどそろった、昭和十何年かに岩波書店から出た全集です。松陰の書簡や、その他の文章が全部載っている非常にいい全集でした。

あまりおもしろいので次々に読んでいったのですが、何がおもしろいのかといいますと、まず文章です。文章が非常に平易で鮮明でした。

当時は漢学の教養のもとにできあがった文章が多いのですが、松陰はそこから抜けたところがあります。

質的に違った一種の口語のような、そして意味が非常にはっきりわかる文章であり、旅行記が上手ですね。

感じたことはたいへん文学的であり、見たことはたいへん科学的である。こういう人だったのかと驚きまして、それから深入りしたわけです。

松陰は二十九歳（満年齢）で亡くなっています。政治犯罪人として牢屋に入れられていたのですが、非常に軽い罪でした。

松陰といっても、その当時はただの書生です。長州の人以外にはほとんど知られていなかった人物です。捕まえた幕府としても、そんなに重い罪にするつもりはなかったと思うんですね。当時といえども裁判のようなものがあり、進行していく過程において、どうも微罪であることがわかった。いくら重くても、せいぜい島流しであるというようなことが、だいたい松陰にもわかっていた。

それが覆りました。

井伊直弼《なおすけ》という人が当時の大老で、「安政の大獄」を指揮した人物です。

この人は見せしめのために、なるべく位のない人間を全部殺してしまおうと考えた。親王、公家、大名にも容疑者はいたのですが、彼らを重い罪にするわけにもいきません。だったら、無位無官の人間を処刑してしまうという方針をとった。井伊が判決を政治的に変更したような形跡があります。

松陰は明るい性格の人でした。

物事を陰気には見ることができないような、不思議なほどに明るい性格の人であり、その文章も明るかった。

人を疑うということが天性欠けているんじゃないかと思うぐらいに信じやすい性質でして、自分を取り調べた裁判官さえ彼は信じた。

自分が無罪になることを信じたのではありません。裁判官の真心といいますか、そういうものを信じていた不思議な人物であります。

獄中の最後のころに、自分が死刑となることをなんとなく知りまして、覚悟したようですね。多少は動揺しただろうと思うんですが、非常にいい言葉を彼は書きつけております。自分に言い聞かせている。

自分は非常に若くして死ぬけれども、非常に年を取って死ぬのと同じだ。人間の一生というものは百まで生きても、そして二十歳で死んでも、あるいは十四、五で死んでも、全部起承転結がある。季節で言えば、春夏秋冬があるんだ、という言葉を書いております。

吉田寅次郎という二十九年の一生は一個の完成されたるものなんだ。悔いはないというようなことを書いておりますが、非常に人生というものの真実を言い当てていると思います。

ただ吉田松陰における生きがいということをお話ししていて、ちょっと気が引けるところがあります。

松陰はちょっとファナティックなところのある人ですから、そういう人が日常的に暮らしているわれわれのサンプルになり得るかと、疑問に思われる方もいるだろう。そう思ってひるんでいたのですが、案外そうでもないですね。

松陰の全集を読んでみますと、普通の青年であることがよくわかります。

われわれの団欒《だんらん》のそばにやってくれば、それだけで一座が明るくなる、そういう青年です。

おそらく、この話は中途まで松陰の話になっていくと思いますが、お話しする以上は、その明るさの、つまり光のもとの話をします。

松陰の家も非常に明るい家でありました。貧乏でありますが、気分の明るい家でした。人の善意を信ずるのも、いわば家風でありました。

お母さんの存在が大きかったですね。お母さんはそんなに学問のある人ではないけれども、非常に陽気な人で、ユーモリストでした。

松陰が天下の犯罪人になって、刑死します。反逆者になってしまったのですから、実に陰惨きわまりない大事件だと思うのですが、しかし実家ではそんなことは露ほども思っていなかったようですね。べつに松陰の思想を是認したうえでではなく、どうも陰惨ということを頭から受けつけない家風だった。

松陰が死んでから松陰の兄の子供たちが育っていくのですが、その子供たちに松陰のお母さんが繰り返し言っています。

「おまえたちも大きくなったら、松陰叔父のようにおなり」

松陰叔父のように、天下国家のために尽くして死ねという意味ではありません。松陰叔父のような明るい人におなりというような意味ですね。

松陰叔父のような非常にまじめで、そして物事に忠実で、そして底抜けに善意を持っているような人物におなりというような意味だったのではないかと、私は解釈しています。

大阪の商工会議所の会頭に杉道助という方がいらっしゃいました。お亡くなりになりましたが、非常に気楽な、そのへんにいるおじさんのような人でしたね。大阪の商工会議所の会頭としては、五代友厚が初代で、それ以来の人物だと言われていましたが、この人は吉田松陰を大叔父に持った人です。松陰の実家である杉家に暮らした方ですから、杉家の家風についての私の解釈を聞いてもらいますと、

「そのとおりでしょう」

と言ってくださいました。

ただ、ここで思想という問題があります。彼は思想を完成させるべく生きていくわけです。しかし考えてみると、思想というものは人間にとって大事なものでもあるが、これほど邪魔になるものもないのです。

思想をイデオロギーという意味で解釈していただいてもよく、さらに宗教も含めた意味での思想という感じで受け取ってもらったらありがたいと思います。

この世にない絶対を求めてきた人間

思想というものは本来、誤解を恐れずに言えば、うそのものであります。小説のことをフィクションといいますが、思想のほうが大変なフィクションであり、本来うそなのだと、私は思っています。

例えばカトリックで、神様が、唯一絶対神がいらっしゃるという。

私は見たことはありません。

われわれが神様がいらっしゃるということを知るには、カトリックに入って信ずる以外に手がない。実在しているかどうかわからないわけで、つまりこれは、いわば相対的な考え方から言えば大うそになります。

私に言わせればですよ、マルクスも大うそであり、吉田松陰の思想も大うそであります。

なぜ大うそかといいますと、思想というものは、化学の結晶体のように結晶する必要があります。論理的に完結しているものだけが思想であり、結晶せずに流れているものは思想と言いません。

論理的に完璧なるものが思想であり、同時に絶対的なるものであります。他の思想の存在は許さず、それだけが人間世界の真実であるという、そういうものが思想なんです。

私の考えでは、実際に絶対的なるものはこの世になく、しかし、この世にはないのに人間は絶対的なるものを求め続けてきました。

砂漠を歩いている旅人のようですね。砂漠の彼方にオアシスがあると信じながら歩くように、われわれ人類も絶対的なるものにずっと憧れてきた。ここに人間の不思議な姿があります。

松陰は思想の絶対性を信じようとした人です。日本人にしては非常に珍しい人ですね。

だいたい日本人は、科学的な思考ができる民族なんです。これは話が離れるかもしれませんが、日本人の物の考え方のおもしろさといいますと、江戸初期が終わって中期が始まろうとするころに荻生《おぎゅう》徂徠《そらい》という偉い漢学者が生まれてきた。

しかし漢学者というより、今の分類でいうと、明らかに人文科学者というべき存在でした。それは本居宣長《もとおりのりなが》にも通じますし、新井白石もその中に入れてもいいと思います。徂徠、宣長らは、東洋に類型のない、科学的思考者であります。

なぜそんな人が日本に出てきたんだろうと思って、吉川幸次郎さんにうかがってみたことがあります。

「同時代の中国に、そういう人はいましたか」

吉川さんは言いました。

「荻生徂徠のような人は同時代の中国にはいませんでした。五十年後に、そういうグループが出てきましたね」

その同時代人で徂徠よりわずかに後輩になる人で、山脇東洋という漢方医がいます。漢方医ですから、教科書は中国のものですが、彼はその教科書に疑問を持ちました。時代の空気というのはおもしろいものですね。徂徠と同じ時期にそういうサイエンスを考え始めた。サイエンスというのは、絶対的な物の考え方ではなくて、相対的な物の考え方であります。

中国の漢方医学は、たくさんの経験を集めてできあがっておりますけれども、しかしながら、一個の哲学によって締めくくられている。

「陰陽五行説」ですね。人間の体や状態のすべては、全部陰陽五行説で説明してきたのですが、その系列の中にいた山脇東洋は疑問を持った。

漢方の解剖図は違うのではないか。

最初はカワウソの解剖をやり、その後、お上《かみ》の許しを得て、いわゆる『蘭学事始』の解剖と前後して、京都で初めて人体の解剖をします。

そのとき、東洋は躍り上がるほど喜びました。われわれが教えられてきていた陰陽五行説はうそであったと。漢方の解剖図と称するものも全部うそであり、本当はこうだと、内臓に関する記録およびスケッチをかいています。

彼はそのとき五十歳であります。

東洋が膝を打って喜んだのは、思想が間違っていることを確認した喜びですね。

現実のほうが正しいという認識こそが、私は日本人の認識の仕方、考え方のひとつの大きな伝統だと思っています。この伝統が日本の歴史の根幹をどうやら貫いているらしい。

ただ、ときに絶対主義思想が出てくることがあり、それが吉田松陰ですね。

松陰の絶対主義思想について言いますと、幕府の存在は間違っているということになります。天皇が日本の主であって、この天皇を中心に日本国をつくりあげなければいけない。天皇は神である。

ここに思想のフィクション性がありますね。フィクションをひとつの触媒として入れないと、思想は論理的に結晶しない。松陰も天皇は神であるという触媒を入れることによって松陰思想を論理的に完結させようとした。

われわれはその臣下である。臣下というものは全部平等であり、極端に言いますと、将軍も、そして松陰が仕えている毛利公などの大名も、すべて百姓、町人、それらと平等である。

自分を焼く火をおこさせた継之助

いわゆる一君万民思想ができあがります。この松陰の思想が、のちに長州藩の革命イデオロギーになっていきます。

松陰は幕府を論理の上で否定し、現実に否定するのは松陰の弟子たちの仕事だったのはよくご存じですね。

しかしながら、現実に松陰が道を歩いていると山河があって、ほうぼうにお城があって、大名がいて、将軍がいる。百姓、町人がいる。

松陰としては困るわけですね。

松陰は自分自身の絶対的な思想を、地上で実現させなくてはならない。フィクションを地上で実現させなくてはならない。強迫観念といいますか、純粋培養の精神を発揮して、悩みます。
しかし松陰は、同時に知性の人でありますから、彼は自分のおかしさを知っています。
つまり現実というものがあるのに、思想の世界へ飛び上がっていくには「狂」ということが必要である。自分は、いわば「狂」の人間である。松陰はそう言い続け、とうとう死んでしまった人であります。

繰り返しますと、吉田松陰の二十九年には起承転結があり、一年で言えば春夏秋冬があった。だから自分には何の悔いもないと。つまり、明快な人生のテーマを持った人として、わずか二十九年の生命が終わるのを悔いていなかった。日本人の生き方の、ひとつのタイプであるかもしれません。

話は少し変わります。私には、すごい人間がいたものだと、よく思う人物がいます。

越後の長岡に、幕末に現れた人物で、河井継之助《つぐのすけ》です。

越後長岡藩というのは七万石ちょっとの藩であり、河井継之助は松陰のような絶対主義論者ではありません。たいへん相対的な思考法の人ではありましたが、しかしながら、松陰とよく似た最期を遂げた人です。

この人は官軍に抵抗して、鉄砲で撃たれます。担架で運ばれながら会津へ逃げていく途中で死ぬのですが、この人に松蔵という中間《ちゅうげん》がおりました。

大変いなせな若者だったそうですが、その松蔵がずっと河井継之助を介抱しながらついてきていた。苦しい容体のなかで、継之助が松蔵に言います。

「今夜あたり、おれは死ぬらしい。官軍がやがてやってくる。おれの死骸を見せるのは嫌だから、おまえは早くおれを焼いてくれ」

死んだらすぐ焼いてくれと。

「急ぐんだぞ。今すぐ支度しろ。もうおれは死ぬんだから、早く支度しておかないと焼けないから、だからその庭先で支度しろ」と。

松蔵は継之助に惚れ込んでいましたから、嫌で仕方がなかったのですが、継之助は火を燃やせと言う。

命じられるままに薪《まき》をいっぱい並べまして、庭先に火をおこします。

河井はまだ死ねずにそれを見ていた。自分の死骸を焼くであろう火を眺めながら、じっと何時間か見て、そうして息を引き取ったそうであります。

私はたまたま日本人に生まれたので日本の歴史に興味がありますが、人間はイギリスにもいれば、ドイツにもいます。人種的な素質にそんなに変わりはないはずなのに、状態としてはどうも違います。

日本のことを考えるうえで、よく似た民族がこの東アジアにいますね。

河井継之助のことを考えるとき、継之助の時代に中国ではどんな人間がいて、どんな状態であったか、あるいは朝鮮はどんな状態であったか。私はそういうことが非常に気になるたちでして、調べられるだけ調べたことがあります。もっとも、中国のことは比較的よくわかるんですが、朝鮮史の研究はさまざまな事情により、戦後に本格化したところがあって、よくわからないところがあります。

しかし、それにしても中国と朝鮮に比べ、日本は奇妙な国ですね。

例えば幕末の五十年ぐらいをとらえても、日本には非常にたくさんの人材が出ています。それが江戸や京都、あるいは大坂に出ているかというと、むしろ田舎のほうに出ています。

例えば、雪深いところで、越前福井に大野という町があります。

豪雪地帯のなかに五万石足らずの藩があったんですが、ここでは幕末のころ、たいへん蘭学の研究が盛んでした。あまりに盛んで、蘭学は越前大野に行かなければだめだと言われた時期もあったぐらいです。

伊予の宇和島もそうですね。

仙台の伊達の分家です。伊達氏が江戸三百年の間、十万石ほどの石高で宇和島にいた。その宇和島が、幕末では蘭学のメッカのようになっていた時代がたしかにありました。

蘭学ひとつとっても多彩な人材が出ている。他の分野でも無数におもしろい人材が出ています。

ところが、同時代の朝鮮はどうでしょうか。あまり出ていないようです。

これはもちろん人種的な優劣の問題ではなく、どうも、社会環境、地理環境、あるいは歴史的な条件が積み重なったうえでのことです。

しかし、それにしても日本という国はユニークだと思いますね。これほどいろいろな人間が、いろいろなことを一所懸命やって過ごしてきた国はないんじゃないか。

われわれは島国の人間ですから、ともすれば平素、劣等感を持って暮らしております。少し自慢を続けますと、日清戦争に日本が勝利したとき、世界中が驚きました。

日本という国はどんな国なんだということになり、イギリスのタイムズがいろいろ記事を載せていて、その中で大変な日本通の人が書いた記事に、こういう件《くだり》がありました。

「英国史にも匹敵するような歴史が日本史である」と。

民族はその歴史を見ればわかるという考え方が、英国人にはずっと以前からあるようですね。

その記事にはわりと細かい、子供っぽいことが書いてありまして、源義経が壇ノ浦で平家の軍船を沈めたというのは、ネルソンが敵を沈めたその戦法よりも優れているし、殲滅《せんめつ》率は高いと。あるいは、関ケ原において徳川家康が行った政略と戦略と、そして現実の戦争ページェントは、ワーテルローにおけるウェリントンよりも偉大であるともいう。

何にしても、日本人は働き者です。

アクティブで、そして生きがいをしょっちゅう見つけたがる。

そしてまた中国人、いまの中国人じゃありませんよ、ちょっと過去までの中国人が一生過ごす時間を倍ぐらいに過ごして生きていく民族ではないか。そういう民族のなかで河井継之助は生まれたわけです。

吉田松陰と河井継之助の共通点とは何でしょうか。

日本人はだれでもそうなのかもしれません。少なくとも歴史のなかで浮かんでくる日本人には似た傾向がありますね。

自分の一生は、七十まで生きるのか、五十で死ぬのか、あるいは三十で死ぬのかはわからないが、おれの仕事はこうだといって決めてあるところがあります。絵かきと似ていますね。

日本人はどうも自分の一生をキャンバスにして、テーマとモチーフを決めてかかっているところがあります。

それは松陰にもあり、河井継之助にもあり、その他の無名のたくさんの人にもありました。

河井という人は松陰と同じように、ある意味では挫折の人でした。

大きな行動をした人の多くは、挫折の人であります。

河井は幕末の長岡藩に生まれました。長岡藩は七万石ほどの藩で、牧野氏が殿様でした。三河から行った殿様ですね。徳川の譜代であり、徳川と運命をともにしなければいけないような、一種の義務感を持っているような家でした。

河井家は、牧野の殿様の家来としては、中どころの家でした。百二十石足らずですが、お父さんが勘定奉行をやっていたため、ある程度のお金がありました。総領息子なんですが、ともかく二十五から三十いくつぐらいまで、書生として、いわば放浪します。彼は長岡という藩をどうすればいいかという、それだけの主題で生きた人であります。べつに家老の家に生まれたわけではないんですが、おれがなんとかしなくては長岡藩はつぶれるんだと考えた。

だれも頼みもしない使命感を十八、九のときに明快に持ち、詩を詠んでいます。そのために江戸に出てきた。

でも江戸に出てきて、地道な学問はあまりしないんですね。荻生徂徠とか、本居宣長とか、そういうふうになるといった、一所懸命、学者になる方向では勉強しない。

変遷していく時代のなかで自分の藩はどうやって生きていけばいいか。そして、いまの時代とはどういう時代なのか。そういう把握が彼の狙いです。

大坂の町人が十軒ばかり集まって借金の催促をすれば、三百の大名が全部手を上げてしまうぐらい、みんな借りている。現実に資本主義が、ひたひたと社会の表面に現れてきていて、大きな矛盾を抱えたまま幕末がある。

長岡藩がその矛盾のなかで生きていくためにどうしたらいいかと、彼はそればかりを考えて、ほうぼうを訪ね歩いた。

ついには、岡山県の山奥の松山という町を訪ねます。伊予の松山と紛らわしいですから、当時は備中松山と言っていた。今は高梁《たかはし》という町になって、きれいなお城があります。

私はそのお城に何べんものぼりたいと思いながら、三べんほど行って、自分の体力と考え合わせて、いつもあきらめて帰ってくるんですが、とにかく静かな城下町があります。

板倉という殿様の、小さな、ほんの豆粒のように小さな藩があり、そこに山田方谷《ほうこく》という学者がいました。山田方谷に会うため、河井継之助は松山を訪ねたのです。

山田方谷はもともとは侍ではありません。百姓の出でしたが、大変な学者であったため、藩が招きました。家老のような役を務め、藩の財政や政治の立て直しをしていた。

政治家であり、学者であり、しかも相当な財政通であると聞き、河井は憧れて、訪ねていったわけです。

私もつい近年までは、山田方谷という人物を知りませんでした。ところが、『山田方谷全集』という本があるんですな。日本という国は出版文化の栄えているところですね。私が数年前に手に入れてみますと、いっぱい漢文が書いてありました。

藩を会社のようにするという考え

私は河井継之助のことを書くために、山田方谷のいた村まで行ってみたことがあります。方谷は、藩に仕えながら、藩の城下にいるのが面倒くさかったんでしょうね。谷がずっと落ちていく中腹ぐらいのところに暮らしていた。うまいことに、その中腹に昭和初年から伯備線という、岡山から山陰のほうに抜ける国鉄が通っている。

伯備線は単線です。山里に通っているレールを眺めていますと、こんな狭い鉄棒と鉄棒の間に汽車が通るのかしらと思うぐらい、小さなトロッコを載せるようなレールです。

そしてずっと行きますと、なんと谷間に「方谷」という駅があるんです。

方というのは、方角の方でありますが、同時に正方形の方でもあります。

なるほど谷は四角い形をしている。ああ、これは四角い形をしているから方谷という駅なのかなと思って、駅長さんに聞きますと、駅長さんはいろいろ教えてくださいました。

「実は、これは山田方谷先生を慕ってこの駅の名前ができたんです」

私はちょっと驚きました。

日本の国鉄には人の名前の駅がないですよね。例えば、大野伴睦さんが岐阜県に新幹線を止めて駅をつくった。しかしやはり、岐阜羽島駅であって、伴睦駅ではない。

人の名前はつけちゃいけないという規定があるそうですね。必ず在所の名前をつけよというのが、駅の名前のつけ方のルールらしいんです。

その駅長さんは、そのことも私に話されました。

「だけども、山田方谷先生の名前をつけたい」

という声が大きかった。そこで地元の人が、戦前ですから当時の鉄道省に陳情に行きました。

「山田方谷先生がおられた庵のところに駅舎が、プラットホームができるんです。だから山田方谷先生の名前をつけてください」

もっとも、鉄道省の人は「山田方谷って何や」と言うばかりです。だれも知らない名前だし、だいたい人の名前は困るんだと。

ところが、日本人は実におもしろいもので、よく勉強する民族ですね。

山田方谷には、三島中洲《ちゅうしゅう》という偉い弟子がいた。漢学者であり、かつ偉い官吏だったんですが、その人の弟子が鉄道省のお役人にいました。

「山田方谷先生の偉さは私も聞いている。ぜひ自分もなんとかしたい」

ということになりました。ルールを特別に曲げてもらった。四角い谷ですから、もともと方谷という地名であることにして、その名前の駅が誕生したそうです。

そんな山里へ、河井継之助は、はるばると訪ねていきました。

河井は堅物ではないんですよ。

この人は吉原でお女郎さんばっかり買っていた時期もありました。

この人のひどい手帳のようなものが残っていまして、お女郎さんの品定めで○と△と×《ペケ》とがあります。研究家なんですね。

自分の相手をしたお女郎さんを○×△で統計をとった。それを知った同じ塾の後輩が、

「河井さん、自分も連れていってくれ」

そう言ったら、怖い顔をした。

「おまえは、あんなつまらんところへ行くな」

「そんなことを言ったって、河井さんも毎日行っているじゃないですか」

「おれは、いかにつまらんかということを研究しているんだ」

何かおもしろい人のようですが、とにかくそういう人が、一年か二年ほど方谷のあばら屋に住んで、師匠の考え方を聞いた。非常に方谷さんに啓発され、最後に河井継之助は言います。

「私は方谷先生が日本でいちばん偉い人だと思います。三井の番頭でも務まりますね」

要するに、藩の切り回しというのは簡単だったんですね。三井は江戸の大商人です。江戸の大商人の番頭が務まるほうが難しい。当時から会社経営のほうが難しかったんですね。

会社経営の難しさを知った河井は、藩を会社のようにして経営したいというところまで考えるようになった。

山田方谷は言いました。

「おまえもそう思うか」

ずいぶん喜んだそうであります。

河井継之助はどうしようもない無愛想な人でした。しかし方谷にだけはよっぽど感謝したんでしょうね。

松山から岡山のほうに向かっていく街道があります。最後に別れるときに、方谷が橋のたもとまで送ってくれた。そこでさよならですが、やはり別れきれなくて、継之助はずっと立っていた。そして、河井のような尊大な人が土下座しまして、伏し拝んでいたそうです。つまり、よほど方谷という人を発見してうれしかった。

藩を会社のようにするという考え方で一致し、しかも方谷のほうが深い考え方であったからうれしかった。

継之助は帰国します。彼のように才能のある人はいませんから、昇進を重ね、ついに家老になった。

彼は改革に乗り出します。

藩を会社にしました。石高制をやめて、藩士にはサラリーを払いました。

いろいろなことをしようとした。

つまり、長岡という藩にひとつの国家をつくるつもりだったんですな。

日本というものをなんとかしようとは、河井継之助は思ったことがありません。河井が長岡藩に帰って家老になったときには、いわゆる尊王攘夷の流行が始まっていました。流行の志士が京都や江戸に群がり、脱藩が流行し、志のある者、天下を論じたい者が京都に上り、それをまたやっつけるために新選組ができたりしている時代です。その時代に長岡へ帰って家老になった。

彼は、その時勢の仲間には全く入っていないわけです。

なぜかといえば、彼には立場がある。父親は長岡藩でも勘定奉行を務めた高級官吏であり、自分は一人っ子であり、家を相続しなくてはいけない。

相続して、長岡藩をなんとかしなくてはいけないというのが、自分のスケールであると。

非常にここで悲しい思いになりますね。幕末の人材を眺めていて、どう考えても河井継之助という者は、木戸孝允よりも三倍ほど上でした。

もし彼が薩摩に生まれているか、長州に生まれていれば、われわれのどこかのポケットに入っているお札《さつ》に彼の名前が、あるいは顔が印刷されていただろうと思います。

それだけの大きな才能が、自分のことではなく、藩をなんとかしたいと思って大苦労した人間が、天下のために生きればいいのに、日本国のためにやればいいのに、そこまで河井は跳ね上がらないいんですね。

彼は長岡へ帰って一所懸命やって、数年で藩の改革に成功します。うまくいったんですが、数年で勤王倒幕の官軍が押し寄せてきます。官軍が行くところ、みなどこの藩も降伏して、官軍の仲間に入っていく。官軍は京都を出発し、薩長どちらかの藩士で気の利いた者が参謀になり、その筆頭が西郷さんですね。

そしてお公家さんを大将にいただきます。北陸方面の官軍の大将は西園寺公望《きんもち》さんでした。このころ西園寺さんはまだ十八、九でした。

北陸で官軍は大苦戦しました。

西園寺さんは河井に負けて、畦道を陣羽織を裏返して逃げた。陣羽織を裏返すと雑兵みたいに見えますからね。西園寺さんはあんなにリベラリストであり、何でもフランクに話をする人でしたが、

「あれはうそだ、あれはうそだ」

と言っていたそうですが。

山県有朋もさんざん敗れ、一時は逃走する結果になっています。

しかし、何も河井継之助という人は、べつに官軍と対抗しようとは思っていなかったんです。ところが、官軍というものは、京都の町を出発したときからお金がないんです。お金があってこそ戦争ができるものですから、困ったことですね。

京都から江戸まで行く草鞋《わらじ》代までなかったそうですから、その沿道の大名を恐喝して回っていたわけです。

恐喝といっても、まあ、合法的、歴史的、時代的な時勢の力を借りた恐喝ですね。錦の御旗です。大名だったら、何万両出せ、兵隊も差し出せと言う。さらに日本人は不思議ですね。

「時勢が変わったぞ」

と言えば、ロングスカートが急にミニスカートになるように、理非曲直、善悪なしでみんなスカートを短くしてしまいます。

山陰から北陸のほうの大名も、みな朝廷方になるんですな。徳川家の譜代の大名たちも、みな転んでいく。そしてお金を差し出す、兵隊を差し出すで、官軍は長岡まで来たのです。

いまの小千谷《おぢや》はちょうど長岡藩の藩境にあります。そこで官軍と河井は談判しました。官軍は、こっち方について三万両を出せと言う。ところが、三万両というカネは、今でいえば何億円というカネですから、そんなものはない。

河井はぐずぐず言って、なんとかこれをごまかしてやろうと思った。

さらに官軍につくのも嫌だったんでしょうね。牧野家は徳川と運命をともにすべき家です。しかしそうもいかず、なんとか遷延策を考えていたんですが、不幸なことが重なり、いわゆる北越戦争が始まった。彼は戦闘に立ち上がることとなり、一時勝利もしますが、結局は敗北する。彼の仕事は瓦解してしまうわけです。

彼は官軍の鉄砲玉に当たって、会津へ退却していく。峠をいくつもいくつも越えて、そのうちに撃たれた足がほとんど腐っていく。だんだん息も苦しくなる。

何日か泊まりを重ねているうちに、ある山中の村で、もう動きがとれなくなって、身の回りの世話をしてくれた若い者の松蔵に頼むわけです。

「火をおこしてくれ」と。

繰り返しますが、官軍が迫ってくる。おれの死骸を渡すな。死んだらすぐに焼いてくれ。その火を早くおこしてくれ。そして河井は燃えさかる火を見つめて死んでいきます。彼の最期の言葉とはこうでした。

「松蔵、もっと火を強くしろ」

ゲーテが最後に言った言葉は「もっと光を」という言葉でしたが、河井は「もっと火を強くしろ」と。

河井も、吉田松陰の場合も、高杉晋作の場合もそうですが、非常に活動的な日本人は、自分の一生を詩にしようと思うんですな。

これが他の国とは非常に違うところで、詩にしてしまうという、ほとんど体質的と言ってもいいぐらいの癖があります。

癖と言ってしまうにはあまりにも重大ですが、江戸時代は教養の時代ですから、漢詩ならだれでもつくれます。

七言絶句は四行です。

四行で表せる人生が日本人の美学

自分の一生を四行で表せるような一生にしたいというのが、どうも日本人の美学といいますか、人生の美学といいますか、そういうものらしい。

ですから、江戸時代の終わりぐらいのたいていの人間は、まあ何でもないような人に至るまで、辞世の漢詩はつくったようですね。

代筆もあったようですが、自分の一生はこうであった、こうなんだということが、わずかに四行でおさまるような一生でありたいというような要求がある。

その詩のサンプルをいくつか挙げればわかっていただけるかもしれません。例えば、戦国から江戸初期の人間で、仙台に伊達政宗がいます。

いわゆる英雄豪傑ですが、非常な詩人でありました。私は伊達政宗の詩が好きで、政宗を武人というよりは、むしろ詩人のグループに入れたいぐらいです。

ついでに言いますと、幕末の高杉晋作も詩人のグループに入れたいですね。晋作は漢詩も上手で、お酒飲みで、少し放蕩者でありました。三味線に合わせる俗曲のたぐいも上手でした。

長州藩が佐幕化して、幕軍が攻めてきたとき、彼自身も藩にいられなくなって藩外へ亡命していて、どうしようもない絶望的な時期にも、いろいろな歌をつくっています。ちゃんと自分を詩的な、ポエジーの中の人物にしているものが多い。

この人の辞世は漢詩でなくて、非常におもしろい、いかにも日本人らしい歌ですね。この人も三十前で死んでいます。先生の松陰と同じように、三十前で起承転結をつけざるを得ない人生だったんです。

「おもしろきこともなき世をおもしろくすみなすものは心なりけり」

そんな世の中で、自分はなんとかおもしろく暮らそうと思ってやってきたという、そんな意味の辞世の歌です。

伊達政宗は戦国乱世を生き抜いて、江戸初期まで天寿を全うした。三代将軍の家光の時代に死んだ、戦国武将最後の生き残りです。仙台は寒さが厳しいですから、なるべく仙台に帰らず、江戸と、そして京都にも住む権利をもらって暮らしています。

そのときに詩をつくっています。

「馬上少年過ぐ
世平らかにして白髪多し
残軀天の赦《ゆる》すところ
楽しまざるをこれ如何《いかん》せん」

自分は若いころから馬上で歳月を過ごした。非常に忙しかった。しかしながら、いまは平和な時代がきて、自分はなすこともなく、月日を楽しんでいる。桃の花が咲いていて、その下で杯を傾けている、酒を酌んでいる。天も、この楽しみを許してくれるであろう、という。

自分をやはりポエジーの中の人物として眺めて、そして詩に歌い込んでいる。そして同時に、詩のように生きていこうという、そういう美意識のきわめて強い民族ではないかと思います。

「歴史の中の生きがい」という題で、日本人について、ほんの一端を聞いていただきました。

一九七〇年五月二十二日　第一回朝日ゼミナール（東京）　朝日新聞社編・朝日ソノラマ発行のカセットテープ
『歴史の中の〈生きがい〉』（絶版）から

松陰の優しさ

人間が人間に影響を与えるということはどういうことか、その不思議さについてお話ししたいと思います。

いまは大阪大学の名誉教授の、藤野恒三郎という方がいらっしゃいます。細菌学がご専門です。この方に、山口県の鋳銭司《すぜんじ》村から出た村田蔵六の話をうかがったことがあります。のちの大村益次郎ですね。皆さんご存じのように、長州の村医者の子として生まれ、オランダ医学を修め、その後軍人となって長州軍を率い、幕府軍を破った人です。

藤野教授のおじいさんが緒方洪庵塾のお弟子さんでした。藤野教授も洪庵塾の後身である大阪医科大学（現大阪大学医学部）に学ばれましたから、洪庵塾についてはお詳しかったんですね。

洪庵塾は「適塾」と呼ばれた、幕末当時の最大の蘭学塾であります。洪庵は非常に立派な教育者で、この人の徳を慕う人は多く、全国から生徒が集まってきました。

村田蔵六もその一人でした。

やがて塾頭、マスターになります。

そのあとで福沢諭吉も塾頭となりますし、幕府の陸軍を率いた大鳥圭介も塾頭となっています。福沢さんの自伝ではマスターとは言わず、マステルと言っていたそうですね。ですから、大村も大鳥もマステルだったわけです。

村田蔵六は長州では百姓身分でした。長州藩士ではありません。大坂へ出て学問で名を上げ、やがて宇和島藩に蘭学のプロフェッサーとして招かれます。当時、

「蘭学をやるなら宇和島に行け」

と言われたほどでした。

当時の日本はおもしろい国ですね。

大藩もあれば小藩もあるのですが、小藩のほうが学問に熱心でした。宇和島も十万石でしかない小藩ですが、人材発掘に力を入れたのでしょう。蔵六は宇和島では大小を差し、侍の格好ができました。会社の社員ではないが嘱託のような、つまり藩士に準ずる立場に取り立てられたのです。

あとで長州はおれの藩からそんな偉いやつが出たのかと驚き、あわてて呼び戻すことになります。

それから長州藩で非常に大きな存在になってくるのですが、宇和島時代の話を続けます。

当時、シーボルトはすでに日本にはいませんでしたが、その落《お》とし胤《だね》、おイネさんという娘さんが長崎に残っていました。シーボルトの弟子たちは情愛の深い人たちだったようで、この一粒種のおイネさんをとても大事にしました。

特に宇和島出身の二宮敬作という医者が、よく面倒を見ました。おイネさんを宇和島に連れて帰り、

いろいろ蘭学を教えました。女医さんにしようと思ったようですね。

ところが二宮敬作は宇和島から少し離れた卯之町《うのまち》に住んでいまして、宇和島のお城下に行くにはずいぶん時間がかかります。

村田蔵六とおイネさんの関係

おイネさんは宇和島に住まなくてはなりません。そこでしっかりした、安心して世話を任せられる人を見つけることになった。そこで村田蔵六ならどうだろうという話になりました。

「あの長州から来ている男なら、非常に堅そうで、目の前にいくらかつおぶしを置いてもけっして食べないだろう」

そんな妙な信用があり、しばらく蔵六とおイネさんは一緒に住んでいたことがあります。むろん蔵六には故郷に奥さんがいたのですが、宇和島ではおイネさんとひとつ屋根の下で暮らしていた。

先ほど申しました大阪大学の藤野教授も堅い人であります。軟らかめの学生や研究員からは非常に恐れられている人なんですが、この人が私に言いました。

「イネと蔵六の関係は、恋だったのでしょうか」

たいへんきわどい質問をされた。私も見たわけではないですから、

「さあどうでしょう」

と答えるしかなかったのですが、藤野さんは、

「私はどうしても恋だったと思う」

と、おっしゃいます。

「藤野さん、イマジネーションが豊かですね」

そう言って、私は笑ったことがありました。

村田蔵六は大村益次郎となり、やがて刺客に襲われます。傷口からばい菌が入り、その傷がもとで大阪の病院で亡くなるのですが、事件を聞いたおイネさんは横浜から駆けつけました。おイネさんは当時、横浜で開業していたのですね。

おイネさんは益次郎が亡くなるまで、それこそなりふり構わず看病しました。その献身ぶりから見て、きっと恋愛感情があったのではないかと、藤野さんはおっしゃったのですね。

そこのところはよくわかりませんが、とにかく蔵六はおイネさんを大変に労《いたわ》ったようです。蔵六はシーボルトとは何の関係もありませんが、蘭学を学んだという広い意味では関係があります。

そのこともあって、蔵六は熱心におイネさんに物事を教えたらしく、おイネさんはそれが生涯の感激だった。

こういう関係をわれわれはすぐに男女関係に結びつけますが、人間というものを非常に奮い立たせる関係があると考えることもできますね。

恋もあったかもしれません。

しかし、おイネさんと蔵六に男女関係があったかどうかは大きな問題ではなく、基本的に人間は教え子に非常に影響を与えるものなのです。

藤野さんと話しているうちに、だんだんと蔵六を小説に書こうと思い始めたのですが、それにはもうひとつ理由があります。

防府市の南にある三田尻に荒瀬さんという代々のお医者さんの家がありました。香川県の善通寺の国立病院の院長をなさっていた方で、荒瀬進さんはここのご出身です。そして藤野さんとは、大学での同級生でした。

「荒瀬という友達がいましてね」

と、よく藤野先生はおっしゃった。

荒瀬さんのおじいさんにあたられる方もオランダ医学を学んだ方でした。

もっとも、シーボルトよりもずっとあとの時代です。幕末もぎりぎりの時代、長崎の町にポンペという偉い医者が来ていると聞いた。長崎で勉強し、三田尻に帰って医者を始めた家です。

荒瀬進院長が少年のころでしょうか、自分の屋敷の中に「ポンペ神社」という祠《ほこら》があることに気づきます。

ポンペ先生は、オランダ医学を受容するために幕府が正式に招いた初めての人でした。シーボルトがいわばプライベートに教えていたのとは事情が違います。

ポンペ先生は、海軍の軍医になるための養成所を卒業し、長崎に来た。はるばる波濤を越えて長崎に来て、ひとりぼっちです。さぞかし寂しかっただろうと思いますね。

奥さんもなく一人で暮らしているのですから、人に親切にする以外に生きる道はありません。ただひたすらに自分の弟子を一所懸命教えた。

ポンペ先生は学者でもなんでもなく、長崎で講義に使ったのは、大学生のときに取ったノートでした。

そんなに医学に造詣が深かったわけではありません。けれども当時の日本人の書生にとって、ポンペ先生は神のごとくに見えたわけです。神のごとき人が熱烈に教える。弟子たちの肩をつかみ、手に触り、全身全霊で教えました。

そういう指導を受けた荒瀬さんのおじいさんが三田尻に帰り、ポンペ先生を祀《まつ》る祠をつくったわけですね。

荒瀬進少年は幼いころ、おばあさんの膝に抱かれ、まるで桃太郎や浦島太郎の話を聞くように、ポンペ先生の話を聞かれたそうです。

幼い荒瀬先生の心には、古今の英雄や偉人のごとく、ポンペ先生が刻みつけられたのでしょう。

その荒瀬先生が国立善通寺病院の院長になりました。昭和二十年代のことですが、管理職になって暇ができたのかもしれません。ポンペ先生の回想録を読んでみたいと思い立ちました。といっても翻訳はありません。

だいたい荒瀬先生はオランダ語を知りません。ただ、善通寺には四国学院という短期大学があり、ここの図書館にはオランダ語の字引がありました。

医者ですからドイツ語の素養はあります。ドイツ語とオランダ語とは、いとこ同士くらいですから、字引を引きつつお読みになった。そして最近、その回想録の翻訳を出版されました。

この話を藤野先生にうかがって、人間というものはそこまで影響するものだろうかと思いました。人間というものは偉いもので、人間同士の影響とは恐ろしいまでのものだと、非常に強く感じた。そして朝日新聞に『花神』という小説を書こうと思い立ったのです。

人間に影響を与えるということを考えますと、松下村塾もそうですね。

私ども戦前に教育を受けた者にとって、吉田松陰という名前はうるさいほどに聞かされていまして、どうしても食わず嫌いになってしまいます。堅くて怖い人だろうと、あまり関心がないままでした。ところが最近、戦争前に出た『吉田松陰全集』を何げなく読んでいて、吉田松陰の文章のうまさにびっくりしてしまいました。古今の名文家ですね。

日本のいつの時代にも名文家はいます。そして幕末にも名文家はいます。漢文調のわけのわからない、難しい文字をやたらに並べる名文家というのは掃いて捨てるほどいますが、松陰は違います。非常にわかりやすい文章ですね。

そしてわかりやすい、だれにでもわかる文章というものには、ごまかしが入る場合があります。自分の知らないこと、自分がちょっとぼんやりしていることをごまかすことがある。

松陰にはそれがありません。

例えば松陰が九州に初めて旅行した、その旅行記は実におもしろいですね。各地の風俗や出会った人の感想を書いているのですが、文末の「なり」を「である」に換えてしまえば、いまでも立派に通用する文章です。

普通、文章はその時代から離れることはできないものなのですが、松陰は自分の生きていた時代から飛び抜けた文章を書いていたことになります。

大正の末期ごろからわかりやすい文章が出始めるのですが、いまでもわかりにくい文章が名文だと勘違いをしている人も少なくないと思うぐらいです。

いかに松陰がモダンなのかがわかりますが、なぜそれほどモダンだったのでしょう。どうもだれにも影響されたふうもありませんから、天才だったんだろうなと最初は思いました。しかし、だんだん読んでいくうちに、これは単に才能の問題ではないと思い始めたのです。

松陰の文章は、非常に心の優しさが出ている文章なのです。非常に聡明な人が、自分の考えていることを人に受け渡すため、やさしくやさしく、そのやさしさは平易の「易」ですが、心の優しさの「優」も重なります。松陰という人が心の優しい人であったことが、『松陰全集』を読むとよくわかってくるのです。

長州には明倫館という藩校がありました。侍の子供が通う学校でして、家の禄高が「何石」と勘定される家の子が通う。たとえ十石でも「石」で勘定されるのは上等であって、つまり将校の、昔の役人風にいえば高等官の家になるのです。

同じ侍でも、何人扶持、何両扶持と勘定されるのは下士官の家でした。ここの子供は明倫館には通えません。

ですから、石取りの家は、非常にいばったものでした。ほかの藩ですと、石取りの家から明治維新の志士などはほとんど出ていません。

家柄の高い家というものは保守的ですね。幕府を倒すなどとは考えないものです。幕府を倒せば自分の殿様も倒れるかもしれません。殿様があってこそ自分の家の格式は守られる。世の中をひっくり返そうとする連中はなかなか出てこないのですが、長州にはかなりそういう人がいるんですね。

高杉晋作や桂小五郎は、格式の高い家の出です。高杉の家は百石取りですから、家柄としてはかなり高い家でした。ですから高杉は明倫館に通っていました。

身分の低い家の子供、つまり足軽だったり、魚屋の子だったり、百姓の子が寺子屋に通うことになります。萩の城下から離れた松本村に、松陰の実家である杉家の住まいがありました。杉家の近所には玉木という親戚や久保という親戚が住んでいまして、彼らが小さな小屋をつくって始めたのが松下村塾でした。

ですから、松陰が始めた塾ではありません。松陰が塾にかかわるようになったのは、松陰が藩の牢屋に入れられたことがきっかけでしょう。

松陰は天性の楽観主義者でした

牢屋に入れられたといっても、べつに松陰が悪いことをしたわけではなく、要するに幕府に目をつけられたのですね。

当時、松陰は全国的な名士ではありません。ただの書生なのですが、幕府から目をつけられることがいくつかありました。こんな秀才を失っては大変だと長州藩では考えた。

このあたりが長州の優しさです。

私は長州藩は他の三百諸藩に比べて非常に優しいという特徴があると思っていますが、松陰を見るとよくわかりますね。

長州は松陰をかばうために、わざと牢屋に入れたのです。藩のほうで始末したと言えば幕府も納得するでしょうから、牢屋に入れた。

さらに牢屋に入ってしばらくすると、牢屋から出て自宅で謹慎することになりました。罪人ではあるけれど、自宅にいてもいいことになった。しかし、松陰は暇であります。

そこで、叔父たちがやっている松下村塾を自分がやりましょうという話になった。先ほど申しましたように、寺子屋ですね。入学試験も何もない。では、なぜ松下村塾から群がるように人材が出たのかといいますと、松陰の優しさにあったと思います。

松陰は、およそ弟子を叱ったことのないような人でした。非常に明るくて、暢気《のんき》なところがあります。自分の運命について、いささかの絶望感も持たない、天性の楽観主義者でした。

松陰は自分の最期がああなることを知りつつも、悲観的に思ったことのない、世の中を暗く思ったことのない人でした。人と人との関係にしても、けっして疑うということをしなかったようですね。いろいろだまされたことがあったのに、一生だまされたとは思ってはいなかったようです。

松陰は二十代です。

近所の子供にしてみれば、杉家から出て吉田姓を名乗っているお兄さんが勉強を教えてくれるという感じでしょうね。

寅次郎さんは大変な秀才であり、その人に勉強を教わったらそれでいい。

ちょっと頭の程度の高い子供には難しいことも教えるが、幼い子供にはお習字だけを教えるというふうでした。

べつに政治学校ではありませんから、天下国家を憂えよとは教えません。なのに天下の人材がなぜ出たかというと、松陰という人は人の長所がよく見えた人でした。

少年や青年がやってくると、こいつはこういうところに長所を持っているとか、ここが役に立つとか、よくわかった。

それから私はつい、こいつなどという言葉を使いましたが、松陰はけっしてそういう言葉を使わず、弟子に対しても常に敬語を使っていたようです。

この松陰塾に萩の町からちょこちょこ通ってくる変な青年がいました。

高杉晋作ですね。年は十八、九歳で、親に隠れて通っていました。

よい家柄の子弟で、明倫館に通っている青年が、親に隠れて寺子屋に通うなんて、変ですね。

「松本村の寅次郎のところに行ってるようだが、もう行くのはやめろ」

と、おじいさんもお父さんもお母さんも言うわけです。仕方がないので夜にこっそり塾に通っていた。ただ寅次郎に教えてもらいたくて来る。

久坂玄瑞《くさかげんずい》という人も通ってきました。この人も二十石か三十石ほどの家の人です。それでいてやはり、寺子屋に通っている。

松陰はただの二十代の青年であります。自分をもって師匠とも思っていなかったようですね。自分の弟子に対しても、同じ学問を志す後輩としてしか思っていない。

その後輩である高杉や久坂を褒めていますね。高杉はこれこれの点では天下第一だとか、久坂はこの点で天下第一だとか、褒めています。

当時、日本の人口は二千五百万ぐらいだと思います。江戸でも大坂でも、ましてや萩でもない、萩の郊外の松本村で二十代の無名の青年と十代の弟子が語り合っている。

「おまえはこれこれの点で天下第一だ」

などと褒めたりする。客観性にとぼしく、おかしな話ではあります。

しかし、弟子たちは松陰を尊敬していたんですね。十二、三歳のころから藩第一の秀才と言われ、江戸にも九州にも行ったことがある。萩の狭い世界しか知らない弟子たちにとって、松陰は世界を知っているという一種の錯覚があるのですね。その尊敬している松陰から「天下第一」と褒められ、感激しないわけがありません。

もともと高杉は秀才ではありますけれど、非常に危険な感じのする問題児でもありました。一粒種ですから家人の心配は大変なもので、心配ばかりされている。ところが松下村塾に来さえすれば、天下第一になれるのです。

久坂の場合は事情が違っていて、お父さんもお母さんも亡くなっていて、寂しい境遇にありました。しかし、松本村に来れば天下第一になる。

松陰の残した文章を見ますと、自分の門人の長所をとにかく見つけ出しています。本当に見事なのです。

中にはなんとも褒めようもない者もいるんですが、無理やり探して褒めている。松陰はよほど優しかったとしか思えませんね。

伊藤博文（俊輔）も松下村塾の塾生のひとりです。松陰が牢屋を出て教え始めたときは、十六歳ぐらいだったでしょうか。松陰は俊輔少年を九州の同志の元へ使いにやろうとして、一通の紹介状を書きます。俊輔は途中でそれを見たらしい。

「あまり学問はできない」

と書いてあった。俊輔の家は侍の家ではなく、百姓だったのですが、田畑を持っていなかった。村の厄介者のような家に生まれ、勉強ができる環境ではなかったでしょう。基礎的な教養が欠けても仕方ないところですね。

もっとも、自分では学問はできると思っていた俊輔ですから、これには生涯こだわったふしがあります。

のちに政界の元老となり、

「閣下は松下村塾の塾生ですね」

と言われて、

「私は吉田松陰先生の門人ではない」

と答えたこともある。おそらくこのことが引っかかっていたと思います。

しかし、松陰は長所も書きました。

「俊輔、周旋の才あり」

幕末当時の周旋は、いまと少し意味が違います。人と人の間を走り回り、仲のよくない同士をくっつけ合わせ、ひとつの物事をなすというか、いまでいえば「政治」という意味になります。そうはいってても、そんなにいい言葉ではないのですが、松陰は長所を探したのでしょうね。

松陰にとって俊輔は他の連中に比べればそれほど大した弟子ではなかったかもしれませんが、それでも「周旋の才」はあると。

日本の総理大臣は明治以後、たくさん出ていますが、やはり伊藤博文におよぶ総理大臣はなかなかいません。

日本の総理大臣の原形をつくった伊藤博文のできあがる基礎を見抜いたのですね。年齢わずか十六、七歳の俊輔を見抜いた松陰もまた見事ですね。

人間はだれにでも長所があります。

どういう人間にもあるのですが、しかしわれわれは意外に長所を人に教わることはありません。

皆さんも小さいときのことを振り返ってみるとよくわかると思いますが、人から「おまえの長所はこれだ」と言われたことがどれくらいありますか。

教えてもらった人はわずかだと思います。不幸にして、なかなか吉田寅次郎に巡り合うことはないのです。

私もそうでした。

心が優しいと人の長所がわかる

私は一度だけ、「これがおまえの長所なんだ」と言われたことがあり、そのときは大変に興奮しました。

私の小学校時代の同級生でいまもつきあっているのは、せいぜい六、七人ぐらいです。

大阪は再三空襲に遭いましたし、たくさん戦死した世代であります。その生き残りたちが、みな言うのです。

「どう考えてもおまえは泥棒か何かになって、刑務所に行くだろうと思っていた」

ひどい話ですが、私の小学生時代の悪さといえば、思い出しても寒けがするくらいであります。

中学になってからも、家に帰って予習や復習をした記憶がありません。

中学は当時旧制でしたから五年ありまして、四年生まで家で勉強をしたこともなかった。自分が世の中に出てから何になるのか、全くわかりませんでした。けれども、ろくでもない大人になることだけはたしかにわかっていたのです。

ただ、中学二年生のとき、担任ではありませんが、国語の先生で好きな先生がいました。若いころに結核をやったような感じのする人で、青白く、頼りがいがなさそうでした。けれども、何か一種の気品があるのですね。そして欲得というものが全くなさそうな方でした。お寺の住職なのですが、暇があるので中学へ教えにきていたようです。

ちょうど作文の時間で、皆ざわざわしていました。私はどの先生の授業でもざわざわしているほうなのですが、そのときは偶然にも窓の外を見ていました。作文を書かなくてはいけないのに、ただぼんやり窓の外を見ていたのです。普通ならよそ見をして叱られるところですが、先生は言いました。

「みんな、ざわざわしていないで、もっと一所懸命にやれ」

まずそう言って次に、

「彼を見てみろ。窓の外を見ているではないか。あれは考えているんだ。何を書こうかと考えているんだ。彼のようにやれ」

大いに褒められたのです。

私を見習えと言ってくださったわけですね。こんなことを言われたのは、幼稚園以来、初めてのことでした。

皆は私をよく知っていますから、くすくす笑ったようでしたが、私はすっかり興奮してしまいました。

いまでもその興奮は残っています。

そんなにおれを認めてくれたのかと感激して、しかしだからといってまじめになったわけではないのですが、少なくともその感激は心に残っています。

吉田寅次郎は大変な秀才だったことを、もう一度お考えください。

自分は秀才でありながら、人の長所ばかりを言っていたのです。

皆さんも心当たりがあると思いますが、お互いに心良からず思っている人のうわさをするとき、その人の短所ばかりを言いますね。

つまり、欠席裁判であります。

皆さんもお上手だろうと思いますし、私も上手です。人の悪口とか欠点というものは、凡庸な者の目にもわかるのです。

ところが、人の長所は、友達の長所でもなかなかわかりませんね。

絶対にわからないのではと思うこともあります。絶対は大げさかもしれませんが、そのためには心が優しくなければわかりません。その友人なら友人、その後輩なら後輩に対して心が優しくなければ。

心を非常に優しくすれば、わかってくるものなのです。心を優しくするためには、己をなくすことがいちばんです。競争相手であることを押し殺し、その相手を優しく眺めてみれば、あのことについては自分はおよばないと、よくわかってくるはずです。

たとえ頭がよくても、心が優しくなければだめなのです。

大変に頭のよい人で、人の悪口ばかりを言っている人がいます。それは心が優しくないからですね。心が優しくないから人の欠点がよく目につく。頭がよければよいほど目につく。

ところが、そういう人は人間として他の人間に影響を与えることはできないのです。他の人間に対して影響を与えることのできる人は、とびきり優しい心を持っている人ですね。

松陰がそういう人でした。

松陰は二十五歳のとき、長州藩の牢屋に入りました。「野山獄」と呼ばれていましたが、べつに野山にあるわけではありません。萩の町中にあります。

牢屋といってもこぢんまりしたもので、藩にはあまり罪人がいなかったようですね。これは長州藩だけのことではなくて、どうも江戸時代は犯罪者がそれほど多くはなかったようです。

江戸時代の人が、現代の新聞の社会面を見たら、跳び上がるほどに驚くでしょう。よく時代劇で人をばったばったと斬《き》っていますが、あんなばかなことは普通ありません。人殺しのあった村はまず珍しかったと思います。社会面の事件は、まずない時代でした。

野山獄にいるのは侍です。

犯罪者というより、犯罪行為はしたけれども切腹させるほどではない。

むしろ、あいつだけは戻ってきては困ると、親戚から言われるような人たちですね。つまり、酒を飲んで刀を振り回すとか、変なことを言うとか、性格がよほどねじまがっているとか、そういう人たちで、その食い扶持は親戚が出すことになっていました。刑期は決まっておらず、なかには三十年以上も入っている人もいた。松陰が入ったころには、十一人ほどが入っていました。

もっとも、十二人が一緒の部屋にいるわけではなく、みな個室です。廊下を隔てて、こちらに六室、向こうに六室という具合ですから、お互いに話ができます。絵にかいたような格子があり、ちょっと覗けば向こう側の人の顔も見える。大きな声を出さなくても話ができる、そういう牢屋でした。

新入りの松陰がいちばん若い。箸にも棒にもかからない連中がずらりといるわけですが、松陰は彼らにこう言いました。

「皆さん、こうやって毎日ぼんやり暮らすのも退屈です。みんなで何かを教え合おうじゃありませんか」

そう言われた「先輩」たちはずいぶん驚いたのですが、やがて松陰の人柄がわかってくると、松陰の言葉に耳を傾けるようになりました。松陰は人間にはだれでも得意なことがあると思っていますから、努めて入牢者たちの特技を見いだそうとしたのです。

例えば何ひとつ取りえがなさそうでも、ちょっとばかり俳句をやった者がいました。松陰は俳句を学んだことがありません。松陰はその人に、

「あなたは俳句の大家です。私はあなたの弟子になって俳句を学びたい。皆さんも俳句を習いましょう」

その男はびっくり仰天ですね。皆が自分の俳句の弟子になるのですから、だんだん顔つきまで師匠らしくなる。

俳句の講義をして、皆につくらせ、添削する。松陰も一所懸命、俳句をつくっています。いままで世の人に嫌われ、ろくでなしと言われた人が、ここでは門人ができて師匠と言われるわけです。

この男は大感激して、いいほうに人が変わってしまったようです。

こうしているうちに皆の気分もやわらいできます。松陰は次々と「講座」をつくっています。

「あなたを師匠にして書道を学びましょう」

「この方に植木の話を聞きましょう」

とにかく皆が持ち回りの師匠なのですね。松陰は自分についてはこう言いました。

「自分は若造で世の経験に乏しい。特技らしい特技はない。ただ孟子が好きで少し勉強しましたから、孟子の話をしましょう」

長州藩は松陰を幕府から守るため、いわば保護的に入牢させていました。

そのため松陰は、外部との通信はわりと楽でした。松陰は上申しています。

「野山獄の人たちはいい人ですから、出してあげてください」

たしかに松陰と前後して入牢者たちは出されています。改心した者もいたでしょう。ところが一人、なかなか放免されない者がいました。

富永有隣という侍です。

まれにそういう人がいますが、はりねずみのような人でした。

ちょっと触っても痛い思いをさせる人です。「我」が人一倍強くて、そのために人と相いれない。とにかく富永有隣という人は、社会に不調和な、激烈な人であり、かれこれもう五、六年、野山獄にいました。

もっとも、学問はあるんです。松陰から見れば年長で、十歳ほど上です。

松陰は有隣を出獄させるのに努力して、ついには松下村塾の教授として迎えています。出獄するには引き取り手がいるのですが、富永にはなかったと思います。そこでこの持て余し者を、松下村塾で引き取った。食事も食べさせてやったと思います。

ところが、この富永有隣という人は倨傲《きょごう》で傲岸《ごうがん》な人でした。牢から出してもらった恩人の松陰を、生涯一度も恩人と思ったことがなかったのです。

松下村塾に行くと「寅次郎」と呼び捨てで、「吉田先生」とはけっして呼びません。初めて塾に来た人は、富永有隣のほうが偉いと思ったかもしれません。それぐらいふんぞり返っていた。

こんな人でありますから、富永有隣は明治になっても、いろいろと問題を起こして土佐まで逃げています。反骨のかたまりですから、また入獄したりして、最後は長州に戻ってきて村で寺子屋の師匠をやりました。

おそらく近所の子供がちょっと来る程度で、あまり流行《はや》らなかったと思います。有隣にとって悔しくてたまらない、腹が立ってたまらないのは、自分が教えた連中が東京に行き、大臣だの伯爵だのになっていることでした。

「東京に行ってあいつらを脅してやるんだ」

などと言って暮らしていた。余談になりますが、明治に国木田独歩という作家がいますね。彼は山口県人といってもいいくらいに、少年時代を山口で送っています。お父さんが萩の裁判所の書記をされていたりした。独歩は山口県が非常に好きでしたから、ほうぼうを歩いています。有隣にも会っています。有隣の話を聞き、少し創作を加え、その人柄をいきいきと描いた好短編がありますね。『富岡先生』です。富永を富岡と変えた。いずれにせよ松陰という人は、有隣のような人まで優しく抱き込んでいたのです。

さて、松陰の実家は杉という家でした。松陰のお兄さんに、杉民治《みんじ》という方がいて、人徳のある人でした。

そのお孫さんが、ごく最近八十いくつでお亡くなりになった杉道助さんでした。ご存じの方もあると思いますが、大阪の商工会議所の会頭を長く務められた方です。朗らかで、トマトのように赤い顔をして、服装なんかちっとも構わない人でした。人の世話が大好きで、あちらこちらを走り回っているうちに、人から押し上げられて会頭になった。ほうぼうを走り回って、人のためにお金を使ったのではないでしょうか。私は生前、杉さんに申し上げたことがあります。

「杉家は優しいですね」

「優しいだけが取りえですね」

と、おっしゃいました。

松陰のお母さんは、おもしろい方だったようです。ユーモアがあり、よく皆を笑わせた。お兄さんの子供たちの面倒を見ていて、

「松陰叔父のようにおなり」

と、幕末のころによく言っていたそうです。これはちょっと普通の母親では言えない言葉ですね。なぜかというと、幕末の松陰は長州で知られている程度であり、幕府に捕まり、江戸の小塚原《こづかっぱら》で死刑になった人でしょう。少なくとも孫たちを励ますことのできる名前ではない。よほど心のすがすがしい母親だったのだろうと思います。その最期が非業に終わったのは彼女にとって何の問題でもなかった。

「ただ寅次郎のように、明るく陽気で、よく勉強する子におなり」

ということでしょう。われわれが感じている松陰はまことに巨大な存在ではありますが、その母にすれば、寅次郎を優しい子だと思う以外、何もなかったのだと思います。

松陰は弟子を自分と同等にした

お母さんは松陰の教育に口を出すことができませんでした。教育を担当したのは叔父の玉木文之進《ぶんのしん》という人で、大変に厳しい教育でした。孔子や孟子を教えたのですが、ほとんど命がけの教育です。

「公に、一点の私情もなしに奉公する人間にする」

というのが教育方針でしょうか。

寅次郎が読書中、蝿が飛んできて、思わず顔を掻いたりすると、それだけで文之進は寅次郎を死ぬほど殴りました。聖賢の思想を読むのは「公」であり、顔を掻くのは「私」である。そんな公私を混同するような者は、大きくなって汚職をしてしまう。そうならないため、口で教えず、体で教えた。死ぬほど殴られ、ずいぶん高いところから突き落とされもした。そんな姿を見ていたお母さんは、つらくてやりきれなかったのでしょう。心の中で、

「寅次郎、お死に、お死に」

と言っていたそうです。

玉木はその後に藩の役人となり、たしかどこかの郡奉行になっています。百姓のことばかり考える、見事な地方行政官だったそうですね。もともとは優しい人であり、声を荒らげたこともないような人だった。

ですから玉木文之進は、寅次郎なら大丈夫だと思って殴ったのでしょう。もう一人、やはり親戚の子の乃木希典《まれすけ》の教育も頼まれて、乃木にも同じようにがんがんやっています。この二人だけですね。普通なら反逆を起こして逃げ出すところ、こいつなら大丈夫だと見極め、がんがんやった。

しかし私は、玉木の教育があったから、松陰や乃木が生まれたとはいえないと思いますね。

やはり松陰流がいいです。

松陰は人をたたいたこともなければ、弟子に大きな声を出したこともない。いつでもきちんとした言葉遣いをして、弟子の人格を自分と同等に扱いました。松陰自身が、

「私には門人はいない。すべて友人である。同じ道をきわめる友達である」

と言っています。もっとも松陰は、玉木のことがよくわかっていたのかもしれません。本当は優しい人だということを知っていたから、殴られても痛みをそれほど感じなかったのかもしれません。杉家の家風がいかに優しいか、わかっていただけたと思いますが、どうも山口県全体にも、そういう気分があったようにも思えます。

江戸時代には留守居役という役職があり、いまの外交官といってもいいでしょう。小さな藩から大きな藩まで、どこにも留守居役はいます。

五万石程度同士で、ひとつのグループをつくります。十万石同士、三十万石同士でも、グループがありました。

侍の世界にも転勤、異動というものがあります。留守居役の欠員ができ、新しく任命された人は、他藩の留守居役に挨拶しなければいけません。

「これからよろしくお引き回しをお願いします」

というところから、「いけず」が始まります。身の毛のよだつような「いけず」もあったらしいですね。

もし「いけず」をされたくなければ、いち早く賄賂が必要になります。「いけずどめ」ですね。それがなければひどい目に遭う。吉良上野介が浅野内匠頭《たくみのかみ》に「いけず」をします。あれでだいたい普通だったようです。

日本人はいいところはいっぱいあるのですが、どういうわけだか「いけず」の気分がありました。大学の世界にもあります。

昔の軍隊もそうでした。私も行きましたが、初年兵に対する古年兵の意地悪はすごいものでした。

相撲部屋もそうですし、監獄もそうですね。江戸時代から、ずっと意地悪のメソッドがありますね。意地悪をし合ってきた民族と言ったら言いすぎでしょうか。

しかし、それが長州にはあまりないのです。もちろん意地悪な人はいますよ。しかし、それは性格的に意地悪なのであり、習慣として、メソッドとしての意地悪はあまりありませんね。

吉田寅次郎を考えればわかります。

いくら秀才でも、せいぜい二十歳ぐらいの若者です。いろいろして幕府のお咎めを受けたり、嫌疑をかけられているのに、長州藩はいわば命がけでかばっています。ついにかばいきれず、松陰は江戸に送られます。しかし、そこに至るまでのかばい方は、涙ぐましいものがあります。

松陰が亡くなってから、高杉晋作が頭角を現してくるのですが、高杉は秩序ということを知りません。

どんどん旧秩序を破りますが、その最たるものは、脱藩でした。

何度も脱藩しています。戦国以来、家来が勝手に立ち退くということは、最大の罪でした。つまり、自分の主人を見限ったことになります。主人が凡庸だから出ていくわけで、主人にとってこれほどの侮辱はない。

主人が傷ついた名誉を回復するために、上意討ちという刺客を出したぐらいなのです。

ところが、高杉は何度も脱藩しています。脱藩して帰ってくると、

「おまえはこんなやつだから仕方がない」

と、皆でかばっています。形式的には脱藩の罪により、自宅監禁のような処分を受けますが、晋作が二度と立ち上がれないような目には一度も遭わせていません。

よほど優しい精神風土があったと思うのですが、そのことはきっと、皆さんを江戸時代に連れていけばよくわかってもらえると思います。

古くさい秩序的な藩、例えば百万石の加賀藩や仙台六十二万石の伊達藩に行って、長州の優しさの話をすれば、驚かれると思いますね。

日本にそんな藩があるのか、そういう優しい藩があるのかと言われます。

そういう優しさという気風が藩の中にありますから、たとえ性格的に意地悪な人でも、習慣としての優しさには従います。そんなに意地悪はできなくなります。

長州藩でも倒幕派と佐幕派の間で争いはあり、血も流れました。

しかし、ほかの藩に比べると、それほど陰惨なものにはならなかった。

その解釈のカギは、長州藩の成り立ちにありそうです。

もともと長州藩の毛利氏は、山陰山陽道十カ国の太守であり、いまの広島付近を首都にしていた大勢力でした。ところが関ケ原で敗れたことにより、防長二州に押し込められた。とても経済的にはやっていけない藩になりました。

中国十カ国時代の家来の数は大変なものですから、藩は人員整理をしようとします。十分の一くらいにしたかったのですが、藩士は従いませんでした。

毛利家の家老でしたら、十万石ぐらいでしょうか。それが七千石ぐらいでもついてくる。普通の侍だったものが、足軽になってついてくる。足軽だった者は、それ以上は切り下げようもなく、お百姓になってついてくる。そうして荒れ地を開墾する。皆さんのご先祖は、だいたい中国地方の各地から来ているわけですね。

例えば乃木は長府藩の人ですが、戦国時代の乃木家は松江のあたりにいました。松江には乃木という地名がありますね。

それから高杉晋作の家は百石でしたが、戦国時代ですと高杉城の城主でした。広島県に高杉という地名が残っています。

奇兵隊をお考えください。

幕末に長州藩がつくった階級なしの軍隊です。それまでは封建制度の階級身分でできていた軍隊を解き放したものです。百姓、町人、足軽などが階級や身分を問わずに参加し、これが明治維新の原動力となった。奇兵隊の小さなグループが拡大されたのが明治後の日本だと思うのです。

この奇兵隊は猛烈に強かったため、どこの藩でも持ちたかった。ところが長州藩以外には、ほとんどできませんでした。

どこの藩でも軍事を担当したのは侍であり、百姓や町人は参加していません。つまり、会津藩と会津の百姓は関係がないのが普通でした。会津の百姓は搾取されるだけの存在ですから、戦争はお侍が勝手にやっていることでしかない。白虎隊の悲劇が起こったときでも、百姓に感傷はありません。官軍の道案内をしているぐらいです。

ところが、幕末に幕府が長州に攻めてきたとき、岩国の藩境付近では侍も百姓も、みんなで押し返しています。

防長人は同一意識が非常に強かったのでしょうね。百姓であっても、侍に対して卑屈にならないところがあったのではないでしょうか。

例えばおれのところの先祖はあの侍のところより上の位だったけれど、江戸時代になって百姓になった。もともとは、こちらが上だと。こういう考えの百姓が多く、同一意識が百姓と侍との間に生まれたのだと思います。

幕末の長州人は友情が深かった

このような意識は侍同士にもあったようですね。

桂小五郎はたいへん身分の高い侍で、伊藤俊輔はとびきり身分の低い家の出でした。長州藩士とはいえないような身分なのですが、京都でよその藩士とつきあうためには、藩士の身分が必要です。そこで桂は藩に届けを出します。伊藤は自分の「養い」であると申し出た。「養子」とまではいかないが、自分の係累として扱い、ともかく侍身分にしたのです。そのとき桂小五郎が言っています。

「これで、私と君では上下がなくなる。同格の友人である」

桂が伊藤に出した手紙は、実に丁寧ですね。自分よりはるかに身分の低い伊藤に、しかも恩義をきかせた関係なのに、実に丁寧です。

あいつとおれは同志だ、非常に友情が深いのだということでしょう。幕末の長州の人間関係を見てみると、たしかに友情があります。

なんだ友情かと思われるかもしれませんが、当時は友情という言葉はありません。概念もなかったでしょう。

なぜなら、友情というのは横と横の関係でしょう。日本はずっと縦割りでできている国ですね。君臣の関係も縦割りです。親父に孝行しろというのも縦割りです。要するに友達に親切にしろというモラルは、明治以前にはなかったと思います。

これは長州の「風」としか言いようがないですね。ひとつの藩全体に「優しい習慣」があったんだとしか、言いようがない。

明治後、長州には多くの人材が出ました。その理由もこのあたりにありそうです。

中国地方はもともと人口の多いところですね。住み慣れた場所を離れて防長二州に来た人たちは、やはりエネルギーのあった人々だと思います。

ただでもいいからついていくというのは、志があったり、根性があった人だったと思います。その気概を持った人間がこの防長の土地に、いわばコンデンスミルクのように集まった。それが山口県に受け継がれてきたのではないでしょうか。

ここ数年考えている話を聞いていただきました。たとえ私が忘れても、皆さんの記憶の中に残ってもらうことができればと思います。

一九七一年七月十五日　山口県・防府市公会堂　主催＝財団法人山口県教育財団　原題＝歴史と人生

河井継之助を生んだ長岡

汽車が長岡の町に入りますと、窓の外に、すでに見慣れた長岡の風景が夕闇のなかに浮かんできました。

『峠』という小説を書いたものですから、なんだか故郷に帰ってきたような気がしたのですが、今日は『峠』という小説をなぜ書く気になって、そしてどのようにして小説の取材をしたか、そういうことをお話ししようと思います。

長岡という町は、なんとなく気になる町ですね。

『峠』を書くまで長岡に来たことはありません。知識が全くなかったわけではありませんが、新潟県の長岡という所は、ずいぶんおもしろい偉い人を出しているもんだ、あんな小さな町でなぜあれだけの多彩な人材が出るのだろうと、昔からぼんやり不思議に思っていた程度でした。

日本には大きな町がいくつもあります。長岡はけっして大都会とはいえないのですが、しかしながら、人間の質がいいといいますか、筋がいいといいますか、そういう感じがします。

長岡に匹敵する所といえば、長岡より小さい町で、島根県に津和野という町があります。森鷗外や西周《あまね》を出した町です。今でも津和野の町へ行きますと、昔の武家屋敷や古い商家などが残っておりまして、町中にはいくつもの掘割があり、掘割には鯉がいる。

鯉を盗《と》る人はだれもいないものですから、町の人口よりも、鯉の数のほうが多いらしい。この町からもずいぶんと筋のいい人たちが出ている。

そういう長岡や津和野の筋のよさは、どこから出てくるのでしょうか。どういうわけだろうと、少年のころから不思議に思っていたのですが、あるとき見えてきたことがあります。

日本はいまは東京が中心の国家になっています。いかにも東京は力がありますね。地方の人は役人なり、政治家なり、経済人なりとなって、あるいはその他の仕事をして、全部東京で仕事を果たして帰る、そんな仕組みになっています。地方というものは、一段下がったような印象さえある。われわれはなんとなくそう思わされている。私は大阪という都会ながらも地方に住んでいますから、そのように思います。

ところが日本の歴史といいますか、日本の生い立ちというものを千年ほどの単位で見てみましょう。少なくとも室町時代以後の六百年ほどの単位で見てみますと、日本の文化を支えてきたのは、地方であります。

いちばんはっきりしているのは江戸時代ですね。江戸の町というのは、極端にいえば、学問・文化というものはなかったに等しい。むしろ地方の藩が、文化の伝統を支えてきました。

江戸には「旗本八万騎」はいましたが、「旗本学校」というものはありません。ところが長岡には、長岡の藩校がありますね。

これが核となり、侍だけでなく、百姓・町人も、物事を形而下的だけに考えることなしに、形而上的に考える、そういう習慣をなんとなくもつようになる。物が高いとか、大きいとか、長いとか、そういう具体的な、形而下的なことばかり考えて明け暮れているのが、当時の江戸の人間だったかもしれません。江戸の人間だけでなく、大坂の人間もそうでしょう。諸国の幕府直轄の天領といわれている土地の百姓・町人もそうであります。

私の血液の中には半分、奈良県の血が入っています。親類縁者の半分も奈良県に住んでいます。奈良県は大和国ですから、国の始まりですね。

なんだか皆さん、いい所のように思っていただけるかもしれませんが、どちらかというと、形而下的な思考が幅を利かせている土地なんですね。

なぜかというと、ここは幕府の直轄領、天領でした。つまり読書人というものはおりません。江戸時代で読書人とは侍のことなのです。テレビでチャンバラをやっているだけが侍ではありませんね。むしろ平和な時代の侍だと、読書をする知的階級と考えたほうがいいのですが、奈良は天領です。役に就いた侍がわずかにいる程度ですから、読書階級というものはほとんど存在しなかったのですね。

読書階級がいないのですから、物事を形而下的に考えて一生を送ってしまう人が多かったのでしょう。形而上的に考える訓練の場がないのですから、新しい文化もあまりおこってこない。ここで比較するのも妙なのですが、奈良はおもしろいところです。

明治になってからも、どうも形而下的な世界が続いているかのようです。戦前ですと軍人や官吏になるというのはたいていの青年の野望でしたが、あまり奈良からは出てきません。

奈良県から「大臣」というものが初めて出たのは、たしか昭和二十四年だったと思います。奈良県の新聞に「本県最初の大臣誕生」と書いてありました。吉田茂さんが大臣を粗製乱造したときにひとり出て、あとは何人も出ていないと思います。そんなものが出ることが偉いかどうかは別ですよ。しかし戦前ですと、元気でいい志のありそうな青年の何割かは政治家になりたがり、軍人になろうとした。奈良の人は軍人にもならなくて、そうですね、終戦のころに陸軍少将がひとり出たことは覚えています。そんなのんきな所も日本にはあるのです。

つまり江戸三百年というものは、いわば教養の時代であって、それが末期になればなるほど厚みが出てきた。

ですから、勉強をする習慣のない所に育つと、つらいですね。

学問文化を支えた長岡や津和野

勝海舟は幕臣ですから、旗本です。

お父さんはおもしろい人ですが、昔は自分の名前も書けなかったそうですね。海舟も苦労しました。彼はオランダ語の塾に入ろうとした。先生は地方から出てきた人で、断られたそうです。理由を聞いてみると、

「おまえは旗本だ。江戸っ子だろう。だから断る」

という。

「旗本や江戸っ子は根気がない。だいたい江戸っ子は粋とか野暮とかいって、芸者をあげて、三味線

を弾かせている。そういう芸能の伝統はあるが、学問の伝統はない。だから、おまえはどうせ続かない。だから断る」

そんな話を海舟が語っていたのを読んだことがあります。

繰り返しますが、日本の学問文化を受け持ったのは江戸ではなく、地方でした。幕末にオランダ学を学ぼうとすれば、愛媛県の宇和島に行けばよかった。宇和島藩は十万石程度ですから、長岡と同じような規模であります。

この宇和島に行きさえすればオランダ学が学べるというので、はるばる各地から宇和島にやってきた。

近くでは越前大野があります。ここにも大野藩という小さな藩がありまして、オランダ学が盛んでした。

特に体操ですね。あれも西洋式のものですが、それがなぜか大野で盛んに教えられていた時期があり、体操を学ぶ者はわざわざ大野に来た。なんとなく、日本中をみんな歩き回っているような感じがします。

江戸の学問文化を地方が支え、それは明治になってからもしばらくは続きます。明治、大正、そして昭和の前半までの学問文化を支えた人たちの出身地を考えたらよくわかります。

もうとっくに藩というものはなくなっているのですが、土地には伝統が残り、そういう土地柄が形而上的な世界の人を生む。

芸術家にせよ、学者にせよ、そうですね。あるいは教育者、政治家、軍人といった職業の人は、天領よりも、読書階級のがっちりした長岡とか津和野とか、岡山、広島、あるいは鹿児島や山口、萩、高知や仙台、盛岡でしょうね。盛岡と同じ南部ですが、青森県に入っている八戸もそうでしょう。そういう地熱のような伝統が日本にはあります。

『峠』はそういう背景のもとに書いた作品です。なぜ長岡が長岡なのかを考え、長岡が生んだ河井継之助がいかにも長岡を象徴する人物だから書いたのですが、そればかりでもないんです。私はいつも、書こう書こうと思っている人間ではなくて、あまりに興味があるから調べてしまい、調べているうちに書きたくなれば書くほうです。河井継之助を調べているうちに、こんなことがありました。

大阪大学という学校がありますね。

昔の帝国大学のひとつですが、もともとは医学部が中心であり、古い伝統を持っています。その医学部に藤野恒三郎さんという、ばい菌ばかりやっておられた教授がいらっしゃいました。

大阪大学は微生物病研究所を持っていますから、そこで長く研究を続けてこられた方です。私は藤野先生と仲がよいものですから、ときどき大阪大学の研究室でよもやま話をしていました。そうすると藤野先生はしきりに河井継之助の話をする。あんなに偉かった人はいないと言う。

藤野先生は「藤野菌」というばい菌を発見した人なんですね。二十世紀に入って、人の名前がつくようなばい菌は数少ないですから、細菌学では大変な権威といわれる方です。ただこつこつやっていても、なかなかばい菌にぶつかるものではありませんから、学問の運のいい人でもある。そして人格者であり、篤学者であり、とにかく魅力的な人なのですが、新潟にも長岡にもなんの関係もありません。俗世のつながりは何もないにもかかわらず、河井継之助のことばかり言う。どうしてだろうと思いましたら、ちゃんとわけがありました。

その前にちょっと中国の話をさせてください。毛沢東中国はいろいろな注目を浴びています。どういう国であるのか、毛沢東とはどういう人物なのか、われわれ日本人は深い関心がありますね。清朝が倒れ、革命的な騒ぎが相次いで起こり、いまの中国につながるのですが、その混乱期にあって、やはり魯迅という大文学者の存在はゆるがせにできないものがあります。

魯迅を見れば近代中国はわかるし、魯迅の存在があるから中国は偉大だととらえることもできる。例えば、われわれが明治に夏目漱石を持ったようなものですね。漱石が出てきてくれたおかげで、われわれは文明開化ののちの、やや上り坂の明治日本というものがよくわかる。漱石が現代日本語の文章語を発明してくれたような感じがします。われわれは漱石の恩恵をずいぶん受けているのですが、しかし、それ以上に中国人にとって魯迅の存在は大きいのかもしれません。孫文と並んで魯迅の存在は大きいのですが、その魯迅は若いころに仙台の医学校に留学していた時期があります。

日本人でも了見の狭い人はいますね。特に外国人に対して、それも自分と顔の似ている外国人に対して、欠点のみをあげつらい、軽蔑するという、明治以来のつまらない伝統があります。魯迅は仙台の医学校で勉強しているときに、侮蔑した呼び方をされ、非常につらい思いをしました。よかった思い出は少しもなかったようです。

魯迅は晩年になっても日本のことはあまり書いていませんね。日本に好意を持っていたのかどうか、よくわかりませんが、書くにはあまりにつらい青春時代であった。仙台はいい所ですが、他県人に閉鎖的な所でもあります。まして外国人の魯迅が行って、そんなに心地よかったわけはないでしょう。

ところが魯迅はただひとつのことで、日本に心をつなげていました。

彼の短編に『藤野先生』という作品があり、魯迅の中でもいちばんいい作品かもしれません。

魯迅が留学した学校に、非常に欲のない、親切な、まるで古武士のような先生がいた。小説の主人公の『藤野先生』ですね。藤野先生に親切にされたことが魯迅の終生の感激であり、藤野先生がいなかったら、魯迅は心のなかで日本を捨てたかもしれません。藤野先生ひとりのおかげで、日本は魯迅とつながることができたわけです。

その藤野先生は仙台の医学校がいまの東北大学医学部になるとき、面倒くさかったのでしょうか、やめてしまい、福井県の芦原《あわら》という小さな村の医者になりました。たしか太平洋戦争の終わりごろ、ヤミ米を食べないものですから栄養失調になり、多少の老衰もあってか、往診の途中に路傍で亡くなられました。

藤野先生は、さっき申し上げました越前大野に近い、芦原の出身であります。そして私が親しくさせてもらった、大阪大学名誉教授の藤野先生は、魯迅の「藤野先生」の甥にあたります。お父さんもおじいさんもお医者さんでした。伝統が人間を生んでいく感じがしますね。

さて、私の親しい藤野先生のほうは、どうして河井継之助の話をしたのでしょうか。それは藤野先生が勤めていた微生物病研究所の初代の先生が長岡の人だったからです。

谷口先生とおっしゃる方で、大阪大学では神様のように尊敬されていて、藤野先生はそのお弟子さんです。

「谷口先生に何を教えてもらったんですか」

と聞いたところ、藤野先生はおっしゃっていました。

「学問のほうは、しょせん自分でやることですから、谷口先生に何を教えてもらったということではありません。それより河井継之助でしょうね。谷口先生に二十年ばかり仕えていて、その話ばかりでした。ご飯を食べるときにちょっと来いと言われて、一緒に食べる。その間いつも、河井継之助がいかに偉かったか、長岡がいかに学問的な町だったかという話になりました」

継之助の歌と踊りで長岡がおなかに入った

福井出身の藤野先生にとって、長岡は縁もゆかりもないところなのですが、藤野先生は河井継之助の一代が暗唱できるぐらいだという。これはおもしろいと思いまして、聞きました。

「藤野先生、そんなに河井継之助は偉いと思いますか」

「偉いと思います」

「藤野先生が偉いと思う人なら、よっぽど偉いんだろうなあ」

「いや、私は谷口先生が偉いと思うんだから、よっぽど偉いんだろうと思うんです」

そういうわけで河井継之助のことをぼつぼつ調べ始めました。ある日、長岡に参りました。

毎日新聞に書くつもりでしたから、その係の人と来たのですが、偶然、係の人は私の学校時代の同級生でありまして、友達同士の気さくな旅となりました。宿に数日泊まり、互尊文庫の今泉先生のお世話にもなりました。

しかし、長岡という町がなかなか体の中に入ってこないのです。

小説というものは、頭の中に入ってきても書けないものでして、体の中に入ってこなければだめなんです。

体の中に入るということを説明するのは難しいのですが、つまり町の空気や雰囲気に微粒子のようなものがあるとすれば、それが私の皮膚を通して、肉を通して入り込む。そして胃袋にこたえたり、肺の調子が変わったり、心臓がドキドキしたり、あるいは病気になってしまうぐらいのショックを受けたり、とにかくそういうことが小説を書くには必要なのです。

「これはだめかなあ」

と思ってしまいました。

やはり数日ですからね。三カ月も四カ月も滞在していれば、おなかの中にも入ってくるのでしょうが、そうもいきません。来る前に新潟の人に「長岡はどういう所ですか」と、いろいろ聞いたのですが、しかし新潟も広いものですから、高田や新潟市の人では長岡がよくわからないようでした。

むしろ小千谷《おぢや》の人がよく知っていました。小千谷の人が言っていました。

「自分は子供のころに長岡の親類の家に行ったことがあるが、武家屋敷がまだ残っていて、樹木がうっそうとしていて、静かないい町でした。しかも商店街に行くと商品がいっぱいあって、活気がありました。ものさびた雰囲気と活気とが混ざりあい、一種のあでやかさのある町でした」

そんな知識はいっぱい頭に詰め込んできたのですが、長岡は何べんも災害を受けていますから、町の姿はずいぶん変わっています。実感はなかなかわきません。仕方がないので、同行の友達に言いました。

「こうなったら芸者さんでも呼ぼうか」

私は遊びの下手な人種に属していて、芸者さんと遊ぶのは苦手なんですが、ちょっと考えたんです。京都のにおいが残っているのは、祇園の芸者ぐらいかもしれないなと。きれいな京都弁とともに、京都の気分が祇園に残っていたという経験があるものですから、長岡の気分も伝統も残っているかもしれない、そう思ったわけです。

結局、かなり年季が入った名妓といわれる人と何人かに来てもらいまして、うまくいきました。お料理屋さんの女将さんのおもしろい話を聞いたり、芸者さんの冗談に笑っているうちに、ドンときました。長岡の気分を満喫させてもらい、うまく口では説明できないのですが、ああ、わかったという感じを受けることができた。

長岡は皆さんにとって具体的な存在であります。自分の家があり、お母さんがいて、お父さんがいる。例えば横丁にはたばこ屋があり、そこには犬がいる。そういう形而下的な風景というものは、皆さんよくご存じであります。しかしながら形而上的な長岡の風景というものは、皆さんもなかなか気づいてはいないのではないか。

芸者屋に行けばわかるのかと言われれば困るのですが、とにかくわかったという感じがしたんですね。

芸者さんが河井継之助の歌と踊りをしてくれたんです。そんなものがあるのかと驚きました。私は音痴だからだめなのですが、私の友人は耳のいい男ですから、いっぺんで覚えてしまいました。やってもらっているうちに、なんとなく涙がこぼれるような感じがしましたね。

長岡がおなかに入ってきたのはそのときかもしれません。河井継之助は不思議な人だなと思いました。長岡でだけ愛されていて、新潟市に行くと、もう知らない人もいる。日本国じゅうどこへ行っても、それほど知られていないでしょう。森鷗外という名前はみんな知っています。西郷隆盛も坂本竜馬もよく知られています。ところが、その人々よりもあるいは偉かったかもしれない河井継之助は、長岡の人だけが大事に考えている。長岡では歌があって踊りまである。

長岡の帰りには湯沢温泉に泊まりました。旅館についたのは九時ごろでして、食事が終わったのは十一時ごろになった。すると仕事の終わった旅館の女中さんや掃除のおばさん、おじさんたちが集まってきて、一緒に酒盛りをしようということになりました。ほうきや雑巾を放り出して宴会になると、皆さん河井継之助の歌をうたうのです。おじさん、おばさんの合唱を聞きながら、湯沢までは来ているなという感じがしました。

ところが、三国峠を越えて上州まで来れば、ほとんど知られていない。

私が尊敬する方で、学習院大学の教授で八十歳を超えられた方がいらっしゃいますが、この方も、

「河井継之助は長岡の人ですか、そうでしたか」

と、その程度でした。この方は新発田《しばた》の人なんです。新発田の大変なインテリの方でも、そうなのかと。これは一種、感動的なことでもありました。私はなぜそうなのか、考えてみました。

それはブロックということにかかわりがあると思います。

越後国は、大化の改新以前から、ずっと勢力の強い地域として知られています。戦国時代になると、気分のしっかりした地方はブロックを組みました。尾張地方は織田信長を出してブロックを組み、南九州は島津氏を出して九州ブロックをもくろみ、土佐は長宗我部氏が出てきて四国ブロックをつくろうとした。いくつかのブロックが日本にできたわけですが、全くブロックのできなかった所もたくさんあります。そういう所はあまり人物が出なかったわけですね。

強大なるブロックをつくろうとした地方はおもしろい人材の地でもある。

越後はその最たるもので、かの上杉謙信を押し立て、強大なブロックができた。

謙信は恐れられました。信長などは謙信が京都に出てきたらおしまいだと考えていたようです。おべっかのかぎりを尽くした手紙を送ったり、たびたび使者を派遣しています。

京都に出るということは、天下を取るということですね。謙信さんが京都に出るならば、自分は瀬田の大橋まで出迎え、草履を取らせてもらいますとまで書いています。そして京都を案内いたしますと。瀬田の大橋は京都の入り口ですね。草履を取るとは、家来になるということです。信長はそういう外交をとるほどに恐れていた。

「京都は非常ににぎやかであります。京都の町の風景を絵師に描かせ、屛風にしましたので、家来に持たせます」

そんな手紙もありまして、わざわざ春日山まで届けている。これが今日、重文（現在は国宝）となっている「洛中洛外図屛風」であります。

信長は非常に美術が好きな人で、芸術家のパトロンでもあり、自らもオリジナリティーに富んでいましたから、絵を考えるんですな。

洛中洛外図はその後、はやりになりまして、国宝になっているものも重文になっているものもずいぶんありますが、このパターンを最初に考えたのがどうやら信長らしい。そして考えたアイデアのもとには、謙信の存在があったと思われます。京都はこんなににぎやかですが、どうか屛風で我慢してくださいといった気分があったようですね。その洛中洛外図屛風は上杉家に残っていまして、ほかの作品と比べても重要なもののひとつであります。このように越後は恐れられた地方であり続けました。

徳川家康もそうでした。家康が天下を取り、越後にひとりの大名を置くことは避けようと考えた。越後は経済的にも豊かであり、海上交通にも便利です。一大王国がなせる地であり、そんなものができて関東平野に乱入したなら、幕府はすぐにも崩れてしまう。越後人の心の活発さ、そして結束力の強さをそぐために、新潟に無数の小大名を置き、寸断したのです。

そして、それぞれの町がそれぞれの町の悪口を言いあう素地をつくった。ですから、私が知っている学習院の先生も、大変な学者でありながらも、新発田のご出身ですから、河井継之助にはさほどの関心はお持ちではなかった。長岡では河井継之助の歌まであるというのに、全国の人にはそれほど知られていません。私はそのことにますます感動して、『峠』を書くことにしたのです。

もっとも、書き始めますと、ときどき行き詰まることがありました。そんなときは長岡に来れば、いちばんいいのでしょう。気分が変わって、長岡のアトモスフィアをおなかの中にまた入れ直すことができるのですが、しかし、そうしょっちゅうは来られません。

そこで結局、大阪大学の藤野恒三郎先生のところに行くわけです。

藤野先生は大阪大学の微生物病研究所の教授であり、河井継之助のことも長岡出身である恩師の谷口先生から聞いている程度であります。

しかし谷口先生と藤野先生は、なんとなく雰囲気が似ていたそうですね。弟子とはそうなるようです。

だいたい藤野先生は福井出身のくせに、少し長岡弁になったりする。まあ、一種のえせ長岡人のようなものですが、その藤野先生と無駄話をしていると、つい長岡の気分がよみがえって次に書き進むことができた。つまり小説というものは作家の手元で、そのようにしてぐらぐらと進行していくものなんです。

とにかく『峠』を書いているときは、会う人ごとに、

「河井継之助を知っていますか」

と聞いていました。

教養のある人からあまりない人までずいぶん聞きましたが、ほとんどの人は知りませんでした。これだけの人物がひとつの町でしか大事にされていない。よその町では、河井継之助を知らなくても日本の歴史は成立するという態度でいたともいえます。

なるほど河井継之助は天下を取ったわけではありません。長岡という町を当時の西洋の、もっともモダンな町にしようとした。いわば長岡の市長さんのようなものですから、長岡だけが大事にするのは当然かもしれませんけれど。

そういうわけで継之助のことをずっと書いてきたのですが、継之助はいろいろな面でおもしろい人でした。堅物というわけではなく、吉原にもよく行ったようですね。ずいぶん当時のお女郎さんも買い、お酒の飲み方もおもしろい人だったらしい。そのことも書きました。

ようやく書き終わったころですが、藤野恒三郎先生が定年になり、名誉教授になられることになりました。その退官記念講演が行われ、私は藤野先生のご専門のばい菌の話を聞きにいったんです。ばい菌の話を聞いても仕方がないのですが、『峠』の義理もありますからね。そのあと簡単な、するめと冷や酒程度の宴会が二十分ばかりありまして、一人の老婦人にお目にかかりました。たいへん上品な方でして、藤野先生にご紹介をいただきました。

「亡くなられた谷口先生の奥様ですよ」

自分の亭主の弟子である藤野先生の定年のお祝いの日にやってこられたのですから、律義な方ですね。

また、それくらい長生きもしておられた。その方が怖い顔をなさっておっしゃいました。

「『峠』は読みましたよ」

さらに続けられて、

「しかし継之助さんが、吉原でお女郎さんを買うのはよろしくありませんですね」

悪いことに奥様も長岡の人なんです。これには参りましたが、お答えしなければなりません。

「ですけど、買っていたんですからしょうがないですね」

「継之助さんはもっと偉いんですけど」

「でも、偉くても買ったんですよ」

当時の男性のいわば習慣ですからと説明したのですが、なるほど長岡の人は偉いものだと思いました。

継之助のことを自分の父親か祖父のように思っているなと、谷口先生の奥様を見ても、そう思うことができたんですね。

継之助は方谷先生に土下座した

話は変わります。『峠』の取材中に気づいたのですが、河井継之助は諸国を転々と歩き回っています。継之助もいい年なんですが、評判を聞いては、各地を歩いた。

しかし、本当に偉い先生はそうはいません。評判ほどではないこともよくあったようです。そういうときはどうするかというと、もう遠慮なく捨てています。先生とも呼ばないような雰囲気がある。

「三尺下がって師の影を踏まず」

といった形式主義はみじんもありません。つまらないと思ったら、どんどん歩いていく。彼の時代に大学があったら便利だったのですが、当時はもちろんありません。

申し上げましたように、オランダ学なら宇和島だし、オランダ学でも体操なら越前大野、病理学なら大坂の緒方洪庵塾に行かなくてはなりません。学部が日本全国にある感じですね。継之助はずんずん歩く。しまいに岡山県の山奥まで行きます。

岡山から山陰にかけて、中国地方を縦に走っていく渓谷沿いに、伯備線という小さな鉄道がありますね。十一月ごろに行くと、紅葉が汽車の窓まで押し寄せてくるような鉄道でした。継之助がようやく得心した、山田方谷《ほうこく》という先生の塾の跡を訪ねてみたのです。

昔は備中松山と呼ばれ、いまは「高梁《たかはし》」という名前の市になっています。そこにかつて小さな藩があり、藩の学者に山田方谷という人がいた。この山のなかで継之助は、ようやく本当の先生に会えたと大感激しています。方谷先生という人は百姓の身分から侍となり、ついには藩の家老のようなことまでする大学者ですが、あまり全国的に知られた人ではありません。ところが高梁に行って町の人に聞くと、

「世の中で山田方谷先生ほど偉い人はいない」

と言う。駅前のうどん屋に入っても、床屋に行っても、

「方谷先生がいちばん偉い」

と思っているようでした。

継之助が方谷先生になぜ感激したのかというと、いまでいう「経営学」をよくご存じだったんですね。

単に「子曰く」といった倫理の、モラルの学問を説いていた人ではなく、「いかにして人民を食わ

せるか」という学問の人であります。山田方谷はもうすでにこの時代、そんなことを考えていたんですね。河井継之助はお釈迦さんのような求道者では全くありません。彼が尋ね求めていたのは、

「どうやって長岡の町を食わせていけばいいか」

という一点でした。ほかの町のことは考えていません。彼は長岡藩の藩士でしたから、ほかの町については関心がない。ただ、長岡がどうやって食っていけるかを考え、ついに岡山の山奥でいい先生を見つけた。

申しましたように、河井継之助は無礼な人なのです。

しかし山田方谷先生については、きわめてよい態度を示します。学び終わった河井継之助が長岡に帰る日のことです。

方谷先生の塾は山の中腹にあり、谷間には渓流が流れている。橋を渡って岡山に出る小さな街道がある。帰る継之助を、山の中腹から方谷先生はじっと見ていたのですが、継之助は橋を渡ったところで土下座をした。人間の触れ合いというものは、嵐のような、稲光のような、大きな一瞬があるのですね。人を人とは思わないような継之助が土下座する。継之助は長岡では高等官の生まれであり、方谷先生はもともと百姓です。しかし、そんなことは関係ない。

それにしても方谷先生の塾はどこにあったのかしらと思ってみると、言われたあたりに「方谷」という、プラットホームだけの駅があったんです。駅長と助役と駅員を兼ねているような人がいて、聞いてみました。

「この方谷駅は方谷先生の方谷なんですか」

「そうなんです」

外国だと多いと思うのですが、日本の駅は人の名前をつけてはいけない規則になっているはずなんです。

「なぜですか」

と聞いたところ、

「大きな声では言えません」

昭和の初めに駅ができるとき、鉄道省に地元の人が陳情にいったんですね。

「山田方谷先生という人は神様より偉いから駅名にしてくれ」

と、大勢で押しかけた。もちろん規則があるからだめだといわれる。方谷先生はやはり東京では知られていません。しかし鉄道省の役人に、山田方谷さんのお弟子さんがいたんですね。つまり河井継之助と相弟子となります。この人が陳情団の話を聞いて、ずいぶん骨を折ってくれ、ようやく駅名にすることができたと聞きました。

要するに山田方谷、そして河井継之助はいろいろな意味をこめて偉い人であったわけですが、方谷は岡山の山間部で、継之助は長岡で語り伝えられている。

それはけっして全国的な名前ではないことを思いますと、日本の文化の分の厚さを思うわけであります。

アジアの他の地域なら、そのくらいの人が出れば大したものでしょうが、日本では一地方がその人を大事にし、何も全国的にもてはやされなくてもいいという、そんな面が日本にはあるのだと。

私はもう少し日本は薄っぺらい国だと思っていたのですが、近ごろになって、分厚い国だと思えるようになりました。私は、べつだん愛国者ではありませんが、日本を客観的に考えてみると、非常に分厚いところのある国だとわかってきたんです。この点については開き直って誇ってもいいんじゃないか。その具体的な例が、継之助と方谷先生という、まことに渋い存在である。そのことに頼もしさを感じているのです。

褒めたところで、また、けなすことになります。日本人は、

「今日はこういう傾向だ」

ということになると、ダーッと流れてしまう民族ですね。その意味では薄っぺらで、ちょっと嫌になることがありますが、例えばいまは毛沢東ですね。中国、中国と言いだしたら、みな行きます。大阪の商売人といっても大きな会社の社長さんたちですが、みな行きます。たしかに、行ってもらわなければ困りますが、何も皆で「毛沢東の三原則大賛成」はないでしょう。

三原則けっこうですが、いままで中国をよくいわなかった人まで声明を出して、飛行機に乗っていく写真を新聞で見ました。どの新聞を見ても中国のことが書いてあり、中国語の教育も大はやりです。私は若いころに中国語を習ったものですから、中国には特別の感情を持っていますが、何かいまの雰囲気には喜べないものがあります。

なびかなかった継之助と長岡

日本人は昔から大傾斜を起こしますね。関ケ原もそうでした。

秀吉が死んで、あとに小さい子供が残った。こんなものではだめだということになり、それにひきかえ家康は実力がある。豊臣家に恩顧を受けた大名でも、みな家康のほうにこっそり行く。裏口から

みな行き、さあ、関ケ原の決戦だということになると、ほとんどが家康を向いていた。なだれ現象は日本の特徴のひとつなんですね。

戊辰戦争もそうでした。

鳥羽伏見の戦いなどは小さな規模の戦争であります。いわゆる薩長が京都を守っていましたが、わずか三千の勢力でしかない。

大坂にいた幕軍は五万人です。

大坂―京都は十三里、五十キロほどですが、そのわずかな距離の中で行われた戦争でした。大軍の幕府が負けるはずもないのですが、当時の街道は狭いものでした。大した戦術もなく、一列縦隊で攻めに行って、あっさり負けてしまった。

すると、なだれが起きました。

薩長へ薩長へと流れていく。そんなことは思いもしなかった藩もなびいていく。官軍は江戸を開城させ、上野の彰義隊は壊滅する。その攻撃前後に北越戦争も始まります。

越後でも多くの藩は官軍につきました。しかし長岡はそうならなかった。

実に頑固で狭いけれど、なびかない。

魅力のある土地ですね。

私は考えています。河井継之助に、もう十年あげたかったと。

世の中が十年変動しなかったら、長岡をちょうどヨーロッパのデンマークのような、小さいが堅固な国にしていたかもしれませんね。

河井継之助の構想の中にはそういうものがあったと思います。そのために継之助は一所懸命になって営々とやってきて、その途中で天下が瓦解する。彼としてもどうしていいかはわからなかったのでしょうが、とにかく長岡は残さねばならない。しかし、官軍の要求はむちゃなものでした。なぜかというと、鳥羽伏見で勝ち、京都に新政府ができたところで、朝廷には一銭のカネもありません。

普通は革命政府は前時代の国家をうまく継承するものです。例えばフランス革命でもロシア革命でも、王様たちの財産を継承する。お金をたっぷり持つものですが、日本の明治維新は一銭もない朝廷を中心にしてしまった。

ですから薩長土肥、それぞれが自弁でやった革命です。

しかし自弁では江戸に行く草鞋《わらじ》代もありません。ですから大坂の町人や江戸の町人を脅して寄付させています。西本願寺や東本願寺にも寄付をさせ、それらが兵隊たちの兵糧代となっていく。カネが全くないのが進軍してくるのです。それが官軍の正体であり、味方になろうと来た藩ごとに、

「カネを出せ」

ということになった。

もう、カネばかりであります。

長岡にもカネを要求しています。

河井継之助は戦争をしたかったわけではありません。

「待ってくれ、待ってくれ」

とずいぶん言っています。

ところが継之助の相手をした軍監は二十歳そこそこの青年であり、「待ってくれ」が通らなかった。

土佐の岩村精一郎といいまして、頭のいい人で、のちには各地の県令、知事となった人ですが、つまらない男でした。政治能力というものがない。およそ抜け道のない、イエスかノーかで突っ張るのです。三万両を出せという。西郷隆盛でも来てくれれば、政治でうまく片づいたのでしょうが、岩村程度の人物がやってきたのは不運でしたね。

このことについては、あとで山県有朋も「えらいことをした」と後悔しています。岩村も日露戦争が終わったころに後悔していたようですね。

「河井継之助がそんなに偉い人だとは知らなかった」

と言っています。

自分は代々の門閥家老が交渉に来たのだと思った。代々の家老など阿呆に決まっている。ごたごた言っているけど、そんなものは脅せばよいのだと思ったという。

そんなことをいっても遅いですね。

偉い人かどうかは人を見ればわかるのであり、河井継之助は何べんも頭をさげたけれど、聞き入れてくれなかった。ならば長岡藩の実力を見せてやるといって、天下を相手に戦争をすることになる。これが非常におもしろいと思うのです。

人間は全部行き詰まったら、おのれの義を見せるしかないというところがありますね。

官軍に降伏するのも道であります。ほかは皆そうなのです。会津のような怨恨も長岡にはないのに、長岡の実力を見せてしまった。

北越戦争では長岡は存分に戦いました。あまりに官軍が弱くて、長岡が強かったものですから、一時、新政府の信用はガタ落ちでした。横浜の生糸の相場が落ち、来ていた外国人たちに、

「せっかくできた新政府だが、こう弱くてはだめだ」

と囁かれたほどで、ずいぶん派手にやったものですね。

河井継之助は結局、戦いに敗れ、非常に気の毒な最期を迎えました。

しかし私は思います。

日本の歴史に河井継之助がいてよかったなと。風がふけば、すぐそちらになびく。中国といったら中国、ニクソンといったらニクソン、秀吉が死ねば家康です。それだけの歴史しか持たないのであれば、そんな民族は信用できません。

しかし、河井継之助がいました。世の中にはいろいろな人がいて、日本の歴史のなかには、分の厚さを受け持っている人もいた。

そういう人は、えてして悲劇的な生涯を送っています。あまりいい目に遭った人はいません。ワーッと体制に順応していけばいい目も見られますが、分の厚さを守った人は悲劇的な生涯をたどる。

河井継之助の場合は、長岡そのものを悲劇的な集団にしてしまった。しかし、そんな目に遭いながらも、長岡の人は継之助を大事にしている。

ですから、継之助ひとりだけではなく、長岡全体が大きいのです。

長岡の存在というものが、日本の歴史を分厚くするうえで、非常に大きい役目を果たしてきた。そういう感じを持ったものですから、私は『峠』を書いたのだと思います。

一九七一年九月二十二日　新潟県・長岡市厚生会館　長岡高校創立百周年記念行事・一般市民対象講演会　原題＝歴史と人生

大化の改新と儒教と汚職

私の母親が奈良の生まれで、親戚も奈良に多くいます。これはお断りできないなと思いまして参ったんですが、奈良に入りまして、まず思ったことがあります。

奈良の都ができる前に、大化の改新がありましたね。非常に日本的な現象であり、中国、朝鮮とは全く違った国への出発点となった。そのことを思ったものですから、この時代から話を始めていきます。

大化の改新の楽屋裏は、はっきりしています。藤原鎌足という人の仕事ですね。皇室の側近、秘書役を務めていた人でした。

そのころの日本は統一国家ではありません。無数の土着勢力によって国は分かれていて、東北は視野に入っていなかった感じです。せいぜい那須ぐらいまでが国だった。

そして無数の豪族勢力のひとつが天皇家であり、どういうわけか神聖視されていました。その理由はわかりませんが、宗教的な存在でした。

しかし、武力は持っていない。

富もありません。大和の国の葛城山麓に勢力を持っていた蘇我氏のほうが、天皇家よりも大きな存在でした。

このとき一大事業をやりたいという妄想が、鎌足にわいたのですね。

天皇を単なる宗教的な存在ではなく、中国の皇帝のごとくにしたい。そうすれば天下を統一できる。

もっとも、普通なら武力で征服するところですが、その甲斐性がない。

しかし、ここからが鎌足のアイデアマンらしいところですね。

それは少し説明が要ります。

日本という国は孤島です。

外国からの影響は受けるものの、きわめて薄く受ける。そんな地理的な条件にあります。間接的に巨大なショックが伝わってくるんですね。

当時、隋の煬帝《ようだい》という、三日天下の皇帝が現れ、次に唐帝国が出現します。鎌足が考えたのは、唐の制度をそのまま日本の制度に持ってくれば、統一することができるということでした。

天皇こそ、唐でいえば皇帝である。

民草《たみくさ》はすべて天皇の下にあり、豪族も同じだ。さらに唐では試験制度で官僚を採用していると聞く。

これからは、豪族だからといって、いい位につけるわけではないんだ。

こんな考え方が日本のインテリのなかに浸透しつつあり、鎌足がそれを代表したのだろうと思います。こうして大化の改新により、豪族の代表である蘇我氏をクーデターで倒すことに成功した。

蘇我氏は蘇我入鹿《いるか》が一人殺されただけで、なんとなくおとなしくなってしまいます。反乱もせずにしょぼっとしてしまったのは、日本の地理的環境からきた国民性なのかもしれません。

つまり新しい文明、大陸の制度を取り入れるということが、大義であるということですね。その大義には従おうとする。当時の中国は、武力的に日本を圧迫したことはないんです。勝手に日本のほうで、

「ああ、この制度はおもしろい」

ということでつくりあげたのが、大化の改新後の律令体制でした。

中国風国家という鎌足の壮大な夢

重要なのは、日本の律令体制は、中国の体制とは別物だということです。

本家と比べれば、落第生のような律令体制であり、そして、それだからおもしろい日本史ができあがりました。日本の歴史風土の成立というのは、中国の制度のまねをしかけて失敗した、その破れ目から始まっていく感じがします。このあたり、われわれが自分たちを考えるうえで大事なところらしいと思うのですが、少し詳しく話を進めます。

中国とは何か。ひとことで言うとすれば、一個の文明としか言いようがありませんね。

大文明を築いたといえば、インドがそうです。ヨーロッパにはキリスト教文明があり、中国には儒教文明が成立しました。そこには文明の原理が必ずあります。

ところが、日本は文明原理というものと関係がありません。おそらく世界中で日本だけと言ってい

いかもしれません。これが日本人の悲劇であり、喜劇でもあります。いいところでもあり、悪いところでもある。

鎌足の話にやがて戻りますが、たとえ話を二、三します。

ラバという動物がいますね。

日本にはいませんが、中国では漢の時代から活躍している動物ですし、ヨーロッパにもいます。ナポレオンは馬ではなく、ラバに乗ったそうですな。ラバは大きいわりに、おとなしい。つまり馬とロバとを交配させてできたのがラバであります。

ラバは一般的に生殖能力がありません。ロバのおとなしさに馬の体格を受け継ぎ、ただ働くだけで一生を終わります。運搬の仕事などをさせるのに、これほど便利な家畜はありません。

ラバはもちろん生き物です。しかし、人間はラバという道具をつくったわけですね。

これと同じところが文明原理にもあります。ひとつの民族が社会をつくりあげるときには、原理が必要になる。原理とは、キリスト教だったり、儒教だったりですね。その原理によって人間を飼い馴らし、社会をつくり、国家をつくる。

ラバをつくるようなものであります。

人間というものは、そのままにしておけば猛獣であって、人間ではない。原理によって飼い馴らすことで初めて人間になるんだ。そういう考え方が根底にありますね。

四手井《しでい》綱彦さんという京都大学の物理学の教授がいらっしゃいまして、昭和三十年代にサルトロカンリ（パキスタン北部）という峰を、登山隊を率いて登られた方でもあります。

四手井さんはまず下調べに行かれ、パキスタンだったか、その地方の小さな旅客機に乗りました。

飛行機はどんどん飛んで山岳地帯の上空にさしかかった。ちょうどそこで礼拝の時間になったそうです。すると二人の操縦士は操縦席から下りて、絨緞《じゆうたん》の上で長い長い礼拝を始めた。自動操縦装置がついていますから、飛行機は飛んでいます。しかし乗客は哀れですね。四手井さんは文明の原理の恐ろしさに、真っ青になったそうです。

日本人なら操縦士としてのモラルを考えますね。お客に対する責任とか、社則、あるいはパイロットについての法規などを尊重する。

しかし、回教文明のもとでは、なによりアラーが大事です。おそらく操縦士といったら知的な職業だと思うのですが、そういう人もやはり原理に服しています。

インド人は悠々としています。たとえ家がなかったり、飢えが広がるときがあっても、人間とはだいたいこうしているものなのだという、原理によってできあがりつくしている状態がインドです。

最近、ソ連圏のある町で、世界中の東洋学者が集まって国際的な学会が開かれまして、一回目のテーマは中国文明でした。もちろん日本から行った学者は多く、発表者も多かった。なかなか活発だったようです。

しかし次のテーマを議長が諮ったとき、インドの学者がすっと手を挙げ、

「インドをやっていただきたい」

満場一致でインドになった。

つまり、活発だった日本の学者たちは、日本をやってくださいとは言えなかった。そのとき、日本の学者はとても寂しかったと、貝塚茂樹さんがおっしゃっていましたので、私は貝塚さんに申し上げ

ました。

「寂しいでしょうけれど、それは仕方がないですね」

なぜなら、日本文明というものはないからです。

そんなこと言って、日本には『源氏物語』があるじゃないかと思われるかもしれません。室町の狂言、苔寺（西芳寺）、銀閣寺、これらは東アジアのどの国も持っていません。日本人は非常に優れているなと思うのですが、普遍性を持っていないのでしょう。日本人だけのものであって、原理ではない。優れた感じ方であり、物の考え方ではなく、思想ではありません。

藤原鎌足の宮廷クーデターに話を戻しますと、彼は中国文明を取り入れようと思ったわけではありません。

また、よく知らなかったと思います。

いまの私たちが文明について知らないように、鎌足も知らず、目に見えるものだけを取り入れた。官吏の制度、国家の制度、お寺、これらはつまり文明が生み出した産物というか、端くれのようなものですね。

バックのない、豪族出身ではない鎌足にしてみれば、文明の端くれを取り入れることが、自分の権勢を得る方法でした。中国風の国家をつくるという鎌足の壮大な夢の前に、結局、豪族たちは従うことになります。

ところが看板だけでしたね。見たところは中国風の国家になったのですが、内容はそうではない。日本では結局、科挙の制度が根づくことはありませんでしたが、中国と朝鮮では科挙の制度が続きました。

官吏の登用試験ですね。皇帝もしくは朝鮮王みずからが試験を執り行い、自分の手足となる官吏を選ぶ。

その科挙の試験にさえ通れば、べらぼうに出世します。一見民主的に見えるのですが、そうでもありません。

ヨーロッパですと、王や王の部下は世俗的な権威を代表する官吏です。宗教的な権威を代表するのは神父さんになる。

儒教は宗教だとはいえませんが、一種の体制飼い馴らしの原理ですから、そういう点では「神父」が必要です。

ところが、科挙というのは儒教のもっともできる人を採用する試験ですから、官吏と神父を兼ねる存在をつくりだすことになります。

皇帝は天から命じられた唯一の存在であり、その手足となる官吏は宗教的な存在でもあり、こうしてその政府は中国の歴史を通じて、すべてことごとく専制となります。

朝鮮の場合は、もっと徹底しています。科挙の試験に加え、農村の隅々にまで儒教を徹底させるため、土着の神父を置きました。

両班《ヤンバン》と呼ばれる村落貴族に権力と権威を与え、農村を儒教化していきました。これは徹底的なものでして、いまもなお韓国は儒教の中にあります。在日韓国・朝鮮人の人々は日本というつらい環境にあって、成功した人も多いですね。紡績だったり、鉄工所だったりで成功し、新しい技術や物の考え方を持っている人がたくさんいます。

韓国の農村に行きますと、中世のにおいがします。貧しいとか、富んでいるということで測れるものではなく、社会の停頓を感じます。

そういう停頓の状態を打ち破ることが正義ならば、在日の資本家の人が韓国に進出して、安い労働力を使って製品をつくり、日本に売りつければよいと思うのです。ところが私の見るところ、あまりそういう人はいない。戦後二十数年たってもあまりいないのは、儒教のためではないかと思うのです。

儒教では十親等までが親戚だそうです。十親等までが親戚だったら、私とここにいる皆さんはだいたい親類になってしまいますね。私よりも年齢が上の人ならば、「おじ様」「おば様」と言って、きちんと礼儀を払わなければなりませんし、言いつけも守らなくてはならない。もし十親等ぐらいのおじ様の頼みでも聞いてあげなくてはならない。

そうすると、大変です。

せっかく故国で工場を建てても、いろいろなおじ様の相手もしなくてはなりません。骨までしゃぶられてしまうケースもあります。

汚職はいわば儒教の原理で文明です

それを日本人は笑いますが、向こうから見ると日本人は獣のようなものなんですよ。いとこぐらいまでが親戚であり、「あとは知らないぞ」と言って歩いている。同姓はどんどん娶《めと》ります。かつては、いとこ同士の結婚もずいぶんありました。この話を聞けば、中国人でも朝鮮人でも気持ちが悪いと震え上がります。同じ血族は結婚しないという徹底したルールがありますから、つまり違う文明から見れば、日本人は獣にも見えるということです。

李承晩政権は世界史上まれに見る大汚職政権でした。

いまの朴正熙大統領は清潔な人だと聞きますが、朴さんにも濃厚なる親戚がいるでしょうね。十親等のなかには、朴さんのお母さんの十親等も、お嫁さんの十親等も入ります。どれだけの人が十親等になるのかわかりませんが、その人たちが大統領に押しかける。人によっては、利権を与えよ、官吏にさせよ、と言うかもしれません。

ここで「ノー」と言えばよいのですが、そうすると儒教原理の否定者になるから、「ノー」とは言えない。

朴さん一人ならまだいいですが、その次の人も、その次の次の人にも、十親等はいるわけです。いわば汚職という海の中に官吏がいる。それは悪ではないんです。これもまた儒教の原理であり、文明なのです。文明とは怖いものなのです。

けっして批判できるものではなく、外国人が言うべきものではない。

「韓国は汚職が激しいそうだな」

と声高に言うことは見当外れであり、あれが原理であり、文明である。

ご当人たちが気に入らなければ、ソウルが騒然とするように騒げばいい。

よしんば新しい政権ができたとしても、文明の原理は変わりません。

中国の場合ですと、清朝が倒れる時代に、儒教はもうこりごりだという新しい勢力が台頭しました。しかし、偉大な儒教は生活の隅々に至っていて、絶対に崩れそうもなかった。それだから毛沢東のような人が現れ、マルクス・レーニン主義という違う文明原理を持ってきました。

儒教を吹っ飛ばし、さらに毛沢東思想という原理を持ってきた。『論語』を二千年読み続けた民族が、『毛沢東語録』に持ち替えた。新たな飼い馴らしなのです。飼い馴らしが始まると、飼い馴らし損ねた政治家、飼い馴らしに害のある政治家は追い出されます。

紅衛兵問題はそういう飼い馴らしのプロセスの問題だと、私は考えています。

官吏の登用に話を戻しますが、律令体制といっても、原理を持ってこないかぎりは儒教体制でも何でもないものでして、官吏の名前などを日本的に装飾しただけのものに終わりました。

鎌足の子孫だけが官吏になってしまう。藤原氏の隆盛の時代になります。

試験制度はあったのですが、せっかくパスしても、せいぜい八位ぐらいです。いまでいえば区役所の戸籍係かな。そして晩年になって六位に進めたらいいほうでした。

結局、日本という国は、儒教体制を取り入れたことは一瞬といえどもなかった国でした。

豊臣秀吉が朝鮮に侵攻して、ひどいことをその晩年にしましたが、そのときに捕虜になった人で、儒教の大学者がいました。

捕虜といっても束縛はなく、伏見の城下をうろうろしていました。どこの大名の家でも行けて、わりあいに優遇されていたのですが、もちろん日本を憎んでいます。帰国後に日本のことをいろいろ書きましたが、その中に藤原惺窩《せいか》という人物のことが出てきます。

惺窩が訪ねてきて、いろいろと中国や朝鮮のことを聞かれた。答えてやると非常にうらやましがり、自分は亡命したいと言った。そういう人物も日本にはいるんだと、書いています。

惺窩は日本における――ちょっと変な言い方ですが――最初のプロの学者でした。

もともとはお公家さんの家に生まれ、学問ができるものですから、少年のころに寺に入れられ、坊さんになっています。

このころは、お公家さんが勉強したり、坊さんが勉強したりして名を成していたのですが、惺窩は独立して学問で生きていこうとした。

しかし、あまり環境はよくなかったですね。当時の大名連中は戦国時代を生き抜いてきた連中で、学問などありませんし、また理解もありません。

惺窩は日本が嫌いだったんですね。

おれのような大学者が、なぜ大名にペコペコする必要があるのか。そう思っていましたし、実際ペコペコしなかった。たいそう怖い人のようでした。

だれも結っていないような髷《まげ》をしていて、見るからに変な格好でしたが、だれも理由は聞かなかったそうです。

「先生、なぜそんな髷をなさっているんですか」

と聞くと、どなられそうで、大名でさえ怖かったらしい。

だれにも仕えず、大名から招かれても、行きたければ行くし、断ったりもしていました。結局、家康が優遇して、彼の弟子である林羅山という人に、徳川時代の学問を任せた。後の湯島の聖堂をおこさせることになります。

惺窩が最も憎んだのは、けんかの強い奴が大将になっている、つまり秀吉のことですが、秀吉の家来たちも皆そうですね。けんかに強いばかりで、こんなに野蛮な国はないと、絶望していたんです。

そういう状態の惺窩が、朝鮮の話を聞いた。中国や朝鮮に行けば、学問して試験に通れば大官となり、国を治めることができる。

儒教という大文明を民に施して、民に安らぎを与えることができる。非常なる理想社会が海の向こうにはあると、惺窩は考えた。

よその国が理想と思う人が必ずいる

日本の不幸はいつもここにあります。よその国の体制、文明なりの話をちょっと聞いたときに、

「ああ、それこそ理想の世界だ」

と思ってしまう人が必ずいます。

明治のキリスト者、昭和のマルクス・ボーイ、われわれはさんざんそのことを経てきているはずです。

そして、いまなお経ていこうとしています。考えてみれば藤原惺窩はその最初の人だったかもしれません。現に長崎まで行って亡命しようとしてうまくいかず、鹿児島にも行ってうまくいかず、結局は帰ってきた。

偉い人なんですよ。偉い人ですが、つまりはその程度でもありました。

日本と中国、朝鮮との決定的な違いは、競争にあります。日本は平安時代の中ごろから、すさまじい勢いで開墾が始まりました。競争の原理が沸き上がってできたのが鎌倉政権でして、以後はずっとその原理が続いています。

例えば江戸幕府は、家康が徳川家一軒を守るための体制でした。

身分をほぼ固定化し、三百諸侯を抑え込み、競争原理はなしとしたかった。ところが江戸体制は文明ではありません。家康自身が新興宗教のように「非競争」という原理を布教したのなら違ったかも

しれませんが、そういう飼い馴らしはせず、法律をつくっただけでした。

そのため競争の原理は生き続け、長州藩がその典型でした。

もともとの石高は三十数万石なのに、江戸中期には百万石の収入があったようですね。瀬戸内海をどんどん干拓したり、殖産興業で財政を豊かにしていった。競争の精神がありますね。

結局、幕末の長州にはずいぶんお金がありました。戊辰戦争が終わった明治二年（一八六九）、天皇家が逼迫《ひっぱく》していると考え、毛利家は四十万両を寄贈したそうですからね。幕末にあれだけ戦い、京都であれだけ政治資金を使い、なお戊辰戦争は自弁で行った長州藩ですが、まだ八十万両が残った。その半分を天皇にあげた。

一方、幕府の領地、天領では殖産興業はないですね。奈良にも天領は多いのですが、税金は安いし、百姓にとっては良いところでした。

結局、徳川幕府は競争の原理によって倒れます。飼い馴らすことができなかったともいえます。日本とは何だろうという、ヒントみたいな話を聞いていただきました。

一九七一年十月十六日　奈良市・奈良県文化会館小ホール　奈良県立奈良図書館文芸講演会

一九七二年（昭和四十七）―一九七五年（昭和五十）

【一九七二年─一九七五年】

高松塚古墳で極彩色壁画発見（七二年三月）

沖縄の施政権がアメリカから返還される（七二年五月）

日中国交正常化達成で合意（七二年九月）

金大中・韓国元大統領候補の拉致事件（七三年八月）

第四次中東戦争勃発、石油危機に（七三年十月）

サイゴン政府が降伏、ベトナム戦争終結へ（七五年四月）

【司馬遼太郎四九歳─五二歳】

吉川英治文学賞受賞（七二年三月）

文化講演会のためヨーロッパ各地を旅行（七二年六月─七月）

ベトナムに取材旅行（七三年四月）

モンゴルに取材旅行（七三年八月）

●主な著書

『花神〈全四巻〉』（七二年五月─八月）

『人間の集団について─ベトナムから考える─』（七三年九月）

『覇王の家〈全二巻〉』（七三年十月）

『播磨灘物語〈全三巻〉』（七五年六月─八月）

『空海の風景〈全二巻〉』（七五年十月─十一月）

『翔ぶが如く〈全七巻〉』（七五年十二月─七六年十一月）

薩摩人の日露戦争

私は、かねて日露戦争のことを調べています。日露戦争は、よかれあしかれ日本人、そして日本国家の原形をつくってしまった大事件です。そして、その二つとも戦争が終わったあとでは悪くなってしまいました。今日は、そういうことを中心にお話ししたいと思っています。

私の考えでは、日露戦争は祖国防衛戦争でした。強い相手に対して、弱い自分がなんとか生き延びるため、知恵を働かせる。知恵はむしろ弱い者が持っているものです。弱い者が持っている知恵を働かせ、べつに政府が宣伝したわけでもなくて、国民が結束した。そういう意味での祖国防衛戦争だったと思うのです。

歴史はおもしろいですね。

日露戦争からいままで、さほどに時間はたっていないのに、すぐ忘れられてしまいます。

先日、毎日新聞の方が手紙をくださいました。

毎日新聞には、昭和の初年ぐらいまで、政府の御用新聞だという悪口を言われていた時代がありま す。

ところが、私に手紙をくださった方は、いまの毎日新聞、つまり日露戦争当時の東京日日新聞および大阪毎日新聞を調べてみたんですね。すると、大変な戦争反対新聞だった。大変な反戦論を展開していて、むしろ朝日新聞のほうが日露戦争をやるべしという、つまり、たいへん好戦的な紙面をつくっていた。

「毎日新聞は御用新聞などと言われていましたが、実際はうそだということがわかりました」

というお手紙をいただいたのです。

ところが、実を言いますと、日露戦争の前は、反戦論を主張する新聞のほうが御用新聞だったのです。

いまの時代は反戦論がはやっていますから、反戦論だと、反体制とか反政府などの立場にあるように見られもします。その感覚で当時を見れば、たしかに毎日新聞は反政府、反戦論の新聞だということになります。

しかし当時は、反戦論の新聞が御用新聞だった。政府および元老は戦争をしたくなかったんですね。常識的に考えても、ロシアは勝てる相手ではありません。明治維新から三十数年がたち、近代国家の姿だけは、とにかく整えようとしている矢先でした。なんとか外交的に切り抜けていきたいという気持ちが強かった。

特に元老の伊藤博文がそうでした。

幕末のころに下関で英国などの艦隊と戦争して負けた長州人です。そんなものは勝てるはずはないからということで、毎日新聞はどうも、それで反戦論だったようです。

歴史はおもしろいが、難しいものでもあります。日露戦争はほんのこの間の出来事なのに、こんなふうに記憶にとどめられてはいません。

戦争はときどき負けなければいけませんね。ヨーロッパの国々は、お互いに勝った負けたがあって成立している社会であり、文化なのです。

常勝の国はありません。

日本人が褒められすぎた日露戦争

負けるたびに、民族としての思想が深くなったり、政治に対する物の考え方が深くなったりする。勝ちっぱなしの国は、やはりおかしくなる。もし日露戦争に勝たなければ、その後の日本は困った事態になったでしょう。ところが、勝ったがために出てきた弊害も、非常に深刻なものがありました。例を挙げますと、日露戦争については陸軍に公式の戦史があります。参謀本部が編纂した戦史でして、『明治卅七八年日露戦史』というたいへん浩瀚《こうかん》なる、実に厚い本が何冊も続いているものですが、この戦史には一文の値打ちもありません。

もともと勝った側の歴史は読んでもつまらないですね。自慢話ばかりですから。それに比べると、負けた側の歴史は参考になる。

日露戦争の場合も、ロシア側の資料は非常に参考になりました。軍法会議も開かれました。いろいろな形で、なぜ負けたんだという無数の質問が、戦場の担当者を追及することになる。担当者は事情を説明したり、弁解したりする。こうして負けた側の歴史はよく事態がつかめます。しかし、勝った側の日本の参謀本部がつくった歴史はひどいものでした。

昭和二十九年ぐらいに古本屋で買いましたが、たばこ一ダースぐらいの値段でした。古本屋は本の中身をよく知っています。中身の空疎な本は安い。『日露戦史』は、まことに空疎な本だったようです。

ただ、私にとっては役立ちました。

付図が非常にたくさんありまして、何月何日のある師団の状態、その翌日の状態といったふうに、ずっと地図がついていて、これは非常に値打ちがあるものだった。しかし、中身はほとんど価値がない。

貝塚茂樹さんという、京都大学の名誉教授がいらっしゃいます。湯川秀樹さんのお兄さんですね。この方のお父さんの小川琢治さんもやはり京都大学の先生をされていましたが、お若いころは、いまの通産省のような役所の地質についての技官でした。

その技官である父君が日露戦争のときに総司令部付で、満洲（中国東北部）まで行かれたそうです。どういう用事かというと、石炭でした。石炭を掘りながら戦争する必要があったのでしょうね。満洲で石炭の露頭を探すといった目的のために、鉱山の技師として行かれた。そして、日露戦争が終わったあとには、青島にも行かれたそうです。

日本は変な格好で第一次世界大戦に参加していますね。

ドイツが中国の青島に租借地を持っていまして、その要塞を攻撃する。そして、すぐ陥落させたというだけの参加の仕方です。火事場泥棒のような参加ではありましたが、ともかく青島を占領した。

戦争が終わると、守備隊というものができまして、青島にもできました。軍人としてはいちばん暇な職ですね。守備隊の司令官は大佐か何かで、当時ですと、普通は閑職であります。

ところが、青島あたりの鉱山を調べていた貝塚さんの父君が会った、その青島守備隊司令官は、とてもそうは見えない人でした。

陸軍士官学校の成績も、陸軍大学校の成績も非常によく、将来は大将にもなるような人だったらしい。さらに、日露戦争にも従軍して非常に功績もあった人だという。それなのに左遷されて、青島という配所の月を眺めている。そして、どうやら大佐どまりで陸軍を去らなきゃいけないらしいということを知った。ある日、お酒を飲んだとき、貝塚さんの父君は聞いたそうですね。

「あなたはなぜ、それだけの秀才であり、かつ功績があった人なのに大佐どまりなのか。そして、そのままで陸軍を去るのですか」

彼はこう答えました。

「いや、私は『日露戦史』を書いてしまったんだ」と。

『日露戦史』の編纂は大変な仕事だったんですね。

勝利軍は、重大な欠点を全部隠します。そうすると功績ばかりが並べられることになる。将軍たちが生きていますから、なお具合が悪い。

「おれのことをもっとよく書け。おれはここでこんなことをしたんだ」

彼が、ある非常に重大な失敗を書こうとすると、

「それは書いちゃいけない」

という話になる。

ですから彼は一所懸命、総花式に全部褒めた。全部褒めた歴史をつくり、それであんなにつまらない戦史になったんですが、それでも将軍たちの気に入るようにはできあがらなかった。

あいつはけしからんということになり、不遇をかこっているという話でした。非常に民度の高い国、文明の度合いの高い国でしたら、たとえ勝っても自分自身を解剖するに当たっては冷静です。しかし、日本人はそうではなかった。日露戦争の後に浮ついてしまって、非常にだめな国になる、ひとつの例となる話ですね。

昭和の初年に、横浜から英国に帰ろうとした女性がいました。女性の外交評論家として世界的に知られていて、日本に何年か住み、日本のことはよく知っている人です。当時の政界人とは非常に親しかったらしく、横浜を去るに当たって政界の人たちが集まっています。

牧野伸顕《のぶあき》という人が音頭を取っていますね。牧野伸顕は明治維新のときの大久保利通の子供です。そのときの様子を、牧野伸顕は何かに書いています。横浜のホテルでその女性評論家にごちそうして、仲のよかった日本人、十人ばかりで小さな送別会をした。そのときに、彼女は非常に冷静な表情でこう言いました。

「日本はやがて滅びるでしょう」

昭和の初年の話です。五・一五事件とか二・二六事件の時代ではなく、大正末期の軍縮の気分のなかで、軍人はなんとなく沈んでいた時代でした。しかし、彼女は続けました。

「なぜかと言えば、日本の陸軍の軍人は天下の秀才を集めている。彼らが非常に秀才であることは認めるけれど、彼らは常識というものを知らない」

ここで彼女の言う「常識」とは、われわれが現在使っている「常識」の意味ではありません。ちょっと説明の要る「常識」なんです。つまり、ヨーロッパの軍人なら自然と持っている、軍人だけでなくてですね、ヨーロッパ人ならば自然と持っているある種の常識が、日本人は地理的環境のために欠けていると言う。

彼女は日本の軍人ともずいぶんつきあったんですね。つきあってみると、どの軍人も同じことを言ったらしい。

「日本の軍隊および軍人は、世界一である」と。

日露戦争が終わった後に、非常にたくさんの評論が出ています。

当時、アルフレッド・マハンというアイルランド系のアメリカ人がひとつの評論を残しています。

海軍戦略について、おそらく世界一の米海軍大佐でして、この人は日本海海戦の作戦を練った秋山真之《さねゆき》のお師匠さんでもあります。

お師匠さんといっても、秋山真之がアメリカに行って、マハンの自宅を何回か訪ねたというだけの関係ですが、秋山にとってマハンは非常に尊敬すべき人物だったようです。

そのマハンが、日露戦争が終わり、五年ぐらいたって書いた論評があり、こんなことが書かれていました。

「日本軍は異例の才能と美質を持っている。しかしながら日露戦争の勝利によって、世界中の観察者たちは、日本軍に対して超人的という非常な感嘆詞をもって覆うのみである。日本の軍人は他国の軍人のおよぶべからざる多くの長所を持っているという具合に、漠然とした褒め方を続けている。そのために、日露戦争から普遍的な教訓を引き出すことを怠っている。世界中が怠っている」

ましてや、日本人は怠っている。しかし、それについてはマハンは触れません。ただ、

「自分はその現象については論評は差し控えるけれど、聖書の一節を引用してそれに代える」

マハンが引いた一節にはこんなことが書いてあります。

「エジプト人といえども人間であって神ではない。また、彼らの馬も肉であって霊ではない」

馬は戦争の道具ですね。つまり婉曲《えんきょく》に、日本人は褒められすぎていると、マハンは言っています。

昭和の初年の横浜に戻ります。彼女の言いたいことは、こういうことだったろうと思います。

日本の軍人は自分たちが世界一だと思っている。フランスの軍人も、日本の軍人と同じように自国の軍隊は非常に優秀であると思っている。

日本は自転車操業をするしかない

軍人が自国の軍隊を優秀だと思うことはいい。そうでなければならない。しかしながら、フランス軍人ならば他国と比較はしていると。

ヨーロッパの軍人は、比較をします。フランスはナポレオン以来、砲兵がご自慢ですね。しかし騎兵においてはドイツよりも劣る、あるいは歩兵においてもドイツに劣るとも思う。

イギリスでもそうですね。イギリスの軍人は海軍は優れているとは思うでしょうが、必ずしも大陸の諸国と比べて陸軍が優秀とは言いがたいと思っている。比較できる相手を隣に持っているから、自然と頭が比較をして、絶対に強いということは思いもよらない。

ところが日本の環境は違いますね。

当時の草深いアジアにあって、日本ひとりがいわゆる文明国になった。

国そのものがお山の大将です。そして、軍人の場合にはもっとそれが顕著に表れると、彼女は言います。

「軍人の多くは、地方の田舎から出てくる。小学校教育を自分はいろいろ参観したけれども、日本は世界一だという教育ばかりしている。軍人はその小学校を出て、幼年学校に行って士官学校に行き、考えてみれば、世界一ということを小学校で教えられたきり、比較することなく、大人になってしまう。そして彼らは、軍隊という国家の機能の非常に重大な部分を握る。彼らがもし政治に参加すれば、世界で自分たちにおよぶものはないという意識のもとに外交をするだろう。そして戦争を選択し、滅びるだろう」

一座の政治家たちは、暗澹《あんたん》とした気分になったといいます。牧野伸顕もおそらく同感だったのでしょう。

民族の歴史というものは長く続くものです。日露戦争を取り上げて民族の誇りにするのはいいのですが、その後どうなったかということのほうが、われわれへの重大な教訓だと私は考えています。日露戦争のほんの少し前の話ですが、当時の外務大臣は、ご存じのように小村寿太郎であります。小村寿太郎という人は偉い外務大臣ですね。小村寿太郎以後、日本の外務大臣を見て小村の半分ほどの人も出てませんから（笑い）、たいへん偉い人です。この人は、戦時外交を非常にうまくやった人ですが、個人的には非常に貧乏な人でした。

お父さんが今の宮崎県の士族でしたが、事業に手を出して子供にそのツケが回ってきました。小村寿太郎という人は一生貧乏で、借金取りに追いかけ回されて亡くなった人です。しかし、国家を運営するうえで、大変すばらしい仕事をした人でした。

この小村寿太郎が、かわいがっていて書生のようにしていた宮崎県出身の青年がいました。東京大学工学部に入って造船をやり、就職の相談にやってきたとき、小村は言った。

「就職するより、アメリカへ行ったらどうだ。アメリカは非常におもしろい社会だから、一生の得になるぞ。せっかく造船をやったんだから、造船所の職工になってきたらどうだ」

青年はその言葉どおりにアメリカに渡り、造船所の職工になった。その造船所ではロシアから注文を受けた軍艦もつくっていたそうです。ユダヤ系の造船所だったそうですが、そこで働いた青年は日露戦争の開戦前に帰ってきた。小村が「ああ、帰ってきたか」と言って、赤坂かどこかの料理屋でごちそうしてくれたんです。

「ロシアと戦争を始めるという話を聞きましたが、本当ですか」

と青年が聞くと、

「うん。結局はそうなるだろう」

「ロシアのような大きな国と戦争してどうするんですか。滅びるじゃありませんか。しかも、日本政府というのは文なしじゃありませんか。お金を全部、外国から借りようとしているじゃないですか」

実際、外債を募って日露戦争を戦ったわけであります。青年が言うのももっともで、そんなに借金して戦って勝てるはずもないし、勝ってもあとでひどい目に遭うじゃないかということですね。そのとき小村が言った言葉が、のちに青年が書いた本に出ています。

最近よく日本株式会社などという言い方をしますが、あのころに小村が言っているんですね。まずそう言っています。

「日本というのは小さな国で、これは会社なんだ」

「国家というより会社みたいな国なんだ。資本金がわずかな会社で、ほとんど能率も上がらない会社で、カネのない貧乏会社だ。この貧乏所帯というものは一所懸命働かなければ仕方がない。ロシアがやってきて、これ以上の重圧を加えたら、もうどうしようもない。一か八かではないが、ここはとにかくやらなければ仕方がないんだ」

小村はべつに戦争好きな人ではありませんよ。しかし、

「事態がここまできた以上は仕方がないんだ。働いたあとで、また借金を返せばいいんだ。それは何百年かかっても返さなくては仕方がない。そういう国なんだ。つまり、自転車操業のような国なんだ」

と言ったら、小村の横に料理屋のおかみさんがいまして、ばかに感心しましてね。おかみさんも言いだした。

「いや、私らだって貧乏なんですよ」

料理屋も貧乏だったんですね。

「貧乏だからこうやって夜も起きて働いていて、もしお金があったら寝転んで暮らしていますよ。やっぱり小村先生は偉い方ですね」と。(笑い)

日本の原形的な本質は、こういうあたりにあるのではないかと思います。

日露戦争当時の政治家や軍人たちを褒めたい感じを抑えきれません。われわれと同じ日本人なのかと思うぐらいに、どうも優れているような感じがする。

その優れ方は何でしょうか。

簡単なことですが、江戸時代というもののにおいを身につけていて、それはそれなりに文明人なん

ですね。

人間にとって、秩序というものが文明だろうと思うのです。ひょっとすると、行儀作法、しつけ、その他が文明の根幹なのかもしれません。

例えばパリの町に住みつく日本人はたくさんいて、パリを礼賛する人は多いですね。なぜかといえば、それは秩序があるからでしょう。

結局、都会には秩序がある。パリから見れば、東京や大阪は単に混乱しているだけでしかない。非常に細かい気の配り方で秩序美をつくりあげたのがパリという町であり、それがフランス人にとって誇りなんですね。

そういう町をつくるフランス人は、やはり文明人であり、文明とはそんなものだろうと思うのです。

そういう意味の定義から言えば、江戸時代は文明です。

江戸時代には秩序がありました。

人間はどういうように行動すれば美しいかということばかり、家庭教育において教えたのが江戸時代です。

侍の子は、道は真ん中を歩かなければいけませんでした。普通、軒下を歩きますけれども、真ん中を歩かなくてはならず、曲がるときは直角に曲がらなければいけません。

私の子供時代の話で、親戚に九十歳ぐらいの人がいまして、昔は御殿女中をしていたそうです。

「お侍さんというのは、りりしいものだった」

そう言っていました。まっすぐ歩き、直角に曲がる。そして雨が降っても走らない。簡単な日常のしつけにはじまり、人生の非常に重大な問題に至るまで、すべて人間はどう行動すれば美しいかということでできあがっていた。そういう意味で、江戸時代というのは文明時代だったのかもしれません。江戸時代以後のわれわれは、文明という秩序の中に住んでいるのか、それとも、ただ猥雑《わいざつ》にもみあい、押しあいへしあいして住んでいるのか、よくわかりませんね。

ところが、日露戦争に参加した四十代から五十代にかけての軍人たちは、そういう江戸時代の名残の秩序の中から出てきていて、その秩序の命ずるままに行動しています。

師団長は中将ですが、その人たちは正規の士官学校も出ていません。

乃木希典《まれすけ》もそうですね。

ところが、旅順を陥落させたとき、ロシアのステッセルに対する待遇が非常にきれいで、西洋でいう騎士道に匹敵するものであると、日本人はたいへん褒められました。

乃木の名声、日本人の名声は大いに上がったのですが、べつに乃木がアイデアを出して、水師営の会見が演出されたわけではない。プロデューサーやディレクターがいてできあがったのでもない。自然とそういう劇的な場面の主人公になっていくようにできあがった秩序人間が乃木希典であり、ですから取り立てて乃木希典が偉いわけではないのです。

大山巖《いわお》という人は陸軍の野戦軍の総司令官でした。この人は、要するにみんな仲よくやりましょうという思想だけでできあがっていた人です。

ゼネラル（将軍）として非常に大事なことですね。

大山自身がひとつの固定した観念とか、固定した戦略、あるいは癖のある戦略思想などを持たず、持っていたにしても捨ててしまった人でした。ですから、この人の下だと非常に働きやすかったそうであります。

この人のキャリアを見ますと、大山巌は砲兵の大家でした。

大山は薩摩の侍で、幕末に西郷隆盛と一緒に走り回っています。

西郷のいとこですから、西郷の秘書のような格好で京都で奔走した。

戊辰戦争では、薩摩の砲兵隊を率いて東北まで行きました。薩摩は大砲を早くから戦術に採用していました。

それに比べ、長州の奇兵隊は非常に強かったんですが、大砲はほとんど持っていなかった。ですから戊辰戦争のとき、長州は薩摩に大砲、砲兵の進め方などを現地で習いました。そこで教えたのが、大山巌だった。

教えただけでなく、この人は若いときには大砲を発明したりしています。

大山は若いころ、弥介という名前でしたから、その大砲は弥介砲といわれました。

さらに大山は明治になってからはフランスに留学して、砲兵を学びました。割合よくできたらしいですね。

大山さんのフランス留学時代の微分積分のノートが最近出てきまして、私に見せてくれた人がいました。私は微分積分も因数分解以上はほとんど知りませんが（笑い）。私に見せてくれた人は数学の先生でして、

「これは大変なもんですよ」

と言うんですよ。

しかし大山という人は、自分が大砲に詳しいということを口にするような人ではありません。

その大山が、奉天会戦の戦場に立っています。日露の最後の陸戦となった奉天会戦という戦いは、

勝ったか負けたかよくわからない戦争でして、だいたい日本の判定勝ちなんでしょうが、このころ日本軍には大砲の弾がありませんでした。一門についていくらといって、けちけちと大砲を撃っていた。しかし前線の砲兵指揮官は、そんなに大砲の弾が足りないとは思っていませんから、「節約せよ」と言われてもどんどん撃つだけですね。

人によっては当たるか当たらないかわからないような遠距離射撃をする。

ご存じのように、大砲の角度を上へ上げて空に向けて撃てば遠いところへ飛びますね。

大山が前線を視察して砲兵陣地に来たとき、いっせいに大砲を上へ向けて撃っているものですから、たしか総参謀長の児玉源太郎にだったと思いますが、つぶやきました。

「児玉さん、大砲というもんは天に向けて撃つもんですかのう」

暗に「節約せよ」と言ったつもりでしょうな。しかし砲兵の若い将校たちは、大山が大家だとは知りません。

「総司令官になると、やっぱり何も知らんもんだ」

そう言ったそうですね。

奉天会戦の前に、ロシアが攻勢をかけてきた黒溝台の会戦という戦いがありました。ずいぶん攻められて、結局は押し返したんですが、もしロシアがもう少し腰が強ければ、日本軍は崩壊していたかもしれません。そのまっただなかのことです。

総司令部の参謀たちは皆、真っ青になって電話で前線を怒鳴ったり、混乱したりしていました。そこへ大山が姿を現した。大山はめったに参謀たちの大部屋には姿を見せない人なのに、ひょっこり出てきて、

「朝からだいぶオオヅツ（大砲）が聞こえるようですが、一体どこですか」

と言った。非常にその場の空気が和らいだという話を、その場にいた人たちが書き残しております。

当時、総司令部付の軍曹で、後になって社会主義者になった人がいるんですね。晩年に至るまで、彼は堺利彦たちに言っていたそうです。

「大山さんは偉かった。大山さんという人がひとたび出てきたら、司令部の空気は全部和らいだ。目くじら立てていたのがみんな冷静になった。あれが本当の大将だ」

どうやって大山という人はできあがっていったのでしょうか。大山を生んだ薩摩の風土について、もう少し説明したあと、再び日露戦争に戻ります。

小さな町内から英雄が群がり出た

大山巌、東郷平八郎、山本権兵衛《ごんべえ》ら、日露戦争に登場する薩摩人に大きな影響を与えた西郷隆盛の話を、ここでしたいと思います。

大山巌の家は薩摩の下級士族が住んでいる一角にありました。甲突川《こうつき》という、鹿児島市内を流れている川があります。私が見たときは、洪水を起こさないか心配になる感じの川でした。

曲がり角は低い土地になっていて、洪水になると決壊しそうで、そこに下級の武士が住んでいた。いまの団地のようなところですね。

下加治屋町と言われている町で、西郷もそこで生まれています。大久保利通も東郷平八郎も、みんなその近所です。つまり、下加治屋町の団地の面々が明治維新をやり、日露戦争をやったようなものですね。

その団地の連中はみんな家が貧乏です。家の禄では少ないので、役目について稼ぐ。役料をもらって、やっとご飯を食べることができる。

ところが役目につくには、人のやらないことをしないとなれません。西郷は算盤《そろばん》を習いました。西郷は、晩年に至るまで算盤の名人だったそうです。

全く話が変わりますけどね、戦国時代の英雄豪傑は、たいてい算盤が上手ですね。算盤の下手なやつは滅んでいます。織田信長も豊臣秀吉も、みんな算盤ができますよ。西郷は、そういう時代のタイプの英雄豪傑ではありませんが、やはり計算ができた。郡役所の下役として十八歳ぐらいのときに雇われ、算盤をパチパチはじいていた。

その団地には、薩摩藩の風習として青年団の組織がありました。郷中という制度で、その頭である青年団長は、ふつう十八歳くらいです。

ところが西郷という人は、二十四歳になるまで青年団長をやっていました。いまだと二十四歳といっても大したことはありませんが、当時の二十四歳だといい大人でして、子供の二人も三人もある人が多かった。

なぜ西郷がいい年をして青年団長をやっていたかといいますと、みんながやめさせなかったようですね。もっとも、郷中が何をするかというと、べつに大したことはしません。

せいぜい肝試しの会とか、相撲大会とかするだけなんです。

青年団長である西郷だって、賞品を出すだけです。貧乏な連中ですから、おそらく賞品といっても、草鞋《わらじ》ひとつとか、せいぜいその程度だったでしょう。

ところが、人間というのはおかしいものですね。賞品を与える人によって、賞品がありがたくなるでしょう。

西郷から賞品をもらうと、なんとなくうれしい感じがあったらしい。

そういう人柄だから二十四歳にもなって青年団長だったんですが、では、その西郷という人はどうやってできあがったのか。

黒田清隆という薩摩人がいますね。陸軍に進み、後に政治家となり、西南戦争では政府方として西郷軍と戦った男です。西郷が戦いに敗れて亡くなったとき、

「惜しい仁者を亡くした」

と言って泣きました。

薩摩人にとっては、西郷は非常に情け深い仁者として映っていたようですね。

結局、江戸時代という教養時代、そういう江戸の秩序が二百七十年続き、最後に蒸留水が一滴落ちるようにして落ちた。それが西郷だろうと私は思いますね。大きいのが西郷で、小さいのが乃木であり、いろいろいます。

西郷は、他の時代には全く出てこない人ですね。いまも出てこないし、他の国にも出てこない。日本のあの時期のあの条件下でなかったら出てこない人であります。

西郷は青年のころに非常に考えたんでしょうな。これは西郷自身が言っていないことで想像なんですけれども、何か大きいことをしたい、何事かをしたいと思ったんでしょうな。人生において何事かをしたい。しかしながら、自分は頭が悪い。

西郷は、自分が賢いとは思っていなかったと思います。

そして、力も弱い。あの人は昔、相撲でどこかの骨を折って、一生、力が弱い人だったそうです。

だけど、頭のいいのも、力の強いのも、みんな集まってくるじゃないか。

集まってくると力になり、何事かをなすことができる。では、どうやったら集まるかということを、西郷は一所懸命考えたのではないでしょうか。

それには人間の欲望を減らせばいい。自己顕示欲とか名誉欲とか出世欲とか、その他本能がいろいろありますが、欲望を減らせばいい。

もっとも、これは大変です。

己を虚《むな》しゅうするなどと、言葉はきれいですが、実際、それをやろうと思ったら、大変な脂汗が流れます。

人間の体を一〇〇とすれば、二ほども真空部分ができないかと思いますが、どうやら西郷はそれができたようですね。その二ほどの真空に、無数の人が気楽に入ってきた。ここに西郷の偉さというものがあります。

さて、大山に話を戻します。

西郷のもとにはたくさんの人材が集まってきました。

もっとも、幕末の動乱期ですから、そんなに簡単に気を許せるものではありません。西郷にとって安心なのは、やはりよく知った団地の面々でした。

なかでも大山巌ならいいとこですから、最も安心できます。大事を託されることの多かった大山は、一年間で二十八回、京都と横浜の間を往復したといいます。

東海道をほとんど一年間歩きづめで、要するに兵器を秘密に購入していたんですな。京都に帰ってきまして、お金をこれだけ使って、これだけ残りましたという書き付けを渡すんです。そうすると、西郷は小さな算盤を出して、合っているなとか言って算盤をおさめたそうです。

そういう西郷を身近に見て大山は成長した。大将になるには、西郷のようにすればなれるんだと、どうも思っていたらしい。仁者をモデルにして、それが満洲の戦場に生かされたということになりますね。

東郷平八郎という人も、西郷の家の近所でした。東郷が小さいころ、すでに西郷は巨大な存在でした。幕末の京都で奔走しているので、なかなか会えません。そこで西郷の弟に、西郷小兵衛《こへえ》という人がいて、この人も情け深いことで知られていますが、このころ寺子屋のようなことをしていました。東郷少年は西郷の家に文字を習いに行っていたんです。東郷家と西郷家とは深い関係にありました。

さらに東郷平八郎と西郷とのかかわりをいえば、東郷の進路と関係がありますね。

東郷は戊辰戦争のとき、海軍の下級士官として遠く箱館（函館）まで行っています。ところが、戊辰戦争が終わった後、いわゆる官軍はどうなったかといいますと、解散なんですよ。

全部解散して国へ帰れということになった。一銭もカネをもらわなかったかもしれませんね。文句を言った連中もいたらしいんですけども、薩摩の兵隊も長州の兵隊も、みんな解散です。

東京には新政府ができていましたが、実際はまだ藩が続いています。三百諸藩が健在で、新政府には租税徴収権もないし、財源もない。そんなに兵隊が東京にごろごろいては困るので、早く藩に帰って、元の身分に戻れと。兵隊たちにとって、何もしてくれない政府だったのです。

東郷は鹿児島へ帰らなければならない。しかし、希望はあったんですね。

郷里の先輩である西郷のところにやってきまして、自分は鉄道の技師になりたいんだと言った。東郷はカッコいいことの好きな人だったんでしょうね。

当時、まだ鉄道はありません。鉄道を計画しつつあった時期ですから、鉄道技師というのは文明そのものだった。

「鉄道の技師になりたいので、イギリスに留学したい。イギリス行きの船に自分も乗せてください」

そう西郷に頼むと、適性を見たんでしょうね。西郷から、君は鉄道の技師より海軍のほうに進みなさいと言われてしまった。

東郷青年としては、自分は軍人にはそんなに適当な人間じゃないと思っていたらしいですが、そういうわけで鉄道はやれずに海軍に入ります。イギリスに留学することはできましたが、結局、商船学校に入り、そこで船について学ぶことになりました。

日露戦争にかかわった薩摩人に、山本権兵衛という人もいます。

日本が海軍の面で勝利することができたのは、この人の功績が大きい。

山本権兵衛は、野球でいうオーナーですね。いいチームをつくるのが仕事です。海軍大臣として、敵よりも優れた速力を持った軍艦をそろえたことにより勝利できた。勝利できたのは、山本権兵衛の力が半分以上だったと私は思っています。

軍艦には姉妹艦があります。三隻なら三隻セットの姉妹艦を用意するというのが、権兵衛の考えでした。

同じ速度を持ち、それもなるべく敵よりもスピードが速い三隻をつくる。

三隻で行動すれば、敵の一隻、もしくは敵の数隻に勝ち得る。

赤穂浪士の討ち入りも三人一組なんです。新選組も三人一組ですね。勝つのは当たり前で、三人一組で敵の一人にかかるんですから勝ちますな。山本権兵衛の海軍戦略も三隻一組。

非常に簡単な原理ですけれど、ロシアにそういう考えはなかった。こうして権兵衛は日本の艦隊を見事にそろえたわけですが、この人も若いころは進路に迷いました。

山本権兵衛という人は、後に日本の政治家の中では最も西洋の政治家のタイプに似た、非常に緻密な、論理的な人物としてわれわれに記憶される人物になるのですが、若いころは、どうも東郷のような秀才ではなかったようですね。ただがむしゃらに、けんかばかりしている青年だったそうであります。

それが、戊辰戦争で陸軍の兵隊として従軍したのですが、例によって失業したわけです。

鹿児島に帰るのも今さら嫌だ。そこで権兵衛の考えたことは、これは相撲取りになるしかしようがないと。

東郷平八郎を司令長官にした理由

同じように鉄砲を持って東北方面まで行った仲間に日高壮之丞《ひだかそうのじょう》という青年がいまして、この人も薩摩人です。

薩摩の殿様のお抱え力士で陣幕という横綱がおりまして、そこに二人で頼みに行くことになりました。

すると陣幕が二人を見て、

「あなた方は、頭が少し敏感すぎる。相撲取りというのは、ちょっと鈍感なぐらいじゃないと偉くはなれません。いくらやってもふんどし担ぎですよ」

と言った。体よく追っ払ったことが、日本の幸いになりました。

その後、山本権兵衛は海軍兵学校の前身に入ります。相撲取りになろうとした男が、やがて栄達します。若き海軍大臣として、日露戦争を想定して日本海軍をつくり始めます。日露戦争よりもたった十年ほど前ですが、彼一人でほとんどチームを設計し、運営した。

オーナーがちゃんといいチームをつくり、いい選手をそろえ、あとは監督に渡すだけのところまできた。

あとは人事ですね。監督を決めなくてはなりません。人事とは、つまり連合艦隊の司令長官を決めることであります。連合艦隊という名前は日露戦争開始とともにつけられた名前で、平時は常備艦隊と言っていました。常備艦隊の司令長官が、戦時は連合艦隊の司令長官になります。つまり、山本権兵衛は常備艦隊司令長官の人事をしなければなりません。

当時の常備艦隊の司令長官は、日高壮之丞でした。

権兵衛と一緒に相撲取りになろうとした男でした。不思議な因縁ですね。

権兵衛が何もしなければ、そのまま日高が連合艦隊司令長官になるはずだったし、日高自身もそう思っていました。

ところが、山本権兵衛は日高のクビを切ってしまい、東郷平八郎を持ってきた。当時、東郷は舞鶴にいました。それほど有能な人物とは思われていなかった。意外な人事でした。

もちろん日高は怒った。

当時の薩摩の人間のことですから、短刀を持って、海軍大臣の部屋に飛び込んできた。「山本、おまえはなぜ、おれのクビを切り、東郷みたいなぼんくらに決めたんだ」と。

権兵衛は日高に説明しました。

おまえは大将になれぬ人間だと。

だいたいおまえは非常に賢い人間であり、そして非常に癖がある。人間に対する好みも激しい。そして戦術にも、偏ったことを好む傾向がある。そういう人間は、総大将にはなれないんだ。しかし、東郷にはそういうところがないんだと。

それに、東郷は上の言うことをよく聞くんだ。おとなしい男で、大本営の命令を聞く男だ。ところが、おまえをもし前線に出して連合艦隊の司令長官にしたら、大本営とけんかになって、おまえは聞かないだろう。そうすると、戦争ができなくなる。

「こういう理由で、だからおまえには退いてもらう」

そう言われた日高は、短刀を下げて、出ていったそうであります。

日本の近代国家の原形についての話をしてきたつもりですが、私の話の中から教訓めいたものを引き出すのは皆さんであり、私は材料の提供者にすぎません。あといくらか時間に余裕がありますので、どなたか質問がございましたら。

——小村寿太郎先生に非常に興味を覚えました。なぜかといえば、小村さんは借金に追われていたというお話でした。ということは、自分の生活基盤が剝奪されていたわけなんです。それでも、なおかつ自由な発想でもって天下国家を論じることができた。その彼の心の支えとなるバックボーンは何だったのでしょうか。

司馬　小村寿太郎は本当に借金に追われ、生活はひどかったらしい。

しかし、人間というものはね、そういうことだけではないですね。小村さんは国家を運営することが、どうもおもしろかったらしい。小村さんは、外務大臣ですね。外務大臣ですけど、今の外務省の外務大臣のようではない。昔の小村さんぐらいまでの外務省というところは、国家を経綸《けいりん》する、国家を治めととのえる人たちが集まらなければいけないとされていました。

小村さんというのは、経綸家として、当時の薩長系統の総理大臣よりも能力は上だったようですね。自分ができることをよく知っていて、できることはやるべきであり、やると快感がありますね。人間にとって、人生というのはそういうことなのでしょう。銭金ではない。銭金では、小村さんはとにかくフライパンの上のアヒルみたいなものです。フライパンがどんどん熱してきて、とにかくのですからバタバタする。そういう具合の追われ方をしていたけれども、それを超えてまで小村さんという人が、自分の才能と人生を国家に捧げた。これを愛国者として見ることもできますが、私は、小村さんにとっては、まずそれが大変な快感だったんだろうと思いますね。

――すると、小村さんの生き方というのは、ある野心をもって、それを成し遂げることによって自己満足していたということですか。

司馬　いや、そこらへんが難しいところで、野心なんてもののあるやつは、偉くなれませんよ（拍手）。さっき西郷の話をしましたね。野心をどうやってなくして大きなことをするかということだけが、西郷だった。小村さんも自分自身が空間の一点にすぎなくなるような無私なところがあったから、人も小村さん、小村さんと言い、他の人も小村は安心できるというようなことになった。結果的には侯爵になり、いわゆる浮世の名誉は得ますが、侯爵になっても貧乏だったんです。

しかし、小村さんという人が侯爵になったのは野心があったからではない。空間の一点みたいになっていたから、物事がよく見えたのではないでしょうか。

よく物事が見える人というのは、小村さんだけではなくて、西郷もそうでしょうが、自分のなかにあるいろんな押し詰まった偏見をなくしてしまえば、たいていのものは見えるのではないですか。世の中で何事かをしようという人は、そのしようとする野心を殺さないとできないという、そういう仕組みになっているんじゃないかという話です。

――しかし、それは人生を悟った人の考えであって、われわれ防大生の新しいジェネレーションとしては……。

司馬　それはちょっと無理やということやな。

――無理なんですね。

司馬　それでいいんです。けっして西郷になれとも、小村寿太郎になれとも言っていない（拍手）。青春というものは、二つ三つとタイプがあって、いろいろ抑えることができないのは当たり前のことであって、うまく言えないですけれども、あなたの悩みというのは、つまり何ですか。

――私にはどうしても自分を押し殺せないところがありまして、自分の主義に徹するためには何を心の支えにしていったらよろしいでしょうか。

司馬　私は、あなたよりも少しだけ年をとっているだけで、人生ということはよくわからない。人生というものがよくわかったり、悟ったりしてる人というのは、そんなにいませんよ。

みんなわからずじまいで死ぬんでしょう。九十いくつで死んだところで、人生というのはだいたい不可解です。

不可解ですし、何を支えにしていけばいいかということは、私はよくわかりませんね。ただ私はあまり説教はしたことがないんですけど、親戚の子供が大学生でして、その子におととい初めて説教しました。

医科大学に通っている子なんですけれども、医者は嫌だと言って、学校をやめたいと言う。学校をやめてどうするんだと聞いたら、何か人生にはもっとすばらしいことがありそうだと、おおむねそれだけのことなんです。

私は、こう言ったんです。人生は日常の連続であって、日常というものは非常にくだらないものである。朝起きて、顔を洗って、学校へ行く。そして、実に興味を持てない授業を聞く。その日常というものを積み重ねていくと、何事か出てくるかもしれぬというのが人生だと。つまり、日常をきっちりやれと。やっても何も出てこないかもしれないが、日常をきっちりやらないやつは、おれは信用できないと。

その日常をきっちりやるということは、例えば十年なら十年、きっちり積み重ねていくと、日常というのはトゥルーとファクトに分ければ、トゥルーのほうじゃなくてファクトのほうに入りますね。ファクトの連続であって、ファクトというのは足し算であって、百年ファクトを重ねても何事も出ないかもわかりませんが、しかしながら、ファクトを重ねることによって、トゥルーが一滴ほど十年先に出るかもわからない。

変なたとえですが、僕が兵隊のときに習った話で、ほんとかうそかわかりません。ディーゼルエンジンのピストンをぐっと圧縮していったら、空気が圧縮されますね。六〇〇度にもなるそうですな。

六〇〇度になると、そこにガソリンならガソリン、油を噴霧状態で吹っかけてやれば爆発する。それでピストンが動く。空気というつまらないものでも、どんどん圧縮していったら六〇〇度になり、爆発することができるわけでしょう。六〇〇度の熱になるということは、質的に変化することですね。

日常というものは、非常にくだらないように見えるけれども、これを丹念に積み重ねていくしかない。何事も出ない人もあるし、何事か出る人もある。積み重ねる以外に手がないんだとその子に言いました。

すると、おじさんはどうだったんだと聞かれました。

僕ほど学校が嫌いな者はなかったと答えました。僕は小学校に入ったときから絶望的に学校が嫌いでして、仕方がないから通っていたんです。それが学徒出陣で兵隊に取られることになりました。私の性格はぐうたらですから、兵隊は実に私に合わなくて、あんなものになるなら監獄へ行くか自殺したほうがいいと思っていたくせに、取られることが決まったときはうれしかったんです。つまり、この地獄のような学校の生活から助かるということだけで、そのぐらい学校が嫌いだった。

そのぐらい学校が嫌いだったけれど、一日だけ休んだだけで、毎日行っていたと言いました。

そうしたら、その子がばかにしましてね。私は外国語を教える学校に行っていたんですが、入ったときは成績がよかったんです。ところが、末期のころになるとビリに近かったんです。甥が言うには、それで毎日行っていたのかって。毎日行って何していたんだというようなことを言うものですから、それまでの説教が全部だめになったんですけれど。まあ、日常の積み重ね以外ないということだけは、たしかですね。

——私も薩摩の人間の一人として、きょうは非常におもしろく聞かせていただきました。大山巌、乃木将軍、黒田清隆、東郷平八郎の根底にあるものは、江戸時代二百数十年の最後のひとしずくであったと。江戸時代の文明とは、人間はどういうふうに生きれば美しいかという、そういうシステムであったと話されました。

そして江戸時代以後は、ただ猥雑な秩序の中にいるのではないかという話をされましたが、いま私たち防衛大学校の学生は自衛官になる者として、そういう猥雑な秩序の中で育つということは非常に悲しむべき状態であると思います。そういう猥雑な状態を秩序ある状態に戻すにはどういうふうにすればいいか。

私は、三島由紀夫の美という観点から、非常に考えたりもしましたが、とうてい彼の才能を読み取ることはできませんでした。そこで、いま司馬先生に、そういう猥雑な秩序を立て直すにはどうすればいいか、そのことについて質問したいと思います。

司馬　僕のほうが聞きたいぐらいですね。世の中というのは猥雑であってもいいんです。例えば防衛大学校だけがきっちりしていればいいんですよ。つまり、このことは言い忘れたんですけど、ひとつだけ、いま質問してくださったんで言わなきゃいけないと思い起こしたことがあります。

繰り返しますが、世の中が猥雑というのは、仕方がないことなんです。例えば防衛大学校なら防衛大学校に文明があればいい。世の中までどうこうしようと思わなくてもいいんです。長い人類の歴史の中ではいろいろなことが起こるでしょうから、今現在の状態を悲観したり楽観したりすることは、まあまあ青年だからしようがないけれど、そういう短い距離の、近視眼的な見方で興奮したり、あるいは落胆したりする必要はない。そういうふうに興奮する必要はないんだという人間をつくるほうが必要なことだと思いますね。

それから、もうひとつ言いたいことは、皆さんは自衛官におなりになるわけですけれども、戦争をしない軍隊がいちばんいいんです。

軍隊というのは戦争を目的とするものだと考える方もいるでしょう。実際はそうなんですが、しかしながら、戦争をしないいんだという平和な時代の軍隊というものに耐えられる人間が非常に優れた人間だと思います。

話の続きですから、日露戦争の例を挙げます。

陸軍の第一軍司令官は、やはり薩摩の人でした。黒木為楨《ためもと》という大将がいました。黒木のもとには、同盟国のイギリスから観戦武官が来ていました。

ハミルトンという観戦武官です。文章の上手な人で、あとでいろいろ書いています。

軍人は忘れられるために存在する

このハミルトンが黒木に惚れ込みました。黒木という将軍は非常に偉い人だと褒めています。日露戦争に勝ったら、黒木さんはどうなさいますかとハミルトンが聞いたことがあったそうです。すると黒木は答えました。

「田舎へ帰って百姓でもします」

黒木は続けます。

おそらく戦争に勝って自分が凱旋《がいせん》すれば、全国民が歓呼の声を上げてわれわれを歓迎するでしょう。しかし、それは三年も続きません。必ず忘れられる。忘れてしまわれるために、われわれはおるんだ。

ないので、僕は壇上からこれ以上のことは申しません。

軍人というのはそんなものであって、すぐ忘れられてしまう。やがて平和がきて、軍人は必要がないんだと、あるいは軍人というものはつまらないというような声もきっと聞こえてくるに違いない。

「軍隊は、そういうことに耐えていかなければなりません」

名言ですね。黒木さん、薩摩の人ですから、あまりしゃべらない人だろうと思うんですけど、よくしゃべりましたね。

黒木は戊辰戦争以来の歴戦の勇士です。十年ごとぐらいに戦争に出かけている人ですから、戦争と平和ということを、彼は実によく知っていたのではないか。戊辰戦争から帰ってきたときには、さっき言いましたように、兵士はみな捨てられてしまった。官軍の薩長土の兵は失業した。そういうことも黒木さんは経験しましたし、それから西南戦争に出かけていって、同士討ちのようにして薩摩の西郷を討ってもいます。このことも経験しております。

また忘れられ、日清戦争に出ていって勝ったら、また褒められた。ところが、またすぐ忘れられた。だから今度の日露戦争が終わった後、また同じようなことが起きるでしょうと、黒木は言っているわけですね。

われわれの国は、おそらく世界の情勢から見ても、戦争ということはありえない。しかしながら、その中で心理的にいかに謙虚に、いかに質実な気持ちで平和な時代を過ごすか。

それは、皆さん一人ひとりにかかっていることですね。僕らは兵隊に取られましたが、きっと皆さんのほうがいろいろ人生の問題をたくさん持ち、われわれよりももっと深い心の経験をなさるに違いないので、僕は壇上からこれ以上のことは申しません。

僕は戦争中に、おまえは学生であるが兵隊に取るといって取られ、そして目的は戦争をすることだけでした。

たいていは負けて戦死するだろうと。僕は戦車隊だったものですから、はっきりわかっていました。敵の戦車のほうが大きい。そして、分厚くて大砲が大きい。僕らの乗っていた戦車のプラモデルを持っている子供はいませんね。そのぐらいつまらない戦車に乗せられていましたから、負けて戦死することはわかっていました。

目的はひとつです。

そのことさえ、考えていればいい。つまり、精神性が何もない、心の深みも何もありませんでした。若いころというものは、国家のためであろうが、何のためであろうが、死ぬのは平気です。二十二、三ぐらいまでは、自殺だって何だってできます。だいたい、命があまり惜しくないんですもの。命がだんだん惜しくなるのは三十すぎてからです。

大した人生でもないし、命は捨ててもいいんだと思っていました。それが国のためかどうかはわからないが、カッコ悪いことはしたくないというだけのことで兵隊に取られ、非常に単純な青春を送ったものです。その私が、防衛大学校の学生に、今日の歴史時代において、皆さんこうありなさい、こういう気持ちで、こういう精神で、こういうことをしなさいと壇上から教訓を垂れるのは、やはりちょっと難しいでしょう。皆さんのほうがこの点ではもっと深くお考えだろうと思う。質問をそらしたみたいな形ですけども、こんなところです。

一九七二年一月三十一日　神奈川県横須賀市・防衛大学校球技体育館　防衛大学校課外講演　原題＝明治の日本人

民族の原形(一)——儒教

今日は「学制百年」を記念する講演ということですが、私は残念ながら、もともと教育とか学問には縁のないほうです。これからしばらくの間、「民族とその原形体制」と題して、お話し申し上げます。

しかし、この演題はたいへん難しそうな感じですね。実はこういう題にしたことを後悔しているんですが、簡単に言いますと、「ものの見方」とか「ものの考え方」という意味になります。それも、私の見方であり、私の考え方です。けっして押しつける気持ちはありません。具体的なたとえ話を引いていきますので、気楽に聞いていただけたらと思っています。

朝鮮とか中国、あるいはインド、ときにはヨーロッパと、さまざまな国の名前が出てくると思います。日本人として、それらの国々をどういう見方で理解すればいいのか、また日本自体をどう考えていけばいいのか。そういう話になりそうであります。

物事を正しく見て、理解するためには、その原形を見ればよい。これが私の考え方の基調にあります。原形とは元の形のことですね。例えば、お皿、花瓶、抹茶茶碗と、形ある器のように、どの民族にもくっきりとした原形があります。そして民族は原形からなかなか離れられないものだと、私は思っています。

中国を例にとりますと、ひとつの社会を組み上げていくために、約二千年ほど前に天才が考えた方法として、儒教というものを持っています。

そこにはこんな知恵があったと思います。

「絶対原理でもって、本来自然物にすぎないと規定された人間を飼い馴らしていくことでしか、その民族の社会、国家はできないんだ」

ヨーロッパもそうですね。

かつてヨーロッパの人々は元気がよくて、闘争心が強く、体も大きかった。ひどい言い方ですが、野獣のような面もあったと思います。その彼らをキリスト教でもって飼い馴らし、方言ごとに国家をつくり、そして現在のヨーロッパ諸国へと発展していきました。

中国の場合は、儒教原理が二千年ほど続きました。

とても近代には合わないと、毛沢東が現れて新中国をつくります。

それは単なる政権の交代を意味するのではありません。このことはあとで詳しくお話ししますが、原理的に言えばこうなります。

「国家は人民をひとつの原理で隅々まで飼い馴らすものだ。たとえて言えば、野飼いの馬は馬ではない。捕らえて一室の囲いの中に入れ、調教して初めて馬になる。人間も飼い馴らすことで初めて、社会的な存在としての人間になる」

こういう基本的な考え方に基づき、人民を教育し始めます。

儒教原理を他の原理に変え、毛沢東思想によって生活の隅々まで律していくのです。これは非常に短期間で行われましたので、われわれの目にはたいへん鮮やかに見えてしまいましたが、普通は長い時間をかけて行われます。つまり人民に対する基本的な考え方に変化はありません。

儒教が日本に入ったか疑問です

中国だけではありません。キリスト教世界もそうですし、イスラム教の世界でもそうですね。インドでもロシアでもそうだと思います。そこに住む人間を飼い馴らすことにより、その地域に社会や国家が生まれる。そこに人々の幸福な生活があるのだと、世界中のほとんどの人々は、無意識のうちにそう信じて過ごしてきているのです。

ところが、日本だけはそうではなさそうですね。

律令体制は、国家秩序のようなものの形だけの輸入でした。内容は取り入れていません。

例えば天皇家は、かつてよく血族結婚をしました。奈良朝以前の天皇もそうですが、その後も例があります。しかし、こんなことを儒教の影響下にある国の人々が聞いたら、仰天してしまいます。例えば韓国ですと、

「同姓は娶《めと》らず」

という鉄則があります。

本籍地のことを本貫といいますが、同じ本籍地で同じ姓の人は結婚できません。同じ慶州の金さん同士ではできません。いとこ同士の結婚でさえありえない話なのです。それなのに日本では、最高位とされる天皇家みずからがその決まりを破っている。この一事をとってみても、儒教というものが本当に日本に入ってきたのかどうか、私には疑問なのです。

われわれはどうも『論語』とか『孟子』とか、そういう書物だけを輸入し、これが儒教だと思ってきたし、いまもそうでしょう。

「子曰く、学びて時にこれを習う」
「朋《とも》あり遠方より来る。亦《また》楽しからずや」

こういったいい言葉を、人生のひとつの教訓として受け取っています。聖賢の深い知恵から出たものだと、ありがたがっているだけでした。

つまり、本当の意味の儒教にどっぷり漬かったことは一度もないと思うのです。本当の意味の儒教はもっと恐るべきものですね。

漢以来の統治の原則であり、統治する側にとってもされる側にとっても、人間関係の唯一の原則でした。生活のしきたり、仲間同士のつきあい方、親戚の序列、婚礼の仕方、葬式の出し方と、人間である以上、これ以外の習俗はないのです。

中国の儒教体制についてもう少し具体的に話しますと、中国人の場合、ほとんど文字がわからない人であっても、日本のいかなる儒者よりも儒教的な感じがします。

彼らは「信」ということを尊びます。裏切りません。

儒教における「信」とは、中国の固有の社会的な必要から生まれたようです。

「政府は恃《たの》むに足らず」

ということでしょう。何千年にもわたって恃みにならない政府を持ってきたため、恃むことができるのは同胞や親類、あるいは同郷の友人などでしかない。

これらはすべて横の関係だけです。その関係をつないでいくモラルが「信」であり、これは生存のために欠かせない。これが儒教というものなのです。

日本の場合も、たしかに礼儀作法というものはありましたね。室町時代に、室町大名の小笠原家がつくりあげました。結婚のときに結納を持っていくときの口上はこれこれだとか、ご飯を食べるときは箸をこっちからつけろとか、要するに無意味で煩瑣《はんさ》なものです。室町幕府はこの小笠原流の作法で、荒ぶる大名たちをおとなしくさせたようですね。しかし注意すべきは、それが原理的なものではないことです。全くの瑣末主義でがんじがらめにしただけであり、これは中国の儒教とは全く関係がありませんでした。

徳川時代などはわりあいに儒教を勉強した時代です。

もっとも、藩の儒者の数をいいますと、大きい藩で三、四人、小さい藩なら一人かせいぜい二人という程度でしかありません。

頼山陽《らいさんよう》（一七八〇〜一八三二）は儒者ですね。しかし頼山陽の親類とのつきあい方とか、友人とのつきあい方を見るかぎり、けっして礼教（儒教）の徒のそれではありません。頼山陽だけを例に取るのも妙ですが、一般的に言って、儒教の影響がなかったことを申し上げたいのです。

私が考える儒教とは、書物の世界のことではありません。それは社会体制だと思っています。そして社会体制としての儒教は、一度も日本には来なかった。

倫理綱領としての儒教であり、生活習慣や体制としての儒教は存在しなかった。つまり、わずかしか日本に影響は与えなかった。私は儒教について、そんな考えを持っています。

ところで中国の儒教では、どういう具合に人間を飼い馴らすのでしょうか。

キリスト教世界と中国の儒教体制を比べながら、似ている点、違う点を考えてみましょう。

かつてのキリスト教の世界ではローマ法王（教皇）が君臨していました。皇帝や各国のキングはローマ法王から王冠をもらって、つまり神の命令により人民を治めていました。ヨーロッパの王国なり帝国には教会があり、そこには神父さんがいる。

韓国で経験した儒教的中国体制

飼い馴らし屋としての神父さんが、ヨーロッパの村々にいるわけですね。

それにしても「飼い馴らし」とは、あまりいい言葉ではありませんね。もっと品のいい言葉があればいいのですが、しばらくご容赦ください。

神父とキング、法王とキングとは仕事が違います。キングや皇帝は現実の地上の政治を受け持ち、法王や神父は神様が担当です。機能をはっきり分けています。

ところが中国の場合、これがひとつなのです。

中国の皇帝、その手足となる官吏は同時に神父でもあります。

中国の皇帝とは、漢の時代から清に至るまで、天の意思によって皇帝になるのであり、いわば宇宙にただ一人の存在なのです。

これは余談になりますが、日本は皇帝とよく似た「天皇」という称号をつくりました。六世紀ごろから使い始めたのですが、当時の中国の隋に対し、日本が独立国であることをアピールする必要から生まれたものでした。

中国人にとっては非常に滑稽でした。何かの文献にたしかこんなふうに書いてありました。「倭《わ》の奴らは何も知らない野蛮人なんだ。勝手に天皇などという称号を使っているけれども、『皇』という存在は宇宙にただひとつの存在であり、東海の小さな島の人間が使ってはいけない言葉なんだ。無学な奴は困るね」

日本人を井の中の蛙《かわず》というより、野蛮人と見たのですね。中国人は自分たちの体制がおよんでいないところを蛮地と呼びます。野蛮人なら仕方がない、まともに相手はしないという感じがありますね。例えば日本人は平気で「天下」という言葉を使いますが、中国体制の優等生である朝鮮だと、けっして使いません。「天下」とは天の覆うかぎり地の続くかぎりということですね。当然、この言葉は天の意思を受けた、中国皇帝のみが言うことを許されているのです。

結局、日本は東アジアからは離れているのです。地理的な意味というより、人間の意識からいって離れています。日本においては日本がまぎれもなく天下なのです。この島国が別天地であり、何もかも充足している。野蛮人と言われようが、日本人は天下という言葉を使うのが全く平気なのです。

さて、その宇宙唯一の中国皇帝が、天から命じられて人民を治めます。官吏の登用は原則的に科挙によります。治めるためには手足が必要ですから、官吏を採用します。官吏の登用は原則的に科挙によります。難しい科挙という試験制度を通りさえすれば、いかなる階級の者でも、末は大官、大臣になることもできます。

科挙は儒教を学ばなくては通りません。官吏は儒教のエキスパートでもあります。そういう官吏が中国全土の隅々にまでいるわけですね。官吏は皇帝の手足であると同時に、キリスト教における神父の役割も果たします。人民を儒教体制下で飼い馴らすため、官吏は不可欠な存在だった。

この点がキリスト教の世界とは違います。キリスト教の世界には神があり、中国には漠然とした天があるだけです。天の意思を倫理化したものが儒教であり、神父の役割は、官吏が果たしていったのです。

儒教的中国体制は、一面においては大きな害毒をもたらしました。

その大きなものは、官僚制度の腐敗です。

これは設立当初からのことですね。皇帝の手足である官吏はだれも批判できません。彼らは皇帝におべっかを使っておきさえすればいいのです。そして官吏自身は政商から、民百姓からお金をもらう。かつての中国や朝鮮において、大官は大金持ちが普通でした。政治とカネとは結びつくものであり、同義の言葉といってもいいほど、猛烈なものでした。

韓国の大邱という町に行ったことがあります。

韓国では有名なホテルに泊まり、フロントに電話してマッサージを頼みました。するとフロントが、料金は日本円でいうと三千円だと言うのです。東京で千五百円ぐらいの時代です。私はこれはおもしろいことになったぞと思いました。いまこそ儒教的中国体制を見ることができると思いましたね。

なぜなら、マッサージ師にとってフロントは官吏なのです。これから搾取が始まろうとしている。私という外部の人間からいくらふんだくっても、それは官吏としての甲斐性であるに違いない。

まず官吏が部屋に現れました。

「先払いだ」

と言いました。あとで文句を言われたら困るからでしょうね。私はますますうれしくなりました。ともかく三千円を渡しますと、再び官吏が現れました。手を引いてマッサージ師を連れてきて姿を消した。マッサージを始めてすぐに聞いたんです。

「あなたは三百円ももらっているのか」

マッサージ師はニコニコしています。

「五百円ぐらいか」

と言うと、うなずいた。まあ、三百円から五百円しかもらっていないのでしょう。

これは、われわれ日本人から見れば、いけないことですね。

もちろん韓国でもいけないことだと思いますが、儒教的中国体制においては歴史的に認められてきたことでもあります。フロントにすれば、マッサージ師に対してこう言えるのです。

「おれが仕事を見つけなければ、おまえの仕事はゼロなんだ。三百円だってもらえないんだよ」

ピンハネするのは官吏としての権利であり、甲斐性でもある。

フロントには何人かがいましたから、ピンハネした分は分けるようですね。

お互いにピンハネして、分かち合う。こういった仕組みを大きくしたのが、私の言う儒教的中国体制でもあるのです。もともと官吏の腐敗を前提にした社会だと言ったら言いすぎでしょうか。

こういうことは日本の官吏ではあまりないことですね。

江戸時代を考えてみればわかりますが、せいぜい二十石取りとか三十石取りといった、ほとんど食えない状態の侍たちが大勢いたわけです。彼らが、中国風にいえば官吏だったのですが、概して気の毒なほどに清潔でした。

吉良上野介のような人もいましたが、せいぜい彼のやったことといえば、幕府の儀典課長としての教授料、あるいは挨拶料をせしめたぐらいのことでしょうね。体制そのものが汚職機構になっていたわけではありません。

明治の官僚も汚職には無縁の人が多かったと思います。

だいたい官吏が汚職ばかりしているようでは、インダストリー（産業）はおこりません。インダストリーを基盤とする資本主義もおこらないのです。

残念ながら、華僑は商業中心ですね。商業はたしかにうまいのですが、商業だけでは近代資本主義の世界とは少し違いますね。近代資本主義はお金がかかります。明治政府はなけなしのカネを使って製鉄所を釜石や八幡につくったわけですが、この時期の華僑はそれをどう思ったでしょうね。そんなことをするぐらいなら、欧米の銀行に預けて利子を稼いだほうがいいと思ったのではないでしょうか。実際問題として、これが東アジア一般の考え方だったと思います。

礼教の国では人前で裸にならない

もう少し違った視点から、儒教的中国社会を考えてみましょう。

ご存じのとおり、朝鮮半島にいる民族は漢民族ではありません。満洲地方にいた騎馬民族のトゥングースが南下してきて、農耕しているうちに定住したのが朝鮮民族です。言語も中国語とは関係がなく、「てにをは」があり、動詞が終わりにくる。

むしろ日本語と親類関係にあります。

ですから、朝鮮民族にとって儒教は異民族のものでしかなかったはずです。

しかし、根こそぎ採用したんですね。ちょうど日本でいえば高松塚古墳ができたころの前後ですね。七世紀、新羅が唐の力を借りて、朝鮮半島に初めて統一王朝をつくります。唐は大帝国でした。逆らうと滅ぼされてしまいます。

そこで新羅は中国の原理を取り入れた。儒教的中国体制をすっかり取り入れることで、国家の安全を保ったのです。

また余談になるのですが、中国という国は一度も侵略戦争を起こしたことがありませんね。元が日本に攻めてきたじゃないかとおっしゃる方もいるでしょうが、あの国は漢民族がつくったのではなく、モンゴル人がつくったのですから、別なのです。今も昔も、侵略する必要のないほど広大な土地を持っていたということでしょう。ところが侵略はしないのですが、辺境によく兵は出すのです。

特に、新しい王朝ができると、必ずといっていいほど辺境の異民族に打撃を与えようとします。これは癖のようなものです。

原形のひとつですね。万里の長城の向こうにいる異民族に打撃を与え、辺境を鎮める。帝国の威力を示し、初めて統一国家としての安心を得る。

これはいまでも続いておりますな。かつてのソ連邦との国境紛争など、その表れと見ることもできますね。

さて、新羅に話を戻します。朝鮮を統一した新羅は、その辺境討ちに怯えたのですね。いち早く漢民族と同じ体制を取りましたぞという姿勢を示した。

中国の原理体制、礼教を取り入れ、中国をもって宗主国とした。異民族ながら中国の礼に服したことで、中国のほうからは、かわいい奴だと思われた。

「朝鮮は安全だ」

中国はそう思ったでしょうね。間違っても侵略してくる心配などないと、大いに喜び、安心する。一方、朝鮮のほうも中国を本家として立てているわけです。

「中国が攻めてくることはない」

という安心感を持つことができた。防衛の難しい半島国家として、最良の生き方だった。そして礼教を取り入れることで、人民を飼い馴らすことができます。内乱の起きる可能性も併せて摘むことができ、こんなにいいことはありません。こうして朝鮮は儒教を徹底的に取り入れました。

ところで私は朝鮮という言葉を使っています。南は大韓民国、北は朝鮮民主主義人民共和国と分かれているのはもちろん承知でこの言葉を使っています。政治的な意図などはありません。朝鮮は地域名であり、民族の名称として朝鮮人という言葉を使っていきたいと思います。

私には朝鮮の友人がたくさんいますが、その一人が言っていました。

「ソウルのどんな海千山千の実業家でも、自分の父親の前でたばこを吸える人はいないでしょう」

私がよく知っている在日朝鮮人の兄弟がいます。兄が五十四歳、弟が五十二歳だったと思います。兄のほうが私に話してくれたことがあります。

「お互い五十を過ぎたのですが、しかし、ごく最近まで弟がたばこを吸うとは知りませんでしたよ」

兄の前でたばこを吸うという不作法は、長幼の序という、儒教の基本を乱すものなんですね。ついでながら、このご兄弟は北を祖国としていて、大変なインテリであり、コミュニズムに理解のある人でもあります。そんなお二人でも、たばこうんぬんということと思想的なこととは、互いに抵触することなく共存しているのです。

儒教について、もう少し日常的な例を挙げますと、礼教の国の男性はけっして人前では裸になりません。当たり前ですが、もちろん女性もですよ。朝鮮人が暑くて上半身裸になって夕涼みしているとか、人前で水をかぶっているとか、そういう情景は見たことがありません。知り合いの何人かにも、「裸になりますか」と聞いてみたんですが、判で押したようでした。

「冗談じゃありません。すぐ裸になるのは日本人ですよ」

衣服を整えるのは、礼教の基本中の基本なのです。

朝鮮人の名前もそうですね。

もともと朝鮮人は朝鮮語の名前を持っていたのですが、新羅の末期からそれもやめてしまった。李とか金とか、中国名にしたんです。名前まで中国名にすることはないと思うのですが、それぐらい徹底した。さらに李朝五百年があり、さらに儒教は徹底され、朝鮮では生活の隅々までが中国原理に漬かりきったのです。

一九七二年十月二十一日　富山市公会堂　学制百年記念文化講演会　主催＝富山県教育委員会　原題＝民族とその原形体制——〝日本とはなんだろう〟という私見　『精神開発叢書26』（富山県教育委員会）をもとにして構成

民族の原形（二）——毛沢東

　儒教はそもそも先祖を祭る礼式に始まったそうですね。

　孔子のお母さんが神に仕える巫女《みこ》のようなことをしていて、孔子に神なり先祖なりに礼をつくす方法を教えた。さらに孔子が中国の古代の習慣などを調べ、礼式を定めていったのが、儒教の起源だったようですね。

　要するに儒教とは、ある決まりに服することです。

　例えば親孝行の「孝」という決まりがあります。

「親父やおふくろも近ごろくたびれてきたから、芝居見物にでも連れていってやろう」

　そんな程度がわれわれの「孝」の感覚であり、きわめて個人的なものです。

　しかし中国の「孝」はそんな程度ではなさそうです。もっと社会の芯に食い込んだものですね。長幼の序を重んじ、ずいぶん縁の遠い年上の血縁者まで大切にする。「孝」が根本にあって、一族を超え、村を超え、社会の秩序ができあがっていく。ひょっとしたら、中国社会はこの概念があって成立していたのかと思われるくらいです。

ひとつの例を挙げてみます。

陳舜臣さんという作家がいますね。この方のお父さんは台湾の大変な名家の出です。中華料理の材料輸入の商売を始めて成功し、大きな会社をつくられた。最近ご高齢で亡くなられました。

さて、話は十年ぐらい昔の話になります。まだお父さんがご健在のころの話ですが、私は陳舜臣さんと会う約束をしようとしたんですね。すると、陳さんはその日はいとこの集まりがあるからだめだというのです。いとこの集まりがあるからだめだというのは、ちょっと日本人の感覚からすればおかしいでしょう。いとこよりは、こっちのほうが大事じゃないかと思ったんですが、念のために聞いてみたんです。

「いとこって何人いるんだ」

「三百人はいる」

実は本当のいとこではないんですな。

戦前の台湾は日本の植民地でした。日本は台湾を差別していたのですね。台湾人が日本に渡航したり、定住するのには制限がありました。日本に身元引受人がいるか、あるいは親類がいれば許されていた。

そこで陳さんのお父さんが、渡航したい人たちの、叔父さん役を引き受けたのです。

つまり、陳さんにとっては皆いとこになるわけですね。

お父さんは大変に感謝された。

それを徳として、年に一回、神戸の一流ホテルの宴会場を借り切り、三百人のいとこが集まって、お父さんの誕生日を祝う。陳家にとって大事な集まりだったのです。

これが孝であります。孝はこうして一族のレベルを超えていきます。孝の理念のもと、社会を防衛する頼もしい組織、ある種の秘密結社などが結束していきます。この自衛のための結社には、故郷が同じ浙江省だというのでできあがっているものもあれば、同じ村落内でできあがっているものもある。だいたい中国には二千年間、王朝があり、民草がいただけです。

シーザーは神がかり的な英雄です

王朝は、儒教をもって民衆の毒気を抜くことばかりやっています。

民間レベルとしては、自分で匪賊の来襲に備えなければなりません。ひどい場合、王朝そのものが匪賊化することさえありますからね。そういう来襲に備えて結社がいくつもつくられていくのですが、その結社のモラルも儒教なのです。

中国人と日本人の違いをロサンゼルスで見てみましょう。

ときどきアメリカでは黒人の暴動が起こります。最初は理由があり、それからあとは混乱した状態になる。群れをなして店に押し込んでいって、ガラスが割られて商品が盗まれます。

だいぶ以前の話ですが、日本人の固まっているリトルトーキョーが襲われました。

隣の店がバタバタ襲われているのに、知らん顔をしている店がかなりあったそうです。日本人はこうまで利己的なのかと思ったりしますが、実はそうではないのです。これはあとで説明しますが、とにかくリトルトーキョーの被害は大きかった。

チャイナタウンのほうは、黒人の敗北で終わりました。黒人が暴力でくるならと、中国人も結束し、暴力で対抗した。当然被害も少なくすみました。

なぜそうなのでしょうか。

隣がやられているから助け合い、協力する。自分たちの街は自分たちで守る。

そういったモラルは、日本人の中に本来ないモラルなのです。

そういう自衛の必要がなかったからですね。

織田信長の時代でも、江戸時代でも、明治以後の国家体制のなかでも、常に治安の担当者は領主なり、統治者でした。外からの暴れん坊などめったに来ませんが、来た場合は統治者が排撃すべきだ。富山藩なら富山藩の仕事であって、民衆が自分の力で排除する必要はないのだと。

日本はずっとその程度の単純な社会防衛感覚でやってきました。これが日本の外交というか、世界感覚の単純さの原因ですね。

ところが中国人は先ほども言いましたように、自分たちの団結でチャイナタウンを守るのです。政府も儒教を原理とし、民衆の結社も儒教をモラルとして二千年が過ぎ、そして毛沢東が出現します。

これから少し毛沢東中国の話をいたします。

日本の明治維新は大変な価値のある変革だと思うのですが、考えてみれば、汽車が通り、電信柱が建って、西洋館がいくつかできて、大学ができた。ただそれだけの変化ともいえるのです。

なぜなら、日本には支配的な原理というものがありません。

明治維新が成立しても、新しい原理を民衆に押しつけるといったことはありません。文物だけの処理ですんだともいえるのです。

ところが、中国ではそうはいきませんな。

「人間は飼い馴らさないかぎり、国民という社会的存在にはなれない」という考えのもと、儒教という原理体制が長く続きました。毛沢東はとにかくこの原理をぶち切って、新しい国家を成立させようとした。

マルクス・レーニン主義よりもちょっとナショナルな、ちょっとアジア的な毛沢東思想を原理としました。そのためには一人ひとりが強烈な毛沢東人間にならなければならない。そのために『毛沢東語録』を一人ずつに渡し、会合があれば必ず読むようにしました。

この現象を見て、日本の知識人はばかにしますね。たしかにばかにされても仕方のない、つまらない現象のようにも見えます。

しかし中国人は二千年来、『論語』を読んできたのです。

西洋人が一冊の『聖書』をずっと読み続けてきたように、一冊の『論語』で儒教的中国体制を磨きあげてきた。その二千年来のものを一時に吹き飛ばすには、よほど強烈な原理でなければなりません。

紅衛兵問題がありましたね。

劉少奇やその仲間たちは、中国的な知識人でもあります。中国的な教養については理解もある。

しかし毛沢東にとっては、それでは困ります。

毛沢東にとっては、孔子も孟子も、中国何千年の文明も全部否定すべきものでした。とにかく悪しき儒教的中国体制を払拭したいのです。そのために紅衛兵は先兵として働き、劉少奇の追い落としに貢献しました。当時の中国の言葉を借りれば、しかもそれをアメリカ帝国主義の敵前において、短期間で成し遂げた。大急ぎで、しかも苛烈な改革ですから、大変でした。

紅衛兵運動は、一種の集団ヒステリー現象のようなものでしたね。

中国政府はむしろその集団ヒステリー現象を利用して、毛沢東思想を隅々にまで行き渡らせようとしたのではないか。そうも思えるのです。

いずれにせよ、日本人にはなかなか理解できないことです。

日本人は「原理」に飼い馴らされるということは、いまだかつて経験したことがない。まことにすらっと、日本の歴史は過ぎてきているのです。

フランスは一種の中華思想の国だと、よく悪口をいわれます。フランスだけが優れた国であり、フランス文明こそヨーロッパ文明の代表なのだと。

このことを迷信といえるほどの熱心さで、フランス人は信じているらしい。

私はこんなふうにぼんやり思っていたのですが、先日フランスに行ってきまして、やはりそのようだなと確認する思いでした。

よくいわれることですが、西洋の歴史はギリシャ・ローマを一枚岩としていて、二枚目の岩がキリスト教であり、この二枚以外にはないんだと。

実際そうですな。フランスに文明と呼べるものが入ってきたのは、およそ二千年前のことです。まだガリアという名前で呼ばれていた時代であり、文明を持ってきてくれたのはシーザーでした。

彼はガリアの地に遠征し、大進駐軍を置き、ガリアを植民地とした。

シーザーはちょっと神がかり的な英雄なんですね。日本史の英雄たちとはスケールが違います。彼はローマ文明をヨーロッパに広く伝えた人でもありました。

ここにローマの浴場や水道があったんだと、フランスはローマの遺跡を大事にしますね。私は想像するのですが、ガリアの地に住んでいたフランス人の先祖はかなり野蛮だったのではないでしょうか。やってきたローマ軍と比べ、同じ人間とは思えない格差があった。そして植民地となり、しだいにローマ化した。今度は隣のドイツにいる人間たちをばかにしだした。これがフランス中華思想の原形だと、私は思います。

文明と文化は違いますね。室町文化や、紫式部を生んだ平安の王朝文化などは、けっしてよそへは輸出できないものなのです。しかし文明には普遍性があります。文明は輸出に堪えます。文明とは輸出することのできる「飼い馴らしのための原理体制」だと考えてみましょう。

シーザーはギリシャから相続したローマ文明を、ガリアの野蛮人たちに流布して、すっかり飼い馴らしたわけです。征服とは、文明による飼い馴らしをいうのですね。野蛮人は文明に感激し、興奮し、それがいまのフランス人の誇らかな姿勢につながっていくのです。

ナポレオンはシーザーをまねた

ドイツ人はフランス人に対し、歴史的に見るとさまざまな姿勢をとってきましたが、基本的には劣等感があるような感じがします。つまり自分たちは田舎者なんだといった引け目があるのではないでしょうか。

そういう劣等感があるためか、例えばローマ軍が一個小隊でも駐屯した土地があると、その遺跡を大事にする。昔はローマが来たんだと自慢しますね。

タクシーの運転手さんでも自慢します。われわれは古くから文明を受けたんだ、野蛮人からいち早く脱した土地なんだと。

ライン河畔にケルンという町があります。「ケルン」はフランス語でいえば「コロン」であり、植民地という意味ですね。ケルンの人は喜んでいて、自慢しています。かつてはローマの植民地だったんだぞと。

いまの朝鮮民主主義人民共和国や大韓民国が、かつては日本の植民地にされたことをどれだけ怒っているかは、皆さんよくご存じだと思います。

それとこれとではずいぶん話が違います。植民地だったことが、つまり文明を早く受けたということが、なによりの自慢なのです。

文明はこのように普遍化していきます。

飼い馴らしの原理が自国で成功すると、よそへ輸出される。軍隊による征服という形をとります。そして野蛮人は飼い馴らされると喜ぶんだという、思想というか経験則が、中国にもヨーロッパにもあったということですね。

話はずっと後世に飛びますが、フランスにナポレオンという不思議な人物が出てきますね。ナポレオンはフランス革命の最後の段階に登場し、不思議な軍事天才ぶりを発揮してヨーロッパをまとめてしまいます。

彼は使命感を持っていました。フランス革命の貴い成果である、自由と権利をシーザーのごとくに広めるのだと考えていた。

自由と権利は、当時の新しい文明でした。私の考え方だと、人間を飼い馴らす、新しい原理でもありました。この新しい原理を、シーザーのごとくにドイツやオランダなどその他の野蛮な国々に知らせてやるんだと信じていたのではないでしょうか。

全くシーザー気取りでした。文章や演説もシーザーをまねていたふしがあります。かつてローマの地からはるばる遠征し、大軍をもってこのガリアの地に文明をもたらした、かのシーザー。自分はいまこそシーザーになるのだという思いこみが、ナポレオンの大征服事業のオープンな理由になった。

現にドイツはフランス革命の成果を、ナポレオンに征服されることによって得たことも確かですね。ナポレオンが普及させようとしたフランス革命の文明の原理、自由と権利の文明とでもいいましょうか。かつてのキリスト教文明と絶縁してはいませんが、自由と権利を核とすることで、それまでの文明とはかなり違う面を持っています。われわれの持っている民法も、「ナポレオン法典」をもって起源としていますね。この新しい文明観によって近世以降の西洋はつくられることになります。

もちろん日本には全く関係がない話です。しかし、江戸も後期になりますと、そうもいっていられませんね。日本も西洋との接触が増えていきます。そして西洋文明とは何かと考える時代になる。おぼろげながらもこう考えた、直観した日本人がいます。

「西洋という社会には原理があり、それは自由と権利というものを核にしている社会ではないか」

福沢諭吉ですね。これに気づいた当時の日本人は、福沢諭吉以外にはいないと思います。

福沢諭吉は幕末に、安政条約批准のため、アメリカに渡っています。

小さな咸臨丸が、太平洋の荒波を越え、サンフランシスコにたどり着きます。幕府の軍艦奉行木村摂津守が咸臨丸の司令官で、福沢さんはその従者という資格で随行していったのです。

一行はサンフランシスコでさまざまな接待饗応をうけることになります。

産業革命の成果がアメリカにおいて花開いている時代でしたから、大きな機関車などがいろいろつくられています。

それをアメリカ人は自慢したかったのでしょう。

極東から来た未開人といいますか、異種系列の文化を持った民族といいますか、とにかく日本人に教えてやりたくてたまらなかった。

そこでアメリカ人たちは工場ばかり見学させたがり、これには福沢たちもひどく退屈したそうですね。

工場に連れていってアメリカの技師たちが蒸気機関はああだこうだと説明します。知らないだろうからと、物理や化学の基礎的な話もする。

当時、咸臨丸に乗っている連中は、オランダ語を通じて、それぐらいのことはよく知っていました。初等の数学、物理、化学程度は理解していた。ですから『福翁自伝』に書いてあります。

「事物の説明に隔靴の歎あり」

当たり前のことをクドクド言ってやがると、福沢は不満でした。

そんなときに福沢はこう考えていたと思います。

お酒を造るのにも発酵のタネ、酵母菌が必要です。それと同じようにアメリカ文明にも核があるに違いない。それはどうもリベルチ（自由）とライト（権利）というものに違いないと。さすがは福沢諭吉ですね。

のちに彼は「自由」と「通義」と訳すのですが、当時は直観は働いたものの、よく意味がわかりませんでした。

それで手当たり次第に意味を聞いて回った。一所懸命に蒸気機関の説明をしている技師にも質問するのですね。

「ちょっと聞きますけど、リベルチとはどういう意味ですか」

ちょんまげを結った福沢に聞かれて、技師も困ったでしょう。せっかく野蛮人に大事な蒸気機関を教えてやろうとしているのに、実に邪魔でした。

「おまえ、黙ってろ」

ということになります。食堂に行って給仕長に聞いても教えてくれません。

だれも教えてくれないので、福沢はまた考えます。

だれも教えてくれないほど、それは普遍的なものなのだ。水や空気のようになんでもないものであり、水や空気のように大切なものに違いない。

いわゆる文明開化のスターはいくらでもいます。ドイツ語を最初にやった人もいれば、西洋風の橋を初めて架けた人もいる。偉いお医者さんもいる。しかし文化や文物としての西洋を理解する人が多かったと思います。

文明とは何か。真の文明とは何か。

西洋社会を原理的にとらえたのは、福沢諭吉が最初で、あとがなかなか出てきていないのではないか。福沢諭吉がひょっとしたら唯一の人かもしれないと思うぐらいですね。福沢は結局、三田に慶応義塾を開きます。三田の一角から、文明の新原理を日本国じゅうに広めたいと考えたのでしょう。

ところで、われわれは文明という言葉を安易に使っていますな。

「文明の世の中になった」

などと明治以来使ってきたわけですが、これは本当に困ったことだなと私はつねづね思っています。

飛行中にお祈り捧げたパイロット

文明に関する話をもうひとつ聞いてください。

イスラム教の話です。回教ともいいますね。東南アジアではかなり以前から回教が入り込んでいます。世界でも非常に信じる人の多い宗教であり、人々の生活を支配する原理となっています。キリスト教の人はよく悪口を言いますね。ひとたび回教という文明がその土地に入ると、その土地の人間は働かなくなると。ひどい悪口ですが、本当かもしれないなと本気で思うこともあります。回教とは不思議な原理、不思議な飼い馴らしの方法でもあります。

京都大学の物理の先生で、四手井綱彦《しでい》さんという方がいらっしゃいました。退官され、いまは名誉教授ですね。これは、ご本人から直接うかがった話です。

四手井さんは登山家でもあります。十数年前のことですが、登山隊を率いてサルトロカンリ（パキスタン北部）という山に登られました。

隊長の四手井さんは下準備をしなくてはなりません。

事前に一人でパキスタンへ行き、パキスタンやその付近の国々といろいろな交渉をされた。飛行機で忙しく飛び回っていたそうです。

ちょうどダグラス社製の飛行機に乗っていたとき、山岳地帯の上空にさしかかりました。操縦士と副操縦士はパキスタン人だったかどうか、はっきりしませんが、回教徒でした。なぜわかったかというと、彼らは上空で操縦席を下りました。床に敷いた絨緞の上に膝まずき、アラーの神に長いお祈りを始めるためでした。ちょうど回教で定められた礼拝の時間だったのです。

全くひどい話ですね。

飛行機には自動操縦装置があって、勝手に飛んではいる。しかし、たまたま操縦席をのぞいた四手井さんは、生きた心地がしなかった。彼らは長い祈りを捧げたあと、平然と操縦席に戻ったそうです。これが「文明」の姿ですね。回教に飼い馴らされ、回教文明の徒になりきったとき、なにより先行するのは礼拝なのです。

われわれ日本人やすでにキリスト教が希薄になろうとしている欧米人の場合、「法」こそが守るべきものですね。もしパイロットでしたら、パイロットとしての職業的倫理や、乗客に対する責任感が優先するはずです。

しかし彼らはアラーの神を優先した。

われわれ日本人は、これでも宗教というものを長い間、持ち続けてきたはずなんです。浄土真宗とか日蓮宗とか、べつに座禅をしたこともないのに禅宗だとか、いろいろあります。もちろん宗教であることには違いありませんが、世界の宗教というものは、われわれが漠然と理解しているものとは、どうやら違いますね。

われわれが代々持ち続けているのは、ご宗旨でしかない。文明としての宗教、人間飼い馴らしの原理としての宗教は、日本にはついに存在しなかったのです。

飼い馴らしという言葉の意味がおわかりいただけたでしょうか。

パキスタンやその近くの国々でしたら、おそらくパイロットは大変なエリートだと思います。もしかすると大学教授よりも社会的な地位が高いかもしれません。そんなエリートであり、人命を預かる大切な職業についているパイロットが、飛行中にお祈りを捧げてしまうのです。文明、つまり回教を先行させてしまう。

文明というものの本質を物語るエピソードだと、私は思っています。

一九七二年十月二十一日　富山市公会堂　学制百年記念文化講演会　主催＝富山県教育委員会　原題＝民族とその原形体制――〝日本とはなんだろう〟という私見　『精神開発叢書26』（富山県教育委員会）をもとにして構成

民族の原形（三）――日本の将来

マルキシズムについて考えてみましょう。

昭和初年の日本のインテリたちには、のんきなところがあったのかもしれません。

だいたい日本人は真宗などの影響でしょうか、思想についても地獄極楽程度にしか考えていない、甘く見ているところがあります。

昭和に入ってマルキシズムが入ってきて、インテリたちは案外、あれは天国に行く方法なんだと思ったかもしれませんね。

ところが、実際にマルキシズムがロシア社会に入り込んだ過程を見てみればよくわかります。

マルキシズムはそんなに甘いものではありません。

まずロシア正教という下地があります。日本でいえば、神田のニコライ堂がロシア正教の建物ですね。思想的というよりは呪術的なぐらいに荘厳な、特別なキリスト教であり、この宗教が長い間、民衆を飼い馴らしてきた。

そこへマルキシズムという新たな飼い馴らしが始まります。レーニンからスターリンに至るまでに、苛烈きわまりない方法がとられました。スターリンには大義名分があったのでしょう。

「粛清はマルクス文明普及のためだ。マルクス文明を定着させるためなんだ」

だからこそ、あれだけたくさんの人が死んだ。あんなにひどいことをしなくてもいいじゃないかと思ったりしますが、ひとつの民族を、新たな原理のもとに飼い馴らすための、非情な操作だったのです。

ちょうど中国の毛沢東政権下に起きた紅衛兵運動のようなできごとが、ロシアの場合は非常に長い時間をかけて行われてきた。

日本人はそれらを遠くから見てきたわけです。地獄がそこにあると思った人もいる。逆に、天国がそこにあるかのように思った人もいる。マルキシズムを恐れるあまり地獄だと考え、礼賛するあまり極楽だと思ってしまう。

要するに、日本人は何も知らないのです。

地獄か極楽かといった次元ではありません。

どこの国の民衆でも、歴史的に一度くらいは飼い馴らしにあってきた。日本人は全くそれを免れてきた。そのためマルキシズムだけでなく、文明の原理が全くわからないのです。日本人の特殊性に実に愕然とする思いであります。

しかし、われわれは愕然とすることはあっても、ちっとも後悔したり、恥ずかしいと思う必要はありません。別の言い方をすれば、飼い馴らしの害毒を被らなくてすんだとも言えるのです。

先にも触れましたように、儒教は一種の人文的な原理でもありますが、中国や朝鮮では国家体制の原理として機能しました。この国家体制としての儒教を取り入れようとした試みが大化の改新でした。もっとも、最初のほうで触れましたように、その取り入れ方はいわば日本風ですね。

日本の律令体制は政治的謀略でした

中国や朝鮮から見れば、落第生の取り入れ方といえるでしょう。

なにしろ日本の場合、藤原氏が血族で官吏を独占してしまいました。

中国的儒教体制では、科挙の試験で官吏を選びます。その有能な官吏は皇帝の手足となって、皇帝の専制を助けます。中国では皇帝以外の勢力の存在は許されませんから、皇帝はあくまで絶対であり、官吏はあくまで手足です。

このあたりも天皇と藤原氏の関係を考えますと、ずいぶん違いますね。

日本でも科挙のような採用試験が一部にはありましたが、せいぜいうまくいっていまの知事になれるくらいでした。ところが藤原氏だったら少しくらいぼんやりしていても、偉い官吏になってしまう。この根本のところが、最初から骨抜きなのです。これが日本のおもしろいところですね。一見不公平なようですが、おかげで中国の儒教原理の害毒のほうは受けずにすみました。

まことに日本は特殊です。そして、その特殊性を考えるとき、天皇の存在が浮かび上がってきます。

日本が律令制を取り入れたのは、新羅の朝鮮統一とほぼ同時期です。

『古事記』や『日本書紀』を読むと、天皇政権がしっかりと全国を支配していたことになっていますが、実際には地方に豪族がいたようですね。

天皇家とは関係もなく、自分で大きな古墳をつくっていた。九州には大きな豪族がいたでしょうし、この北陸にもそれなりの豪族がいたでしょう。

もちろん近畿地方にもいました。

だいたい大阪湾に面した地帯を治める天皇家よりも、河内や大和に勢力を持つ蘇我氏のほうがパワーとしては大きかったと思います。天皇家がもし蘇我氏と戦争をすれば、おそらく蘇我氏が勝ったでしょう。財力も蘇我氏のほうがずっと大きかったでしょうね。つまり天皇家以外に同格もしくはそれ以上のパワーを持つ豪族がいた。もしかすると、かなりいたのかもしれません。

しかし天皇は尊敬されていたらしい。これは確かなことですね。

一種の宗教的な尊敬というか、畏れといいましょうか。

「あの人の言うことにだけは逆らってはいけない。逆らう場合があっても、むやみに体に触ったりしてはいけないんだ」

何か人間よりも、もうちょっと神秘がかった家系だと思われていたらしいですね。

要するに日本は一種の部族国家であり、なんとなく部族ごとに独立していて、連合することもなく暮らしていた。当時の国際環境というものがなければ、われわれ日本人はそうやって平和に暮らしていたかもしれません。

ところが国際環境が一変します。

中国が四分五裂していたからこそ、日本も朝鮮ものんびり暮らしていたのですが、大帝国ができあがりますと、みんなが怯えてしまいます。

今日の世界情勢を考えてもわかりますね。毛沢東の強固な帝国に震え上がり、みんな北京へ北京へと挨拶に行きますね。

大化の改新の少し前に隋・唐の帝国ができあがり、その巨大なパワーに震え上がった朝鮮が儒教を取り入れた話は前にしました。

日本は「律令制」を取り入れました。しかしこれは中国におべっかを使ったわけではないのです。以下おとぎ話風に言いますと、この時期に藤原鎌足という天才的な策士が登場します。

彼は中大兄皇子と仲が良かった。のちの天智天皇ですね。

中大兄皇子のプランメーカーとなり、秘書になって一緒に考えます。

「日本も統一国家をつくらなくては攻められる。統一国家をつくろうではないか」

と、相談がまとまった。ところが天皇家には大した武力もない。だいたい蘇我氏がそばにいては、日本どころか大和の統一さえできません。

そのとき鎌足にいいアイデアが浮かびます。

中国の皇帝のような存在が、日本の統一国家にも必要なのだと。

「日本にもちょうど『天皇』がいるじゃないか。よく考えてみれば、中国の皇帝と似たようなものではないか」

本当は違いますね。中国の皇帝というよりも、多分に伊勢神宮の神官のようで、まあ神主さんのようなにおいがあったと思います。こうやって鎌足は根回しをしたことでしょう。

「わが国の天皇は、中国における皇帝なんだ。天皇を皇帝として日本を統一しなくては、中国から攻められて大変なことになるぞ」

蘇我氏に抑えつけられている豪族たちや、中国から帰ってきた人たちを説得し、蘇我氏を孤立させていきました。

しょせん律令体制は、統一国家をつくるための便利な方法でしかありませんでした。官吏を採用し、地方官を置く。法律のあらすじみたいなものをつくり、こうせよ、ああせよと言う。中国ではこうしているんだから、その方法を形だけ持ってこようじゃないか。これがすべてでした。

こうして中大兄皇子と鎌足は蘇我氏を打倒します。日本を踏み固め、律令体制国家ができあがります。

これはなかなかおもしろい政変でしたね。

鎌足がどこかの豪族出身だったら話は別です。

つまり越中の豪族の出身で、帰れば勢力もあり、財産もある。そういう人だったら、こうはいかなかったでしょう。

そうではなくてたいしてお金も持たず、中大兄皇子の側近でしかなかった。

だからこそ中大兄皇子と一体感を持つことができたし、天皇家の持っている権威《オーソリティー》を利用しようというアイデアも出たのです。

もし豪族の出身者でしたら、天皇家と利害が対立することもあるでしょう。何もないから、天皇家も安心できたし、周囲も安心した。彼自身も頼りにするものがないから、天皇家の権威を頼りにした。日本の律令体制は、もっと明快に言いますと、国内の諸豪族を排除するため、鎌足が考えた政治的な謀略だったのです。

魚でいえば骨だけ取り入れて、肉も内臓も何もない。命のないプラモデルのようなものです。つまり中国のように、民衆を飼い馴らす原理としては取り入れなかったのですね。おまけに藤原氏は自分の血族で高級官吏を形成し、貴族になってしまった。中国だと官吏は儒教の宣布者となるのですが、そういうこともなかった。日常生活のモラルや習俗は中国風でもなく、朝鮮風でもなく、もとのわれわれの日本式で押し通してきて現在があるのです。

日本人は思想や原理と無縁でした

考えてみますと、われわれがいままでに持ったものの中には、世界に誇りうるものもたくさんありました。『源氏物語』をはじめとする王朝文化もあり、東山文化もある。江戸の浮世絵とか、歌舞伎とか、江戸文学もあります。社会体制としても江戸時代の封建体制などは、世界史的に見てもうまくいった制度でした。

しかし文明や原理には無縁なのです。

仏教ではお経を取り入れ、儒教では書物を取り入れました。しかし、それは学問の仕方として取り入れただけでしたね。

インドで生まれた仏教、インドで広く行われてきて、いまも行われているインド教（ヒンズー教）と、日本の仏教を比べてみればよくわかります。

仏教はもともとは仏教生活のことだと言えます。

仏教でよくいうところの「律」とは、要するにインド人の僧侶の生活の仕方なのです。ところがインド人の僧侶の生活の仕方を成立させているのは、インド人の社会です。もともとの仏教を持ってこようとしたら、インド社会をそのまま日本に持ってくるか、日本人がインド大陸に移住するしかありません。東南アジアの仏教を見てみればわかりますね。インド人のお坊さんの生活、インド社会の影響を見ることができます。そこまで取り入れなくては、仏教という原理を入れたことにはならないのです。

これに比べれば日本の仏教は、お寺をつくり、お坊さんがいて、お経を取り入れただけです。うなぎを食わずに、うなぎの蒲焼きのにおいをかいでいるような感じですね。もちろんこれも尊いのです。日本の仏教は尊いもので、日本の文化を大いに推進させてもいる。しかし日本の社会で仏教が原理となっているかといえば、そういうことはありません。

しかし幸いなことでもありますね。

飼い馴らしの原理など、入れなくてもうまく治まる国ならば、そんなものは入れなくてもよいのです。どうしても必要な国がやればよい。

そして世界の九割、ほとんどの国が「原理」の必要な国ですね。

世界にわずかに残っている文明とは縁のない暮らしをしている人々、そして日本ぐらいが原理とは無縁なのです。文明の飼い馴らしを受け入れずに、社会を成立させてきた。日本は他の国々に対し、非常に特異な、ユニークな文化の伝統を持ってきた。考えてみれば世界のなかで、これほど不思議な国もありません。

日本がこのように続いてきたのは、まことに世界史における奇跡ですね。

ですから日本人がこれから世界の人々とつきあっていくのは、なかなか大変なことでもあります。

個人的な旅行者としても、他の国をよくよく理解する必要のある国際人としても、大変です。

日本人は、国際的には異質な人間集団としてしか存在しないのです。

世界の人々は、食事の仕方から交際の仕方に至るまで、何らかの原理の表現方法として心得ているのですが、日本人の場合は漠然とした行儀作法があるだけです。せいぜい室町時代にできた小笠原流があるぐらいで、それも神学や哲学から出てきている行儀作法ではありません。

自分の作法は自分で考えなくてはならない民族なのです。

こういうときにはこういう接待をするとか、商売の取引はこうしましょうとか、とにかくみんな自分で考えなければいけません。ひとつの明確な原理、儒教なら儒教のやり方があって、暮らしていける民族ではない。

したがって、よその国々を理解しようとしたり、自分たちの国を理解しようとするときには、よほど気をつけないと早とちりをしてしまいますね。

「世界中の国々は原理によって生きているんだが、自分たち日本人は不思議な伝統で生きてきたんだ」

ということを、しっかり踏まえてかからないといけません。

そうしないと、世界の国々の仲間入りは難しいかもしれません。

つまり、飼い馴らしの原理でずっと生きてきた人々は、たとえそれぞれ違う原理ではあっても、原理にのっとって暮らしているんだからということで、わかりあえるところがあるのです。

キリスト教の原理による訓練を経た民衆ならば、それがフランス人でもドイツ人でもイギリス人でも、多かれ少なかれ、中国人を理解できると思うのです。

そして中国の原理を理解できるのならば、個々の中国人ともつきあえますし、国家規模でもつきあうことができます。

ところが日本人はそういう体験を民族という一団体として持ったことがない。

その国力の割には、国際社会で裸身をさらした経験がわずかしかない。

民衆同士で日常的に接触し、原理同士で理解し合ってきた大陸の中の国家とは全く違うのです。どうしてもその場その場に応じた自分の知恵で、日本人自身の才覚で世界を理解するほかありません。

残念なことに、いまの段階ではあまりうまくいっている感じはしませんね。

日本人の外交感覚や国際感覚が時に異様なものになっているのは、事実ではないでしょうか。

そして他の国々にとっても、日本を理解するのがなかなか難しいのが現状ですね。世界中から誤解されることが、これからもあり得るでしょう。これからの日本は、そういうことも十分わきまえ、個人としても国家としても行動する必要があります。

しかし総決算しますと、原理がないことはやはり幸いなことでした。

紅衛兵の騒ぎもないし、ナポレオンの騒ぎもないし、あの難しい回教文明の生活原理もなく、日本は幸いでした。これからも、いわゆる「原理」を受け入れることはないでしょう。

例えばキリスト教を持ち込もうとしても、教会や牧師、『聖書』や賛美歌を取り入れるのは可能ですが、キリスト教の原理を取り入れるのは不可能です。生活のしきたりを全部キリスト教化するのは、日本のクリスチャンの家でもしていないと思います。われわれが仏教徒でありながら、インド人のような仏教的生活はしていないのと同様ですね。

ですから、この国にマルキシズムを植えつけようとした、あるいはこれから植えつけようとする人々に対し、その意気盛んな点には敬服するものの、かつて文明の原理を受け入れたことのない民族に、どういう具合にマルクスなり、レーニンなり、毛沢東の原理主義を受け入れさせられるとお考えなのか。やはり浄土教でいう地獄極楽程度にしかマルキシズムは理解されていないのではないかと、複雑な気持ちで思うことがあります。

日本人には日本人というお皿があります。

そのお皿の上にいろいろなものが載っかっていればよいのです。

江戸末期、漢学の人気がなくなり、塾がすたれて、漢学の先生はほとんど失業したような状態になってしまいます。

蘭学が盛んになり、みなオランダ語を勉強する。福沢諭吉も大坂の適塾でオランダ語を学びますね。おれはオランダ語では日本一の書生だと自負して江戸に乗り込みます。ところが江戸では横文字といったら、もう英語の時代になっていました。彼は大変なショックを受けた。

西洋人や回教徒でしたら、あくまでオランダ語を貫き、子々孫々まで習わせると思います。ところが福沢は、英語に切り替えてしまいました。横浜で黒船を見てショックを受け、これからは英語だと習いにいく。運良く咸臨丸に乗り込み、アメリカに渡って英語の世界を知る。

これは何も福沢諭吉だけの問題ではなく、日本人全体の問題でした。

万延元年（一八六〇）のこのころ、オランダ語を学んでいた日本人の多くが、履物を替えるがごとく、オランダ語を捨てました。明治維新を迎え、多くの人々が長いことお世話になっていた中国文化、とりわけ儒教を古い草履のように捨て、新しい西洋時代に順応していきます。

薄情とか浅薄とかいうことではありません。

思想や原理に骨の髄まで侵されていない日本人だからですね。

つまり日本人のお皿の上にいろいろなものが載ればよいのです。必要ならオランダ語を載せればいいし、オランダ語が時代に合わなくなったら英語を載せればいい。技術時代になるとすぐ転換していき、技術の発達にも即応していく。

ここが日本民族の特徴でもあります。

ですから日本人は世界の原理体制や文明の流れのなかにおける特異な位置について、恥じたりする必要は毛頭ありません。後悔する必要もない。

むしろ、われわれ日本人としては、どうも体質的に原理体制、つまり文明になじめないことをはっきりと認識し、その立場を踏まえて物事を見たり考えたりしていくことが大切になります。

そうすれば、それぞれの原理体制を必要とせざるを得ない歴史を持つ国々に対し、冷酷な批判に落ちず、温かく理解することもできそうですね。

毛沢東思想によって生活の隅々まで律していく中国の不思議さを見ても、何か勘違いしてやたらに悪口を言ったり、逆にむやみに感動したりする日本人がいます。しかし、その不思議さというものが、中国文明のあり方なのです。

先ほど日本の原形はお皿のようなものだと申しました。そのいわば「開かれた心」の特性を生かせば、例えば毛沢東の国でもなんとなくわかってくるのではありませんか。あるいはタイやベトナム、インドについても理解できるのではないでしょうか。そして自分自身についてもわかってくるはずだという、そんな物の考え方をお話ししたかったわけです。

いずれにせよ、これからの日本人は国際社会という世界の海のなかへ否応なしに乗り出していくことになります。その場合、自分の国についての誇りとともに、人類一般についての高いモラルを持たなくてはなりません。

なにより大切なことは、いつでも相手の民族、相手の国家の立場に立つことですね。その計算の上に自分の国の利益を図るという、新しい国際感覚を身につけなくてはなりません。そのためにも、いままで申し上げてきた見方や考え方を踏まえていくことが基本的な条件になると私は考えています。

一九七二年十月二十一日　富山市公会堂　学制百年記念文化講演会　主催＝富山県教育委員会　原題＝民族とその原形体制――〝日本とはなんだろう〟という私見　『精神開発叢書26』（富山県教育委員会）をもとにして構成

天皇について

吉川幸次郎先生から、朝鮮と日本の関係について何でもよいから話をせよという命令がありまして、驚きつつも命令に従ったのですが、いまちょっと後悔しております。

私は朝鮮に関するすべてのことが好きなのですが、学者ではないので正確な知識は持っておりません。

日ごろは歴史小説のようなものを書いております。政治的に、どういうイデオロギーの主人も持っておりません。おそらくそういうところが吉川先生のお気に召したのだろうと思います。あの男は知識はないが、あまり差し障りがないからいいだろうと、吉川先生の深い東洋的知恵から出た人選だと思うのであります。

ですから私にできることは雑談だけです。強いて題名をつけますと、

「明治維新前後における朝鮮・日本・中国の三国の元首の呼称について」

ということになります。

朝鮮における「王」、日本における「天皇」、中国における「皇帝」という呼称についてですね。元首の呼称といえば政治史の範囲に入るテーマのように思われるかもしれませんが、ここではできるだけ文化史的な課題として、お話し申し上げたいと思います。

李朝の政府が、日本に天皇が元首として、いわば返り咲いたことを知るのは、明治維新成立の年である一八六八年の九月でした。

日本はその年の一月、いろいろな国の駐日外交官に対して、元首が将軍から天皇に代わったことを告げたのですが、朝鮮に対しての通知はそれよりも少し遅れました。

しかも直接ではなくて、対馬藩という藩を通して行われました。

これには理由があります。

日本の政府は代々対馬藩に対し、朝鮮との外交を代理させてきた慣例がありました。

対馬藩は、玄界灘に浮かぶ対馬という島を領土とします。地理的に見て朝鮮半島にもっとも近い藩であり、平氏の一族を自称する「宗」という姓の大名がおりました。

宗家は十二世紀に歴史の世界に出てきます。そして十四世紀に李氏朝鮮が出現すると、宗家は朝鮮王にも臣従します。ちょうど近世における琉球のように、両属に近い形をとった。

室町政権はこの状態を認め、朝鮮に対する外交はすべて対馬藩に代理をさせるという形ができあがります。

この慣例は豊臣政権も徳川政権も引き継ぎました。新しくできあがったばかりの明治政府も前時代に従ったわけで、一八六八年九月、対馬藩は日本に新しい政権ができたという旨の手紙をソウルに出した。

ところが、これがソウルでは大変な問題になりました。朝鮮は非常に多くの理由から日本の開国については不満を持っていましたが、なによりもその対馬藩の手紙に怒ったのでした。手紙の中には「皇」という文字があったからです。

日本は朝鮮にとって野蛮国でした

ソウルが記憶しているところによれば、日本の元首の呼称は違いました。豊臣時代は「関白」であり、徳川時代は「大君《たいくん》」であった。いまにわかに皇帝の「皇」を使い始めた。朝鮮の印象ではこんなところだったのでしょう。

元首の天皇とは皇帝に類似したものなのではないか。ここからが朝鮮の立場の問題なのですが、これは甚だもって中国に対して無礼ではないか。

ソウルはこの対馬藩の手紙を受け取らずに、突き返してしまったのであります。

中国における「皇帝」とは、どういう定義をしたらよいのでしょうか。

天から世界秩序の中心であることを命ぜられた人であり、漢民族だけではなく、諸民族を治める権利と義務を持った地上ただ一人の人、そういうことだろうと思います。

その中国皇帝の神聖なる使命を認めるかぎり、中国の衛星国たちは、中国からの安全を期待できる。つまり中国から攻められずにすむ。

朝鮮がそうでした。

七世紀に新羅が朝鮮を統一しています。新羅は唐の皇帝が世界でただ一人の人であることを認め、自ら一段下がって「王」と称しました。

「王」はヨーロッパにおいてもそうであるように、アジアにおいても特定の民族の首長といいますか、頭《かしら》を王というのが普通です。新羅のあとの高麗も、十四世紀の李氏朝鮮も、「王」と名乗り続けました。

特に李氏朝鮮は厳格な国でした。

中国を本家として、「宗主国」として、中国以上に厳格な儒教体制を敷いたことで知られます。

その理由の大部分は、強大な中国に対して自国の安全を守る、いわば安全保障にあったのですが、その政治的な意味の安全保障がすなわち、朝鮮の知識階級の教養にもなった。中国的教養の中心は、「礼教」という秩序感覚にありますが、朝鮮は間違いなく「礼教」の国でした。

朝鮮の官吏が対馬藩の手紙に激しく怒ったのは、この礼教による秩序感覚が日本にはないということでした。

国家的な規模での礼教を考えると、それは中国の皇帝秩序を尊重するということになります。

もともと朝鮮から見れば、日本は儒教体制を敷いていない国です。

要するに礼教を知らない国であり、つまりは一種の野蛮国であると見ていた。天皇の「皇」を見て、いまから考えれば信じられないほどに、日本は野蛮国だ、そう朝鮮は考えた。

話を変えて、日本の「天皇」という呼称についてです。

日本の古代に「天皇」という呼称はなく、「大君《おおきみ》」と呼ばれていました。

天皇という不思議な呼称が歴史に登場するのは、六世紀からだといわれています。欽明天皇のころだという説もあり、推古天皇のころだという説もありますが、推古天皇の時代ではないでしょうか。

この時代、中国では隋帝国が大陸を統一したばかりであり、その力の強大さに周りの国々が非常に動揺した時代でもありました。

六世紀の日本としては、日本が独立国であることを隋帝国に対して何らかの形で宣言する事情があったはずでした。そのために「天皇」という呼称が発明されたのではないかと思われます。

当時の日本には、中国的な教養がさまざまな形で入ってきています。宇宙における最高の統治者は中国皇帝だという知識はすでに入っていた。

そのうえで、中国に日本を認めさせようとしたのでしょうね。

海の向こうに別系統の小さな宇宙があって、そこには皇帝と同格の、もしくは皇帝と類似の天皇がいるのだと。

それをひけらかすことが、自分の国の独立性を示す、デモンストレーションになる。

日本は隋帝国に国書を送ります。

有名な話で、その国書は隋の正史である『隋書』に残っています。

太陽が昇る国の天子（天皇）が太陽が没する国の天子（皇帝）に手紙を送ります。お元気ですか。そういう非常にユーモラスな手紙だったのですが、もらった隋の煬帝《ようだい》は不愉快だったようですね。

「野蛮な国というのはどうにも礼儀を知らない」

そう言ったといわれています。

次の機会に推古天皇が送った国書も、東の天皇が西の皇帝に手紙を送りますというもので、これも気張った手紙でした。

中国にとってきわめて危険な野蛮国でした。もしこれが朝鮮や中国南方の国の王のなした振る舞いならば、中国は即刻攻め滅ぼしたに違いないと思うのです。

ところが日本の周りは海でした。

とても軍隊を派遣することはできません。いまとなれば、日本はそういう地理的利点を計算したうえで、「天皇」という呼称を使い始めた。

もちろん、国内的な統一の必要ということもひとつの要因にはなりましたが、それよりも六世紀末から七世紀初めにかけての国際関係によって「天皇」という呼称は成立したのではないか、そう私は思っています。

さて、天皇の権力は十二世紀の終わりごろから衰え始めます。

武士の時代が始まります。

天皇に代わって将軍がこの国の統治者になったため、朝鮮をはじめ東アジアの国々から「天皇」という存在は名前もろともすっかり忘れられてしまったはずであります。

それどころか天皇は国内的にもほとんど忘れられたような時期が長く続くことになります。明治維新まで、ざっと六百年以上もの間、天皇は京都の御所の中にずっと住んでいました。

この時代の忘れられた天皇には、防衛力というものがありませんでした。

一人の兵士も持っていなかったといってもよいですね。御所という建物はいまでも見ることができますが、その構造は要塞でも、城でもありません。

そういう能力はいっさいない、普通の無防備な家屋と同じです。

戦国時代においても京の御所は全く無防備のままでして、しかもその間、天皇の身辺に一度も危険がなかったというのは不思議なほどです。

理由のひとつには、天皇に全く権力がなかったためでした。たとえ危害を加えたところで、権力闘争のうえでは何の役にも立たなかったからですね。

もうひとつは宗教的な存在になっていたためでした。

宗教といっても仏教やキリスト教のような宗教性は持っていません。神道的な宗教性のことです。神道といっても、明治国家がつくりあげた国家神道のことではありませんよ。もっとプリミティブな（原始的な）神道をお考えください。

原始的な神道はたったひとつだけ、教義を持っています。

神聖な場所を決めて、そこをたえず清らかにしておく。それだけの教義であります。京都の御所はそういう意味で、神道的な空間でした。ですから乱暴な武士も、あるいは盗賊も、御所の中には入らなかったわけですね。

天皇は再び御門の本質に戻った

無防備な、無力であった六百年の間に、天皇の本質はほぼ定着したと思うのであります。

天皇の本質とは、繰り返し申し上げますけれども、

「だれよりも無力である」

ということであります。

つまり皇帝はおろか、王ですらもなくて、天皇家はずっとその家系が続いてきたことになります。ところが明治維新を迎え、天皇の本質が変わっていきます。これはむしろ天皇にとって非常に不幸だったのではないか。このことについてひとつのエピソードがあります。

大正天皇のご生母で、柳原二位局という方がいらっしゃいまして、この方は実家が公家でした。公家ですから、在来の日本の天皇の本質というものを、皮膚感覚で知っておられたのでしょう。自分の旦那さんである明治天皇が軍服を着て、サーベルを吊って、白い馬に乗っているのをごらんになり、おっしゃったそうですね。

「ああいう格好をしていては天皇家の将来も長くはない」

明治国家の要請ということがありました。天皇が憲法上の権力を持ったということを、このエピソードは鋭く風刺しています。

さらに明治維新直後から、日本の外交文書における天皇の呼称は変わりました。日本語に訳せば、

「日本国皇帝（エンペラー・オブ・ジャパン）」

となりました。

六百年にもわたって天皇は単なる御門《みかど》でしかなかったのに、「皇帝（エンペラー）」という、いわば、大変に血なまぐさいにおいのする呼称をいったいだれがつけたのか。

私はずいぶん調べたのですが、よくわかりませんでした。おそらく中国皇帝が隣にあって、ドイツ皇帝、フランス皇帝もある。幕末から明治にかけての情勢を考えてみると、この三つの存在が発想の刺激になったのだろうと思うのであります。

「日本国皇帝」という呼称が生まれた直後、これを痛烈に批判した人がいます。

島津久光でした。

久光は大名です。

明治維新の成立のために大きな役割を果たした薩摩藩の、事実上の藩主でした。

幕末における薩摩藩は非常に進歩的な活動をする藩でした。しかし、その藩の指揮者であった島津久光は、ほとんど病的なほどに保守的な性格の人でした。

さらに漢学の教養は当代一流の人であった。御門が皇帝になったと聞き、彼はこういう文章を書いています。

皇帝という呼称は、日本の固有の称号ではない。

このことは『日本書紀』や『古事記』を読めばすぐにわかる。

皇帝という呼称を考えた人々は、中国的教養や西洋的教養だけを持っている人だろう。

この呼称を法制化したことは非現実的であり、滑稽であり、いまの時代の風潮は憎むべきである。

その文章の末尾にあります。

「可笑、可嘆、可憎(笑うべし、嘆くべし、憎むべし)」

非常に強い調子で結ばれています。

御門というものは無力であるべきだと、おそらく当時、島津久光はもっとも強くその思想を持っていた。

しかし皮肉なことではありますが、この痛烈な批判者であった久光は、明治政府から厚く遇されます。

彼の功績をあらわすため、彼の不満をなだめるため、明治政府は公爵という位を久光に贈っています。

久光は一八八七年に亡くなります。

厚く遇されながらも、明治国家に対しては冷淡でした。一ミリグラムの好意も持っていなかったようですね。

さて「王」と「天皇」と「皇帝」の呼称にきわめて神経質だった朝鮮は、何かこれについての悪い予感を感じていたのかもしれません。

その後、明治国家の侵略的な外交が朝鮮に伸びます。

一八九七年には朝鮮にとって不幸なことに、李氏朝鮮の王が、皇帝になった。無理やり皇帝にさせられてしまった。皇帝になるということは、朝鮮は中国から独立するのだという宣言でもあります。もっとも、わずか十三年で韓国は日本に併合されてしまいます。結局、王制そのものも朝鮮は失うことになります。

いまソウルに行きますと、かつての王宮には、その王様が皇帝の礼服を着て写っている写真の複製が飾られています。

私はその王宮に参りましたが、案内してくれた韓国のガイドさんが、

「ごらんください。王様が皇帝になっております」

そう言って私に片目をつぶって見せたあと、彼女はさらにこう言いました。

「この王宮をごらんになってもわかるように、屋根瓦にも柱にも、また王様の衣装にも竜の模様はいっさい使われていません。竜は中国皇帝のシンボルだからです。この王宮では、王様のシンボルであ

る鳳凰が使われています」

日本は太平洋戦争に敗れたあと、新しい憲法によって新しい国家が成立したと考えてよいですね。天皇は再び御門の本質に戻ったような印象であります。

もっとも、外国に出す手紙などには依然として、日本語に訳すと、前の時代と同じく日本国皇帝という呼称が残っていると聞きました。

「エンペラー」という言葉については、島津久光ではありませんが、私がいままで見てきたことを考えても、きわめて日本的ではないという感じがしています。

「天皇とは御門である。日本でもっとも無力な存在であることが本質であり、そのために長く続いてきたのだ」

それを聞いていただきたいと思ったのです。

一九七二年十一月二十一日　京都市・国立京都国際会館　日本文化研究国際会議　主催＝日本ペンクラブ　原題＝日本の明治維新前後における朝鮮・日本・中国という三国の元首の呼称について

国盗り斎藤道三

人間は才能があったほうがいいし、学問もあったほうがいいでしょう。技術を持っていたほうがいいし、できれば美人のほうがいい。あるいは男前であったらいい。

しかし、それらを全部持っていても、全然つまらない人がいますね。何の魅力もない人がいます。そうかと思うと、そのうちのひとつしか持っていなくても、大変チャーミングな人もいます。

あの人間ならなんとかやるだろう、あいつはスカタンだけど、人と人の間をうまくくっつけて、なんとかやるだろうと思わせる、そういう魅力のある人がいるものです。

私は『国盗り物語』という小説を書いたことがありますが、主人公の斎藤道三は江戸時代から評価の定まっていた人物です。日本の歴史上、これほどの悪人はいないといわれてきた。

しかし不思議ですね。

そんな悪人が、いくら戦国初期とはいえ、どうして美濃一国の大名になってしまったのでしょう。

もともとは天秤の両端に油の桶《おけ》をぶらさげて売り歩く、一介の油売りでしかなかった男です。坊さんだったこともありますが、どうして一国の主になれたのか。

斎藤道三が美濃に行ってしばらくたつと、多くの人が彼に魅力を感じたらしいですね。魅力とは何なのか。このことを考えることは、人間を考える際に、非常に大事なことだと思います。

道三の履歴を追ってみましょう。

まず道三は、京都の郊外に生まれました。後土御門天皇の時代です。

後土御門天皇という方はずいぶん長く在位されていたのですが、貧乏でした。三度の食事もろくに召し上がれなかったぐらいで、五十いくつで崩御されています。亡くなってからも悲運でして、お葬式も出せず、四十七日の間そのままにされた。見るに見かねた人たちが簡単なお葬式を出したという記録があるぐらいで、そのころ道三は七歳でした。

中世の価値という価値がボロボロになり、新しい時代の到来を待っているような時代ですね。侍たちは長い戦闘に飽きていたのか、自分が戦争する代わりに、足軽と呼ばれる者を雇って、代理に戦闘させた。

足軽とは、最初はあだ名みたいな呼び方だったと思います。ろくな鎧《よろい》も兜《かぶと》もつけず、足軽く走り回っている農村の次男坊、三男坊たち。その彼らが代理で戦闘しているうちに、だんだん実力をつけてくる。

天皇が、お葬式を出せない時代なのです。氏素性の高かった武士たちは、実際の戦闘能力を失って、足軽に取って代わられている。

一種の革命が進行していました。意識的な革命理論はないが、既成の価値がことごとく滅びていく時代だったのです。

道三は仏寺で教養を身につけた

私が中学生のころだったと思います。歴史の時間に、京都の人はみんな困ったんだと習いました。京都は応仁の戦火で焼け野原、夕雲雀《ゆうひばり》がさびしく飛んでいると。たいへん悲しい浮世の姿として、応仁の乱前後の京都を習いました。

しかし、京都をこうも考えることができますね。

京都の町には権力が渦巻いている。

京都にさえ上って旗を立てれば、天下を取ったようなものだと、権力欲が渦巻いている。うまくいかずに倒れる者たち、少しうまくいってもやがて傷つき倒れる者たち。その有り様を京都の人ならありありと眼前にすることになります。

道三もそうだったろうと思います。両親や年寄りが囲炉裏《いろり》端でいろいろ話をしたでしょう。そういうことを見聞きして成人したならば、権力というものの儚《はかな》さを知ることになる。

そして少々頭のいい人間ならば、権力というものの中身もわかってくるのではないでしょうか。

道三が僻地に生まれていたなら、美濃の主になれたでしょうか。京都郊外に生まれたのは幸運なことでした。

京都の町に妙覚寺という、日蓮宗の寺があります。寺格の高い寺でして、学問をするお寺です。道三はこの寺に入って「学生《がくしょう》」となり、何年かの青春時代を過ごします。

このとき一緒に過ごしたのが、のちに美濃の土岐家に入る手立てをしてくれる、日運上人です。学問に優れた人で、美濃の常在寺の住職になる人ですね。道三もよく勉強ができたようで、「智恵第一の法蓮房」とたたえられています。教えの奥義によく迫り、弁舌まことにさわやかであり、だれもが名僧になる未来を信じて疑わなかった。ところが法蓮房は考えます。

「どうせおれは名家の出でもないし、とても一カ寺の住職などにはなれっこない。それより商人になろう」

寺を去るのですが、しかし日蓮宗の勉強をしたことは大きなプラスになったと思います。なぜかというと、のちに彼が中世的な貴族社会に入っていくとき、大きな評価を受けた。まず、お行儀ができたからですね。中世は行儀作法がやかましい時代です。

そして学問もある。ただの油売りではないということになります。

やはり学問は人生のパスポートですね。いつの時代、どの国のどの場所に行っても、学問があり、高い教養があるということは、人を油断させるものですな。こんなに物を知っていて立派な人は、まさか悪いことはしないだろうと思う。もちろん、それだけが学問教養の効用ではないですが、とにかく道三が青春時代、仏寺の生活を通じて相当の教養を身につけていたことは確かですね。

京都から南へ、大坂のほうへ流れていくのが淀川です。この川べりに山崎という町があり、道三の時代、川筋の商業港として大いに繁盛していました。ここに離宮八幡《りきゅうはちまん》というお宮があり、当時の油の座、つまり油の専売権を握っていたのです。

油は贅沢なものでした。

まだ菜種が日本には入ってきていませんでした。菜種ならたくさんの油が搾れるのですが、この当時は荏胡麻《えごま》です。荏胡麻では少ししか油が搾れませんから、せいぜい灯明にする程度で、料理になどは使えません。

灯明用といっても、お寺や貴族が買う程度でして、庶民は買えません。当時の庶民は、夜が来れば寝ちゃったんでしょう。日が暮れて部屋に灯をともしておける人は、よっぽどいい身分の人であり、こういう贅沢品の専売権を持った離宮八幡は、ずいぶん金持ちだったようですね。

さて、ここに道三が入り込みます。

坊さんをやめ、油の販売人となり、商業の世界に入ったことになります。

当時、中世末期の商業は、新しい時代を迎えつつありました。中国との貿易の影響もあったのでしょうか、銭が通用する時代が始まろうとしています。これが新しい時代の商業だとするなら、道三が入り込んだのは古い商業、統制経済のほうですね。

離宮八幡には神人《じにん》と呼ばれる人たちがいて、ずいぶん横暴でした。

離宮八幡の許しなく油を売る者がいれば、容赦なく制裁を加えた。油の専売権を握るということは、そういうことであり、ここに道三は入り込む。

学んだことは大きかったですね。なぜなら、油の町「山崎」は、諸国の情報が集まるセンターでしたから。

これは伝説ですが、道三は油の行商人として、諸国を歩いたとされています。私はこの話は可能なことだったろうと思っています。経済地理というか、政治地理というか、たいそう明るくなって当然でしょう。道三はこの時期、物事を経済的にとらえる卓抜な能力を身につけていきました。

道三は行商人としても優秀だったようですね。

永楽銭を使います。枡《ます》から油を垂らすのですが、糸を垂らすように永楽銭の穴をスーッと通し、壺に入れる。

異能の道三に土岐家は無力でした

一滴でもこぼしたら、ただにするよと言って人を集めて売るのです。しかしけっしてこぼさない。中世の人には神秘的に見えたかもしれません。中世の人間はたいそう激情的で、異能の人には弱いのです。

後に道三は美濃の土岐家でまたたくまに信頼を得ていくのですが、これは紹介者の日運上人の筋目が良かったということだけではないでしょう。

道三は油の売り方だけではなく、いろいろな点で「異能」を感じさせる男だったのではないでしょうか。

それにしてもよく美濃に目をつけました。

道三は油を売っている間に、山崎屋という油問屋の旦那におさまってしまいます。ずいぶんお金もでき、諸国の政治状況もわかってきて、野望を燃やします。

「商人だけではつまらない。国主になりたい。どこか盗《と》りやすい国はないか」

すでに室町幕府から任命されている守護大名などは、あってなきがごとき存在でした。地方地方をがっちり治め、産業をおこしたりしているのは、むしろ成り上がりの大名のほうです。

例えば尾張の織田家も成り上がりですが、信長の父親である信秀が統治していた時代、夜に家を開けっぱなしにしていても、泥棒が入らなかったそうですね。京都ではそんな危険なことはできなかった時代にです。むしろ地方のほうが、小さいけれども、がっしりとした政権が生まれていた。

ところが生まれていないところもあり、美濃がそうでした。

美濃は京都に近い。街道もよく発達していて、米の取れ高は六十五万石は下らない。国主土岐家は桔梗《ききょう》の旗印を掲げ、二百年もの間、美濃を支配していました。いざ合戦となると、桔梗の旗印のもと、村々から駆けつけてくる美濃侍は八千騎とも言われていた。

経済力もある土地だし、兵も強い。

「美濃を制する者は天下を制す」

と言われた土地です。

ところが道三の時代、肝心の土岐家がオタオタしていまして、治安の役にも立たなくなっていました。

美濃の地侍たちは落ち着きません。

新興勢力の織田信秀はしっかりしているし、北近江にも強力な勢力がおこりつつある。

このままだと美濃は人に盗られてしまうのではないか。一村ずつ潰されていくのではないか。美濃はしっかり固まらなくてはならない。だれか英雄が出てきて、固めてくれないかという機運が熟しつつあった。そう私は思うのですが、この点を道三は割合わかっていたと思います。商売上、美濃の人々の危機感を、道三は感知していたのでしょう。

道三は京都からたった一人で美濃に行き、お寺を訪ねて草鞋《わらじ》を脱いでいます。いまの岐阜市にある常在寺で、これが美濃の国の盗り始めになりますね。

ここの住職である、日運上人が美濃のたった一人の知り合いで、いろいろな人を紹介してもらいます。いつのまにか武士となり、たいして武力も使わないうちに、土岐家を乗っ取ってしまいます。土岐家は古ぼけた、家柄だけが残っているような家であり、道三の異能の前には、無力な存在でしかありませんでした。一介の油売りは美濃に入り込み、当主を京都などに追放し、一国の大名となった。そうして岐阜の金華山に城を築きます。

道三は古い権威を利用しつつ大名に上りつめましたが、新しい時代の人でした。いろいろなことをしていまして、稲葉山城というスケールの大きな城を造っています。美濃の地侍はもちろん、近隣の諸大名もその偉観に目を奪われたことでしょう。織田信秀も天文十六年（一五四七）にこの岐阜城を攻め、大敗北を喫しています。そのとき失った兵は織田塚に葬られていますが、この難攻不落の城を築いたことからも、道三の武将としての新しさ、そして能力の高さを十分に示しています。

しかし道三の偉大さは、全く新しい構想をもって城下町を経営したことでしょうね。まず家臣団を城下に住まわせた。そして商人には自由に商いをさせた。「楽市楽座」ですね。商人から税金を取らない。離宮八幡のような、専売権は認めない。

道三は統制経済に入り込むことで力を得たのですが、領主としては新しい自由経済を導入した。こうして美濃には、諸国から商人がたくさん集まってきます。

自然、美濃の経済は盛んになり、豊かになった。富を活用し、道三は兵力を蓄えることもできた。美濃をしっかりとまとめあげ、尾張の織田家に対抗した。現実に適合した、独創的な領国経営により、美濃は中世から呼び戻されることができたのです。

もっとも、この経営方法は結局、隣国の織田信長に受け継がれることになります。信長は「楽市楽座」を広く普及させました。他国と戦って勝利すると、これを広めていった。経済的な意味での自由と権利を普及させることで、天下を取っていった。こう考えますと、道三こそ革命をもたらした男といえるかもしれません。その革命は信長が引き継ぎ、天下の規模で成果を示した。

道三と信長のかかわりについて触れておきますと、なかなかおもしろいですね。信長が道三の娘、濃《のう》姫をもらうのは二十歳前後のことです。信長が道三に会ったのは、わずかに一度だけでした。

美濃と尾張の国境に寺があり、ここで二人は会見しています。『太閤記』に書いてあることを信用しますと、道三は約束の時間より早く到着した。

民家からこっそり見ていて、やがて信長の行列がやってきた。

信長の格好が珍妙だったそうですね。頭の髻《もとどり》を藁《わら》のような物でくくり、ちゃんちゃんこみたいな物を着て、平然としている。道三にくっついてきた人は皆くすくす笑ったんですが、道三だけは笑わなかった。

信長の連れてきた家来の槍が長かった。さらに見事な鉄砲を持っていた。

要するに、カネのかかった武装をしている。これは尾張の富も表していますが、もっと大事なことは、信長という人物を表していると道三は考えたんでしょう。

信長が合理主義者で、経済観念のある男だと道三は思った。つまらない物にはカネをかけず、鉄砲などには惜しみなくカネを使うからですね。だれもがキツネを馬に乗せたようなものだと笑っているなか、道三は信長おそるべしと思うのです。

岐阜への帰り、

「変な男でしたね」

と言う家来たちに対し、道三はこう答えます。

「やがて自分の息子たちは、信長の門のそばに馬をつなぐことになるだろう」

軍門に下るということですね。

道三には、どういう人間が怖いかという基準があり、おそらく道三自身がその怖さの基準だったと思います。

「ああ、おれのような奴がいる。いや、おれよりすごい奴が現れてきたな」

と直観した。

そうすると道三は、信長がかわいらしくなったのでしょうね。自分が考えてきたこと、なしえなかったことを信長に話してやりたい、伝授してやりたい。むしろ自分の息子よりもかわいらしくなったかもしれません。

悪名は中世の壊し手の勲章です

中世日本史は、信長をもって最先端とします。信長は中世をたたき壊して近世を呼び寄せることになる。しかし先ほども触れましたが、その最初の役割は斎藤道三が果たしたのではないか。

道三は江戸時代、蝮《まむし》の道三などと言われ、とんでもない悪人と言われ続けました。

なにしろ階級を飛び越え、一国を横取りした男です。体制の側からすれば、絶対に悪人としておかねばなりません。こんな男をもてはやすのは、江戸時代という体制にとって良いことではありません。ですから彼が背負った悪名の数々は、いわば中世の壊し手としての代償、勲章ですね。

革命家ということで道三を規定するのは、あまりにも今日的で気恥ずかしい気もするのですが、強いて革命家としてみましょう。

彼の生涯は象徴的ですな。

革命家は失敗すると悪人、とんでもない悪人になってしまいます。成功しさえすれば、レーニンのように祀《まつ》られもするのですから。

しかしどう考えても、一介の油商人が大名になるのは、不自然きわまりないと思う人もいるでしょうね。

どうして人がついていったのか。

ついていかなかった人もたくさんあったでしょうが、非常に優れた連中はついていった。

理由はいろいろ考えられます。

美濃には尾張から攻められてしまうという危機感があり、有能な人を待望する雰囲気があった。そういう空気が道三のような人間を存在させたことはたしかにあります。

しかし、それだけではありませんね。

やはり人間的な魅力がものをいいます。何がその魅力を醸し出すのか。その要因を、トランプのカードを並べるように、お話ししてきたつもりでいますが、最後のカードは次のようなことだと思います。

道三が日蓮宗で学問をし、教養を積んだということに戻ります。

日蓮宗は日本の宗教の中では特殊な感じがあります。法華経を信じ、「南無妙法蓮華経」と唱えれば、何事も成就するという。

私の生まれた家はわりと抹香くさい家でして、仏教のことは比較的よく知っているつもりなのですが、ただ日蓮宗のことは、なかなかわかりにくい思いがありました。日蓮宗に詳しい学者や知人に聞いて回ったりもしました。

「日蓮宗とは何だろうか」

しかし、はっきりと手ごたえのある答えはありませんでした。

ところが、学者でもなく、お坊さんでもない、あるお寺の門番の人がいまして、この人はよく本を読んでいましてね。こういうことを言ってくれたことがあります。

「日本の宗旨に影響を与えているのは、宗教的な理論ではなく、宗祖のパーソナリティーではないか。浄土宗なら法然、浄土真宗なら親鸞の個性がそうであり、宗祖の個性が強ければ強いほど、その個性が残っていく」

日蓮の個性は強いですからね。

彼が言うのは、その日蓮の個性の強さが、日蓮宗の宗旨に残っている。においとして残っている。料理の香りのようなもので、このにおいこそが肝心なところなのではないか。

私は、この人はなかなか偉いと思いましたね。少しわかったような気がしてさらに考えてみますと、日蓮宗のお題目は唱えていると、元気が出るようですな。

「南無阿弥陀仏」

と真夜中に唱えてみましょうか。よくいえば内面的な、悪くいえば陰々滅々といった感じになりま

すが、

「南無妙法蓮華経」

と大声で唱えれば、気宇壮大にもなれる。躍進する気分というか、内省する心が体じゅうから抜け、だんだん外向きの気分になる。うんと元気がよくなってきます。

良いことをしようと思えば、とびきり良いこともするし、逆にとてつもなく悪いことをするかもしれませんね。

そのような宗教体験を妙覚寺で身につけた青年が、もともと野心家の、ちょうどスタンダールの『赤と黒』に出てくるジュリアン・ソレルのような青年が、自分の道を思い定めます。

道三は、何かアクシデントがあった場合に、

「しまった、悪いことをした。こんなことをして、他人はどう思うだろう」

と、忸怩《じくじ》たる気持ちになるでしょうか。私は、道三がそういう男だとは思いませんね。

「自分の行動こそ正義である」

そういう自己暗示というか、自己正当化というか、そういう観念の強い男だったのではないでしょうか。

このことは、人間を理解するとき大事なことだと思いますね。道三の場合、その正義とは何かというと、

「自分が登場しなければ、この美濃は滅びてしまう」

ということでした。

つまり悪人の代名詞のようにいわれた道三にとって悪とは何かといえば、それは「無能」ということ

とだった。

当時、美濃を支えていた人と組織は、ほとんど無能でした。政治的な環境に鈍感な土岐家は、美濃を食いつぶす白蟻《しろあり》以外の何ものでもない。体制を新しくして秩序を立て直し、しかも治安を良くして民衆を守る。道三はこれこそ正義だと自分を信じ込ませたと私は想像しています。

こういう考え方は、日蓮宗のほうの考え方に似ていませんか。

日蓮宗の考え方は、単に自分の信仰にとどまらないところがあります。

「南無妙法蓮華経」

と唱えることには、現世的な利益も入っています。さらに、この信仰をもっと大きい国家規模に広げても、信仰に基づく自分の行動は正義であるという思想があるようですね。

道三の場合、自分がこれからすることは、世俗的なモラルから見れば悪だと思っていたかもしれません。しかし最後は、巨大なる正義をうちたてるということを、自ら強く信じた。

遺言状一枚で美濃を信長にやった

自ら信じたときに、汚れていない道三ができあがったのでしょう。

汚れた、たえずキョトキョトしている後ろめたいイメージでは、けっして人はついてきません。

その考え方が正しいかどうかを言っているのではありませんよ。

道三の魅力を考えたとき、自らの正義を信ずる道三の姿があります。その涼やかな風景のなかの道三こそ、人を引きつけたと思うのですが、どうでしょうか。

道三は、最後は非業に倒れます。

やはり無理に無理を重ねていけば、たいていそうなります。われわれの身辺でもそういうことがありますね。

道三は国主の座を息子の義竜に譲って隠居するのですが、その義竜が謀反を起こします。

義竜は道三が慈しんで育てた子ですが、実はかつて追放した土岐頼芸《よりなり》の愛妾の子だったともいわれていますね。

道三は兵を集めました。しかし、二千数百しか集まらなかった。

ところが、義竜は地の利を得た稲葉山城に居座ったうえに、一万二千もの兵を集めました。

道三は逃げようとはしなかったのです。道三は三十年の間、古びて役に立たなくなった中世そのものと戦ってきた。すべてを捨て、悪名を負い、すべての壊し手として美濃にあり、最後まで戦い抜いて、長良川河畔で六十三歳の生涯を閉じます。

壮烈な最期ですね。

歴史を浮き沈みする人物は、無理を重ねれば道三のようになりますが、道三ほど徹底していれば、それはそれで見事なものですね。

私は『国盗り物語』を書こうとして、斎藤道三について調べることになりましたが、あまりに史料が少なくて驚いたことがあります。

道三について書かれたものは少なく、ただひとつだけ、彼自身が書いたもので本物らしいといわれているのが、二人の子供にあてた遺言状です。

実に壮烈きわまりないもので、岐阜県にはなく、京都の妙覚寺の長持ちの中から発見されたものですね。

「わざわざ申し送り候いしゅ（意趣）は、美濃はついには織田上総介（信長）の存分にまかすべく、ゆずり状、信長に対し、つかわしわたす、その筈なり。

下口《しもぐち》、出勢《しゅっせい》、眼前なり。

其方こと、堅約のごとく京の妙覚寺へのぼらるべく候。一子出家、九族天に生ず、といえり。かくのごとくととのい候。

一筆、涙ばかり。

よしそれも夢。

斎藤山城、いたって法花妙諦《ほっけみょうたい》のうち、生老病死の苦をば修羅場にいて仏果をうる。うれしいかな。すでに明日一戦におよび、五体不具の成仏、うたがいあるべからず。げにや捨てたるこの世のはかなきものを、いずくかつゆ（露）のすみかなりけん。

弘治二年四月十九日

斎藤山城入道道三

児《こ》　まいる」

女婿の信長から尾張への亡命を勧められたけれど、あっさり断って、しかも美濃一国を、たった一片の紙片で信長にくれてやってしまう。

幼い二人の子供には京の妙覚寺で出家することを命じていますね。

国を捨て、息子たちも捨て、自分の命まで捨てた道三には、何の恐れもなかったでしょう。

遺言状は墨付きも乱れ、筆先も荒れています。おそらく義竜の陣を前にして、物見の報告を聞きながら、ちびた矢立ての筆で書き上げたのでしょうね。

明日の合戦には、切り刻まれて果てることを覚悟して、「うたがいあるべからず」と豪語しています。

道三は自分の人生はこういうものだと、見極めていたんでしょう。

もうこれで自分の人生の幕は下りた、長い狂言は終わったと、すっきりした気分があったかもしれません。

まるで観客みたいですね。

自分が役者というより、観客のようになり、自分を描いた狂言を見ている男がいます。道三はやはり野蛮人ではなかった。私にとっては、大変な文明人という感じがします。人間はおもしろいものですね。

一九七二年十一月二十一日、東大阪市の司馬氏宅で行われたインタビューから　聞き手＝富山県教育委員会精神開発室の島村美代子指導主事（当時）『精神開発叢書26』「民族とその原形体制」（富山県教育委員会）に収録されていたものを、週刊朝日編集部の文責で再構成した　なおこのインタビューはリブリオ出版『著名人が語る［考えるヒント］――日本とはなんだろう』（九七年十一月刊）に収録されている

幕末の三藩

以前にも会津の話をこの壇上でしたことがありますので、今日は別の話を聞いていただこうと思っておりました。

地球上の人間というのは、いろいろな文化性といいましょうか、土着の文化から離れられないものだということであります。

人間というものは長い歴史の時間のなかで、集まって暮らしてきました。ひとりでは生きられない、群棲する動物であり、アフリカのシマウマと同じですね。

「人」という字は、二本のつっかい棒でできあがっているように、人間として生まれた者は人間関係でできあがっている。その人間関係は思想でできあがります。濃厚な思想としてはイスラム教があり、キリスト教があり、儒教があります。

それらの思想は、いわば飼い馴らしのシステムでもあり、人間は人間として飼い馴らされて初めて人間になる、そういう考え方が支配的な地域が多いですね。

しかし、日本はそうではありません。回教徒のように濃厚な思想を持つことをせず、つまり飼い馴らしのシステムを必要とせず、比較的温和に暮らしている民族であります。

アラビアや中国、朝鮮のことを例に挙げながら、日本とは何かという、そのような大がかりな話を聞いていただこうと思っておりました。

ところで私の家内の話をしますと、会津は日ごろから家内にとっては憧れの土地でした。

しかし以前に私が会津に来たときには、事情があって家内を連れてくることができませんで、それ以来、家内はずっと恨みがましく言っておりました。ですから今回は一緒に来ております。

先ほど私が旅館で一服しておりますと、家内は市役所の宮崎十三八さんに連れられて、お城や飯盛山に参観にいきました。やはり感動して戻ってきました。

私が今晩どんな話をしようかと言いますと、家内はやはり会津に来たんだから会津の話をすればと言う。

私はべつに女房の尻に敷かれているわけではありませんが、市長さんをはじめ会津の皆さんの顔を見ているうちに、やっぱり会津の話をすべきだと考え直したのです。

ですから今日は少し規模を縮めてお話しします。

会津とは何なのか、結局のところ会津藩をつらい目にあわせて近代国家をつくった薩摩と長州とはどんな国なのかという話をしてみたいと思います。

同じ狭い日本ですけれども、立地条件や風土、歴史というものが人間をつくり、人間が集団をつくり、集団の違いが、会津、薩摩、長州の違いになっていきます。まず薩摩、長州から入りまして、会津の話に入っていこうと思います。

私の二十年も先輩にあたります作家の海音寺潮五郎さんが、今から十年ほど前に『西郷隆盛』という小説を連載中のことでした。

そのころ私は山口県に行きました。山口市でタクシーを拾いまして、萩市に行ってもらいました。山口市は山口県の中央よりもやや南側で、瀬戸内寄りです。萩のほうは日本海側ですから、山を越えて峠を越えていくことになり、ずいぶん遠い。

その運転手さんは私の職業は知りません。ただ萩に行くということで、長州のことでも知りたい人なのかと思ったのでしょう。話しかけてきまして、

「いま朝日の夕刊に海音寺潮五郎という人が『西郷隆盛』を書いているが、あれはけしからんですね。長州のことがさっぱり出てこない」

と言う。

西郷隆盛の早い時期のことを書いているのですから、長州が出てくるはずもないのです。

あとで海音寺さんにお目にかかったとき、冗談めかしてこのお話をしました。ご存じのように海音寺さんは薩摩の人でありまして、大変なユーモリストでもあります。

ところが、この話を聞いた海音寺さんは血相を変えました。

「そうですか。長州の奴ら、そんなことを言ってましたか」

やはりお国柄というものがあります。海音寺さんにしてもそうですね。

幕末史に登場する長州人について、海音寺さんは吉田松陰以外はあまりお好みではないようでした。

おそらくそれは会津人でも同じだろうと思います。

会津人と長州人と薩摩人とでは、外国人同士ではないかというぐらいに違うのです。同じ日本人としてくるのは少し無理だと、私は感じています。

会津の説明はあとでしますが、ごく簡単に申し上げておきますと、

「会津藩は江戸時代に最も教養の優れた藩のひとつだった」

ということです。

教育水準の高さこそ、会津藩の理解にいちばん重要なことでした。

話が少し飛んでいきますが、ちょっと頭をほどき広げていただくために申し上げます。

皆さんは日本の歴史を長いものだと思っていらっしゃるでしょうが、お隣の中国から見ると、実際は短い歴史でしかありません。

漢帝国時代は中国の文明が最高潮に達していた時期だと私は考えますが、例えば漢文も漢の時代のものがいいですね。司馬遷の『史記』を読んでも、爛熟した文明社会における人間関係を感じます。そのころの私たちは古代史と呼ばれる時代にいましたが、実際は未開時代と呼ぶべきでしょうね。その後の奈良朝、平安朝にしても、そんなにたいそうな時代ではありません。

文化を考えてみますと、奈良時代といっても天皇を含めた一部の貴族が税金を自由に使って、お寺をたくさん建てたぐらいのものです。

平安朝といいましても、宮廷の女官たちが『源氏物語』を書いたり、読んだりしたぐらいのことです。

人口も平安初期、弘法大師の出たころでだいたい五、六百万ぐらいのものだと思います。そのほんの一部の人たちだけが中国文明の恩恵を受けていたわけで、庶民までが参加する普遍的な文化ではな

かったのです。

私たちの文化は室町時代から始まります。民謡なども、室町時代が始まりですね。三度の食事を食べるのも、部屋の中に畳を敷いて床の間をつくるのも、この時代からです。

室町時代というより、戦国末期に入る人で、宮本武蔵がいます。

彼は『五輪書』を書いています。

読んでみますと、なかなかうまい文章なのです。漢文ではありません。

また『源氏物語』のような、和文でもありません。

剣の技術と哲学を書いたもので、技術や哲学はなかなか表現しにくいものなのです。もちろんいまの日本語ならできますが、武蔵の時代では大変だったと思います。

それを漢文でもなく、平安朝ぶりの和文でもなく、当時つかわれていた言葉に近い、口語に近い形で書いている。武蔵は作州（岡山県）から出た庶民ですが、庶民がそれだけの力を持って出たことになります。

そして江戸時代に入り、庶民の教養は飛躍的に向上します。

日本に江戸時代という大変な勉強時代がなかったら、明治の日本も、いまの日本もなかったでしょうね。

一例を挙げますと、大坂という町は武士が二百人ほど奉行所にいるだけで、残りの四十万人ほどは全部町人です。

その時代にあった寺子屋は、いまの小学校の数よりも多かったようですね。あちこちにありました。江戸末期の就学率はおそらく世界一だったと思います。

マルローが言った日本の武士道

つまり、明治になって小学校ができるのは、単に寺子屋が転換しただけであり、江戸時代の充実ぶりがこのことでもわかります。

人間の賢さや精神を考えてみますと、形而上のものと形而下のものとがあります。

形而下で利口な人ならいくらでもいます。百円で仕入れたものを二百円で売ったら百円儲けますね。商売で儲かったとか、儲からないからやめるとか、これらは形而下的な賢さ、物事のとらえ方です。

いまこの卓上に水を入れる瓶とコップがありますが、瓶とコップのどちらが大きいのかというのは形而下的な判断です。コップのほうが安いというのも形而下的な世界です。

しかし、人間はなぜこういう形のコップを好むのかとか、なぜ割れないプラスチックがあるのに、ガラスという透明なものを好むのかとか、そういうことを考え始めますと、形而上的な世界に入っていくことになります。

簡単に言いますと、儲けにならないことを一所懸命突きつめて考えたり、学んだりすることですね。

人間は単に生理的、物理的に存在するだけではなく、社会のためになんとかしたいとか、国家のために働きたいとか、そういう心が形而上的な精神にあたります。江戸末期になってようやく日本人にもそのことがわかってきた。

つまり人間とは何をすべきかということが、やっと江戸末期になってわかってきたのです。

フランスのドゴール大統領の時代に文化大臣だった人にアンドレ・マルローがいます。

フランスは誇り高い国ですね。

経済力その他でアメリカに劣っているとしても、いまのフランスにはサルトルとマルローという偉大な作家が二人いる。アメリカは持っていないだろうと、フランス人が言いたくなるような優れた作家です。

この人が来日して、日本と他のアジアの国々とが違うのは、日本に武士道があるからだと言うのです。

だいたい欧米の人の認識は、日本は中国の分家だろう、日本文化といっても中国のブランチ、支店だろう、そんなものなのですが、マルローは違いました。それは世界中の誤解だ、日本と中国とは違うんだと言う。

私たちの先祖は中国から書物を仕入れて、会津の日新館でも勉強していたのは漢文が中心でした。その様子はいかにも中国の支店なのですが、しかし、学んだ結果は中国とは違うものだった。それをマルローは武士道という言葉で言い表した。皆さんが漠然と考えている武士道のことでいいと思います。

しかし、武士といっても時代によって違いますから、ややこしいですね。

鎌倉武士というものがあります。

先ほど日本の庶民、民衆の生活文化の歴史は室町時代に始まるということを申し上げましたが、鎌倉時代から始まる歴史というのは、日本人の土地私有の歴史であります。

今日の日本の現状から見れば、土地私有の問題はどうにかしなければいけないところまできていて、私もまたその論者の一人ですが、鎌倉期においては意味があったのです。

ここは畠山某が開いた土地だ、北条某が開いた、会津だと蘆名が開いた、仙台だと伊達が開いた土地だとなる。

汗水流して開墾した土地は自分のものだという、当たり前のことが確立することで、日本は律令体制を打ち破ることができました。

働けばそれだけ自分の土地になるのですから働き者にもなりますし、開墾は女房と一緒にやりますので、キリスト教によらずして、鎌倉武士の世界では一夫一婦制が確立しました。

「名こそ惜しけれ」

というモラルも確立した。

アメリカの西部開拓の農場主のようなものでした。

その後、武士の概念は変遷します。

戦国時代の武士は、いわば技能者であり、そこに忠義などはありません。

戦国時代にこういう言葉がありますね。

「七度主人を替えないと一人前の武士ではない」

大坂夏の陣で戦死した塙《ばん》団右衛門もずいぶん主人を替えていますし、後藤又兵衛も二度替えています。

鎌倉武士なら昔の日本犬のように、主人に忠実な郎党となって戦場に出ていきますが、戦国期になると自我、そして職業意識が強まっていく。

戦国大名を考えてみましょう。

秀吉がいい例ですね。秀吉は天下を統一し、関白になってよく夜話をしました。ところが少年時代の話だけはけっしてしなかったそうです。何をしていたのか、ちょっとお話しできないような生活だったと思います。

だいたい戦国大名で江戸初期まで生き残った大名というのは家系をつくりますが、調べてみますと本当かなというものも多い。

そこにはレボリューション（革命）があります。

フランス革命は偉大な革命でしたが、日本では応仁の乱から豊臣時代にかけての乱世は、革命意識を持たない一種の革命作用だったと思います。

応仁の乱には、農家の次男、三男が戦場に出てくるのです。彼らは田畑は十分に相続できず、鍋釜の職人になるのも数は知れている。そこで力の強い者は足軽になります。

京都に出てくれば、いろいろな大名同士の戦いの、いわば下請けのような戦いが続いている。これが応仁の乱ですね。そのうちに身分のいい人は滅んでいき、足軽風情の者の中から力のある者がのし上がる。戦国時代というものでした。

こうした戦国武士たちは、戦国大名も含めて、潔さを尊ぶ武士ではありません。己の利益で動きます。損得勘定が行動の基盤になっていました。

のちに関ケ原の戦いがありました。

東軍、西軍あわせて約二十万人の兵が集まった合戦で、この時代では世界的に見ても、大規模な合戦でした。

有名なワーテルローの戦いにしても、関ケ原とほぼ同じ程度のものです。

関ケ原の現地をごらんになるとわかるのですが、関ケ原は狭い盆地になっています。

決戦当日の払暁までに西軍の石田三成方は布陣を終えました。盆地の重要なところを占め、東から来る徳川方は袋の中に、縦隊の形で攻め込んできた。徳川方は袋の中のネズミのようなものであり、しかも石田方のほうが人数は多かったのです。

しかし実際に石田方で戦ったのは石田三成の軍隊と、一、二の大名だけでした。あとは陣地に待機して眺めていたり、裏切ったりでした。

一方、徳川家の旗本、譜代の大名といった人々はほとんど働いておりません。井伊家ぐらいが働き、あとは豊臣譜代の福島正則といった人々がわれ先にと戦った。

これは当時の武将の性質をよく表しています。戦略的に優位な位置を占めながらも石田方が総崩れになったことは、東軍の大名も西軍の大名も、新しい時代は徳川だと考えた。利益の多いほうについたのです。

しかし先ほど申し上げたように、江戸時代は形而上的なものが大事だというモラルになった時代でした。

例えばお金持ちよりも、貧乏だけれど世界的な学問を持っている人を尊敬しますね。われわれの中のこの習慣的な気分は、江戸時代という教養時代があったからです。

あの人はお金持ちだからついていくというのは関ケ原までの思想です。

家康は二百三十万石の大大名ですから、ついていけば論功行賞にもありつける。小切手も切ってくれる。

対する三成は十九万石で小切手も小さい。資本金二百三十万石にみんなついていったのが戦国武士の現象でした。

しかし人間にとって重要なのは「銭」ではない。「物」ではない。それが江戸時代の会津藩において盛んだったのには、初代藩主の保科正之というインテリの存在が重要でした。

この江戸初期の人物は、まだ戦国武士の蛮風が残っている時代にあって、非常に形而上的な、哲学の好きな人でした。初代藩主として、つくりあげた藩風とは、まず書物を読むことは尊い。そして単に読むだけではなく、書物を読み、行動することが尊い。このことを全藩あげて、繰り返し繰り返し、学んできたのが会津でした。

長州は毛利元就が先祖になります。

元就は戦国の英雄で、中国地方のほとんどを押さえた大大名でした。

豊臣時代になって毛利の版図はわずかに狭まりましたが、それでも中国地方の主人に変わりはなく、中心の広島に城を持っていました。

その大毛利が関ケ原では大軍を擁しながら、南宮山という山の頂《いただき》に登って、ついに一発の鉄砲も撃たずじまいでした。

毛利が動けば時代も変わったのかもしれませんが、毛利は石田ではだめだ、徳川だろうと、土壇場で考えてしまったのです。

終わってから毛利は幕府に頼みますね。おれのところは戦わなかったんだから勘弁してくれと。しかし、そんなに大きな大名をそのまま残せば禍根が残る、そう幕府は考えた。周防、長門の二国、いまの山口県一県に押し込めた。

百二十万石が三十六万石に減らされ、まず毛利は人員整理から始めなくてはなりませんでした。

毛利輝元の時代です。人のいい殿様で知られています。だいたい毛利の殿様は輝元以来明治維新まで、それほど目立って賢い人は出ていないようです。そのために下々が働きやすかったといわれるくらいなのです。

しかし、その輝元にしても幕府に泣きつき、もうやっていけない、大名もやめ、毛利家も解散するとまで言って申し出た。結局だめでたくさんの家来を連れて萩へ行きました。給料を払えない家来も多く、彼らは土着して、開墾百姓になっています。

ですから長州の武士は百姓をする人が多かった。そうでないと食えなかったのです。

吉田松陰の実家の杉家ではおかずに魚がつくのは一カ月に一度と決まっていました。毎月一日に出るのですが、家族はそれを拝んで食べたそうです。

松陰は教育を田んぼの畦道《あぜみち》で受けました。父や叔父が一畝《うね》耕している間、松陰は畦道で声を張り上げて読む。戻ってきて、いまのはそこが間違っていると教えてくれ、また耕しにいく。それが長州の侍の生活でした。

江戸時代の初期を過ぎますと、藩をあげて干拓事業が始まります。

長州藩は飯を食うために、ロウを採ったり、コウゾやミツマタを利用して紙をつくったりして、産業をおこした。

必死の努力が実り、幕末における長州藩は百万石の収入をあげていたそうです。もともとは三十六万石ですから、あとの六十万石余はまるまる藩に入ってきます。

これを無駄遣いしないで貯蓄していました。特別会計として積み立てられ、そのお金が全部、幕末における討幕資金として使われたのです。

幕末の公家は不思議な人々でした

よく幕末の時代劇で桂小五郎が祇園で飲んでいますね。桂は結局、幾松という芸者さんと所帯を持っています。長州はずいぶん祇園にお金を落としています。そのほかにも長州はたくさんの浪人を抱えていて、彼らを藩邸に入れたり、食わせたりもしました。

しかし最も重要なお金の使い道は、公家対策でした。

会津藩が京都守護職として京都の治安に責任を取らされている時代です。孝明天皇の強い信頼を受け、藩主の松平容保《かたもり》が懸命になっているときに、長州藩はややこしいことをする。公家に対する工作でした。

公家は不思議な人々でした。平安貴族のままのモラルしかなく、鎌倉時代の働き取りのモラルはもちろんありません。博物館的な存在として京都に住んでいて、お金をもらうことにはべつに罪悪感はありません。

三条実美《さねとみ》は明治になって太政大臣になっていますが、この人も長州系の公家です。三条さんの家は名家であり、三条さん自身も真面目な方ではあります。しかし三条家もたいへん貧しかったそうですね。

岩倉具視に至っては博徒に間貸ししてテラ銭を取っていたという話までありますから、幕末の公家は貧乏でした。

ところが長州が都に入ってくるころから公家は豊かな暮らしになっていきます。家来を呼び戻したり、新しく召し抱えたりしていて、そのお金は長州藩から出ていたようです。

さらに、このころから薩摩藩も大きなお金をまき始めています。

薩摩は琉球貿易や奄美のサトウキビなどでお金を儲け、それがまた京都の公家たちを抱き込む資金にずいぶん使われました。

それがなぜわかるかというと、明治の大財界人となった渋沢栄一が『徳川慶喜公伝』という本を書いています。

慶喜がまだ将軍になる前、徳川家を代表する宮廷外交官として京都で活躍していた時期がありました。

幕府方の公家もいたのですが、鳥羽伏見の戦いの少し前の段階で、みな薩摩方に行ってしまいます。

慶喜は怒りました。渋沢栄一によると、慶喜は弁舌さわやかな人だが、いったん言いだしたら、とことんまで言ってしまう人なのです。慶喜は公家たちにこう言いました。

「そんなにお金が欲しければ幕府も出しましょう。どうもあなた方はお金で転んでいるようだから」

公家の本質を慶喜は痛烈に批判し、罵倒したのですが、しかしどうしようもなかったのです。

薩摩のことを少し話します。

薩摩にとってもやはり関ケ原は原点でした。薩摩も大藩です。徳川方につきたかったのですがうまくいかず、なりゆきで石田方についてしまいました。毛利が二万人を動員したのに比べ、最初はわずかに二百人ほどで西軍に加わりました。

しかしその一報が国元に届くと、とにかく行かねばならぬと、田んぼで働いていた武士たちが、槍《やり》と鎧《よろい》をかついで薩摩から駆けだし、山陽道をひた走った。結局、関ケ原では千人ほどになったそうです。なかには家に武器を取りに戻るのが面倒なので、前を走っている男の武器を横取りし、

「おまえはおれの家に戻っておれの槍と鎧を使え」

と言って走った男もいたという。

この気風はどこの藩にもありません。どこか台湾の山岳民族でも見ているような感じです。

西郷隆盛は自分の国を自慢するとき、おれの国の侍の気風がいちばんいいと言っています。非常に素朴で、江戸侍のにおいがしない。非常に古い気質の人間集団であり、要するに薩摩武士とは、六百年前の鎌倉武士そのものといっていいでしょう。

関ケ原では島津もまた、全く動かなかった。そのうち一兵も動かさずに戦争は負けとなりました。退却することもできず、戦争終了後、徳川方の本陣に向かって薩摩は走り始めます。中央突破をする形で、前進退却をはかった。伊勢街道から伊賀を抜け、堺から船で帰ったのですが、生き残ったのはわずかに六十人ほどでした。

それ以後の江戸期二百七十年の間、薩摩では関ケ原の日に習わしができました。若者が古老の家に集まって、

「お話が聞きとうございます」

と言う。古老はよぼよぼの身ながら服装を整え、

「関ケ原と申しますのは」

そう語り始める。語り始めると古老はすぐに泣きだし、聞くほうも泣いてしまい、あまり詳しく話ができなかったそうです。

素朴な鎌倉武士道こそが薩摩という人間集団の基礎行動でした。

会津はどうでしょうか。

江戸末期、幕末の日本で強いのは薩摩と会津しかないといわれていました。そして結局は会津と薩摩を中心にした新政府軍の戦いになるのです。

会津と薩摩の違いは何でしょうか。

薩摩は鎌倉武士道を残そうとしてきた藩です。戦《いくさ》に強ければよい。主人のために忠義ならばいい。このふたつがあれば理屈は要らない。要するに教養水準は今の中学校程度もあれば十分だと。西郷隆盛だってそうです。

会津藩士が受ける平均的な教育水準に比べてみれば、おそらく西郷の受けた教育はかなり低いものでした。

会津は強いゆえに許されなかった

西郷が立派な本を読めるようになったのは、二度の島流しにあったときに勉強したためです。

そして、ある意味で西郷は会津人と似ていると、表現することもできます。

江戸期二百七十年の教養時代の教養とは、人間いかに生くべきかという生き死にの教養でもあります。

お酒でいいますと、この教養時代に仕込みをして、ねかせて醸造して酒ができる。それを蒸留してまたお酒にして、それをポトンと一滴落とした。

その一滴の酒が西郷です。

西郷は江戸の教養時代がなければ生まれてこないような人物であり、抽象的な感じの人間にできています。

なんとなく、とらえどころがないでしょう。

その行動も後藤又兵衛とか秀吉に比べてみるとわかりますが、なんとなく人間臭くないでしょう。その姿が江戸期の教養人の姿です。

会津にも小西郷がたくさんいたと思います。

形而上的に考え、行動する、江戸期以前にはいなかった日本人ですね。戦国武士から見れば不思議な日本人が江戸末期に出てきて、その最たるものが会津人でした。

西郷などの例外はありますが、中学程度の教養の薩摩人と、商売上手で合理的な長州人と、形而上的な思考力を持った会津人とが、幕末の困難な時代に残ったのです。

中途半端な藩はたくさんあります。

親藩の尾張藩や紀州藩、外様の金沢藩など、どうも印象に残りません。

特色のある薩摩、長州、会津の三藩が京都に集まり、いろいろな革命政略の結果、会津が負けになるのです。

歴史は繰り返すといいますが、薩摩と長州は関ケ原の借りを返すことになりました。それなら徳川家に返せばいいのに、実際に仇とされたのは結局、会津でした。

革命は帝王の命を奪うものです。

西郷、大久保は革命の中心人物で、革命意識も旺盛でした。大久保利通の書簡を見ると、徳川慶喜の命を奪うのが第一条件であると書いています。

新政府軍は大坂の鴻池といった金持ちからお金を出させて京都を出発し、途中、草鞋代《わらじ》も出ないような状況で江戸に向かった。その目的は慶喜の首をはねる、それ以外は何もありません。もしそうなっていれば会津若松は攻撃されずにすみ、私たちは昔の美しい鶴ケ城を見ることができたかもしれないのです。

しかし勝海舟という役者がいました。彼は時勢を見抜き、西軍に統一政府をつくらせようとします。幕臣から見れば裏切り者ですが、いわば見返りとして慶喜の命を守り抜くのです。

もともと二人の仲は悪いといってもいいのですが、海舟は慶喜に謝らせ、謝らせて、とうとう水戸、ついで静岡に引っ込めさせてしまう。

幕府だって戦えばまだわからない状況だったのですが、慶喜にはインテリの弱さがあったのでしょうね。

こうして革命の目標を失った新政府軍は、次の目標を会津に定め、兵を進めることになったのです。しかし松平容保は京都守護職として務めを果たしただけです。徳川家を代表する立場でもありません。

ただ会津はあまりに強かった。会津を倒せば、それで天下は新しい世の中になったのだ、変わったのだとわかるだろうと、それで会津の恭順は許さずに総攻撃をしたのです。

それまで強烈な佐幕派だった藩もありましたが、多くは寝返りました。

新政府軍はそれを全部許しましたが、長岡藩と会津藩だけは許していません。

特に会津を許してしまえば、戊辰戦争が何のための戦争なのか、さっぱりわからなくなってしまいます。

それが会津の悲劇になりました。

薩摩、長州を受けて立った、そしてある時期には凌駕していた会津藩は、江戸教養時代のシンボルのような藩でした。対する薩摩と長州は、江戸以前の何ごとかを引きずり続けた藩でした。

この特色のある三大人間集団が歴史のなかで、それぞれの役割を果たすことになったと、そう考えるより仕方がありません。

以上、私が申し上げたのは、会津にも薩摩、長州にも依怙贔屓《えこひいき》をせずに言えばこうだということであります。

一九七四年九月二十七日　福島県・会津若松市民会館　主催＝会津若松市第十三回市民文化祭

週刊誌と日本語

日本語の話し言葉ではなく、書き言葉について、日ごろ感じていることを申し上げてみたいと思います。

ひとつの民族は文化性を共有しているのですが、話し言葉としては方言がいっぱいあります。しかし、書き言葉はほぼひとつで、だれが書いてもその方法で書くなら、だいたいの文章はできるものです。

大久保彦左衛門が書いた文章に、『三河物語』という書物があります。

大久保家は徳川家に最初から仕えた家でして、そのわりには処遇に恵まれませんでした。本家の、小田原の兄貴の家などは一時とりつぶしのような形になったこともあります。

つまり非常に腹にすえかねて書いたのが『三河物語』でしたから、当時にあっては危険な本でした。徳川家康のことも、無学な人であったとか、ぼろぼろに書いてあります。

その文章を読んでいますと、明治以降の文法教育を受けたわれわれから見れば、もちろん文法の間違いがある。

しかし彦左衛門さん、一所懸命に自分の言いたい気持ちを言い得ていますので、感心したことがあります。

同時に不思議にも思いました。

どのようにして彦左衛門のような無学な戦国武者が、こういう文章を手に入れたのでしょうか。

つくづく眺めていまして、ふたつ手本があるように思いました。

江戸初期までに書かれた文章に影響があったのは、狂言と『太平記』だろうと思います。

戦国の末期から人々はいろいろな記録を残しています。播州で滅んだ別所家の例ですと、遺臣たちが別所家の滅んだいきさつを書いたものがありますが、その文体は彦左衛門の文章に似ています。

室町中期以降に日本中が混乱して、人々の往来が激しくなります。そのころの共通の話し言葉といえば、狂言言葉でした。室町時代から戦国・江戸時代にかけての人々は、よくこういいますね。

「さようでござります」

これは狂言がもとになっています。

そして室町時代に全国を席巻したのが、『平家物語』や『源平盛衰記』『太平記』でした。これら戦記物は語り物ではありますが、共通の書き言葉の成立には役立ちました。この文章規範にのっとれば、彦左衛門さんのような無学な人でも、文章が書けるようになったのではないかと考えたのです。

そう考えまして、明治・大正の文学、昭和初期の文学を思いますと、文章は非常に混乱しています。

国語の教科書に載っている、明治以後の文章を思い浮かべてください。漢文くずしもあります。欧文調のものもある。

それらは非常に貴いサンプルではありますが、ときに同じ日本語なのかなと思うほどに感じが違います。

そして概括してみれば、混乱の姿であります。明治になって、それまでの文章がご破算になり、それぞれの書き手が手づくりで文章をつくらねばならなくなった。それはわれわれが見落としていた、近代化の苦しみなのではないかと、私は考えるようになったのです。

いま私は『翔ぶが如く』という小説を毎日新聞に書いています。

明治十年（一八七七）の西南戦争がピークとなるのですが、政府軍の多くは徴兵されて出てきた百姓の兵隊でして、彼らは戦う相手の薩摩軍から見れば、実に無学で、だめな人間でした。

当時は士族社会です。

自由民権運動も士族の運動であり、百姓の参加をあまり考えていません。

士族だけが読書階級であり、知的な存在であり、国家と人類に責任を持つ存在なんだと、デモクラティックな人でもそう思っていました。

明治元年から明治十年までに士族の反乱を起こした人たちの視野にも、百姓の姿はありません。

当時、士族は三百万人もいました。国民の一割を占めていたのですが、あとの百姓は問題外でした。

兵隊にとられた百姓たちは、「鎮台《ちんだい》さん」とよばれていました。

西南戦争にかりだされた鎮台兵の、手記というか、五、六人の日記を人からもらいました。どれも二十歳そこそこの青年が書いたものです。

ところが、その文章が実にいい。

これが士族からばかにされている百姓の文章かと思うぐらいに立派でして、どこそこを出発し、瀬戸内海を船で運ばれているときの描写があったり、自分の感情も入れてですね、実に型どおりではありますが、堂々たるものです。

どういう教育を受けてきたんだろうと興味をもちまして、岐阜県の百姓家に生まれた二十歳すぎの青年の実家を調べてみますと、曾孫さんがいらっしゃった。

しかし、ひいおじいさんが大変に教育があったことなどは、全く伝わっていませんでした。ひいおじいさんは戦争が終わって兵隊の年季が終わりますと、村に帰って黙々と百姓をして、一生を終わった。

それだけの文章力を持った人が子孫に何の伝説も残さずに死んでいくのです。その程度のことは、その村の人は普通にできたのかもしれません。

当時はまだ小学校が開校したばかりでしたが、本願寺系のお寺があって、そこで村の子供たちは習っていたらしい。これが当時の日本の、明治初年の教育の状態でした。江戸中期以降の日本の初等教育のレベルは高かった。

おそらく世界でも有数だったと思うのです。

しかし、ちゃんと文章は書けますが、型どおりの文章ではあった。

そこから明治期の文人は脱皮をしなくてはなりません。

いまわたしたちが何げなく書いている文章は、先人たちが手づくりでつくったものを集大成したり、ヒントを得たり、あるいは模倣して書いている。先人の苦労は大変なものでした。

ご存じのように、偉大な人が二人いました。

おまえさんは電車で週刊誌を読め

夏目漱石と正岡子規です。二人の天才は、あらゆることを表現できる文章日本語をつくりだした。大町桂月に当時の炭鉱労働者の生活をルポルタージュしてもらうことはできないでしょう。泉鏡花にベトナム問題を論じてもらったり、アラブ世界に行ってルポルタージュしてもらうのは難しい。ところが漱石と子規ならばできる。大工道具でいいますと、ノミひとつの役割しかなかった泉鏡花の文章があり、カンナひとつの役割しかない大町桂月の文章があった時代に、漱石と子規の文章は万能の力がありました。よくもまあ、明治三十年代で完成したものだと思うのですが、しかし同時代人はそうは思わなかった。

彼らがそんなことをしたとは、だれも気づかなかったのでしょうか。彼らの文章は伝承されず、相続されなかった。漱石はまだ相続されたと思うのですが、子規にいたっては、世間の評価は、あれは俳句詠みか歌詠みだろうといったものでした。

ひとつの民族が共通の言葉を持つにはよほどの歳月が必要なんですね。

桂月も鏡花も、漱石も子規も、自分の手づくりの文章を世間に示し、世間がいろいろに反応します。それらをサンプルにして国語教育が行われ、子供の頭にしみこんだり、はねつけられたり、忘れられたり、そうして長い歳月の間の、文章の社会的経験を経て、共通のものができあがるのではないか。

こういう仮説を勝手につくりまして、フランス文学者の桑原武夫先生とお酒を飲んだとき、

「桑原さん、いまから僕の演説を聞いてくれ」

そう言ってこの壇上で申し上げているような話を聞いてもらいました。そのあとに、

「フランス語はいつ共通のものになったんですか」

と聞くと、桑原さんは熟考され、

「百五十年前ぐらいにできあがった。それはだれそれの文章である」

……酒の座でしたから、そのお話をよく覚えていないのです。

そのあとちょうど河盛好蔵《かわもりよしぞう》さんにお会いしたときに、同じことをうかがいますと、やはり同じことを言われた。

なるほど碩学というものは同じことを言うなと感心したことがあります。

その桑原さんの文学者としての、あるいは文学鑑賞者としての優れ方は比類がありません。明晰で論理的であり、最も特徴的なのは、桑原さんがお持ちの文学鑑賞の美学の幅が非常に広い。この美学も手づくりでつくられたものです。

例を挙げますと、初代の春団治の芸を、桑原さんは「芸術」だと言います。お書きにもなっています。

春団治の芸を見たことがない人が多いのですが、桑原さんは高等学校の学生のときに、大阪の道頓堀の寄席でお聞きになった。

春団治の話し方は、ぬめっとしていたそうです。ぬめっとしているかどうかが、芸術であるかないかの違いだと、桑原さんはおっしゃいます。

われわれの手も顔もぬめっとしています。猫を触れば体温もあり、いかにも生物の体を触っている

感じがします。このテーブルも木でできていて、かつて山に生えていた生物の感じがします。

ところが、コーヒー屋に入って何かそらぞらしい感じがするかと思えば、プラスチックの新建材でできていたりします。何か、私という生物がはねのけられる感じがしますね。そのプラスチックの壁とは、一緒に時間は過ごせない。その壁はぬめっとしていない。私たちに生物としての安堵感を与えてくれない。

つまり、それが芸術であるかどうかの判定基準であると。非常に優れた、信じたほうがいい鑑賞力だと、私は思ったことがあります。

西堀栄三郎さんという方がいます。

京都大学の教授も務めた、大変な学者です。探検家でもあり、南極越冬隊の隊長でもありました。桑原さんと西堀さんは高等学校が一緒です。南極探検から帰ってきて名声とみに高しという時期の話です。

西堀さんは優れた学者ですが、しかし文章をお書きにならない。

桑原さんはこう言った。

「だから、おまえさんはだめなんだ。自分の体験してきたことを文章に書かないというのは、非常によくない」

西堀さんはよく日本人が言いそうなせりふで答えたそうですね。

「おれは理系の人間だから、文章が苦手なんだ」

「文章に理系も文系もあるか」

「じゃ、どうすれば文章が書けるようになるんだ」

私は、この次に出た言葉が桑原武夫が言うからすごいと思うのです。

「おまえさんは電車の中で週刊誌を読め」

西堀さんはおたおたしたそうです。

「週刊誌を読んだことがない」

「『週刊朝日』でもなんでもいいから読め」

週刊誌の話になったのには理由があるんです。

私は桑原さんにこう言いました。

「共通の文章日本語ができそうな状況になったのは昭和二十五年ぐらいではないでしょうか」

これには非常にかぼそい根拠がありまして、昭和二十年代の終わりごろに批評家たちがしきりに似たことを言いだしていました。

「このごろの作家は同じようなことを書いている。変に文章技術はうまくなっているけれど、同じようなことばかりでつまらない」

しかし、私は逆に見ることもできると考えました。内容のつまらなさにアクセントをおかず、だれもが簡単に書いていることに驚きを感じたらどうだろうか。それができずに苦労していた時代もあったのですから。この時代に共通の日本語ができつつあったのではないかと桑原さんに言ったところ、桑原さんは言いました。

「週刊誌時代がはじまってからと違うやろか」

昭和三十二年から昭和三十五年にかけてぐらいではないかと言われるものですから、私も意外でした。

「週刊誌って?」

そうやって不思議な顔をしたものですから、さきほどの西堀さんの話になったのです。西堀さんのエピソードにきりをつけなきゃいけませんね。

それから西堀さんは一年間で、文章がちゃんと書けるようになられたそうであります。(笑い)

共通の日本語をみなでつくり出す

週刊誌はもともと大新聞社が発行していたものです。大新聞社ですから、記事が余ってもったいないじゃないかということになり、「週刊朝日」なり、「サンデー毎日」なりができたそうですね。戦争を経て、昭和三十年代になりますと、出版社の新潮社が、よせばいいのに週刊誌を出した。これは大変にカネのかかる、危急存亡にかかわる道楽だったと思うのですが、それが成功しました。するとほかの文藝春秋なども週刊誌を出し始め、大変な乱戦状態になった。老舗の新聞社も太平をきめこむわけにいかなくなり、いろいろ頑張った。一時期の激しい週刊誌時代がつくられることになりました。

私もそのころ、週刊誌というのは不思議なものだなと思っていました。

いまの週刊誌とは違い、昭和三十年代の週刊誌はまだ、天下国家を憂えるといった顔をしておりました。

電車の中で大学の先生も読んでいれば、学生も読んでいる。

国語の先生も読んでいれば、左官の仕事を修業中の青年も読んでいる。

週刊誌を読むという、ひとつの共通の場ができあがったんだなあと思ったことがあります。だれが読んでも読み方が違うということはなく、そこには週刊誌読者としての好奇心がある。平均化され、いわば馴らされたものがある。ちょっとレベルの高い週刊誌と低いレベルの週刊誌がありますが、当時はまずほぼ同じレベルの週刊誌がひしめいていたから、そう思ったのでしょう。

そのことを桑原さんもおっしゃった。

「週刊誌が共通の文章日本語をつくったことにいささかの貢献をしたのではないか」

その次に桑原さんは少し語弊のあることをおっしゃった。

「週刊誌に載っている作家の文章と、週刊誌のトップ記事の文章とは、似てきましたね」

そこには相互影響があるということなのでしょう。さらに、

「他の雑誌に載っている作家の文章も、週刊誌の文章に似てきましたね」

こういうことを言いますとですね、文芸批評家から、

「だからけしからん」

と言われることになります。

非常に広い心をもってこの問題を考えてみてください。こういう話を聞いてもらって、皆さんのなかでまた違う答えを出してほしいと思います。

共通の日本語というものを、国語の先生も、作家も、ジャーナリストも、みんなでつくりつつあるというのが、いまの私の認識であります。

最後に、正岡子規という天才にアクセントを置いて、申し上げます。

さっき控室で考えておりました。

子規の文章でいちばんいいものはなんだろうかと。

子規はなにより、事実についての認識力がつねに明快ですね。事実についての認識があいまいな文章にも、いいものはあります。しかし、いびつなものを愛する茶人好みのようなものであり、やはり事実に対する認識力こそが、文章の第一です。

日本人はリアリズムを失いがちな民族なんです。

日本人は、これは三角だ、円だと、無意味な議論をする民族でして、世界性というものがありません。

島国で、国境を感じることもなかったため、情報ということに鈍い。

情報はリアリズムですから、リアリズムを表現する技能が必要になります。西洋人の文章は、つねにリアリズムがあります。チャーチルの回顧録もそうですね。十八、九世紀の貴族や官吏、軍人が書いた旅行記や書簡文を見ても、つねにリアリズムがあります。

ムードだけで文章を書く国とはずいぶん違います。

私は子規のリアリズムを考えながら、文章について思うことがありました。文章とは、トゥルー（真実）を言うためにあると同時に、ファクト（事実）を言うためにある。

まずなによりファクトの表現力がないとだめなのです。

ファクトの表現力を子規はやかましく言い続けたのですが、その最もティピカル（典型的）な例を考えて、子規の墓誌の文章がいちばんいいと思いました。

子規自身が死ぬ前に、自分の一生を数行で書いた有名な文章がありますね。皆さん、最後まで読めばつまらないとお思いになるに違いありません。そんなつまらなさを子規もわかって書いた感じでもあります。

「正岡常規マタノ名ハ處之助マタノ名ハ升マタノ名ハ子規マタノ名ハ獺祭書屋主人マタノ名ハ竹ノ里人」

ここまで書く必要があるんでしょうか。七行のうち三行まで取っています。これが子規のリアリズムです。

「伊豫松山ニ生レ東京根岸ニ住ス。父隼太松山藩御馬廻加番タリ。卒ス」

死んじゃったんですね。

「母大原氏ニ養ハル、日本新聞社員タリ。明治三十□年□月□日没ス。享年三十□」

これだけは子規にもさすがにわからなかったんですな（笑い）。□はだれかに書いてもらおうとしたんですね。最後の締めくくりが、

「月給四十圓」（笑い）

私は碑文をこう読みます。

自分の本質については後世の人に任せよう。ただ自分はこんな人だとだけ書いた。ペンネームから幼名から全部書き、住んでいる場所も書き、父母のことも書き、日本新聞社員であったと書き、普通はこれだけでいいのに、月給四十円まで書いた。

この四十円がちょっとよいのです。

子規はお金に困った人でした。

子規をかわいがった人が、日本新聞社長で、大変な文章家である陸羯南《くがかつなん》であります。この人が子規の若いころにこう言いました。

「君は朝日新聞に移ったらどうだ。朝日なら給料はもっといいだろう。私のところは窮屈な、貧乏な新聞だから少ないけれど、朝日なら三十円は出るだろう」

子規が墓碑銘で書くリアリズム

自分の雇い主が世話をしてくれるのだから、朝日に行くこともできた。しかし、子規は答えた。

「死ぬまで私は日本新聞にいます」

若いころに移っていたら、最後には六十円ぐらいにはなっていたかもしれません。

しかし、死ぬときで四十円でした。

四十円という数字には、子規の生涯の喜びも悲しみも入っている。ずいぶん頑張ったんだという気持ちも入っているかもしれない。

子規に関心を持たない、知識のない人にこの墓碑銘を渡したところで、「何だ」と言うだけでしょう。

しかし、『子規全集』を読んだり、子規の伝記を読んでもらえば、この文章の格調の高さがわかってもらえるのではないでしょうか。

リアリズムとはこうだということを、彼は墓碑銘でまで示したような感じがします。

子規よりも漱石のほうが後世に与えた影響は大きいですね。

しかし、読み比べてみますと、子規の文章のほうがはるかに柔軟で、非常に透明度が高く、明晰でもある。国語解釈上の諸問題を出す余地がないくらいに明晰なのです。

そういう文章をわれわれは喜ばなくてはならない。わかりにくい文章を喜んではいけません。国語の教育者は、非常に難解な、偏頗《へんぱ》な過去の文章の解釈を喜ぶよりも、共通の文章語を教えなくてはなりませんね。先生方ご自身が考えていくことですね。

平易さと明晰さ、論理の明快さ。

そして情感がこもらなくてはなりません。絵画でも音楽でもそうですが、文章もひとつの快感の体系です。

不快感をもたらすような文章はよくありません。

例えば地理の教科書のための文章もあり、快感の対象ではありません。

しかし、それでもセンテンスがどこにあるかもわからないような文章ではよくありません。

子規の墓碑銘を思い出してください。子規の墓碑銘は、地理の教科書と同じような文章です。ここには素朴なリアリズムしかない。

彼はそれを狙った。同じような文章でありながら、そこにはたしかに快感の体系があるのです。

一九七五年十一月二十一日　松山市民会館大ホール　第四十九回全国大学国語教育学会

一九七六年（昭和五十一）―一九七九年（昭和五十四）

【一九七六年—一九七九年】
中国の毛沢東主席が死去（七六年九月）
中国で鄧小平副主席が復活（七七年七月）
エジプトとイスラエル間でキャンプデービッド合意（七八年九月）
イラン革命が起こる（七九年一月）
朴正熙・韓国大統領暗殺（七九年十月）

【司馬遼太郎五三歳—五六歳】
日本芸術院賞恩賜賞受賞（七六年四月）
オーストラリアに取材旅行（七六年四月）
東大阪市下小阪に転居（七九年八月）

●主な著書
『土地と日本人』（対談集・七六年八月）
『長安から北京へ』（七六年十月）
『木曜島の夜会』（七七年四月）
『対談　中国を考える』（陳舜臣氏との対談・七八年三月）
『日本人の内と外』（山崎正和氏との対談・七八年四月）
『日本語と日本人』（対談集・七八年十月）
『胡蝶の夢〈全五巻〉』（七九年七月—十一月）

土地問題を考える

私は小説を書いているものですから、日常的に自分の感想を理論化することを非常にいさめています。

ですから会議の役には立ちません。

具体的なことならわかるんですが、抽象化したり体系化する仕事は慣れていません。もともと機能がないうえに、未発達なのです。ところが、この「大阪都市文化会議」にどうしても出てこいと言われ、現在まったく無為無策のままに座っております。

先日、オーストラリアに行ってきました。なぜ行ったかもわからないぐらいに発作的に行ったんですが、オーストラリアは大変けっこうな国でした。

われわれは明治以来一生懸命に基幹産業をこしらえあげ、加工産業を育て、今日に至った。資源も何もない。やたらに人口が都市に集中した国です。

ところが、あちらは鉄をつくる会社もたいしてないようですが、大きな大陸に資源がたくさんある。あり余る資源を売って、千八百万人ほどがのんびり暮らしているように見えました。個々の収入も実際には日本人より上なんじゃないでしょうか。日本やドイツのようなインフレ国から製品を買うからインフレですが、それが賃金にちゃんとスライドするようですね。

皆のんびりしていました。

これほどストレスのない顔をした膨大な人々に出会ったのは、初めてじゃないでしょうか。どの町に行ってもストレスがないなという感じがしました。

そしてなかなか日本語熱が盛んなのに驚きました。日本語は中学校になると、ドイツ語やフランス語と同じように選択科目になっている。日本語は人気があると聞きました。日本に資源をたくさん売っている国ですから、父兄が勧めるらしいですね。小学校で教えている所までありました。

ですから、日本に来る若者が多い。

日本語を学んで東京に来て、新宿で遊んで帰るそうですね。

われわれから見ると、新宿は雑然としていて辟易《へきえき》する街なんですが、オーストラリアの青年にとっては楽しいらしい。

彼らはメルボルンとか、キャンベラとか、いかにも都市らしい都市、たいへん美しい都市に住んでいます。

ところが新宿という過密な町に来ると、道を歩いていてもどんどん人にぶつかるし、酔っぱらいがたくさんいて、そのへんでうずくまっている。

こんなすばらしい所がこの世にあったかと思うようですな。

喜びを感じて帰国し、熱に浮かされたように友達に伝え、「じゃあ、おれも行く」ということになる。

一種の「新宿熱」が、私が会ったオーストラリアの青年の間にはたしかにありました。オーストラリア人にはもともとそういうところがあります。非常に秩序正しい都市と美しい田園を持ちながら、わざわざ猥雑な世界に入っていきたがる。

人間とは、どこへ行ってもその場所に不満を持つものだと思いましたね。

私自身の話をしますと、私が住んでいるのは、なんでこんな所に住んでいるんだと言われそうな、本当の大阪の、いわば場末です。

戦前の場末には東京の月島でも深川でもちょっとした秩序があったのですが、私の所には秩序も何もない。

樹木もろくにない。

近鉄の「八戸ノ里《やえ》」という駅から南へ一キロほど下ったところです。同じ近鉄でも奈良の「学園前」だと、企業が一生懸命に地域づくりをしたため、非常にきれいな所となりました。

しかし私の所は明治以後に一種の都市化が進んだため、かえって手直しのしようがなくなってしまった。

戦後の農地解放はすばらしい改革だったのですが、一方で土地所有ということでいえば、日本人に変な怨念のようなものを植えつけてしまったような気がします。

それまでの日本人はだれかによって田地を耕させてもらっているという意識があったんです。むろん先祖代々の土地には違いはないが、おてんとう様が見てるといった意識が農民には二千年来、続いていた。

その意識が農地解放といった、上からの革命のおかげで崩れてしまった。おかげで、地球上の人間にもいろいろありますが、日本人はいちばん極端な土地所有欲を持ってしまった。

私の住んでいる所は、その土地への欲望が渦を巻いているような所です。まだところどころに空き地があって、ネギ畑や水田がわずかにある。聞いてみると、一坪四十万円だかの土地で、ネギをわずかにつくっている。ネギをつくっている人に、生産の喜びはありません。土地が値上がりするのを待っている間にネギをつくっているだけですから、これは農業とはいえません。生産についての荒廃、人間の荒廃そのものです。

そういう環境に私はいます。

もともとは布施市でしたが、いまは市会議員たちが決めたんでしょう、東大阪市という名前になっている。

土地問題が経済を荒らし回った

嫌な気分にもなるのですが、しかしこの町を大変に気に入ってもいます。

毎日一時間ずつ散歩をしています。

軽業のような散歩でありまして、ときどき自動車にひっかけられそうになります。一回だけですが、本当にひっかけられてもいます。

散歩をしていてほっとするのは、百戸ほど残っている旧村のあたりを歩くときです。周りをアメーバが分裂した、場末化した地域に囲まれつつも、ここだけは百姓の誇り、農村の誇りといったものが感じられます。自分たちのことを「村中」と呼んで、たいへん誇りに思っている。

ご存じのように、明治以前だと、家に欄間をつくるのにも、門を構えるのにも、しかるべき筋への挨拶が要りました。献金ですね。

明治維新によって四民平等となり、だれでも欄間をつくってよいし、門を構えていいことになった。その旧村のあたりは、あまり家屋の改造もしていません。格式のある村でもないのに、全部堂々たる庄屋屋敷のように並んでいる。これは明治維新のおかげですね。その秩序感覚は私どもの憩いとなっているのですが、しかしそれが残念なことに周辺の東大阪的、場末的都市化との間には何の機能も持っていません。

農村の誇りは感じられるのですが、旧村の人々も、もはや田地はほとんど持っていません。先祖の持っていた田地は宅地化していて、彼らは地主になって暮らしています。

少し大阪から離れます。

私の話は全部断片的でありまして、ここから抽象的ないい知恵を吸収してくださると思いますので、さらに続けていきます。

新潟県のある山の村の話です。

新潟地震がありましたね。

地震のあとに、その村の人が大挙して村を離れるという話を聞きました。被害にあったからではありません。

復旧作業のために国からお金が下り、山の村の人たちも復旧作業に携わって、いい賃金が出たようですね。

同時に新潟市に来て思ったことがあったのでしょう。映画館とか、いろいろな都市設備があるものですから、

「おれらは損をしていたな」

という気になった。

それまでは山の村で過不足なく暮らしてきたのに、復旧作業が終わったあとにほとんどの人が村を出て、かといってそのまま新潟市に出るのはちょっと怖い。結局、山から下りたところの小さな町に住みついてしまった。

山の村はどうしたかというと、ここには物好きな若い連中が入ってきて、そこで小作をしはじめた。廃田を耕し、水田の面倒を見て、村の管理までしていて、夜は中国語を勉強している。といって赤くも白くもない人たちなんですが、小作料はけっこう高い。借りている家の家賃も高い。

小作争議か、借家同盟の大騒ぎでも起こりそうなのに、小作志願の青年たちはそれもしない。不思議な時代ですね。都会の青年たちの農村への憧れが強いという、ひとつの例かもしれません。

さて、いま私は大阪という都市とその背景を考えるという、大変な会議に出てしまっています。

私は少しずつ土地の国有化を考える必要があると思っています。

日本はもうぎりぎりの状態にきている。つまり土地問題がわれわれの国民経済を荒らし回って、このままでは資本主義も成立しなくなってしまいます。

資本主義とは、物をこしらえて売って成立するもので、思惑で土地を買って儲けてするようなもの

ではない。

それらの跳ねっ返りがわれわれの経済を大混乱に陥れています。

せめて私が思っている百分の一でも、土地を公有にするとか、国有にすることができないかしらと思うのですが、そうはなかなかいきません。

私はだいたい世間に物を言えない人間ですから、世間に物を言うのが平気そうな人、例えば小田実さんをけしかけたんですが、

「そりゃええ」

と言うばかりで、ちっとも言ってくれません。

この間、野坂昭如さんにばったり会ってそれを言いますと、

「それは参議院選挙の泡沫候補の言いそうなことです」

と言う。

なるほど泡沫候補はこの手のスローガンを掲げておりますが、いまにそんなことを言っていられなくなります。

古い町並みを残したままに、例えば新しいロンドンやパリをつくることはできても、大阪市を新しくつくりなおすことなどできなくなります。

大阪市をどうするといった議論はとてもできません。

われわれはあまりに小さな土地に執着しすぎています。それが一種の経済行為だと思い込んでいます。こういう迷信が取り払われないかぎり、例えば大阪市のような猥雑な都市をどうすることもできません。

私にはいまそういう絶望感がたしかにあります。

江戸の町、東京は緑がきれいです。

大阪から東京へ行くと、ああこの町のほうがきれいだなという感じがします。昔の大名や旗本の屋敷がなんとなく残っていまして、その庭には樹木が植えられています。

都心部はビルばかりですが、丸の内から少し離れると、かなり緑は残っています。都市に緑がなければ、墓場かスラム街と同じであり、いかに立派なビルでも映えないものです。

大阪の場合、もともと淀川のデルタ地帯に無理やりに発達した町です。

都市設計があったのは船場だけであり、豊臣秀吉は船場を碁盤の目にして、掘割をつくって海から商品が入るようにした。船場の道路はみな狭いのですが、海から運ばれた商品は、その狭い道路で荷づくりをしたそうです。

逆に考えると、道路で荷づくりをするぐらいにお店の敷地が狭かったということにもなります。樹木なんか植えていられません。店の邪魔になる。

まして船場以外の島之内とか、天満とか、難波村や北野村などはもともと農村だったのですが、発展するにしたがってどんどん家屋が増え、そのときに木を切ってしまった。

つまり大阪は木を植える習慣のない町のまま、現在に至っています。私が住んでいる所の市長さんに言ったことがあります。

「木を植えなきゃいけませんよ」

するとと市長さんが答えたのには、

「どんどん植えているんですけど、抜かれちゃうんです」

街路樹を抜いてどこへ持っていくのか知りませんけど、不思議ですね。

大阪はわれわれの都市であり、すばらしい町にしようじゃないかという、かなり熱烈な市民運動でも起こさないかぎりは、みんなピンとこないところがありますね。

大阪中心部は士気が衰えている

ここにお集まりの方のなかに、何を言っているんだ、そんなことは大阪市民は百も承知なんだと思っている方がいるとしたら、そのお考えは絶対に間違っています。

少なくとも京都の人なら、町には秩序が必要なんだ、美観が大事なんだということを、市民の隅々が知っています。ところが京都から十三里、大阪へ淀川を下っていきますと、ここにはそういった市民意識、都市意識というものはあまりありません。

そういう人々が三百万人近く、周辺を含めますと八百万人も住んでいて、ここが嫌だという人はですね、芦屋に逃げていくんです。大阪市に住んでいるのはそれが平気な人ばかりです。

こんな町は日本中さがしてもありませんね。熊本や鹿児島には都市の意識がちゃんとあります。金沢にも長い城下町の伝統がある。

われわれだけが残っている。

そのわれわれに対し、都市は大事だぞと、まずキャンペーンをしなくてはならないのですから大変です。

私は今日の会議のなかのただ一人の「大阪土人」でありまして、どうしても発想が地面に接近するというか、地面にくっついてしまいます。

先ほど小松左京さん、山崎正和さんがおっしゃいましたね。

「都市は使うものだ」

私もそう思います。

かなり個人的な、私にとっての「都市」を考えてみますと、私が大阪に住んでいるのは使いやすいから住んでいる。自分の着古した洋服と同じで、非常に着やすくて使いやすいから他の都市に住まないんだと。どこで地下鉄に乗ればどこへ行くというのがわかっているから、当たり前のことですが住みやすい。

ところがこのごろ、それがわからなくなったんです。

私はサラリーマンではありませんから、大阪の中心部に通うことがない。近所の八百屋と同じように地域に定住していますので、大阪に新しくできた地下鉄や高速道路についていけなくなった。大阪の町に行くと戸惑うばかりで、要するに単に私は沿線に住んでいる人間ということになる。

先ほど言った場末の町を都市だと思っているところがあります。

私にとって「都市の復権」とは、要するに急行も止まらない、私の近所の復権ということになる。

これは理論的にはなかなか高まりません。

東京には、阿佐ケ谷のためなら命も要らないという人がいますな。

うまい飲み屋があるとか、菓子屋があるとか、阿佐ケ谷のちょっとした都市設備は大したものだとか、だいたい人情が違うとか。われわれが行きますと、べつにそうも思わないんですが、どうも阿佐ケ谷駅周辺の士気は高い。井伏鱒二さんの文章にも出てきますし、私の友人の女性でも、酔えば阿佐ケ谷となる人がいます。こういう感覚は東京ではよく発達していて、大阪ではあまり発達しなかった。しかし、このごろ、急行が止まらない私の駅の周りも、止まらない駅の良さが少しずつ出ています。

しかし中心部はどうでしょうか。

私は隠居部屋に入れられて、新しい夫婦の部屋には行けなくなった感じですね。御堂筋さえわかりません。ドナルド・キーンさんに御堂筋を案内してもらったぐらいです。

しかし十五、六年前の大阪と比べて現在の大阪がよくなっているかというと、そうでもありません。いまの宗右衛門町は、ネオンの色とか店構えとか、以前のほうが格段に美的センスがありました。駐車違反も多いですね。宗右衛門町は「大阪土人」の町だと思っているのですが、そうすると大阪土人の質は明らかに低下しています。

つまりわれわれの父親、祖父の時代よりも、都市生活者として質が低下し、士気が衰えている気がします。

宗右衛門町をきれいにしようという意識が、ここの住民にあるのかと、そんな気分になることさえあります。それでいて小さな競争ばかりをしている。

今日の会議はたいへん難しい話が多かったのですが、どのお話も大阪という軟体動物を相手にするには、少し高級すぎるという、感想を申し上げて終わりにします。

一九七六年六月三日　大阪市・大阪商工会議所国際会議ホール　「大阪都市文化会議」シンポジウム「都市の復権」第二セッション「都市とその背景」における講演　主催＝大阪商工会議所

『空海の風景』余話

日本という島国の向こうには太平洋が広がっているばかりです。

これまでこの国には外から人間や文化が一方的に入り込んでくるばかりで、逆に世界に対してお礼をしたことのない国であります。アメリカの占領軍が飛行機に付着させて持って帰っていったススキが現在繁殖して困っているそうですが、日本の文化がよそにいったのは、まあススキぐらいなのかもしれません。

こういう日本からは世界的な人物が出にくく、大文明は起こりにくい。

ですから日本の歴史のなかで出現した偉人はいずれも、「日本の」菅原道真であり、「日本の」源頼朝であり、「日本の」西郷隆盛であります。みな、「日本の」という接頭語がつく。

ところが一人、弘法大師だけは例外ですね。

彼だけが「人類の」空海です。

お大師さんの思想はアメリカであれ、アフリカであれ、どこへ行っても通用する。鎌倉時代のお祖師さんたち、親鸞や日蓮といった人々でさえ、日本の地理的な条件のなかでこそ通用する思想家ですが、弘法大師空海だけは珍しく世界観を持った思想家といえましょう。

この空海を書くのです。

『空海の風景』としてしか書けません。空海から現代までの千百数十年という時間の隔たりばかりではありません。

日本の歴史がこれまでに持った最大の巨人で、真理そのものといったところがある。とても小説の対象にはならないのです。空海という巨人の、衣の袖の塵埃《じんあい》だけでも最後に描ければというそれだけの目的で、私は書いてみることにしたのです。

私が昭和十八年の夏に高野山にのぼったときのことです。

学徒出陣の思い出にと、地図も持たずに二人の友達と約束し、吉野山から潮岬に向けて出発しました。

最初は昼間に歩き、夜に寝ていたのですが、とにかく暑い。夏の日差しを避けるため、途中からは昼間はどこかの小屋で寝させてもらって、夜通し歩くことにしました。そうしているうちに何日目かにどこでどう道を間違えたか、だんだん道が上りになっていった。夜中になって頂までのぼりつめてしまったら、そこに大都会が見えた。

電光がきらきら光って見えました。

深山幽谷に来て、こんな高い山の上になぜ都会があるのかと、実に驚きました。

これが高野山だったのです。ひょっとすると私は、空海が初めて高野山に来たときの道を上ったのかもしれません。

その美しさは格別のものでした。

それまでの数日間、人の通らない夜道を歩いて心が寂しくなっていたためでしょうか。本当に大都会に来たような、極端な言い方をすれば、天人たちの住むといわれる兜率天《とそつてん》の都に出てきたような夢心地になったのです。

空海はひょっとすると、ここに長安の都の一角を造って、若いころの留学の思い出をひそかに娯《たの》しまれていたのではないか、そう妄想したりもしました。そしていまもこの妄想は消えていないのです。

無事に帰れたら高野山大学に入ろうかと考えていたこともありましたが、もし実行していたら、『空海の風景』は書けなかったでしょうね。

戦争から帰ってきて、私は新聞社に入りました。京都支局の宗教担当というのが私の持ち場で、市内にある各宗派の本山を取材に回るようになりました。

空海について学び始めたのもそのころからです。智積院《ちしやくいん》に足を運び始めた昭和二十三年ごろからでしょうか。

昭和二十七年に高野山にのぼったときは、高野山大学の水原堯栄先生のもとに直行しました。水原先生は真言立川流の大家で、先生の本はいろいろ読んでいたのですが、これといった質問もせずに、世間話だけをうかがって帰ったことを懐かしく覚えています。

色の白い、本当に清らかな学僧であられたという印象だけが焼きついています。

そうこうする間に家内の両親が相次いで亡くなりました。住まいには仏壇がなかったものですから、家内の家の仏壇を引き取りまして、月に二回、お坊さんがお参りに来られるようになりました。

真言宗の名刹《めいさつ》のお坊さんです。

読まれるお経をよく聞いていますと、私が子供のころから聞いている真宗や浄土宗のお経とは全く趣が違うのです。それまでお経の節回しとは物悲しいものだと思っていた私にとって、天地の生命を謳歌するような、明朗で堂々たる読誦《どくじゅ》に接したことは、それまで思いもかけないことでした。

このことが、いよいよ私に空海への興味を本格的なものにしたようです。

それから私は『弘法大師全集』を少しずつ読み始め、空海への接近に努めるようになったのですが、ちょっとした病気にかかって入院することになりました。そこへお見舞いに来てくださった方がいます。

空海は神様です。感想も何もない

大阪生まれの東洋史の学者で、非常に科学的な考えを持っておられる方です。私は退屈しのぎに空海のことばかりを考えていたものですから、

「空海をどう思いますか」

と、その先生にお尋ねしました。

ご両親とも徳島のご出身というその先生の答えはこうでした。

「私のような四国の者にとってはお大師様は『神様』ですね。『どう思うか』ということはないんです。ただそれだけです」

どんな場合にでも理性を失いそうもない人文学者が、こと空海のことになると、

「神様だから感想も何もない」

とおっしゃる。それを聞いたときは、息をするのを忘れるような驚きがありました。

空海について書いてみようと思ったのは昭和四十年ごろです。

そのころ『坂の上の雲』を書いていたんですが、合間に空海の書いた四六駢儷体《しろくべんれい》の美しい漢文を見ていて、非常に精神衛生に役立ったんです。

『坂の上の雲』は日露戦争の戦況などを時間と場所を間違わずに書くという面倒な作業がつきまといます。だれそれが何年何月何日何時何分に、どういう拠点にいたかという些細な事実でも間違えれば、無意味になってしまう。こういう緊張が続くと、心がかさかさしてきます。ところが『弘法大師全集』のほうは、時間関係から解放された、いわば真実ばかりの世界です。『坂の上の雲』の執筆中はずっと、お大師さんのおかげで精神のバランスが保たれていましたね。

空海は讃岐国で生まれました。

誕生の地にはいま、善通寺が建っています。その故郷に、満濃池という大きな池があります。決壊に悩まされ続けた讃岐の国司が、唐から帰った空海に補修工事を頼みます。空海は見事な築堤工事を成し遂げ、住民を歓喜させたという有名な話があります。

私もそこへ行ってきました。

ダムのような池の上に立って空海のことを思いめぐらしているうちに、ふと気がついたことがあります。

この池と池の下方の田畑とは讃岐の佐伯氏の支配下の土地ではないか。

つまり空海の出身地ですね。

おそらく空海は幼少のころに遊びに来たはずです。季節になると、池畔のいたるところに多数の蛍をわかせ、夜の池を夢幻に彩ったに違いありません。よく知っている土地であり、歓喜させた民とは佐伯氏の影響下にある農民だということもできます。

空海は十八歳になると、京都にあった大学に入学しました。

大学といっても藤原氏の門閥大学のようなもので、藤原氏以外の子弟なら、途方もない秀才でないとパスしない。空海は、母方の叔父の阿刀大足《あとのおおたり》のもとで受験勉強をして、狭き門を突破して大学の明経科《みようぎよう》に入った。大学で語学を専攻した形跡もないのですが、入唐すると、話せたらしい。さらには中国人を驚かせるような名文を書くこともできた。天才ですね。

大学では人間の本質や宇宙の根本原理は教えてくれず、そういう方面のみに関心のあった空海は、いわば上っつらの学問を捨て、大学を中途で飛び出してしまいます。

消息を絶っていた空海は三十歳前後になって、留学僧のひとりとして遣唐使船に乗り込みます。

総勢二百人が四隻の船に分乗していくのですが、この団員のなかに最澄、のちの伝教大師もいました。

最澄はいわば東大総長ですね。

非常に身分の高い役人僧侶として、天皇や皇太子の潤沢な公費をもって入唐します。

これに対して、空海は僧階をもたない得度僧にすぎません。同乗のだれひとりとして、この無名の僧がのちの空海になるとは思わなかったでしょう。

途中で暴風雨にあって船団はちりぢりになり、空海の船は目的地よりもはるか南方の閩《びん》の地、いまの福州に漂着します。

ここで一行は罪人の扱いを受け、海岸の砂上に滞留させられてしまう。

それを救ったのが空海でした。

大使の藤原葛野麻呂《かどのまろ》から頼まれて唐の皇帝あてに書いた一文が、土地の役人を驚かせ、たちまち待遇は一変した。こうして空海は、長安に向かいます。

長安という言葉を耳にするだけで、私ども日本人は何かワクワクするところがありますね。

当時の長安は多民族が寄り集まってできた国際都市です。

空海は長安を想い高野山を開く

ちょうど現代アメリカが二十世紀文明の担い手となっているのと同じように、当時の世界で最大の文明都市でありました。

長安の繁華街には銀座のスタンドバーのようなところがあり、イランから来た青い目のホステス嬢がぶどう酒を注いでくれる。

白壁で緑の瓦の洋風教会も散在していました。これは景教といって、ネストリウスという人の流れをくむ、キリスト教の、異端とされた一派です。

また、イランで発生したゾロアスター教（拝火教）の教会もありました。

その祭礼では火を焚くそばで、女性がアクロバットのようなダンスを見せてくれる。

日本の奈良には当麻寺、長谷寺（真言宗豊山《ぶざん》派の本山）といった牡丹の名所がありますが、これはもともと長安のお寺のまねなんですね。

長安の人々が牡丹を熱狂的に愛でた名残でしょう。長安の都の華やいだ興奮が、日本の大和路の諸寺にいまも余韻を残している。

異民族であれ、才能のある人ならば官吏や偉い僧侶に抜擢され、直接、皇帝と話すこともできる。そういう長安で空海は一流スターとして、その才華が認められました。

空海は日本の歴史のなかでも最も芸術的才能の豊かな人であり、さまざまな方面に豊かな感受性を持った方でもあります。私は空海には、長安という街そのものがひとつの壮大な芸術品として感じられたのではないかと思っています。

二年という短期間で帰朝した空海は、請来目録だけを朝廷に提出し、あとは空海の評判が自然とふくれあがっていくのを待って、さっそうと登場します。名もない留学僧が持ち帰った「正密」という体系的密教を国に広めようとすれば、そういう舞台装置が必要だったのかもしれません。まあ、後世の小説家の妄想かもしれませんが。

小説家としての私の興味は、高野山で自身の教学を完成させるまでの空海にありました。教団ができれば、そこには流派ですとか、いろいろな争いが持ち上がるのは当然のことです。そういう開創以後のお大師さんについては、別の評論や小説、研究に受け持っていただくことになります。ところで、空海がその後の日本文化に果たされた功績は計り知れないほどに大きいのですが、ただひとつ日本人に悪い癖がついたなと思うことがあります。

不自由な「師承の伝統」です。

禅宗の印可よりも枠が狭く、先生から弟子は一歩も逸脱が許されない。

真言宗にはこういう伝統の雰囲気が生まれました。

数十年前の日本画壇のように、他門の塾生とは立ち話をしてもいけない、あるいは師匠の絵画には寸毫《すんごう》も異を唱えてはいけない、そういった不文律に展開していく。

こうして例えば空海の密教芸術は独立した職人の世界に閉じ込められてしまいました。

もっと極端にいいますと、空海自身が真理であり、毘盧遮那仏《びるしゃなぶつ》であるという正統真言密教の雰囲気が、学問、芸術面での自由な展開をおしとどめたのではないかというのが、私の気分にはあります。

さて空海は四十歳をすぎてから、プライベートなお寺として高野山をつくりました。

官寺ではなく、私寺です。

高野山は不思議な山でして、ちょうど牡丹の大きな花びらの真ん中の芯のようなところが高野山にあたります。その周りを蓮華の花びらのような山々が幾重にも取り囲んでいる。こういう地形の所に、後の堂塔伽藍がたちこめる宗教都市の素地をつくった。

真言密教というものは単なる「教義」ではなく、全身で表現したり、絵画や彫刻などの芸術で表現せざるを得ない。それにふさわしい堂塔伽藍をおこすのは当然でした。

その後、空海は東寺を下賜され、東寺を密教寺院にするために大改造を加えたりしているのですが、あくまで高野山に魂の行き所を定められた。

これはやはり青年時代の感受性を刺激した長安のイメージがあるのではないでしょうか。

いわばお大師さんの「空想」と日本思想史上に位置する空海の「思想」とは無縁でありますが、詩人の直観で、

「長安の都に似たものをつくることで、世界に通じる思想をここに据えておこう」

そう思ったのではないでしょうか。

長安の都では正月の数日間、すべての城門を開け放って都じゅうを光の海にする祭りがありました。偉い役人も、下っ端の役人も、「おまえ」「おれ」に戻る無礼講です。

玄宗皇帝のころに始まった祭典です。

空海が長安に着いてまもなくこの祭りに遭っているのですが、おそらく比類のない華やかさにびっくりしただろうと思います。

空海はこれを手本にして高野山の万灯会《まんどうえ》を始めたのではないか。私はずっと思っていたのですが、万灯会は奈良朝末期からすでに宮中行事として定着していたそうですね。私の想像は当たらなかったのですが、宮中ではすっかり途絶えているこのきらびやかな行事が、高野山にだけ綿々と今日まで伝わっているのであります。

高野山とは、陰々滅々とした仏教臭さというものはなく、生命と天地を謳歌し、太陽のように明るくいきいきとした生命のほとばしり出る真言密教の趣旨や思想の表れなのだと、考え直してみてください。

そうするとお大師さんが長安を偲ばれたのではないかとする私の妄想も、けっして冒瀆《ぼうとく》ではないと思うのであります。

真言密教は石の上に座るようなせせこましいものでも、死後の世界だけを考えるというようなものでもなく、本来は非常におおらかで、世界性を持った宗教なのではないかと、私のような素人は思うのであります。

一九七六年六月六日　和歌山県高野町・高野山大学松下講堂　高野山真言宗参与会設立総会特別講演

日本人と合理主義

静岡にせっかく来たものですから、静岡の話をしてみたいと思います。山梨県を含めて、東海地方というひとつの地域の中で考えてみたいと思います。

人間の知恵というのは、静岡のようないいところでは、なかなか発達しないものですね。われわれの日本社会は、弥生式の時代に、稲作が入ってきて、初めてできた。

稲作以前の、いわゆる縄文時代と言われているときの日本の社会というのはどんなものか、これはこれで考えてみるとおもしろいのですが、ともかく、いちおう日本の社会ができるのは稲作が入って以来です。

稲作にとって静岡はまことに適地であります。こういう適地では、容易には、知恵は発達しないんです。

山梨県というのはおもしろいところです。

静岡人にとっては、甲州の人というのはどこか油断ならなくて、どこかばかにしているところがあるでしょう。甲州から静岡の農家に働きに来るのは、江戸時代は普通でした。

「甲州の人間はちょっとおれたちよりも下なんだ」

と思いがちです。

しかし、そうではなくて、甲州は非常に土地が悪いですから、人間の知恵が発達した。だいたい鎌倉幕府の起こるころに、非常に発達したんです。

ご存じのように、甲州というのは山国で、川がことごとく急流です。ここでの稲作は、もみをまいて、苗床をつくって、稲ができるという具合にはいきません。石垣をつくらなきゃいけないわけです。そして、水をせきとめたり、水の流れを変えたり、いろんな工夫をしなければいけない。だから、日本の土木は甲州で発達したわけです。甲州の土木の発達は異常なぐらいであります。

今日のイメージでなく、過去に頭を持っていって、人間の知恵の中でいちばん大きな仕事は土木だったということにして、考えていただきたいと思います。

武田信玄の時代というのは、甲州が非常に華やかな時代ですが、それはひとり信玄が出たということだけではありません。

甲州人は土木の名人で、甲州の田んぼというものは隅々まで土木によってできあがっているわけです。甲州人というのは、だいたい土木ができたようです。

ですから、江戸の初期に、家康が佐渡の金山を開くときに、佐渡の金山を受け持った人は、いちばん上役の大久保長安から下っ端の役人に至るまで、甲州人でありました。

金《きん》は日本人を非常に変えました。

黄金というのは、日本では奈良朝のときでもぴんとこなかった金属です。世界の先進地帯では、黄金の価値はみんな知っていました。特に、中近東から西のヨーロッパにかけては、黄金は通貨でした。ところが日本の場合は、江戸体制が滅びるまで、本当の意味での通貨はお米だったというのは、皆さんご存じのとおりです。お侍は百石取りとか、五十石取りとか、お大名は七十万石とか、全部お米です。お米が実際の通貨であって、黄金については、一生見ずに終わるという人のほうが多いくらいでした。

全く黄金の音痴の国でありました。

わざわざ黄金と言っているのは——コガネと言ってもいいんですけれども——日本語で金と書いてカネと読んで、金属全部を指したりするからです。それくらいあいまいな言葉なんですね。ぴんとこなかったという証拠でもあります。

とにかく、徳川家康が佐渡の金山を開くまでの間、日本人には金はぴんとこないものでした。飛鳥時代のちょっと前、欽明天皇のときに、百済から仏像がやってきた、仏教がやってきたということになっています。そのときの『日本書紀』の文章が非常におもしろくて、

「異国の仏の顔はきらきらし」

金メッキしてあるわけです。それで、日本人はショックを受ける。

それまで日本には、埴輪のようなものしかなかったわけでしょう。これはまことに無邪気なものでありますす。それが、ギリシャ彫刻とまではいきませんが、とにかく仏様が人の形をしているというだけで、ショックを受けた。それで仏教に入ったわけであります。

その仏様が金メッキしてある。

金だということは、むろん当時の日本人は知っています。なぜ知っているかというと、新羅にはずいぶん金が出る。朝鮮人はどういうわけか、金が好きです。朝鮮系と思われる古墳の出土品で、よく金無垢《きんむく》のイヤリングだとかが出てきますね。全く金だけの冠だとか、いまの感覚から言えば、非常にあくの強い感じのするものがあります。

これは韓国特有の現象で、中国でもあまりない。中国は、最高の価値を、金に置かずに玉《ぎょく》に置いた国ですから。玉は簡単に言うと大理石の上等なもの。「金殿玉楼《きんでんぎょくろう》」と言いますが、玉がいちばん上で、その次に金とか銀とかがあったわけです。

ヨーロッパはだいたい金ですね。

ヨーロッパの中でも、金をありがたがった民族に、南ロシアに紀元前三世紀ぐらいに出てきたスキタイがあります。

スキタイというのは、遊牧を発明した民族です。馬に乗るということを、紀元前三世紀ごろにスキタイが発明して、遊牧のシステムも発明した。遊牧というのは、古い産業だと思われますが、人類の歴史からいったら非常にモダンな産業だったわけです。

それまで、馬というものは乗るものじゃないと思われていたんです。馬の背中に人間が乗って走り回るというのは、大変な発明でした。ずっと後にコロンブスがアメリカ大陸を発見したとき、スペイン人が馬に乗っているのを見て、インディアンがびっくり仰天しました。「人と馬とが一体になっているお化けじゃないか」と。

このスキタイが、非常に金が好きだった。いまでも南ロシアのスキタイの出土品は金が多い。ベルトのバックルはじめ、いろんな道具が金です。この金の好きな民族が、中央アジア、もしくは北アジアを通って、朝鮮半島に影響しているんだろう。古代朝鮮半島のゴールド好きというのは、そういうわけだろうと思います。

ところが日本はそうではなかった。

金というのは、もともと川や山に転がっているものであって、鉱石を採って金にするということまでは、なかなか人知は至りませんでした。古代朝鮮半島の金好きというのも、川なんかにある粒状の金、砂状の金を拾ってきた。そういうものがある、見たことがあるという程度が、六世紀ぐらいまでの日本人の感覚で、金には鈍感だったわけです。

それで、

「異国の仏の顔はきらきらし」

とびっくりした。

びっくりした次は仏をつくらなきゃいけない、つくるには金が必要だというので、輸入していたんですね。

奈良の大仏さんができるころ、陸奥の国から金が出たというので、『日本書紀』にたしか、こんな文句があります。

「金というのは異国のものだと思っていたけれども、我が国にも出た」

平安朝のころでも、金が登場するのは、せいぜい末期の平家のころに、お経を金の文字で書いた程度。ご存じの『平家納経』ぐらいでした。鎌倉に入りますと、いよいよ金と関係がなくなる。黒っぽい感じの彫刻がたくさんあります。

ですから、金というのは、通貨にはならなかった。

貨幣が中世的価値を崩壊させた

それが、通貨になり始めるのは、西洋人に教えられたからです。

室町時代というのは大貿易時代で、ここから様子が変わります。スペイン人とか、あるいはその前にアラビア人とかが航海を始めて、大航海時代を起こすわけですが、それが南中国の港々に来て商売を始める。ところがそこでは、なかなか金が手に入らない。日本に行けばいいだろうというので、日本人を巻き込んでしまう。

この間、朝鮮人が巻き込まれていないのは、もう朝鮮には金がなかったんでしょう。

室町時代というのは、世界史に日本が登場する重要な時代です。室町時代でもって日本は成立するといっていいほどです。

細々したことを言うと、どの家でも日本座敷があれば床の間がありますが、室町時代からです。数寄屋普請の建て方も、室町の大工が発明したのをいまだに踏襲している。お座敷に壁を塗ることを聚楽と言ったりして、非常に品のいいものですが、これも室町から始まる。どうも中国の影響のようですね。それから、家の外壁に白壁を塗るというのも。お能が始まるのも。文章を、お公家さんだけでなくて、普通の人間が書き始めるのも。あらゆるものが室町時代になって出てくる。

門閥が破壊されるのも、室町時代ですね。律令時代、つまり奈良・平安朝のころからこちら、鎌倉を通してみな氏素性だけで人間が成立していましたが、室町からがたがたに崩れる。

貨幣が登場するからです。

貨幣は、普通は銅です。ご存じのように一文銭で、永楽銭は明から輸入している。造幣局を外国に持ったというのは、非常にのんびりした国でありますけれども。

永楽銭は、他の商品でも買いますが、金《きん》で買うことが多かった。だから、日本の砂金はずいぶんそのころに流出して、それにつられてスペイン人、ポルトガル人がやってくる。いよいよ日本は大貿易時代、大航海時代に入る。日本の生活文化が沸騰して、貨幣というものがひとつの日本人の価値の基準になっていく。

貨幣が門閥を否定し、中世のいろんな雰囲気を否定する最大の要素になっていきます。いずれにしても、室町時代が中世の伝統をがたがたにしたわけで、でなければ、豊臣秀吉のような人間が天下人になるということが容認されるはずがありません。秀吉の場合、もちろん門閥などというものとは関係ない。あるのは才能だけですね。中世的な、いわゆる封建体制と言いますか、貨幣と関係のない政治体制の中では、才能なんか関係なかったわけです。

この貨幣の時代の重要な要素をなす黄金は、なお砂金、自然金の状態で採集していましたが、戦国の割拠時代になりますと、この辺には今川義元がいて、ここで初めて大判ができたという説があります。駿河大判ですね。とにかく、金《きん》の貨幣が日本の歴史で初めて登場するのが静岡県です。

戦国時代も鉄砲が入るまでは、大名は飯をかっこんでいればそれでいいんだという、お米経済であります。ところが、鉄砲が入ってきて、全国に広がる。しかしこの鉄砲はお米で買うわけにいかなくて、金何両で買わなければならない。独断かもしれませんが、金で買わなきゃいけない商品が出てくるのは、鉄砲の登場からです。

鉄砲を生産および販売していたのは堺です。今川なり、武田なりが堺の商人に、

「鉄砲を百丁よこせ」

と言ったら、

「じゃあ、黄金三千両であります」

ということになる。堺の商人がお米をもらってもしようがない。ポルトガル人や、イスパニア人や、中国人と商売をして、決済はゴールドでするわけですから。

ところが、そうそう現金のある国はない。そこで登場するのが武田信玄です。信玄が金鉱の開発をやる。砂金の状態だけでなくて、鉱石をかき取って、あるいは掘り取って、精錬する。

それには大変な土木が必要ですね。

山をくり抜く。くり抜くと水が出てくるので、排水もしなきゃいけない。排水するためにはトンネルを掘らなきゃいけない。大変な土木建築の能力が必要です。

甲州のように土地が悪いということがここで幸いするわけで、人間というのはうまくできたものです。甲州人は、全員と言っていいほどに土木関係者だったわけです。そして、全員と言っていいほどに、金鉱を掘る能力を持っていた。

信玄はそうやってずいぶん金を手に入れて、鉄砲に換えた。堺の商人は、その金をポルトガル人やイスパニア人に払う。彼らはそれを喜んで本国に送る。日本の金というのは、戦国の鉄砲伝来以後、ものすごい勢いで外に出ていってしまったわけです。

日本の金山とか銀山とかというのは、だいたい戦国の中期以後に開かれたわけで、それは諸大名が争って開発したものです。駿河にも、武田信玄側の版図に入っていたようなところに、金山《かなやま》というところがありますが、それも大きな金山だった。

やがて秀吉の天下になります。

秀吉が天下統一したときに、こういう文章があります。太田牛一という秀吉の右筆のようなことをしていた人の文章です。

「秀吉公というのは大変運のいい人で、天下をお取りになると、日本国中の山川、山野から金が湧くように出た」

たしかにそうですが、そんなにうまい話はないわけで、戦国の諸勢力が、一所懸命金を掘り出してはつたない技術で精錬していて、やっとうまくいったころに秀吉が天下を取って、徹底的に押さえてしまったわけです。

信長、秀吉には、土木の感覚はやや少なかった。

他の戦国大名のほうが努力していて、その結果を取っていったわけです。

しかし、普通の政権ならば、金や銀には鈍感だったところです。

足利政権はさほどの関心がなかった。金閣寺というのがあるくらいですから、まあ、あることはありました。かといって、金山や銀山を開いたりするところまではいかなかった。秀吉はそれを全部押さえたというのは、これはおもしろい政権でありまして、貿易の政権だったわけであります。

話は変わりますが、歴史的にみて日本の政権は、お米を基盤としている政権と、お金を基盤している政権との二つがあります。

お金とは貿易のことです。

その先覚者は平清盛ですね。貿易でもって政権を維持しようとしました。

ですから、清盛は福原遷都をする。福原というのは、ご存じのようにいまの神戸のことです。神戸を貿易港にして、その貿易で飯を食おうと思った。けれども、時代がそこまでいっていなかった。清盛はちょっと先走って倒れてしまった。

源氏は、お米の政権でした。

さっき申し上げたように、鎌倉時代の彫刻というのも黒っぽくて、金銀と関係ない。鎌倉政権そのものも貿易をやろうとは思わない。お米だけで、百姓の上に成立した、非常に内向的な政権です。この政権が倒れて、室町幕府が政権を取ります。さっき言ったように大航海時代が始まっていますから、足利政権は貿易の政権でありますが、不徹底でした。

徹底的な貿易政権になったのは、秀吉が戦国をおさめて政権を取ってからです。その後に続いた家康の場合は、お米の政権ですね。つまり日本の歴史は、お金の政権とお米の政権がずっと交代しているような歴史であります。

大坂城に残った金が徳川幕府を支えた

秀吉の直轄領というのは二百二十万石ぐらいしかありませんでした。加賀の前田さんの二倍にすぎません。秀吉の筆頭大名の徳川家康が、この東海地方から関東に移ったときに、やはり二百二十万石ぐらいです。その程度の秀吉にあれだけの栄華ができたのは、けっして無理をしたわけではなくて、外貨を獲得していたからですね。

秀吉に貿易政権のヒントを与えたのは、むろん織田信長です。

戦国期の尾張というのは、非常にきらびやかな条件がありました。東国と上方との間にあって、ちょうどそこを通らなきゃいけない場所であったし、濃尾平野というものが海に向かってどんどん広がっていった。

どういう勢力がやっていたのか、尾張では干拓事業ばっかりしていました。信長が生まれる前から、山の土をどんどん運んできては海にぼちゃんと投げ入れて、陸地をつくって田んぼにしてしまうということをしていた。これは非常に重要なことですね。つまり、それだけの大人数を抱えて干拓地をつくる、農民の金主と言いますか、ブルジョワジーが成立していたわけです。

これは、商人の感覚です。田んぼを耕すのはお百姓ですが、田んぼを増やそうというときには、必ず大きな商人が出てきて、冬場、暇な百姓を集めて労働させる。その間の労賃を保証する勢力がないと、干拓のような事業はできない。つまり商人、それも相当大規模な商人の世界が、どうも尾張平野には存在していたらしい。

そういう、商人の影響が信長の思考法にはあり、秀吉の思考法にもあります。信長、秀吉は、まず取引します。

「こっち方についたら、いかにおまえさんは得か」

「つかなければやっつけるぞ」

そういう取引で天下を平定した人たちです。

その信長が、これからの首都は海に面していなきゃだめだ、その海もただの海じゃなくて、港湾に面していなきゃだめだと考えます。つまり、平清盛が福原に遷都した感覚が、初めて生きたのは信長でした。

そのヒントは、秀吉に受け継がれます。秀吉が山崎合戦で明智光秀を討ったときに、すでに大坂城を着工しています。大坂城も港湾を押さえるためのものです。

大坂城ほどの大きな城をつくるとなると、どれだけの人間が搾取されたかと考えてしまいますが、じつはちっとも搾取されていないんですね。労働には全部、対価を支払っているわけです。

それまでは、ちょっとしたお城をつくるのでも、百姓をただ働きさせて、ずいぶん泣かせたものだろうと思うんです。

けれども、大坂城の場合は違いました。これは宣教師の手紙なんかに出ているんですが、あの辺の百姓に、たしか一升だかの日当を払った。一升もらえるのなら、ダイコンの種まきはおふくろに任せておいて、自分は労働に出ればそれだけ得です。喜んで人が集まってきた。それで大坂城はあっという間にできあがったわけです。これは商人の感覚であり、濃尾平野を干拓した農村のブルジョワジーの感覚でもあります。

これは、尾張人以外には、当時思いつかなかったことだろうと思うんです。そういう具合にして、わずか二百二十万石の直轄領の上にあれだけの大政権ができあがった。そして貿易の決済には金銀が必要ですから、全国の金銀の鉱山を押さえてしまった。

大坂城が落城したときに、考えられないほどの金が、なおあったといいます。数字ははっきり覚えていませんけれども、七十五万両とか。両というのはひとつの目方ですが、目方にまだなっていない、インゴットのままの金もたくさんあったと言います。

これを家康が接収して、徳川幕府の初期は、この金で支えたわけです。この金がなくなり、かつ佐渡の金山の力がなくなったころに徳川幕府が衰えたと言われていますね。

何にしても、家康は、秀吉が死んだ翌々年に関ケ原の戦をやって天下を取りますが、さっそく、佐渡金山を開く。その金山には主として甲州人を送る。親方の大久保長安は、武田信玄の能役者の子供だったと言われていますが、そういう氏素性定かでない人物を、大久保石見守《いわみのかみ》というようなお大名待遇にして、金を採らせた。

佐渡金山がどんどん金を出していたときに、日本の金産額は世界で三番目とは下らなかったろうと言われています。小葉田《こばた》淳《あつし》という鉱山のことを専門に研究なさった人の説ですが、おそらくそうだったろうと思います。

こうして見てくると、自分の国とか、他の国とかということの姿が、大筋として見えてくるような感じがしますね。

商品経済なしに成立し得ない合理主義

貨幣が登場する室町時代、そして圧倒的な形で貨幣経済——商品経済と言ってもいいんですが——が営まれる江戸時代というものがなければ、日本の今日というものはないわけですね。

日本と、中国・朝鮮・ベトナムその他のアジアの国々と比べて違ったところをひとつ挙げろともし問われれば、中世の末期に合理主義が成立していた国だということが言えると思うんです。

合理主義と簡単に言いますが、人間は合理主義がなくて非条理に暮らしていた歴史が長い。ヨーロッパの中世もそうです。神様というものがあり、王様の権力があって、非常に非合理に暮らしておった。中国も儒教という、どうもよくわからない生活宗教のようなものでできあがっていました。

日本はそういう大きな思想が入ってこなかった。仏教も切れっ端が入っているだけで、システムとしては入ってこなかった。日本は、回教とか、キリスト教とか、儒教とか、点としては入っても面としては入ってこなかったところであるという説明もできますが、事実として、中世末期の室町時代には、すでに合理主義というものが成立しつつあったというところが特徴的だと思います。

織田信長は思想家ではなくて、行動者にすぎないんですが、彼が明晰な無神論者であったということはっきりしています。

宣教師なんかも書いているし、信長の文章を見てもわかります。そのような存在は、合理主義の成立した社会というものを除いて考えられません。無神論者である彼を社会が容認していたわけですから。

合理主義の定義は難しいんですが、要するに、物を見る目が、厳密なリアリズムで成立しているということです。三角は三角、円は円と見る目が、合理主義ですね。その合理主義は、商品経済がつくりあげる。商品経済のないところでは合理主義はできあがらないんです。

「この商品は同じ商品なのに、こっち側のほうが百円高い」

これはリアリズムであります。

「こっち側の目方のほうが五グラム重い、これはおかしいじゃないか」

「あの商品は一年使っても壊れないのに、こっち側は三月で壊れる、これはおかしいじゃないか」

と見る目です。

合理主義の精神は、あとで学問になったり、社会の体制をつき崩したりしていくものですが、この精神をできあがらせるのは、非常に簡単なことで、商品経済である。これは洋の東西問わずに、議論の余地のないことです。例えば、ヨーロッパに、教会だけで支配された、古代以来の生産形態を保ってきた自給自足の農村があるとして、そこでは合理主義が成立しない。

一般論で言えば、商品経済は、合理主義と個人の確立とをつくります。日本は明治になってもなかなか個人の確立はできませんでしたが、それはヨーロッパに比べての話です。アジアの他地域と比べると、室町時代ぐらいから日本的な意味で、個人は確立され始めているような感じがします。

平安時代の人々というのは、なんだか顔に目鼻がないような感じで、区別がつかない。貴族も個性がないみたいな感じですね。

ところが、室町以後の人は、目鼻立ちがはっきりしていて、非常に個性的です。例えば、家康とはどんな人か、あるいは秀吉、信長はどんな人かというのを、皆さん、はっきりとそこにいるように区別できる。室町以後、商品経済ができあがることによって、人間が個別的になっていくからじゃないかと思うんです。

ヨーロッパ風とまではいきませんが、アジアの他の地域から見れば個人がいる感じがする。それが日本歴史のひとつの特徴です。

江戸期に芽生えたリアリズムの精神

江戸も中期にさしかかるころに、不思議な思想が出てきます。それは、物をそのままで見ようという思想です。荻生徂徠《おぎゅうそらい》といった漢学者が、実証的に物を考え、実証的に物を論ずる。あるいは、新井白石などは、いまの人文科学者のほうがまだ不明晰じゃないかと思われるぐらい、明晰であります。

一方、中国、朝鮮の学者は非常に観念的です。物をそのままの姿で見なくて、こうあるべきだという議論から始めるわけです。

「いや、あれは三角ですが」

「いや、そうじゃないんだ、円であるべきなんだ」

という不思議な議論がそのまま居座っているのが、なお中国、朝鮮です。朱子学ですね。日本でも徳川家が、どういうつもりかは知りませんけれども朱子学を採用しました。しかしその中にあって徂徠のような人が出てきて、

「そうじゃないんだ、物をそのままで認識すべきだ」

と考えた。これは商品経済が室町から続いているおかげです。こういう学者は本場の中国でも半世紀遅れくらいでないと出てきません。つまりそれ以前の学問は、朝鮮でも、日本でも、中国でも、モラルのものであって、学問と言えなかった。始めたのは徂徠からであります。

とすると、荻生徂徠だけが天才なのかというと、同時代にたくさんいるわけですね。大分の国東半島に三浦梅園という世界的な科学思想家が現れるのもこの時期ですし、東北の八戸の町医者だったらしいという謎の人物で、安藤昌益という、マルクス以前のマルクスのような人が現れるのもこの時期です。本居宣長《もとおりのりなが》もやはり実証主義の精神の中の一人です。

山脇東洋という京都の医者も不思議な一人ですね。京都の御所——御所と言っても貧乏なものでありますが——のお医者でした。オランダ医学はまだ入っていないころです。

この山脇東洋という人が、アジアにおいて、最初に人体の解剖をした人だろうと思います。これは室町から続いてきた合理主義が、学問の世界に入り込んだひとつのあらわれだと思うんです。

当時、漢方医も、解剖の図というものを、みな持っていました。私も見ましたが、変な図なんです。

五臓六腑《ごぞうろっぷ》を漫画のようにかいてあります。「五臓六腑」というのは、漢方の言葉でありますですね。冬の寒いときに、きゅっと熱燗を飲んだときなど、「五臓六腑にしみわたる」なんてことを言います。しかし、

「五臓六腑って、どれと、どれだ」

といっても、漢方ではっきりしてないんです。漢方は経験的にできあがった医術ですから、体を開く必要はなかったと言えばなかったんですけれども。

漢方医がみな持っていたあいまいな解剖図は、中国から渡来したものを写し写ししたものです。中国でいつの時代にそれができたのかと言うと、非常な古代です。ただ、明の時代に、一人、中国人の漢方医が解剖をしてみたいと皇帝に願い出て、囚人の解剖をしました。山脇東洋よりもずっと以前のことです。本当はアジアでも山脇東洋以前に例があるわけです。

ところが、解剖医が、腑分《ふわ》けをして眺めてみると、大事なものとして伝わっている五臓六腑の図と、ずいぶん違うわけです。その医者は困りまして、

「こいつは悪いことをしたやつだからこうなんだろう。正しいのは先祖代々伝わってきた、五臓六腑だ」

と考えてしまった。解剖された人は死罪人でしたから。

結局、五臓六腑の図は修正されませんでした。

つまり、中世以前の人間の精神にとって、リアリズムは敵なんです。ヨーロッパのカトリックでもそうですが、観念が最も大事な真理なのです。現実の臓腑を見てみて、違うという、現実の恐ろしさというものに目をつぶるというのが、リアリズムでない時代であります。

要するに日本の江戸中期までは、とにかく解剖はそういう、五臓六腑の図であります。

山脇東洋は、

「どうもこれ、違うんじゃないか」

と若いときから思っています。人の話では、カワウソは人体に似ているというので、若いときから、カワウソの解剖ばかりをしていた。東洋のころにはカワウソがそんなにたくさんいたんですな。でも、カワウソと人間とはやっぱり違うだろうと。それで、五十歳近くになって、京都の所司代に頼んで、内密に刑死人の死体解剖をさせてもらったわけです。

そのときに、全く中国の伝来したものと違うので、山脇東洋は小躍りして喜んで、

「前からおかしい、おかしいと思っていたことは本当だった。この現実の死体が本当の正しい人体である」

と言って、詳しい報告書を書きます。

何にしても、こういう精神が出てきたというのは、アジアの他の地域とは違うところです。もっとも、リアリズムというものは、三角は三角だと言える偉大なる人にして初めてできるので、われわれのような気の弱い人間にはなかなか勇気の要ることであります。

素朴なリアリズムが起こった第一期は室町時代、つまり貨幣経済が起こって初めて室町の門閥体制が崩されてしまったとき。第二期が江戸中期の学問の世界に出てきた、本居宣長、荻生徂徠、新井白石、山脇東洋、三浦梅園、あるいは安藤昌益といったような人たちの時代です。

宝暦年間（一七五一～六四）は、この精神が火を噴いたような時代でした。ところが、やっぱり地下水のように入っていくんでしょうか。幕末になると、水戸イデオロギーというのが、また出てきた。

これは大変な観念論でできあがっている。本当のリアリズムというのが怖いわけです。リアリズムがいかに怖いか。例えば、安藤昌益という人は、

「将軍も、大名も、侍も、全部泥棒だ」

と言った人です。

東北地方は、日本海側は古代から開けていましたが、太平洋岸は遅れていた。船の交通は日本海のほうが古くから発達していて、太平洋の荒波は、戦国時代、江戸時代程度のお船ではなかなか乗り越えて行けなかった。

この太平洋岸の南部、いまの岩手県に、船が行き出したのは元禄時代からなんです。それ以前の南部藩のお百姓は、弥生式時代とあまり変わらない生産形態で、のどかに暮らしていたわけです。ところが、船が行くようになると、商品経済というものが大量にやってきた。

社会の変化というものは徐々にであって初めて無害なんですね。日本の高度成長のように、いっぺんにくると、大公害が起こります。それと同じです。南部藩には、室町時代から蓄積した日本の商品経済の能力が、太平洋航路を伝わっていっぺんにやってきた。

商人は全員と言っていいんですが、古着を持っていった。当時、古着というのは値段の高いものでした。大きな藩のご家老の奥さんも古着を買うのが普通でした。江戸とか大坂、京都での古着を、近江商人などが集めて太平洋航路に乗って、南部に行って売りつける。それで産をなして、今度は百姓に金を貸しつける。百姓はつい借りてしまう。田地をカタに借りて、返せないので、結局とられてしまう。そうすると、たちまち古着屋が大地主になってしまう。

藩はその大地主から税金をとればいいだけですから、かえって楽になるんですが、百姓たちは全部、

小作人というよりも奴隷になってしまうわけです。

他の日本の地域、例えば静岡県の人はそんな話を聞いても、

「それ、どこの国の話だ」

というぐらいののんびりした時期のときに、南部藩は一時に商品経済が広まったために、地獄になった。安藤昌益という町医がその時期の八戸にいたわけです。

変化がいっぺんにきたものだから、ちょうど土地の断層の図を見るように、世の中の仕組みがわかってしまったんですね。なぜ太古以来、自分の田んぼを耕してきた人が奴隷になったかということを見る。そして、

「将軍、大名、商人、全部泥棒である、これは全部追っ払わなきゃいけない、農民だけが正しい人間だ」

という特別な理論ができあがる。

当時そんなことを言えばさらし首になりますから、ついに彼は名前もはっきりせず、どこで死んだのかもはっきりせずに死にます。

リアリズムというものは恐ろしいもので、安藤昌益はついに黙って死んでしまった。書くだけ書いて。

観念論が社会をめちゃくちゃにする

徳川中期にできあがったリアリズムも、なかなか政治の表に出てこなくて、代わって風靡し始めた

のは幕末の尊王攘夷です。朱子学というのは要するに、その王朝は正統であるか正統でないかという、非常に愚劣な議論が大事。それからもうひとつは外国人はすべて敵だという、そういう思想であります。

ご存じのように、宋という帝国が北方の異民族に——さっきスキタイのところで言った遊牧民族が、まだそのころは活躍していて——圧迫されて、揚子江（長江）以南に逃げた先で王朝をつくる。そこでできあがったのが朱子学です。だから尊王攘夷。「王」は漢民族の王であり、「夷」は遊牧民族。

それが直輸入されて、日本の水戸学になった。せっかく民衆の中にまでしみ込んだリアリズムが、政治の世界に通用せずに、そのまま明治の国家になってしまいます。

私は一九二三年生まれで、戦前の教育を受けたわけですが、戦前の国定教科書は全部水戸学による歴史です。後醍醐天皇がどうだとか楠木正成がどうだとかいうことばっかり言っている、つまらない歴史で、観念論です。

リアリズムというものがいかに大事で、いかに観念論を振りかざしている支配勢力にとって恐ろしいものであったかということを、ここから向こうは皆様に考えていただかなければいけないんであります。

われわれ日本人は、ひょっとすると、二十一世紀になると、世界のだれも助けてくれないような重要な役割をするかもしれない民族になると思うのです。われわれはそのときに変な観念にとりつかれなくて、ずっしりとしたリアリズムを持たなければならない。せっかく十四世紀ぐらいから持ち続けてきたリアリズムというものを、精度のいいものにしなきゃいけないんじゃないか。

私は、三角の形を円だと言っている人たちが、非常に嫌いなんです。戦時中から嫌いで、戦後も似たような人がたくさんいて、これはみんなわれわれの社会をめちゃくちゃにする人たちだと思う心が、割合に強い。

リアリズムというと西洋人の哲学者とか芸術家の名前が出ます。しかし、日本におけるリアリズムというのはどういう伝統があり、われわれはどの部分で自信を持っていいかということを、本当はもっとしゃべりたいんですが……。さらに文学とか、あるいは他の分野でのリアリズムの成立をお話ししたいんですが……。

でも、それはひょっとすると皆さんのほうがよく知っていらっしゃるかもしれないという、ずるい口上を述べまして、終わりたいと思います。

一九七七年二月二十五日　静岡公会堂　新潮文化講演会　新潮カセット講演『司馬遼太郎が語る　第五集』から

世間について

たいしてお話しすることもないんですが、けさがた題名を考えまして、「世間について」ということにしました。思いついたままに申し上げます。

私の三十年来の友人で、一度小説に書いた人物がいます。彼は鹿児島県の田舎に住んでいて、焼き物をやっています。

薩摩焼の宗家であります。

豊臣秀吉が朝鮮を侵略したとき、やはり不器用な人がいたんですね。逃げ遅れてしまい、捕まって日本に連れてこられ、薩摩で焼き物をやらされることになった。

そのまま島津の殿様の財政の何割かを背負っていくことになるのですが、私の友人はその十四代目にあたる男で、沈寿官といいます。

彼は、ひょっとすると朝鮮半島にいる朝鮮人よりも、生粋の朝鮮人なのかもしれません。

薩摩焼を仕事とする村の人々は江戸時代、士族の待遇を受けていました。明治以後は田中とか松田とか東郷とか、そういう名字になりましたが、かつては朴さん、金さん、李さんばかりでした。これは士分の待遇をしつつ、朝鮮名を残せという、島津の殿様の命令があったためですね。

西郷さんの「私学校の乱」には薩摩の士族が一万二千人ほど参加していますが、焼き物の村からも参加している人がいます。村全体が士族の待遇を受ける郷士ですから、村の子弟も五十人ばかりが出ていきました。

従軍した人の名簿を見ますと、金さん、李さんといった朝鮮名があります。この村の人たちですね。明治になってから日本名になりましたが、その村の中から昭和になって、一人の人物が出ています。外務大臣というのは難しい仕事のようですね。明治時代に陸奥宗光が出て、小村寿太郎が出て、それでおしまいといわれているほどなのですが、その後ただ一人、敗戦のときの外務大臣で東郷茂徳という人物がいました。

最後は戦犯になってしまいましたが、非常に優れた人で、この人はこの村の出身でした。本当は朴さんという名前なのですが、明治になって東郷という名前に変わったのです。

つまり沈寿官の村は、朝鮮の風がよく残っている所なのです。

沈寿官という男もそうですね。

彼にも日本名はあるのですが、本人の好みがあって使いません。

そして薩摩っぽであります。

だいたい薩摩の国には既成のイメージがあると思います。つまり、人間は潔くて男らしくて、日本人の中の日本人であると。実際はどうでしょうか。そういう人もいますが、そうでない人もいる。少なくなっているようにも思います。

いま鹿児島に行っても、これは薩摩人だという感じを受ける人に、なかなか会えません。そのイメージはつくりあげたものですね。

つまり、戦国末期から幕末までの間に、島津藩が武士教育を徹底させてつくりあげた。そういう人間の風土があり、いわば薩摩人は生まれたときから生涯教育を受けてきたことになる。藩がつくりあげたものなのですから、いまはそういう風土がなくなってきつつあるとしても、私は当たり前のことだと思います。

目に見えない世間が沈寿官を薩摩隼人にした

そしていま、福岡のテレビでもラジオでも、薩摩の代表的な人物というと、この沈寿官の名前が出てくることが多い。これはおもしろいですね。

沈寿官はもう五十いくつになっています。申し上げたように、朝鮮の南原城というところにいた先祖が島津家に捕まって日本に連れてこられた十四代目なのですが、沈寿官自身は鹿児島県立二中に入り、戦前のことですから、

「おまえは朝鮮人の子孫だろう」

といじめられた。ですから身を守らなくてはなりません。けんかをしても負けないように、柔道で体を鍛えた。

そうして薩摩隼人らしく、一所懸命に自分を教育してきた。そのために非常にユーモラスなことに、

自己教育によって、かつての薩摩隼人そっくりの人間ができあがったわけであります。

そして気質として薩摩の代表的な人物はだれかといえば、ほとんどの鹿児島の人が、

「それは沈寿官さんでしょう」

と言う。沈寿官は明るい人なんですが、差別でたいへん苦労した。そして一所懸命、薩摩の世間の中で自分をつくりあげてきたわけです。

この人が住んでいる村は、いまでも先祖が住みついたころのままの美しい村ですが、私はたまたま行ったことがあります。須田剋太という画家と行ったのですが、辞去した後に須田さんが言っていました。

「西郷さんというのは、ああいう人なんでしょうね」

沈寿官について、私は初めてそういう感想を聞きましたが、なるほど県外の人から見れば、西郷さんのようにも見えるらしい。薩摩という無形の、目に見えない世間が、沈寿官という人間を薩摩隼人につくりあげたということなのでしょう。

さて、沈寿官はむろん焼き物の名人であります。いまから五、六年前に中東からトルコ、ヨーロッパと焼き物の旅をしたことがあります。

イスタンブールへ向かう列車に乗ったところ、四人掛けの個室で非常に険悪な人相のアラビア人三人と同席することになってしまった。

お前は日本人かと聞かれて、沈寿官は「そうだ」と答えると、アラビア人たちはさらに聞いてきます。

「日本人はどういう宗教を信じているのか」

仏教だと答えたのですが、

「うそだろう」

と言う。

いちおう私の場合は、宗旨は「浄土真宗」ということになっていますが、私自身は何を信心しているというわけでもありませんし、沈寿官だって似たようなものだと思います。ですから沈寿官も、そんな意味で日本人は仏教だと答えたのですが、

「じゃあバイブルを持っているか」

ということになった。

持っていないと言うと、さらに攻めてくる。

「バイブルも持たずに宗教といえるか」

べつに宗教家の三人組ではないんです。本当はなんだかんだと言って、沈寿官から何かを巻き上げようとしているにすぎないならず者であり、彼らがコーランを持っていたかどうかも怪しい。ところが時間になったんでしょうね、その悪いやつらが床に這いつくばってお祈りを始めた。お祈りが終わると、またいろいろ言い始める。宗教論争をふっかけながら、沈寿官の時計か何かを狙っている。

しまいに首を絞めにきたものですから、沈寿官はもう仕方がないと思って投げ飛ばしたそうです。たしか彼は柔道三段だったと思います。すると彼らの態度がいっぺんに変わって、そのまま何事もなく汽車はイスタンブールに着いたそうです。

この話を沈寿官にさせると実に抱腹絶倒なのですが、私ではそこまではいかない。そのくらい薩摩

人の特長であるところのユーモアを、彼は持っている。

少し沈寿官、薩摩から離れます。

ヨーロッパ、中国、朝鮮、インド、それから先ほど登場したイスラムなどに共通し、どうも日本人には無縁のシステムについてです。

要するに世界中の人類というものは「飼い馴らし」のシステムの中にある。それには基本的な考え方が根底にあると私は思っています。つまり人間というものは猛獣のようなものであり、放っておけば個人間で、あるいは部族、国の間で食い合いをしてしまう、ついには絶滅してしまうのではないかという考え方ですね。

ヨーロッパのように人類としては筋骨、知能すべてが他地域よりも優れているように見える連中が集まったところでもそうです。

人間はどうやって生きるのか、どのように隣人と暮らしていけるのかということを考え、飼い馴らしのシステムとしてキリスト教が登場し、ヨーロッパにいちおうの安定をつくりあげたのではないでしょうか。

この飼い馴らしのシステムという言葉を普遍的な思想という言葉に置き換えてもいいのですが、普遍的な思想なしには生きられないと思っている人々が実に多いのです。ざっと地球上の九割はそうではないかと思います。

中国の場合、紀元前にはいろいろな思想が生まれましたが、前漢の武帝のころには儒教が圧倒的な勢いとなり、これを国家が吸い上げ、ごく最近まではこれでもって人間を飼い馴らしてきたわけであります。

日本は朝鮮半島と違い普遍的な思想が定着しない

そして毛沢東さんが新しい中国をおこすために新しいシステムが必要となり、マルクス・レーニズム、要するに毛沢東思想が全土を安定させた。

いまはそれほどでもありませんが、一時期『毛語録』が中国でやたらに読まれた時代がありました。林彪などは殺されたような最期を遂げましたが、死ぬ前まで、集会があると『毛語録』を振り回して自分の席に着いたものです。

日本人から見ればなんとも珍妙な風景であり、私などはやりきれない気持ちになって、貝塚茂樹さんに言ったことがあります。

「中国人は好きなのですが、あの『毛語録』ばかり読んでいるのはかなわんですな」

すると貝塚さんが言われました。

「だって『論語』を二千年も読んできた人たちなんですから」

なるほど二千年も『論語』、すなわち孔子語録を読んできた人たちにとって、毛沢東さんが登場し、もう今日から何も読まなくていいという状態は、不安定な感じがするのかもしれません。

その代わりをくれといって出たのが『毛語録』なのだろうと、そのころ私はそんなふうに理解し、いまでもそう思っています。

つまり空白になるのが怖い。

どのようにして隣人と結びつき、どのようにして国家や社会と結びついていくのかを教えてくれる聖書のようなもの、行動、思想の基準になるものが必要なのだろう。そしてそれは法律にも優先するようなものなのだろうと理解したわけです。

インドもそうですね。

インド教（ヒンズー教）というものがほぼ全土を覆っていますが、輪廻《りんね》転生《てんしょう》がその基本にあります。これは仏教の後に来たものであり、仏教とは血縁にあるものですが、人は生き返り、生まれ変わっていくものだという考え方がまずあります。

その考え方によれば、私は前世は猫だったかもしれません。ネズミなんかをよく捕るいい猫だったために、人間に生まれ変わったのかもしれない。

インド人はどうやら本当にそう思っているようですね。

インドにはカーストという重要な問題がありますが、差別反対という運動は盛り上がらず、カーストを全廃するというような革命運動も起こらない。

なぜかというと、いまは悪いカーストに生まれている人でもこう思っているのだと思います。来世は王様のカーストに生まれ変わるんだと。ですから貧しい人でもお布施をします。

つまり、そうやって努力していればいいことがある。浅草の観音様の前を通れば十円のお賽銭をあげているんだということですね。

ここに政治が介入するのは難しいことです。

革命、差別反対という政治が、生きていくうえで最も重要で神聖な問題に介入することはないという考え方が、インドの隅々にまであるらしい。

つまりインド人はそういう考え方によって、人間になっているわけです。

朝鮮の場合は、儒教があります。

朝鮮というのは歴史的な、地理的な呼称として言っているのですが、現実に韓国にしても、金日成主義の北朝鮮にしても、どう見ても朱子学のにおいがあります。

韓国の場合は近代的な民法を持ってはいますが、儒教そのものであります。ソウルのどんなに悪い政治家でも、海千山千の実業家でも、父親の前でたばこを吸う人はいないといわれている。われわれは平気で吸っていますが。

もうひとつ、儒教の大きな特徴として、結婚の問題があります。

われわれの国では、いとこ同士の結婚もありますね。しかし韓国ではありえない話であります。『古事記』や『日本書紀』のころにまで話を戻しますと、貴族の間では妹さえも恋愛の対象になっていたりしますし、平安朝の貴族たちの多くは血族結婚です。農民も自分の田んぼや畑がややこしくなるのを嫌い、同族間の結婚が多かった。朝鮮人にこの話をすると、今でも身震いするほど嫌がりますが、それも無理はありません。

朝鮮人の場合、「同姓は娶《めと》らず」という儒教の教えを守っています。

朝鮮には金さんという人が多く、八百万人ぐらいはいるかもしれません。

そして金さんの本貫、ルーツをたどれば四種類に分けられるそうです。慶州の金、どこそこの金という具合で、区別がしっかりとある。

ですから、ソウルの街角で若い人たちが、お互いに恋愛が始まりそうだと感じたときには、「あなたはどこの金ですか」と聞く。相手が別の金だということになると、そこで初めて恋愛がスタートする。

韓国に三百万といわれる慶州の金同士で結婚した例は、いまだにないと聞いています。同じ血族だと思っているから結婚しないのですが、これは儒教という観念からきているわけで、リアリズムがそこにあるというわけではない。

韓国も二十世紀の半ばには近代国家となり、その民法はもとをただせばヨーロッパからきています。フランス革命の産物ですね。

韓国の民法にも結婚の規定はあり、それがヨーロッパのものとそれほど違うとも思えないのですが、やはりお国柄なのでしょう。

おそらく十親等以内の結婚はよくないと思われてきたようで、それが七親等ぐらいになったと聞いたことがありますが、いずれにせよ、儒教というものは韓国に非常に強く生き続けている。北朝鮮の場合は人づてに聞いているだけでよくわかりませんが、やはり同姓同士の結婚はないらしい。

朝鮮半島の人々と私たちとは顔も似ていますし、考え方もよく似ています。さらにほんの少し前まで、悪しき日本帝国主義によって朝鮮は植民地になっていた。そのため、現在も日本には六十万もの朝鮮人が、われわれの仲間として存在しているのに、これだけ彼我では違います。

人間は人類共通の思想によって飼い馴らされなければ人間になれない、それ以外の人間は、姿は人間でも獣なのだと思っている。古代以来の考え方のなかに、朝鮮人も非常に濃厚にあることがよくわかります。

沈寿官をいじめようとしたアラビア人たちも時間がくればお祈りを始めました。そのイスラム教についてですが、イスラム教は世界中に信者がいて、東南アジアにも信者が非常に多い。

東南アジアという所は、ほんの百年ほど前には村落社会があっただけのところであり、広域社会は成立していなかった。

だいたい自然の豊かな所です。自然の恵みに寄りかかって食べていけるため、せいぜい村単位で自給自足をしていけばよかった。自給自足といえば何か頑張っている感じがありますが、そうではなくて、バナナなどを採っていれば食べていけた。

ところがいろいろな国がやってきて、植民地にされたり、商品経済に組み込まれたりしているうちに、社会が広くならざるをえなかった。

例えばインドネシアを考えてみればわかりますが、もともと広大な国土があり、たくさんの島に分かれている。自然のままに生きているならばいいのですが、島々、そして国家として人々が関係を結ぶ必要ができた場合、システムが必要となります。いわば自然の要求から大宗教を輸入したのでしょう。

いま東南アジアには多くのイスラム教徒がいて、イスラム教が広域社会の基礎の役割を果たしている。要するにイスラム教もまた、地球上の何割かを占める人々を飼い馴らす思想のひとつなのです。

しかし、日本はどうでしょうか。

日本にはそういう普遍的な思想がほとんど入らなかった、そして定着することがなかった国であります。仏教が入ったではないかという声が聞こえてきそうですが、このへんは難しいところですね。

日本には、むろん仏教があります。

偉大な僧侶はたくさん出ていて、鎌倉期には非常に日本的な仏教が成立しています。

しかし仏教というものは、この世を仮の世だとしているところがありますね。極端な話ですが、仏教を突きつめていくと、インド人にでもなるしかない。

例えば法隆寺や薬師寺があります。しかし、これはシステムとしての仏教が入ってきたというより、〝効き目〟として入ってきています。

法隆寺に参ったらどうなるとか、薬師寺に参ったらどうなるとか、つまり栄養剤やビタミンのように、われわれの先祖はとらえたようですね。

そう考えていくと、われわれは飼い馴らしのシステムというものを受け入れたことがあるのだろうかと思うのです。

例えば儒教もそうですね。

われわれは儒教を飼い馴らしのシステムとして受け入れたのではなく、漢文として受け入れた。そして、江戸時代はずいぶん勉強をしています。日本人の識字率は、江戸中期以降はおそらく世界一だろうと思います。簡単な漢文なら読めるという人はたくさんいた。これは儒教のおかげでもあります。

しかし、システムとして受け入れたわけではない。

もともと儒教はシステムそのものであり、村落社会のいわば血液の中に入ったものです。ですから中国、朝鮮では、結婚式、葬式、年長者や父親、村落の長とのつきあいなどは、すべて儒教的にやらなければなりません。ところが日本の場合、それはありませんね。

それでは日本人は、世界の人類の中にありながら、思想というものを必要としなかった民族なのでしょうか。

明治以降に西洋の学問が入ってきて、学校を砦にして、それが文明とされてきたわけです。高等学校でも大学でも西洋の思想方法が尊ばれ、そして〝思想〟という言葉が非常に深遠な言葉として受け取られてきました。いまでも〝思想〟という言葉を聞けば、日本のインテリたちは襟を正すわけであります。

しかし思想というものは、要するに飼い馴らしのシステムがその原形なのです。イスラム教、キリスト教、ユダヤ教、ヒンズー教、儒教といったものがその原形ですね。

〝飼い馴らし〟などと悪い言葉を使って言っていますが、私はなるべく日常語を使いたいと思うものですから、一見、野卑な言葉を使います。使いますが、高い意味にとっていただきたいと思います。

そしていま、あるいはかつてでもいいですが、そういう原形が社会の地盤の中にあったかどうか、疑わしい国が日本である。

飼い馴らしシステムの代わりに〝世間〟があった

そういう日本にあって思想が定着するものでしょうか。

哲学でいえば、トマス・アクィナスなどが出て、やがてヘーゲルが出現する。あるいはマルクスになっていく。

日本はその果実だけですね。

つまりヘーゲルならヘーゲルといった果実だけを、われわれは国家の最高の知的機関で学んできただけであり、もちろん飼い馴らしのシステムなどにはなりませんでした。

では、われわれが『聖書』の代わりにしてきたものは何かといえば、〝世間〟であります。

世間が許さない、世間にみっともないということになる。

九州の人で、息子さんが赤軍派に入ってどこかで派手なことをした。新聞に書き立てられ、そのお父さんが平伏している写真が出ていました。

「世間に申し訳ない」

と言い、お父さんもお母さんも自殺でもしかねないほどでした。お気の毒でしたが、それくらい世間というものがあるらしい。

世間という言葉は、どうも日本だけの言葉であるようです。

これは仏教の言葉から出ているのですが、日本語の中に溶け込みました。日本人の社会生活のなかで、重要な、魔力といっていいほどの力を持っています。この世間というものは、外国人に説明しがたいものであります。

説明しがたいものだということで、私の講演は終わるつもりでいます。

世間とは何ぞやという解剖をするつもりもありません。それは皆さんにお任せするつもりであって、ただ最近になって私にも、これは世間というものらしいなと、わかってきたことがいくつかあります。

私はいま朝日新聞に『胡蝶の夢』という小説を書いています。

これは江戸末期の身分制度を副主題にしています。江戸時代は非常な身分社会であり、われわれはまだその後を追っている。そう考えて一所懸命書いているのですが、その小説の三人の主人公のうち、ひとり変わった人が出てきています。

佐渡の百姓出身の男なんですが、この男の姓が私と同じで、司馬といいます。司馬凌海ですね。

なんとなく書きにくいものですから、通称の伊之助という名前だけで書いています。

この男は語学の天才であります。

幕末でドイツ人の顔も見たことがないと思うのですが、どういうわけだかドイツ語ができる。オランダ語は幕末にあっては基本的な外国語でしたから、もちろんできる。英語もフランス語も、ラテン語までできるんです。

いったい、だれに習ったんでしょうね。切れっ端を見ただけでもわかるのかしらと思ったりします。二十歳前後から天才とうたわれたのですが、しかしこの人はあまり世間に合わないところがありました。

人とつきあえない。はじき出されてしまう。

幕末には長崎の医学校にいたのですが、結局はじき出されて佐渡へ帰ってしまう。しかし、明治初年に急に東京大学医学部がドイツ式でやるということが決まり、伊之助の運命も変わります。ドイツからホフマン、ミュルレルという二人の先生を呼ぶことになりましたが、日本にはドイツ語のできる人間がほとんどいませんでした。

陸軍の主計局に一人と、後に東大総長になった加藤弘之さんがいる程度らしい。加藤さんは幕末にドイツ語を習っていたのですが、加藤さんにしても当時はそれほど堪能ではなかった。

そこでドイツ語ができる人間ということで伊之助が見いだされ、東京大学の医学部にあって教授になります。

当時の教授は一等と二等があったのですが、その一等教授になった。通訳のために教授になったのです。

彼は大酒飲みでもありました。

前の晩に彼が飲みすぎてしまうと、学校を休みます。すると教授と学生たちは立ち往生してしまい、講義にならなかったそうですね。

そのミュルレルさんが伊之助にこう言ったことがあります。

「あなたのドイツ語はすばらしい。私の家内はフランス人であり、結婚してもう二十年になるが、とてもあなたのようにドイツ語を話すことはできない。あなたはドイツのどこに住んでおられたのか」

もちろん伊之助はドイツに行ったことなどありません。それぐらいに不思議な天才だったのですが、結局、彼は東京大学も出てしまう。そして最後は若死にするのですが、その彼が幕末の一時期に、平戸に旅行をしています。

九州の北のほうに平戸島があり、ここは平戸藩というひとつの藩になっていました。七万石ほどの小さな、しかし学問の盛んな藩でした。

この藩の藩医が長崎の医学所で勉強したことがあり、伊之助の語学力にずいぶん助けられた。それで伊之助を気に入り、ぜひ養子になってくれと言う。

そうすると伊之助は国元の許可も得ずに、勝手に養子になってしまう。赤ちゃんもできる。伊之助にしては幸せな時代だったかもしれません。

そこへ彼を育てた百姓の祖父がやってくる。幕末でも佐渡から平戸まで行く交通があったんですね。

祖父は孫を取り返しにきたのです。

藩の重役たちに会い、伊之助を連れて帰りたいと願い出る。

祖父は百姓で、伊之助の養父となった人は平戸藩の藩医です。普通ならば喜ぶような話ですが、祖父は「あれは跡取りだから」と言い、親の許しも得ていないのだからと言って、結局は連れて帰ってしまう。子供を身籠もったままの妻と、伊之助は別れます。

どうしてこんな離婚が承知できるものでしょうか。佐渡から来たおじいさんが頑固なだけで、皆そこでそのままの時を続けていきたいと思っているのです。

それがだめになる。

それは、おじいさんが藩の上役や御典医の同役などに根回しをして、勝手に縁組みしたのはよくない、私通だといろいろ言う。お父さんとしても娘はかわいいし、夫婦仲も悪くはない。実際、話を聞かされ、娘は嘆き悲しんでいるわけですから、そんなことはしたくない。

しかし、世間が怖いのですね。

世間というものがあって、自分もそこで成立している以上、二人を引き裂かざるをえないということで、結局、伊之助を佐渡に帰してしまう。

つまり、それは権力でもなく、武家社会の窮屈さでもなく、それが封建時代だといってみれば簡単そうですが、そうでもない。

世間から突き出た人が社会を整えてきた

なんとなく、弥生式農耕が始まったころからあったような、世間という、目に見えないものがある。世間という言葉が定着するのは鎌倉時代くらいからだと思いますが、実態としてはそれ以前からあったのかもしれません。

いったい世間とは何か。

鹿児島の薩摩焼十四代沈寿官の話に戻りますが、彼の村の人々も西南戦争に参加しています。

西郷隆盛を担ぎ、鹿児島士族が明治政府打倒を叫んだわけですが、その主力は「私学校」です。私学校はフィクションですね。

薩摩藩が廃藩置県で壊れてなくなった。鹿児島県が成立します。しかし薩摩人はそれを嫌がって、旧藩どおりの組織を続けたがった。旧藩の家柄、士族制度をすべて温存しようとした。

その思想といいますか、薩摩武士の精神を維持・強化するためにつくられたのが私学校です。

もちろん明治政府はこれを怒りました。薩摩だけがどうしてあんな勝手なことをしているのか、日本全部が平等の社会になろうとしているのに、薩摩だけがなんだということになる。

薩摩には西郷隆盛という大きな名前があり、それで頑張っている。明治政府も西郷は怖い。しかし、ぎりぎりの状態になり、ついにはいよいよ東京政府と薩摩が戦うことになった。

薩摩人一万二千人ほどが熊本に向けて出陣するのですが、それはたいへん勇ましい光景に見えますね。

薩摩人は今でもこの最後の乱を劇的に解釈し、われわれも劇的に思うわけですが、内実は違います。熊本に行かなければ村八分に遭ったのです。

薩摩人のなかには旧藩を懐かしむ人が多かったとは思いますが、薩摩人でも個人的な意見を持っていた人はたくさんいた。留学経験のある人もいたし、明治政府のやり方に理解のある人もいました。しかし、ちょっと別の意見を言いますと、雨戸は壊されるわ、何をされるわと、ひどい仕打ちを受けた。

私学校を中心にして、十七、八歳以上は戦場に出ざるを得なかった。四十歳以上の人でも出ていっています。

これは世間というものから復讐されるのが怖かった、そういう面はあったと思います。同じ時期に熊本の阿蘇でもっと大きな反乱が起こっています。二万人近い百姓一揆で、江戸時代でもこれほどの規模のものはありません。

要するに、お金で税金を納めるのは嫌だ、いままでどおりにコメで納めたいというものでしたが、これがこんなに場所が近く、時期も同時に勃発しながら、連携しなかった。

なぜかといえば、誇り高い薩摩士族は、百姓と同盟が結べるものかと思っていたからです。阿蘇の百姓とは連絡もしなかったわけですが、連携したなら、明治政府もどうなっていたかわかりませんね。

この阿蘇の百姓一揆については、近年、研究が進んでいます。

それによると、西南戦争と類似しているところもあります。出ていきたい人ばかりではなかったということですね。行かなければ打ち壊しにあった。同じことであります。

鹿児島士族社会も、阿蘇の百姓社会も、一揆の呼びかけがあった場合、おれは参加しないと言った瞬間から、もうその場所にはいられない。

つまり世間というものが作動するんですな。

世間ということを、皆さん考えなければなりません。

皆さんは北海道の方ですから、北海道という名前をつけた人をご存じですね。松浦武四郎であります。この人については伝記もいくつかありますし、お住まいの近くにある図書館に行けば、いい資料があると思います。

この人は優れた人ですが、やはり世間から外れた人でもありました。

伊之助もそうですが、そういう変な、われわれの世間から突き出た人が、われわれの社会をきちっと整えてきた。

整えてはきたが、いつでも世間の壁はあった。とりとめもない話でしたが、世間というものは、われわれにとってキリスト教、儒教の代わりになっている。

しかし、世間についての、『聖書』の教えのような個条書きもありませんし、こうやれば世間でうまくいくということもない。

これは倫理でさえありません。

まことに不可解なものであり、うかうかしていると、この世間というもののために、われわれの社会はひどい目に遭うかもしれません。

なぜかといえば、先ほども言いましたが、世間を外国人に説明することは不可能ですから。世間は国際社会で通じない。そのために誤解を受けることもありそうです。

しかし、かといって、世間さえないということになれば、われわれの社会は何もなくなってしまうようでもあります。

われわれの社会はすでに一億人を優に超えています。

「難しい段階にきていますな」

というつぶやきで、この話を終わりにいたします。

一九七八年九月　札幌市・道新ホール　主催＝潮出版社友の会

大坂をつくった武将たち

私は大阪に生まれました。祖父が明治二年（一八六九）に播州から出てきましたので、私で三代目になります。ですから一代目、二代目と違って、大阪の悪口を言う資格があるわけですね。

まず、大阪がどういう土地なのかということを考えてみます。近年よく大阪の地盤沈下がいわれます。たいへん嘆かわしいことではありますす。どうしたらいいのかということは最後にお話しするとして、大阪ほど立地条件のいい土地は少なかったのではないでしょうか。

祖母も播州の出です。江戸の終わりごろ、飾磨《しかま》の港から出て、千日前の芝居を見物に来たそうです。十五、六歳の娘が芝居見物で大坂に簡単に来ていたわけです。大坂を中心とする瀬戸内海エリアが、われわれの想像を超える近代的な交通網を持っていたことが、このことでもわかります。

大阪湾という内海を持ち、瀬戸内海という廊下を持ち、しかも沿岸はほとんどが豊饒の地です。パリ、ロンドン、北京、世界のどの首都をとってみても、これほどの好条件を持っている都市はありません。

この都市設計を考えたのは、織田信長でした。信長という人は、日本の歴史の中で唯一の天才政治家といっていい人だったと思います。彼は独自の世界戦略を持っていました。世界を視野に置いた初めての日本人といっていいかもしれません。

信長は大航海時代を感じていたようです。貿易で飯を食おうと考えた。そのためには内陸の京都に引っ込んでいてはだめだ、海に面した大坂に首都を置こうと考えた。

都市が港湾に面しているのは、怖いことなんです。海から外敵が襲ってきたら、ひとたまりもありません。ですから首都は内陸に置くほうが多い。日本でいえば奈良、京都。パリやロンドンもそうですね。これは怖がりの心理から出た首都設計なのですが、信長という人は度胸がよかった。情報もあったようですね。マドリードは内陸で不便だが、リスボンなら便利がいい。そんな話を宣教師たちから聞いていたかもしれません。

大阪の地形を考えてみます。

この商工会議所のある松屋町筋（大阪市中央区）あたりは、万葉時代は海でした。大阪湾は非常に深く入り込んでいましたから、いまの天王寺動物園あたりも海です。

大阪で唯一の高台である、ナマコ形の台地が上町《うえまち》台地ですが、この台地だけが波間に浮かんでいる高台でした。

商工会議所の百周年事業のひとつとして、創業百年以上の企業を調べられていますが、その中に「金剛組」という建築会社の名前があります。

この会社は四天王寺を造り、管理していたという履歴を持つ会社です。

四天王寺は中国でいうと、北京飯店にあたります。外国からの要人も泊まれる施設だったのですが、その建てられた位置が重要でした。

建てたのは聖徳太子で、六世紀末のことでした。大阪湾に新羅や百済、あるいは唐から船が入ってきて、大きくそびえる建物がある。

それが四天王寺でした。

上町台地にある四天王寺は岬の突端にあった。先進国の中国や朝鮮から来る人々に対し、田舎の日本にもこういう建物があるんだという、いわばこけおどしの建物でした。もっとも、その後は大坂は忘れ去られた土地となり、室町時代末の信長の出現を待つことになります。

しかし、なかなか信長の思いどおりにはなりませんでした。大坂には信長に敵対する勢力が頑張っていました。

本願寺でした。八世の蓮如上人が大坂に本拠を置いていた。当時の大坂は今日の大阪ではありません。大坂とは石山のことを指しました。

蓮如は英雄でした。もともと教祖の親鸞には教団を起こすつもりはありませんでした。親鸞は信者たちに言っています。

「私は南無阿弥陀仏と言っているが、この信仰は私のためのものであり、君らのためでもなんでもないのだ」

プロテスタンティズムにおける神と個人の関係のような緊張感が、そこにはあった。ですから親鸞は教団をつくらなかった。初代にならって、二代目も三代目もつくらなかった。

ところが、蓮如は違いました。当時では風変わりだった自分の宗教をひとつ天下に広めてやれと考えた。

蓮如は成功しました。浄土真宗は大変な流行になり、そうして本山に石山の地を選んだのです。

蓮如も、大坂の地政学的な意味を感じていたのかもしれません。

信長同様にいい勘をしていたのでしょうね。

信長にすれば、いい迷惑でした。

十一世の顕如が石山本願寺の主人になっていましたが、信長は要求をつきつけました。

「そこを立ち退け。おれはおれの城を造りたいんだ」

こうして石山戦争が起こります。

死を恐れない門徒との戦いは、信長の数多い戦いのなかでも、いちばんの苦戦となりました。十年ほどかかっても痛み分けのような、困難な戦いの末、ようやく信長は勝利を得た。

聖徳太子が考えたように、信長も対外意識が旺盛だったのでしょう。大阪湾に南蛮の船がやってくると、見上げるような大坂城がある。それが信長の理想だったと思います。

私は、あの安土城は信長のテストだったと思うのです。テストでうまくいけば、やがて大坂城を造るつもりだったのでしょう。

信長は革命家でした。それはその経済政策によく表れています。

商業を保護し、物産をつくるのにも販売するのにも税金はなし。占領地に、この楽市楽座を推し進めました。

農業政策も画期的でした。自作農を創設し、中間に大地主がいるのを認めなかった。大地主は国人といったり、地侍といったりしていましたが、要するにその土地の武装勢力でした。

秀吉は信長の戦略を継承します

武田信玄など多くの戦国大名と信長の違いはこの点にあります。信玄は地侍、国人を抱きかかえての大名であり、信長はそれを認めない。それは彼らを排除していくというのが信長のポリシーという以上に、深刻な日本の歴史改造のプランでした。

それを武力でやらなくてはなりません。信長が比叡山を焼き打ちしたのも、叡山が近江その他近隣において、中間搾取的な地主だったからです。僧兵を擁し、農民に乗っかっていた。それを焼き打ちにして根絶やしにする。そして近江の百姓を自作農にして、じかに税金をとる。これが信長の革命でした。

ところが、ようやく本願寺が石山から去り、革命が成功しつつあったところで本能寺の変が起こります。信長は亡くなってしまい、秀吉の時代が始まります。

秀吉は信長の持っていた世界戦略、貿易立国、そして経済政策の忠実な継承者となりました。

秀吉は賤ケ岳の合戦で柴田勝家を破り、大坂に築城の命令を出しています。

当時これほど大きな建築物はほかに例がありません。戦のために建てたのではない。日本は大変な文明国だと思わせる、いわば広告塔でした。

エッフェル塔のようなものですね。

ちなみに大坂城は民の膏血《こうけつ》をしぼって造ったようなものではありません。秦の始皇帝が万里の長城を造ったときや、明の皇帝が自分の御陵を造ったときとは違います。日本は民の膏血をしぼることはあまりありません。

奈良朝時代は律令制でした。労役が税金の代わりでしたから、民衆は苦労しました。ところが秀吉の時代だと、かなり開けていますから、賃金を払って人夫を集めています。

大坂城の造営には、河内、摂津の農村から出てくる人が多く、一日七合ほどのお米をもらっていた。家でぶらぶらするよりも、大坂城を造ったほうが率がいい。それで人手が集まる。

こんなことを日本に来た宣教師の一人が書き残しています。大喜びであの城はできたことになります。

このように、大阪の原形というと大坂城を思う人が多いようですが、私はもっと大きな原形があると思っています。

それは諸国の物資を大坂に集めて市を立て、全国にそれを散ずるというシステムをつくったことです。

秀吉が初めてそれをつくりました。それまでの割拠していた経済を、広域経済に組み入れました。自給自足が基本の時代に商品経済を活発化させ、政権の基盤を貿易においた。

一例を挙げますと、徳川家の石高は諸説ありまして、六百万から八百万石といわれていますが、私は四百万石ぐらいだと思います。

四百万石で徳川政権が成立していたのに対し、豊臣家の石高は、あれだけぜいたくをしていたにもかかわらず、二百二十万石でした。

財源の多くを、コメではなく貿易でまかなっていた。これは商人の感覚ですね。政権成立の基盤が豊臣と徳川では全く違ったのです。

秀吉は小田原の北条氏を滅ぼし、関八州を家康に与えます。その際にこう言いました。

「関八州を治めるには江戸という土地がある。私も一度行ったことがある。小さな漁村で、湿地で葦《あし》が茂っていた。土地としては物にならない所だが、大きな湾のいちばん奥にあるので治めやすい所だよ」

だから江戸ができたのです。

家康としては、しぶしぶ命令に従ったのでしょう。このころの家康の頭の中には、信長、秀吉のような構想はありませんでした。港湾都市をつくって世界を相手にするなどとは考えもしなかった。家康らしい、農業を基盤に置いた徳川政権らしいところですが。

この後、豊臣時代から江戸初期までの間、大名が城を置くのは港湾都市となりました。福岡、広島、仙台、いずれもそうです。流行したのですね。大坂が全国の都市の原形となった。港湾都市の元祖となったのです。

大坂と江戸を比べてみます。

いまでも泉州から和歌山にかけて歩いてみると、普通の農家のつくりが非常にいいでしょう。ところが関東のほうはそうでもありません。つまり関八州の文化は浅いところがあります。極論ですが、大田舎のなかで孤立しているのが江戸であり、こういう所では大きな文化は本来開けにくい。

江戸時代でも百万都市だった江戸ですが、おおざっぱにいって五十万人が武家、五十万が町人という特殊な町でした。

もっぱら消費する都市であり、大坂のように経済都市として自立できるような都市ではありません。大坂は違います。港湾は発達し、平野部は関東平野以上の豊かな生産力を持ち、古くから培われた文化がある。

密度の高いヒンターランド（後背地）がひかえている。立地条件として最高の場所であるのは間違いなく、それがいつのまにか地盤沈下するのですから不思議でなりません。

秀吉に戻しますね。

秀吉は天下を統一しました。その意味は、侍が全員、秀吉の家来になったということだけではありません。

天下の経済を統一した。商品経済を全国化しました。

飛騨国にはたくさんの木があります。しかし弥生時代以来、秀吉が登場するまでは飛騨の木は、飛騨の周りで使われるだけでした。

しかし秀吉が現れることで事情は変わります。飛騨の木が切られ、大坂で市が立ち、岡山に木が流れていく。もし私が飛騨で木を切っていたとしたら、岡山まで心理的、社会的な空間が広がることになります。商品の集散によって初めて人々の心が広がり、全国的な意識というものができあがっていった。日本の歴史における秀吉の功績はそこにありました。

秀吉は天正年間（一五七三～九二）に島津を討ちます。

九州全土を征服しようともくろんでいた島津を、薩摩に押し込めます。当時の薩摩は侍の数が多くて仕方がなかった。クビにするわけにもいかず、侍たちの給料を減らします。そして徹底的に百姓から搾取しました。江戸期を通じて薩摩のお百姓ほどみじめだったものはない。西南戦争以後、鹿児島県は急速に影響力を失っていきますが、これは徹底した搾取の影響があると、私は思います。

豊臣政権とは何でしょうか。

私は太閤さんのマークである千成り瓢箪でもなく、大坂城でもなく、極端にいいますと帳簿だったと思います。

大阪の繁栄は徳川のおかげです

秀吉に帳簿の実務能力があったかどうかはわかりません。しかし、帳簿の能力を持つ、いまでいえば大蔵官僚のような人々を採用する能力はたしかに持っていました。

秀吉には五奉行と呼ばれるブレーンがいましたが、その四人までが近江と深いかかわりを持っていました。いずれも大名です。しかし戦国大名というよりも、経済官僚といったタイプでした。

その代表が石田三成であり、三成は島津の敗戦処理を手伝い、大いに手腕を発揮します。

三成は薩摩藩に帳簿のつけ方を教えています。大きな財政の帳簿のつくり方を教え、そして大名にしては考えられないことですが、小物成《こものなり》の帳簿まで教えています。これは日常の小さなカネの出し入れをつける帳簿です。

教えた帳簿が複式簿記だったかどうかはわかりませんが、島津の人々は感激した。ようやく藩の財政というものが把握できるようになった。豊臣政権の本質がそこにあります。

やがて秀吉の時代は去ります。徳川家康の時代が始まりますが、大坂の地位は揺るぎませんでした。家康は大坂の、秀吉以来の商業的な権力を認めました。むしろ、いっそうその権力は強化されたかもしれません。

大坂は天下の台所となり、長い伝統を持つことになります。商売ということに関し、特殊な能力と自信を持つに至ります。これがいわば大坂の家風となっていきました。

ところが、気をつけたほうがいいと思うことがあります。この築き上げた家風や伝統について、大阪の人は太閤さんのおかげと思いすぎるところがあります。むしろ家康以来、徳川三百年の保護のおかげと思ったほうがいい。

この点、どうも誤解が多いですね。

例えば松前藩の昆布は東京のほうが近いのに、わざわざ大坂に運ぶ。元禄年間(一六八八〜一七〇四)に太平洋航路が盛んになるまでは、北海道の昆布は全部大坂に集まっていた。われわれ関西人は今でも昆布をダシにしておかずを煮炊きします。しかし箱根から東ではあまりやりませんね。

天下の物産は一度大坂に集まる仕組みになっている。仙台のコメも秋田の杉も大坂に集まる。幕府がそれを保護していた。そういううまい利権の上に乗っかっていたのが大坂でした。

それが明治維新で幕府が崩れると、大阪は急速に衰えました。

特権がなくなったからですね。維新後には一時期、人口が大幅に減ったほどでした。

有力な商人が倒産し、市は次々となくなりました。秋風索寞とした感じが、明治の大阪を吹き抜けていたわけです。しかし、それでもなんとか大阪経済が成立してきたのは、やはり立地条件の良さであり、もうひとつは大阪の持つ合理精神でした。

商品経済の盛んなところに合理精神は生まれます。

例えばお隣の韓国の李朝時代には、それほどの商品経済は生まれませんでした。中国でも商品経済が盛んだったのは、上海、広東、福建といったあたりで、ほかには行き渡らなかった。

商品経済の発達しない土地ではイデオロギーが尊ばれますが、盛んな所では議論、理屈よりも現実のほうが先行します。三十グラムの物を理屈をつけて三十キロだといっているけれど、やっぱり三十グラムなんだと知ることが合理主義なのです。

かつての大坂人にはその合理主義がありました。江戸中期の山片蟠桃《ばんとう》、富永仲基《なかもと》といった町人学者たちは高貴な合理精神に満ちあふれていた。

ところが、そういう合理主義を生む土壌に大阪はあぐらをかきすぎていたようです。

また、徳川時代に保護ばかりされていたため、売ることばかり考えるところが大阪にはあります。物をつくるということは損なことです。研究にもお金がかかる。それよりは売ったほうがいい。高利に回したほうがいい。

これは華僑の経済思想と似たところがあります。新生中国は近代国家になるため、世界に何千万といる華僑の力を借りたいのです。ところがうまくいきません。華僑には工業家が少ない。華僑は商業のみの世界でしか生きられなかったという事情はあるのですが、物をつくる喜びには遠いところにあります。

大阪も、物をつくるよりも売ったほうが早いという精神がいつしかできあがった。こういう精神のなかにいわゆる大阪の地盤沈下の原因があるような気がします。大阪という土地は、秀吉が考えたように世界を相手にする土地なのです。世界の人の快感になるようなものをつくりだすべき街である。

もっとも私はときどき思うのですが、そのためには、もっと大阪の街がきれいになる必要がありますね。大阪の街を歩くと、ときどき絶望的になることがあります。こんな街からどうして魅力的なものが生まれるのかしらと思うほどです。

もう一度、高貴な合理主義を取り戻し、そして大阪の街をもう少しきれいにしたほうがいいですね。

大阪で商売してたらなんとかなるやろう、そんな気分であぐらをかいていたら、大阪の復権などありえません。

一九七八年九月二十一日　大阪市・大阪商工会議所国際会議ホール　大阪商工会議所創立百周年記念事業記念講演　協力＝日刊経済新聞社　一九九二年五月十八日に行われた「大阪21世紀協会創立十周年記念講演」も参考にした

浄土教と遠藤周作

佛足寺の本堂ができたと、住職の清水洪さんがおっしゃいましたので、出てまいりました。講演はしないんだと言ったのですが、阿弥陀さんは逃げようとする人も捕まえて往生させてしまう。今日はそんな仕掛けのようです。（笑い）

清水さんとは三十年来のつきあいになりますが、ずいぶん後になってから祖父のことで深い縁のあることを知りました。

祖父は明治初年に大阪に出てきて、その後はずっと大阪に住みましたが、もともとは兵庫県姫路市の郊外にある「広（広畑）」の出身でした。

たいへん真宗の盛んな土地柄で、播州の人は固門徒《かたもんと》であります。

私の年上の友人で、安田章《あやお》生という人がいまして、この人は国文学者であり、歌人でした。六十一歳でお亡くなりになりましたが、この人のおじいさんも播州の出身でした。

じゃあ一緒に行きましょうかと、安田さんの実家に近い、竜野あたりを歩いたことがあります。

安田さんのおじいさんの口癖は、

「蠅を殺してはいかん。蠅たたきでたたいてはいかん。蚊も追っ払うだけにしなさい」

というもので、固門徒だったのですね。そのくせ家には蠅取り紙が吊ってあったそうで、

「あれは勝手に蠅が飛んでくるのだから殺生ではないんだ」

と、おじいさんは言っていたそうです。

真宗門徒には戒律はないといわれていますけれども、むしろ戒律のある宗旨のほうが先に崩れてしまったような気がします。大正末年や昭和初年に五、六十代の方は、真宗のお作法をよく知っていた。いまの暮らしから見ると、門徒の戒律はきついものでした。

私の祖父に話を戻しますと、大阪に出てきてもちょんまげを残していたといいますから、だいたい性質がわかります。時計とこうもり傘以外は西洋のものは持たない人でした。

固門徒でした。

大阪の本町を歩いていれば必ず御堂さん（本願寺別院）にお参りする。ただし御堂さんには、お東さんとお西さんのふたつがありますが、お東さんの御堂さんには入ったことがなく、

「あれはつまらんとこや」

と言っていたそうです。

野球でいいますと、阪神、巨人ファンのようなもので、党派性が強いのですが、これも固門徒の特徴ですね。

もっとも、祖父は戦国末期に戦いに敗れた家の子孫でして、戦いに敗れてから門徒としてご厄介に

なっていたのが、「広」の西福寺でした。当寺の坊守《ぼうもり》さんのご実家でして、私の祖先はずっとご厄介になってきたわけです。

厄介が並々ならないのは、もともと西本願寺門徒であるのに、住んだ場所の関係でしょうか、東本願寺の西福寺のお世話になったことです。そういう場合を、「預かり門徒」と呼ぶそうですね。

そんなに厄介になったのに、家の中でのお勤めは、西本願寺の読み方を守りました。祖父がどこで習ったのかは知りませんが、いかにも門徒の気質を表す話です。

今日はたったひとつのことを申し上げるために、いろいろな話をします。

それは最後に申し上げます。

いまから八、九年ほど前に、富山の山の中に行ったことがあります。

岐阜からタクシーに乗りまして、白川郷を過ぎます。ここまでは岐阜県です。それから五箇山という渓谷の村落に入ると、富山県です。

合掌造りの大きな家が点々とあり、山里ながらも一軒の宿がある。泊めてもらって、給仕に来た若い奥さんに名字を聞いたら、

「赤尾でございます」

と言う。

「赤尾道宗《どうしゅう》と関係があるのですか」

「ええ、道宗の寺は向かいにございます。私のほうはその親戚になります」

赤尾道宗といっても、ご存じのない名前かもしれません。五百年ほど前の、室町時代の無名の庶民です。しかし、富山県の人ならたいてい、その名前を知っていると思います。

白川郷から五箇山にかけての渓谷は穀物のとれないところで、古代から人は住んでいましたが、それこそ縄文時代からそのまま室町時代に来たような生活をしていました。

木の実をとったり、獣をとったり、ヤマメをとったりする。獣をとったりするのは殺生であって、こんなことをして後生はどうなるのかしらと、村の人たちは思ったようですね。

当時のことですから真剣な問題でして、自分たちはそのまま地獄にいくんじゃないかと心配した。お行儀もよくなかっただろうと思うのです。

お行儀は人生を滞りなくすませる、唯一の方法であります。

自分の挙措動作その他をきちんとして、人と人とのつながりを円滑にする。そうすれば摩擦は起こりません。

これは低地で発達したもので、当時の白川郷や五箇山にはなかったかもしれません。

当時の浄土真宗は蓮如のころでして、大変な勢いで全国に広まりましたが、その浄土真宗というのは、播州の固門徒の話で申し上げましたように、暮らしの規律も入っています。

単に南無阿弥陀仏だけではなく、生きるがための普遍的な原理、または作法がそこにあります。ところが五箇山にはそれがない。ちょっと低地に下りれば摩擦ばかり起きてしまう。そこで決心したのが、赤尾道宗でした。

大変な決心をして京都にのぼって蓮如に会い、ご法義を授けてくださいと言った。越前の木ノ芽峠を通って京都まで入る遠い往復を、その後何度もするのです。一介の無名の樵《きこり》であり、在家の者ながら、

「蓮如さんはこう言った。だからこうしなきゃいけない」

そう言って村の人を固門徒にしていきました。

五箇山は蓮如のもとに行かなければ文明の孤島のままだったのでしょう。阿弥陀のところへ行く行かないよりも、とにかく現世を楽しく暮らすために、赤尾道宗は必死だったと思います。蓮如から何らかのシステムをもらってこざるを得なかった。

白川郷や五箇山の合掌造りの屋敷は室町時代の住居そのままであります。畳はなく、真っ黒な板敷きの間に囲炉裏《いろり》が切ってあって、そこで終日だれかが火の番をしている。次に広い場所が仏間であります。赤尾道宗の名残がそこにあるようです。

さて、日本の宗教にはいろいろな宗旨があります。禅宗もあれば、真言宗もあり、天台宗もあり、日蓮宗もありますが、結局は浄土教なんですね。どうも日本人の精神は浄土教でできあがっているらしい。

「浄土教」という言葉をわざわざ使いますが、これは宗派的にいえば浄土宗もあれば浄土真宗もある。室町時代に流布したものでは時宗があります。一遍上人が始められ、あまりお寺のない信仰です。南無阿弥陀仏ひとつを唱え参らせると、それでいいという信仰でして、よく歴史の本になんとか阿弥という名前が出てきますね。女優の丹阿弥谷津子という人がいますが、その名字は時宗の呼び方です。

例えば甚平さんが時宗に入りますと、甚阿弥となります。阿弥陀仏の上に自分の名前をつけるという信仰が広まりました。念仏信仰は栄えたのですが、時宗はちっとも締めくくろうとしません。それを蓮如がとったというか、教団をつくるうえで参考にしたと考えていいと思います。

一遍上人の前の人もいます。

平安時代に現れた空也という人は、南無阿弥陀仏と唱え参らせると極楽にいける。そうするとうれしくてたまらない。感極まって踊りだす。「歓喜踊躍《かんぎゆやく》」といいます。踊り念仏というのを始めたのが空也ですが、では空也が念仏を始めたかといいますと、違いますね。

比叡山にありました。

空海だけが浄土教と関係なかった

空海と一緒に唐に渡った最澄が、天台教学と一緒に浄土信仰、浄土教も持ち帰った。

最澄はたくさんの物を持って帰りました。何と言いますか、総合大学をひとつつくるぐらいに、文学部も理学部も工学部も農学部も医学部もあるといった仏教のシステムを雑多に風呂敷に包み込み、持って帰って比叡山の山の上にドンと置いた。

最澄は帰国してからが大変でして、反対派との論争に明け暮れ、ストレスのかたまりのようになって、亡くなってしまいます。

持ってきた風呂敷をほとんど開くこともなく亡くなるのですが、お弟子さんたちが偉かったですね。平安期いっぱいかけて風呂敷をといて研究が進みます。

法華経をやる人もいれば、禅宗のもとになるものを研究する人もいる。もちろん天台宗の研究も進み、浄土教をする人もいる。

それぞれ専門別に研究して、わからないところがあればまた唐へ行く。円仁、円珍といった人たちがそうです。

やはり日本仏教のもとは、空海ではなく最澄であります。

もっとも、私は空海が気になっていました。人間の好き嫌いで言いますと嫌いなほうでして、年をとりますと嫌だと思う気持ちがさらに広がっていった。

一度きちんと空海の原資料を見て、空海とは何かを知りたいと思って小説を書いたことがあります。この空海だけが浄土教とは関係がないのです。

この人は長安に行って密教を持って帰って高野山にドンと置き、風呂敷をとき、全部自分で整理し、体系づけ、やるべきことはすべてして、六十いくつで亡くなった。

日本人の二千年ほどの歴史の中で、何人か出た天才の一人でしたが、全部自分でしてしまったものですから、あまり偉いお弟子さんが出ていません。

真言教学を発展させるよりは、お大師さんを信仰しましょうと、宣伝するほうに熱心でした。高野聖《こうやひじり》と呼ばれる人々が、津軽の端から種子島の端まで歩き回り、ぜひ高野山に来てお大師さんを拝んでくれと言う。こうしてお大師信仰は広まっていきます。

お大師さんとはどういう人か、その教学はいまの時代に合うものなのかといったことは、だれもあまり発展させなかった。

こういうことを高野山で話しましたら、そんなことはないとおっしゃる人がいたのは当たり前のことです。

空海が唐から帰り、しばらくいたお寺が河内の高貴寺です。当時は香華寺と称し、本当に香り高いところです。

春がたけてきますと、蘭に似た花で、射干《しゃが》という香りの強い花が山中の至るところに咲いています。小高いところにありまして、河内平野を望みますと、大阪湾の落日が見えます。話が飛びますが、また戻りますからね。

大阪に夕陽丘というところがあります。

上町台地にありまして、当時は海が見えました。大阪湾を眺めていますと夕陽が沈んでいく。実にきれいなので夕陽観をする人が増え、このあたりの名物となりました。

藤原家隆という歌詠みがいますが、家隆は夕陽丘が好きで、お墓もあります。家隆は鎌倉初期の人ですから、このころにはもう夕陽観で知られた土地だったようです。

その夕陽丘の近くには四天王寺があります。お坊さんたちは夕陽が沈んでいく間に、南無阿弥陀仏を唱え、西方への憧れを体に入れていった。彼らにとって夕陽を見るのは、観光ではなく修行でした。あまりきれいなので、きっと阿弥陀様のお国もそうだろうと思ったのでしょうね。

江戸の後期に慈雲尊者と呼ばれた人が現れます。この人はいまでいうサンスクリットの大学者で、布施の長栄寺というところに住んでいましたが、弟子たちにその寺をあげてしまって、

「自分は河内の高貴寺に行く」

と言った。夕陽丘で夕陽観をしてみても仕方ないと思ったのでしょうか、高貴寺で夕陽ばかりを見て、亡くなっています。

その高貴寺を私が訪ねたとき、一人の青年に会いました。

まるで鎌倉時代のような話ですが、その人は全共闘の時代にあばれまわって、にわかに発心しました。

東大の法学部だかに在学中に、にわかに坊さんとなって、高野山にのぼった。全国を歩いていて、たまたま高貴寺に足を留めていたところに私は会ったのです。大変に学問のある人で、いろいろ話をしました。私が、

「空海は全部一人でやってしまったから、あとの人は遊んで暮らしました」

と言うと、

「一人だけいます」

根来寺《ねごろ》を開いた、覚鑁《かくばん》上人という人がいると。

泉南から和歌山に行く途中に根来寺があります。室町期には大名もしのぐほどの大きなお寺でして、ここを開いた覚鑁上人は、高野山を追われた人でした。

空海とは教義の違うことを言いだしまして、お浄土があるという。

真言宗でも浄土教、浄土思想は成立すると言いだし、「密厳浄土」ということを唱えだした。

教学としては無理ですね。

空海の思想は生きたままで即身成仏できるという思想です。これはお釈迦さんが亡くなり、はるか後にできあがった一種の新興宗教です。

空海の真言密教は長安から持ち帰ったものですが、長安に持っていったのはインド系かアラビア系の人でしょう。つまり空海の持ち帰ったもののもとは、紀元六世紀ごろにインドの西南海岸でできあがったらしい。

アラビア人は商業民族です。

優れた航海術を持っていましたから、インドの西南海岸にやってきた。

日本人は浄土教が好きなんです

インドの物産で商売していますと、インド人の貿易商もお金持ちになりました。このころ、わずかに仏教は生きていたようですね。全体としてはバラモン教に近いものですが、どちらにしても本格的にやるならば、解脱をしなくてはなりません。解脱すると、無一文で歩かなくてはならない。

ところが、お金持ちになったインド人にしてみたら、どうでしょう。きれいなお嫁さんをもらったり、お嫁さんにはイヤリングやネックレスをつけさせている。

こんなにすばらしい現世をなぜ否定するのか、もったいないじゃないかという気持ちがあり、その要求でできたのではないでしょうか。

あなたはそのまま仏になれる。生きているまま、即身成仏できる。

日本の密教の仏様は、イヤリングやネックレスをしています。宝冠もつけています。河内の観心寺の如意輪観音も値段の高そうな宝石を身につけておりまして、地蔵さんや阿弥陀さんとは違いますね。地蔵さんや阿弥陀さんは素寒貧《すかんぴん》でおられる。密教系の仏様がイヤリングをつけていますのは、現世の富のそのままという意味もあります。

ゼロを発見したのはインド人ですね。ゼロを発見することから人類の人知が発達するのですが、インド人は思想的な民族ですから、さらにゼロを思想的に突きつめました。

ゼロにはすべての数字が含まれる。

ゼロは億であり、億はゼロである。

これがインドの西南海岸でできあがった真言密教のもとになります。

発見されたゼロの思想があり、解脱の思想があり、イヤリングが欲しいという現世を望む思いの、いくつかのミックスでできあがった。結局、解脱の思想が基本になっているのですから、仏教には違いない。

覚鑁上人に戻ります。

密厳浄土は教義とは違います。

その場で即身成仏できるのに、なぜ西方浄土に行かなくてはならないのか。どう考えても矛盾しているはずなのですが、しかし覚鑁の本を読むと、おかしくはない感じがする。

要するに覚鑁は、どうしても日本人だったのでしょうね。

高野山で長老となった覚鑁がどうして密厳浄土を言い始めたかというと、浄土教を言わなければ高野山は滅ぶと思ったのではないでしょうか。

浄土教を言わなければ、だれも寺に近づいてこないと考えた。

日本人は浄土教が好きなんです。

われわれが何をしていても阿弥陀さんが救ってくださる。無信心でも救ってくださる。このように、およそ浄土教とは関係のない空海の系列にさえ、密厳浄土という形をとって出てきたのです。

先日、遠藤周作さんの『鉄の首枷』を読みました。

小西行長の話ですね。彼は豊臣秀吉の家来で、堺の商人上がりの武将であり、クリスチャンでした。

朝鮮を攻めろと言われて、良くないと思いながらも朝鮮に行く。

小西行長は薬屋の息子です。薬は朝鮮から入れますから、子供のころから朝鮮へ行っているし、朝鮮語もできます。得意先と戦争するばかがあるかと行長は思っていた。

日本中の大名も反対だったのですが、秀吉はもうおかしくなっていましたから、反対すれば切腹です。

仕方がないので現地に行ってから、明の人や朝鮮の人とこっそり和睦の話を進めます。しかし同格の総司令官が加藤清正でした。この人は武断派ですからどんどん攻めてしまって、行長の策謀は意味をなしません。

結局、行長は関ケ原で敗れて刑場で斬られます。その刹那、彼はそれまで忘れていたかのようだった神様を思い出す。非常に見事なクリスチャンとしての死を迎えます。

行長はお父さんがクリスチャンでしたから、幼児洗礼を受けました。信仰があって受けたわけではなく、何もわけがわからずに受けている。刑場に引き出されたとき、神の御名を呼び、クリスチャンとしての容儀を守って死に就いた。それを南蛮から来ていた神父たちが見ていて、非常に見事に思えた。いまだに殉教者に近い待遇を与えているという。

遠藤周作さんは私の友達でして、幼児洗礼を受けています。本当に大まじめな、固門徒みたいなクリスチャンなのですが、それを人に見せるのが嫌で、冗談ばかり言っています。

そういうややこしい人が、ややこしい行長を書いた。(笑い)

しかし、最後まで読んでいまして、これはあくまで私の考えですが、カトリックの話かしらという気がしてきました。私には浄土教の世界のように思えるのです。

小西行長はいったんは途中で神を捨てているのです。

日本中のクリスチャンが秀吉の禁教令に苦しんでいるのに、平気で秀吉のそばにいた。

神を捨てたみたいな顔をしていた。

ずるい人間だ。

しかし遠藤周作は、人間は皆ずるくて弱いんだと思っている。

勝手に遠藤神学と名づけますが、遠藤神学によれば、そういうずるい人間を神は捨てておかない。

いったん幼児洗礼という形で神と縁を結んだ者は、自分が忘れても、神は忘れない。

最後に神はそういう者にも恩寵を与える。刑場で小西行長が神を思い出したのではなく、神が思い出させたのだと。

あくまで私の考えですよ。これは神を阿弥陀さんと置き換えてもいい。すべて浄土教に、私には思えます。

泥棒猫を金槌でたたいた尼僧さん

カトリックは非常に倫理的なものだと考えます。

例えば私の知り合いに、七年ほど前に、さるキリスト教系の女子大の学生寮に入っていた女の子がいました。

その女の子から詳しく聞いた話ですが、寮の世話をしてくれるのは尼僧さんだそうですね。

一所懸命、学生たちを教育したり、しつけたり、介抱してくれる。暇な尼僧など一人もいませんから、学生はみな尼僧さんが好きでした。

なかでもいちばん人気のあった若い尼僧さんは、西洋人でした。寮は四人一部屋で、彼女の部屋の担当がその尼僧さんです。本当にかわいらしく、優しく、神の花嫁のような人だった。

その部屋に必ずやってくる泥棒猫がいた。野良猫らしく、物を盗んで仕方ない。尼僧さんも怒っているし、部屋の女の子たちも怒っていた。

あるとき、その猫が皆がいる部屋に入ってきて捕まった。するとそのかわいい尼僧さんが猫の首筋を捕まえて、金槌で頭をたたいてしまったというのです。四人の女の子は真っ青になり、貧血を起こしてしまった子もいた。これまで慕っていた尼僧さんが全く違う人に見えたそうで、しかし、その尼僧さんはこう言ったそうです。

「その猫は悪い猫です」

全くそのとおりですね。猫にもいい猫と悪い猫がいる。悪い猫ならば制裁を与えるべきだ。しかし動物虐待はどうなるんだというと、あれはまた別の話でして、これは難しいですな。

仏教の世界にあっては山川草木のすべてに仏性があります。しかし本来、カトリックの世界にあっては、人間だけが神の生んだものでして、動物は違います。

猫は猫として動いているだけですから、人間に忠実であれば許されますが、忠実でなければ制裁されるべき存在である。カトリックは基本的に倫理でありますから、倫理的制裁を与えなければならない。非常に教義的にいえばそうなります。

しかし、ここらへんが、われわれのだめなところでもあります。

われわれは阿弥陀さんで育っています。

阿弥陀さんは宇宙に満ち満ちている。といっても、よくわからないかもしれませんが、阿弥陀さんは宇宙の絶対者でありつつも、同時に空気のように満ち満ちています。

神は違います。

神と人間とは、もっと個人的な関係にあります。

私が神にあなたを信じ、かつあなたを大事にすると言ったから、神は私に恩寵をくださる。

これはアラビア人もそうですね。

同じ地域でできあがったイスラム教もユダヤ教も同じです。

つまり天にある絶対神は私という個人とだけ取引をする。隣の人は関係ない。ですからカトリックは倫理をやかましく言うのです。

仏教にあっての倫理はこの世の取り決めでしかありませんが、キリスト教はやかましく倫理を言う。

猫に戻りますと、つまり猫は神と契約していません。極端にいえば、玩具店に置いてある動くおもちゃと同じであり、壊れても仕方がない。

繰り返しますが、動物愛護の問題はこの問題とは別の話になりますから、これ以上は申しません。

何にしても尼僧さんの行動に、四人の女の子は茫然自失して興を醒ましてしまいました。

これはカトリックを責めている話ではありませんよ。

カトリックが日本になかなか信者が増えないことを考えまして、お大師さんの後に、覚鑁上人が出たように、カトリック浄土をやらなければだめなんだ。それでなければ日本に定着しないんだと思うほど、われわれは浄土教的であります。

今日はそれを申し上げたかった。

浄土教とは何か、浄土真宗とは何か、親鸞の教えとは何かということは、清水さんたちが言われることですね。

部外の私が考えることは、日本人は浄土教から離れることができないのだなということであります。

一九七九年三月二十日　大阪市・佛足寺本堂　佛足寺本堂落慶法要記念講演

鉄と日本史

人間は、いわば社会的動物として、あるいは無害な生き物として飼い馴らされていると、私は考えています。

野放しにしておけば猛獣のようにお互いを殺し合ってしまうという危険な時代があり、人間が人間として暮らしていくために、飼い馴らしのシステムが生まれたのですね。いまもたいていの国民や民族はこのシステムのなかにあります。

中国、朝鮮における儒教。インドで生まれた解脱の宗教である、仏教やヒンズー教。キリスト教もイスラム教もそうですね。マルキシズムもまたそういうものかと思います。

しかし、どうも日本は無縁でした。

飼い馴らしのシステムが古くからわれわれ以外の民族では行われたものの、われわれは知らなかったようです。

明治になって初めてヨーロッパの文物に触れ、思想という言葉も翻訳語として、非常にブッキッシュな意味で成立しました。大学にも早くから哲学科がおかれ、何か特別なものとして考えられ続けています。

儒教もそうですね。

儒教も書物の形をとって日本に入ってきました。儒教を定義すれば、要するに親類縁者のつきあいであり、子供と親の関係ということになりますが、日本人にはそれがわかりにくい。

朝鮮は儒教を発明した中国よりも、儒教の優等生です。ソウルの相当ふてぶてしい実業家でも父親の前でたばこを吸う人はあまりいないそうですね。

生意気ざかりの大学生でも祖父の前ではたばこは吸わない。それどころか、かつては眼鏡もかけられませんでした。

儒教において「老」は価値の高いものですから、孫の分際で老成ぶって眼鏡をかけることは、つまり老眼鏡をかけているように見えることは、不敬にあたることでした。

さらに「同姓は娶《めと》らず」という人倫の重要な一項目があります。同じ金さん、陳さん、李さん同士は結婚しないということです。

もっとも、同じ金でも、慶州を本貫（本籍地）とする金さんと、金海を本貫とする金さんとでは違うそうですね。そういう分類があり、まず出身地を聞いてから恋愛が始まるということになります。

ところが、日本の『古事記』や『日本書紀』を見てみますと、当時の皇族、王族、貴族の間で最も濃厚だったのは、近親間の愛情の交換でした。

天皇が異母妹と結婚したり、叔母と甥とで結婚したりするのはざらで、これでは同姓は娶らずどころではありません。

もうこの時代に儒教は入ってきていたんですが、あくまで書物の上でのことでした。儒教は思想とか文明というふうに思っていたんでしょうね。そういう日常のことまで規律するものとは思わなかったから、近親結婚はよくあることであり、むしろ本筋でもありました。田畑をあまり減らせない農村では、いとこ同士の結婚は最近までよくあったことですが、しかしこういう話を朝鮮の人にしますと、震え上がりますね。

私の知っている韓国籍の婦人で、大変に教養のある人がいます。

戦前の朝鮮で生まれ育ち、いまは日本に住んでいて、日本舞踊を教えていらっしゃる。住んでいた村の小学校の校長先生が日本人でした。日本統治時代の校長先生ですから、大変に権威があったんですが、奥さんが亡くなられて、その妹さんと再婚した。

その話が村に伝わったときの雰囲気を前述の婦人にうかがいますと、

「自分は六、七歳だったけれど忘れられない。当時暴動が起きることはありえなかったのに、村の隅々にまで緊張した空気がみなぎりました」

と言います。

田んぼで働いていた人たちが鍬《くわ》を持ったまま、校長の官舎にじりじり接近していったそうです。人倫の破壊行為を聞いて、感情を抑えようもなく、どうしようもなく近づいてしまった。それ以上に事件は発展しなかったんですが、それが儒教というものです。

中国の場合、儒教が国教として採用されたのは漢の武帝のときでした。

中国のいちばん華やかな時代でして、このあとの中国は下り坂に入っていくのですが、偶然なのか何なのか、このころは中国の金属技術が大変に発達したときでした。

矢をつくりその先に鏃《やじり》を据えるのですが、この時期の鏃は非常に鋭く重たいものでした。それが漢の武帝の匈奴《きょうど》征伐の成功につながったのだろうと思います。

その鏃とは鉄製でした。

中国人を悩ませ続けてきた強い騎馬民族だった匈奴になぜ勝てたのかといえば、鉄製の武器を使ったからでした。匈奴は青銅の鏃を使っていた。それだけの理由だろうと思います。

ただ中国は文の国であり、かつ政治の国でもありまして、勝ったということをシンボライズするために名将をつくります。名将は衛青《えいせい》や霍去病《かくきょへい》であり、彼らのおかげで勝ったということになりましたが、本当はこのころに中国の科学技術が発達していた。鉄は貴重品だったはずですが、それが消耗品のように、匈奴に何万となく向けて放たれた。

まさに輝ける時代ですね。そして同時に、儒教というきわめて停頓的な思想も採用されたことになります。

輸入鉄に頼っていた卑弥呼の時代

少し樹木の話をします。

漢のはるかに前の、殷周という古代文明は、冶金《やきん》文明であることが権威の中心にありました。このころは青銅器です。

戦国時代に鉄は出現します。有名な覇者である斉の桓公には、管仲という総理大臣がいますね。彼がその書物の中で鉄のつくり方を書いていまして、そこには「木が鉄を生む」という表現があります。その言葉どおり、中国の木は次々に切られることになります。

武帝の時代も、多くの森林が切り倒されています。製鉄の方法として中国では早くから石炭を使う方法が入ってきていますが、木炭でつくるほうが鉄は上等でした。

しかし中国の場合、森林の復元力が弱い。日本のようではありません。青銅や鉄をつくるために森林は倒されていき、容易には再生復元しないものですから、結局、唐の時代になると、鉄の生産は衰え始めます。

やがて宋の時代になりますと、政治論議ばかりの「宋学」と呼ばれる儒教の時代となります。考えてみれば、経済の停頓の裏返しのような政治状況かもしれません。

このころの鉄の生産はますます苦しくなり、社会の需要をとうてい賄いきれるものではありませんでした。

鉄が自由に手に入ると、大工道具にしても農具にしても、いろいろな道具を考えていくものですが、中国の農具には古代から変化がないようでした。

もちろん現代は違いますが、私が兵隊として中国の東北地方に行ったときの印象では、きわめて農具も大工道具も少ないような気がしました。

私はそのころに中国語を覚えるために農具の単語帳をつくっていたから覚えているのですが、ひとつの農具を多目的に使うことが多いようでした。日本の場合、明治以前から一農具は一目的で使われることが多かった。中程度の農家ならば壁いっぱいに農具があるのが普通でしたし、例えばタケノコならタケノコを採る農具がありました。

どうして世界の中で最大の農業文明を築き上げた中国にこれだけの道具しかないのか、とにかく不思議でした。

中国には慢性的な鉄不足があるんだろう、それは儒教とも関係があるのかもしれない。このときからそういう妄想が、私の頭の中に入り込んだのです。

だいたい明のころの日本と中国の貿易を考えてみますと、日本から持っていく品物のトップは日本刀でした。

中国人が日本刀を武器として使ったという話はあまり聞きませんし、だいたいあれほど大量に輸入したはずなのに、ほとんど保存されていません。

証拠もないことですが、私は日本刀を鋼《はがね》として使ったのではないかと思っています。あとでたたき直してノミやカンナにしたのではないか。それほどの鉄不足であり、国内でつくるよりは輸入したほうがいいという状態だったのではないか。

これは日本の室町時代の話ですが、ここから日本の話に移ります。

日本という社会が広域化して、普通の概念での国家が成立するのは非常に新しいことでした。中国文明史から見れば考えられないほどの若さです。

それだけ未開時代が長かったということでもあり、縄文時代は九千年もあったといわれています。

弥生時代は紀元前三百年ごろに始まったとされていますが、このころ鉄はあまり使われませんでした。

鍬の多くは木製でした。

そして三世紀の終わりごろ、朝鮮半島からの輸入品として少しずつ入り始めたようですね。このころの日本は古墳時代と呼ばれています。

古墳時代は土木時代といってもいいでしょう。大小の古墳をつくるためには土木道具が必要であり、そのためには土木道具の主要な部分を占める鉄が必要となったのです。

三世紀といえば中国では古代文明の爛熟期は過ぎています。

漢が滅び、諸葛孔明が活躍し、曹操の王国の魏が誕生し、やがて滅びます。滅んでから書かれた魏の歴史、『魏志』に朝鮮も倭《わ》も書かれています。

朝鮮編には釜山のあたりに、弁辰という国があり、ここでは鉄がとれると書いてあります。いまの洛東江沿岸ですが、ここに韓人も、そして倭人も集まってきていると書いてある。

倭人が生産に従事していた形跡はありませんから、鉄の製品を買ったか、もらったかして、日本に帰ったらしい。鉄の短冊形の薄板を何枚も重ねたものですね。これを木の鋤《すき》の先にくっつけますと、ちょうど歯医者が昔、額縁みたいな歯の入れ方をしていたことがありましたが、ああいう形にはめこみます。すると木の鋤が非常に鋭くなり、耕作も進んだでしょうが、それよりも灌漑《かんがい》土木といいますか、それに役立った。

『魏志』「倭人伝」の時代ですから、卑弥呼がいるわけです。すでに階級社会が始まっていて、多少の生産力のある社会になっていた。山から水を引いたり、排水したりする能力を持った社会と想像することができますが、それは輸入の鉄に頼っていたらしい。

古墳時代というのは全く異様な時代なのです。江上波夫先生が騎馬民族征服説を仮説として立てられましたが、たしかに仮説を立てざるを得ないような時代であり、違う文明を持った人間集団が日本に来たんじゃないかと思わせるものがあります。

コアになるのは鉄でしたが、依然として国産化はできませんでした。国産化が始まったのは、受験答案式に安定した答えでいいますと、七世紀初めからでした。古墳時代が終わろうとしている時代です。

山を求めてタタラは出雲へ来た

私はここ十年来、山陰地方の雲州（出雲）、伯州（伯耆）、石州（石見）といった山の中を歩きまして、砂鉄づくりの跡をずいぶん見まして、朝鮮半島の山々のことを思いました。朝鮮が砂鉄による鉄生産を始めるのは二、三世紀ごろのことで、その後四世紀、五世紀、六世紀と大いに鉄を生産して強力な朝鮮文化ができあがり、同時に朝鮮の山々が裸になっていったんじゃないかと思うのです。

砂鉄から鉄をつくるグループのことをタタラといいます。おそらく朝鮮語だと思います。タタラという言葉は鉄をつくる道具である鞴《ふいご》のことであり、鉄生産のシステムそのものをも指し、さらには鉄生産グループのことでもある。タタラは山に住みついては山を食いつぶしていきます。

このタタラというお化けのようなエネルギーが朝鮮の山を裸にしてしまい、山に復元力がないので、彼らもまた失業してしまった。

質の良しあしはあるものの、砂鉄はいくらでもありますから、樹木さえあれば鉄を生産できる。タタラはひたすらに木炭を欲しがります。国境などはおかまいなしです。

慶州の近くの海沿いには、迎日湾という大きな湾がありまして、ここで採れる砂鉄は純度が高く、硫黄分が少なく、非常に質がいい。しかしそのあたりの山を切り崩してしまえば、あとはいきなり船を浮かべて出雲にでも来るしかない。これは素人でもできそうな航海コースなのです。

さて、いかに木炭が必要かといいますと、普通、「一代《ひとよ》に四千貫」といいます。砂鉄を錬鉄にする前の段階を鉧《けら》といいますが、この素朴な鉄の塊をつくるために四昼夜が必要だそうですね。この四昼夜を一代といいまして、この一代に四千貫の木炭が使われる。

出雲地方に田部《たなべ》さんという、室町時代から名のある長者がおられます。何代も続いた製鉄業者でしたが、砂鉄製鉄は明治以降はなくなりました。

いまは山林地主です。私は出雲に行って田部さんに砂鉄の話をうかがったのですが、そのころの田部さんの持っていた山林は、中国山地に多くありまして、四国山地にまで所有地があった。

「どうしてそんなに山が欲しかったんですか」

とうかがうと、

「いや、一代に四千貫ですから、いくらでもいるんです。一山切り倒すと次の山にタタラが移っていく。木炭のために次々と山を買っていくうちに、中国山地のほとんどとなり、足りないので四国まで行ったんです」

田部さんの山ですと、だいたい三十年ぐらいで切った山が元に戻る。それを繰り返しても、中国山地が朝鮮の山のように赤裸になっているという話は聞いたことがありません。

中国が武帝以後に下り坂になり、朝鮮がアジア的停頓のなかに入り込む時代に、こうして日本の製鉄は始まります。未開だった日本が逆に、にわかに広域社会をつくりはじめます。

奈良朝になりますと、国衙《こくが》（国府）の倉に農機具があり、朝、農民に貸し、夜はきちっと返させていた。このちょっと刃の部分だけ鉄の農具が、国の道具であり、国の権威でした。

ところが律令時代も進みますと、墾田という例外ができます。新しく開墾する土地のことですが、しかし国は簡単にそれを許さなかった。開墾するときには、絶対に国の鉄製農具を使ってはいけないとされていたのです。

ですから平安中期ごろからは、

「もうこんな律令体制は嫌だ」

という農民がどんどん脱落していきます。その浮浪人が関東に行き、鉄の道具を持っている親方のような存在を頼っていきます。彼らが関東を拓《ひら》き、やがて源平合戦があって頼朝の成立となっていきます。

少し余談になりますが、いまの日本社会の祖型はやはり弥生式農耕というものです。稲作というものはいいものだということになり、またたくまに全国に普及するのですが、従わない人々が奥州にはいました。

まつろわぬ人々ですね。

阿倍比羅夫や坂上田村麻呂といった人たちが北に向かうことになりますが、どうも軍事行動をとった形跡があまりありません。山野を飛び回っている縄文人を低地に定住化させ、弥生式農耕をさせるというのが当時の国家の大方針でして、そのころの国は、国というより、「稲作をすすめる公社」のようなものでした。

この点が日本と他国との違いですね。日本の古代国家というものは、儒教、回教、キリスト教に類する原理は何も持たなかった。ただ弥生式農耕はすばらしいからおまえもせよ、そう言うだけであります。弥生式農耕が思想の代わりになっていたというのは、神道を見ても想像がつく。

中国の場合は天子が儒教を宣布する。官僚はローマ教皇の枢機卿のようなもので、天子の片腕として儒教を広めていく。中国の官僚は宣教師のような性格も持っています。

しかし日本の場合、思想的な原理で国が成立することはなく、農業の方法で社会が成立した。宗教儀礼も稲作儀礼が中心ですし、モラルもそれにくっついてきた。

こういう国は世界史に少ないと思いますね。現代的といえば現代的で、世界はそろそろ宗教の呪縛から逃れなければならないときにきていますが、日本人は、もともとはそこから逃れています。

仏教が伝来しても、バラモン教やヒンズー教のように飼い馴らしのものではなく、効き目として入ってきた。

法隆寺をつくっても薬師寺をつくっても、輪廻《りんね》転生《てんしょう》や解脱よりも、何に効くのかということになる。「アリナミン」や「頓服」のように仏教は受け入れられ続けています。さほどに強烈な、われわれをがんじがらめにするような思想的な呪縛にはなりませんでした。

砂鉄に話を戻します。

関東で砂鉄生産が進み、先ほどの親方、豪族といいますか、ならず者といいますか、アメリカ開拓時代の農場主といいましょうか、彼らがたくさん成立して、源平藤橘を名乗るようになります。彼らは京都の源平藤橘とはほとんど関係もなく、たいていは家系を捏造《ねつぞう》しました。

そういう勢力が集合して独立政権ができ、京都の律令政権と対決する。頼朝の鎌倉政権ですね。

鉄器が豊富になったことが社会を変えていきます。

鎌倉から室町時代においては、鉄は鉄でも鋳物がたくさんできるようになりました。農具にも鋳物が入り、鉄瓶その他がつくられるようになります。

鋼のほうも室町時代になると、非常に生産力を増していきます。

室町に始まる好奇心と競争の社会

室町時代はご存じのように乱世が慢性化したような時代で、将軍は一人として大統領としての能力がありませんでした。

いちばんひどいのは足利義政でして、この人は大文化人として銀閣寺をつくりましたが、応仁の乱では何の手も打ちませんでした。政治が不在の時代でした。ところが室町時代ほど輝ける時代は日本史にもないのです。

床の間、数寄屋普請、結納の作法、みなそうですね。われわれの生活の行儀作法の原形は室町時代にできていますから、われわれは室町時代の子孫ですね。

そして政治不在のままに農業生産高が上がっていきます。百姓一人が非農民、つまり武士や学者や商人を何人も養える時代でした。鉄の鋤はもうふんだんに安く、だれでも手にできる状況にありました。灌漑作業に使い、土も深く耕し、とても田畑にならないところまで農地にしていった。

百姓のおかげで、吉田兼好も親鸞聖人も法然上人も、一休さんも、あるいは足利義政のような人も出てきた。

同じ武士でも、足軽という、異様な成り上がりの戦争屋も出てきます。

京都のエスタブリッシュメントの武士とは違う、ほとんどが在から出てきた人々です。こういった氏素性のない人々の末裔が、織田信長のグループのような人々を生み出し、やがて秀吉の成立につながっていきます。

ですから室町時代の可能性のなかでも、とりわけ足軽の出現は大きかったと思います。繰り返しますが、そういう彼らに飯を食わせることができたのは、鋳物や錬鉄の生産力が上がったためでした。そういうことが日本の社会に停滞をつくらない社会を続けさせることにもなり、半面、猛々しい社会をつくることにもなった。好奇心と競争の社会ですね。

同じ日本語圏でも、沖縄ではそういうことはありませんでした。

沖縄は長く石器の時代にありました。室町時代になって鉄が入ってくるまで、なだらかな古代が続いていた。

タロイモや稲を木製の農具でつくっていた。稲などはあまりたくさんはできません。とても隣人の田畑を奪うような猛々しい騒ぎは起こらない。

沖縄もだんだん本土化していくでしょうが、少なくとも原形としての沖縄人には、なんともいえない人のよさがあります。

結局、室町期の日本は競争心や好奇心をあおる基礎的なものがたくさん生産され、江戸時代に入っていきます。

もっとも、江戸日本における徳川家は、いわば調整的な勢力でした。大名同盟を調節するといった政権であり、けっして強い王権を持っていたわけではありません。

江戸時代は徳川一家の安全を守る時代でもありました。人の好奇心は起こさせないようにというか、道具を進歩させないという側面がありました。

東海道は舗装しないとか、橋は重要な部分には架けない、大きな船はつくらせない。法律的な強制停滞主義をとって、進歩しないように抑え込んでいたところがあります。

徳川家が中国やローマの皇帝でしたら、何万、何十万の人々を働かして東海道の舗装ぐらいしたでしょう。

秦の始皇帝も土木事業をして滅び、隋の煬帝《ようだい》も大運河を掘って滅びましたが、必要以上の大土木事業を起こしたものは必ず滅びる。百万もの労働者をある場所に集めておけば、やがて気が立って反乱軍になるからだともいえます。

この江戸時代を砂鉄の面から見れば、三百諸侯が量の違いはあっても質はほぼ同じ武器を持っていて、徳川氏がやや大なるものであったともいえます。封建時代までの日本の鉄器生産力の大きさと、やはり関係があるのではないでしょうか。

明治になって日本は全く質の違う文明社会に入っていきます。

しかし朝鮮はそうはなりませんでした。今世紀初めのある日本人の記録ですが、咸鏡北道の片田舎で鉄をつくっているのを見たという記録があります。河原に砂鉄を六十センチほどの幅で積み上げ、その上に薪を積んで夜どおし燃やす。炉でもなんでもない。あくる朝に、鉄のもとの塊を皆で拾い集める。あの輝かしい鉄文化を持った国の民が、野天で鉄をつくっているわけで、あまりにもかぼそい話ですね。

日清戦争のときに日本の軍隊は朝鮮を戦場にしました。通過するときに当時の軍は、略奪はいけない、ちゃんとカネを払えと厳しく言ったため、律義に守ったと聞いていますが、そのとき意外なトラブルがあって、困ったそうです。

朝鮮の農家の人たちは、お金を認めなかった。こんな金属のかけらで大事な鶏がやれるかということになった。つまり貨幣経済というものがなかったことになります。儒教には好奇心を持つな、競争はするな、できれば商売などはするなというところがあります。

もっとも、中国はおかまいなしにずっと商売をしてきましたが、優等生の朝鮮はどうでしょうか。統一新羅のときは貨幣らしきものはありましたが、明治まで続いた李氏朝鮮は五百年間、農村部において貨幣経済はなしでした。このふたつの話から、朝鮮におけるその時代の鉄事情と貨幣経済、そして儒教がどういうものであったかがうかがえます。

最後に、以上は価値論で話したのではありません。ごく素朴に唯物論的に、中国・朝鮮という優れた文明地域と、離島であり、モンスーン地帯にあった日本というものを、近代以前の鉄生産と樹木の関係から述べてみました。

一九七九年五月四日　東京農林年金会館一階大ホール　農業土木学会創立五十周年記念講演

一九八〇年（昭和五十五）——一九八三年（昭和五十八）

【一九八〇年―一九八三年】

モスクワでオリンピック開催も、西側諸国ボイコット（八〇年七月）
中国の「四人組裁判」で江青などに死刑判決（八一年一月）
フォークランド諸島の領有をめぐり英国―アルゼンチン間に紛争（八二年四月―七月）
サハリン沖でソ連軍機が大韓航空機を撃墜（八三年九月）
ロッキード裁判で田中角栄元首相に有罪判決（八三年十月）

【司馬遼太郎五七歳―六〇歳】

日本芸術院会員に選出される（八一年十二月）
『ひとびとの跫音』により読売文学賞（小説賞）受賞（八二年二月）
スペイン、ポルトガルに取材旅行（八二年九月）
朝日賞受賞（八三年一月）

●主な著書

『項羽と劉邦〈全三巻〉』（八〇年六月―八月）
『日本人の顔』（対談集・八〇年八月）
『歴史の世界から』（八〇年十一月）
『ひとびとの跫音〈全二巻〉』（八一年七月）
『菜の花の沖〈全六巻〉』（八二年六月―十一月）
『人間について』（山村雄一氏との対談・八三年七月）

松山の子規、東京の漱石

漱石の『坊つちゃん』は大変な名作ですね。コロンブスの卵みたいな小説です。書かれてしまえば、ああこういう形式の小説もあるのだなと思わせる。

もっとも、名作ではありますが、ずいぶんと伊予松山の人をばかにした小説でもあります。しかし、松山の人はけっこう喜んでいますね。坊っちゃん列車とか、坊っちゃん団子とか、松山は何かにつけて坊っちゃんです。自分たちがばかにされているのを喜ぶというのは、なかなかしたたかなユーモアの精神です。

漱石は江戸っ子でした。

漱石の時代の江戸っ子は、田舎を実に嫌いました。

徳川時代が長かったからですね。

江戸には都会センス、都会の美意識が育ちました。やはり三百年近くも実質的な首都だったわけですから、人間の言動、服装、たたずまいといったものに非常にうるさい所になった。野暮とか粋とか、そういうことばかりを言って、江戸っ子は暮らしてきました。

学問は三百諸侯が、つまり田舎が受け持ちました。お侍が勉強すると、町人百姓がまねをして学問をする。いい藩になると、精密時計のような学問文化を残しています。

しかし、漱石は別ですね。

江戸っ子ですが、学問もできる。

洗練された人のセンスから滑稽を感じて、『坊っちゃん』を書いた。

それを松山の人が喜んでいるのは、非常に高級な感じがします。漱石も松山の人も、かなりいい線をいっています。

それにしても松山の人は遠慮が深いですね。

例えば松山の人は、「漱石、子規」と言う人が多い。近ごろは「子規、漱石」と言う人も増えてきたようですが、これまでは土地の者である子規を漱石の一段下に置いてきた。

もっとも、子規自身がそうでした。

漱石は大学生のころに、子規を訪ねて松山に来ています。

お母さんの八重さんに漱石を紹介するとき、子規は言います。

「この夏目という人はあしと違って偉い人だ」

漱石は学生のころから、貫禄がありました。姿勢がよくて、座っていてもこれは違う人物だという雰囲気があった。子規は大学をずっこけて落第していますからね。子規自身が同級生の漱石を非常に誇りにしていた。そう考えると、「漱石、子規」でもいいことになります。

もっとも、私は子規が好きなのです。

子規の話をどう話そうかと考えていると、どこから考えても子規のことが大好きだと思うばかりです。

子規記念博物館という個人の名前を冠した博物館ができて、めでたい気分でいっぱいであります。

ですから単なる順番の問題かもしれませんが、せめて土地の人ぐらいは「子規、漱石」と呼んであげてほしいと申し上げたいのです。

子規が革命の精神で思った「写生」

私は子規の散文が好きです。

子規と漱石の二人の功績は大きいですね。われわれ日本人のため、「散文」というものをつくってくれた。まず文章における社会学といった、そんな話からいたします。

散文とは何でしょうか。

よく私は若い人に聞かれるとき、肉屋さんの店先に鉤《かぎ》で吊るされている牛肉の話をします。

なかなか美しいものですが、散文とは詠嘆するものではありません。

その牛肉に五本の指を突きたて、かたまりをつかみだし、テーブルの上に載せるのが散文です。

牛肉をつかみだす握力、筋肉の動き、緊張、気迫、やりとげる精神力。

それらすべてが文体になる。最後にどんとテーブルに置くのは客観化するということです。

日本の散文は遅れていました。

詩歌は『万葉集』があります。子規は否定しましたが、『古今集』も『新古今集』もあります。最近は見直されつつあるそうですね。

つまり歌の場合、平安時代や鎌倉時代に絶頂期を迎えたことになります。

俳句にしても、芭蕉、蕪村によって絶頂期を迎えている。

ところが散文の場合、紫式部にしても、『源氏物語』は別にして、それほど驚くべきものではありません。

清少納言の場合も、散文といっても一種の述懐であり、さっきの牛肉のようなリアリズムではありません。

江戸時代には散文がそれなりに完成しました。

だいたい随筆その他が、日本ほど残っている国はないかもしれません。

中国だと、政治論文が多かった。

ヨーロッパの二、三の優れた国にはその現象がありますが、江戸時代のような例は少ないだろうと思います。庄屋の隠居が書く、軽い身分の侍も書き、坊さんも書く。書き手は実に多いのです。

ところが明治維新という文化革命が起こり、一瞬で江戸散文は消え、明治人たちは新しい散文をつくりあげなくてはならなくなった。

散文はだれでも参加できる言葉で書かれなくてはなりません。

子規なら自分の健康について論じられます。花鳥風月もとらえられる。もし子規が病気でなかったなら、他の社会の状態を報告することもできたと思います。政治も経済も論じられる。

漱石の散文もそうですね。

ただ漱石の文章は子規に比べれば、同時代人にとってはやや難しかったかもしれません。子規は同時代人にとっていちばんやさしい、わかりやすい文章をつくりあげた。二人の天才が相互に影響を与えながら青春を送り、しかも友人であり続けた。二人で文章日本語をつくりあげてくれた。

もっとも、こういうことはなかなか後続がないものなのです。文章というのは社会的な道具ですから、共通化しなくてはならない。その共通化に、その後七十年も八十年もかかっています。文章日本語が完成したのは、明治から百年近くなろうとしていたころでした。私は昭和三十年代の終わりぐらいだろうと思います。

このころになると、どの小説家も似たような文章になってきています。どの小説も作者の名前をはずすと、だれの作品なのか当たりにくい。それはめでたいことなんです。それでもおれは自分の文体をつくりあげる、と明治の文学者がやったようにつくりあげているといえば、大江健三郎さんぐらいのものですね。やはり伊予は、そういう人を生む土地なのかもしれません。

さて、どうして散文の話から始めたかというと、私はときどき子規の名前の上につく「俳聖」という文字が、身震いするほど嫌いなのです。

たしかに子規は俳句と短歌の刷新をしました。自分の仕事は、日本人の伝統的な文芸に新しい命を吹き込んで後世に譲り渡す仕事だと、だれに頼まれたわけでもなくて、そう考えた。

俳句などはほとんど顧みられていなかった。夜店に行くと、いくらでも値段の安い手書きの句集が売られていました。隠居の文芸でしたね。

子規は軽んじられていた手書きの句集を買い集め、自分で分類して、書き直しました。それらの俳句を新しい美学で見直した。

短歌もそうですね。この当時の人たちは、『古今』や『新古今』の系譜を引く短歌をご挨拶がわりに詠んでいただけだったんですが、それらに否定に近い評価をした。

そして『万葉集』を前面に押し出した。いまなら『万葉集』はだれでも知っていますが、当時はそんなものは古い時代の田舎の歌だろうと思われていた。国学者には『万葉集』の研究をしている人もいましたが、ほとんど無視されていた。その『万葉集』を美学的に優れたものだと評価した。

おかげで俳句も短歌も全部よみがえり、日本人の重要な文芸として継承されている。しかしそれだからといって、まるで宮本武蔵が剣の達人と呼ばれるように、「俳聖」と呼ばれてしまうのでは、子規が可哀想であります。

子規は書生のまま、三十五歳で亡くなりました。

脊椎カリエスのため、苦しい病床に七年間もいました。背中にいくつもの穴があき、包帯替えのときには泣きわめくような痛さでした。

そういう悲運のなかにあり、嘆くこともなかった。そして、それほどの悲愴感もありません。自分の命はだいたいこれだけなのだと、きわめて冷静に分析しています。

町を歩いていて小遣いがなくなってきて、あと二十五円ぐらいしか残っていない。その二十五円で何ができるか。それが子規にとって肝心でした。

俳句や短歌の革新であり、散文をつくりあげることでした。

命との競争でやるべきことをすべてやった。人間として、正岡子規ほど勇気のある人はちょっといないのではないかと、私は思うのです。

写生という言葉は子規の始めた言葉です。しかし、非常に安易な言葉として使われてきましたね。私は大正十二年（一九二三）生まれですが、そのころの絵の授業を子規が見たら、びっくりしたかもしれません。りんごならりんごをそばに置いて描くのではありません。だれか上手な絵かきさんが描いたりんごの絵を、そっくりに写すことが絵画教育でした。

これは物を見ない絵ですね。

正岡子規が明治にあれほどのことをやっているのに、昭和初年の小学校の絵画教育はそれだけ遅れていた。

たまたま私の先生はそれだけではなくて、私たちを外に連れていってくれた。そのへんのものを写生しろと。

ですから私は、外に出てさっと描くのが写生なんだと、子供のときに理解したんですが、もちろん子規の言う写生はそんなものではありません。

子規は言っています。

「写生というものは、江戸時代にはなかった。写生とは、物をありのままに見ることである。われわれは物をありのままに見ることが、きわめて少ない民族だ。だから日本はだめなんだ」

身を震わすような革命の精神で思った言葉が写生なのです。

ありのままに物を見れば、必ず具合の悪いことも起きる。怖いことですね。だから観念のほうが先にいく。

明治維新のイデオロギーといえば「尊王攘夷」でした。幕末にヨーロッパ人やアメリカ人がやってきたとき、はねかえすためには将軍ではだめだということになった。架空の一点をつくる必要が出てきました。

架空の一点とは天皇のことですね。

京都にいて、何世紀もの間、政治的な実力を持たなかった人を、尊王攘夷の観念にあてはめ、あとはシュプレヒコールを繰り返した。

その観念主義の癖が、明治以降の日本を覆いました。

大正末期や昭和初期、マルクス青年や学者がたくさん現れました。私から見れば水戸史学の裏返しのようなマルキシズムでした。

彼らは日本の歴史を素直に見ていませんでした。

伊予松山は十五万石であります。

マルキシズムの日本史でみれば、殿様の久松さんは大地主ということになりますが、それを松山の人に聞けば、こんな答えが返ってきます。

「いや、久松の殿様は租税を徴収する権利を持っているけど、地主ではない。地主は百姓であり、町人だ」

これは松山の人ならだれもが知っていることなのです。

例えばロシアの場合は、もう少し簡単な社会構造になっていました。

ほとんどの農民が農奴であり、地面にしばりつけられていました。地主は貴族です。貴族がカネに困れば農地を売りますが、その場合は農奴ごと売る。農奴六千人が乗っかっている土地だと、高く売れることになる。

自由農民もいましたが、ほとんどが農奴と貴族でできあがっている社会です。ロシア皇帝のロマノフ家は貴族全体の代表者でした。

つまり貴族を追い払えば、貴族はすなわち地主ですから、これで革命ができあがる。きわめて二元的な社会でした。

中国もそうでした。毛沢東政権ができあがる寸前の中国は、大多数の人民は小作人でした。人口の一割ほどの地主が、ひどい場合には生殺与奪の権まで持っていました。昭和十年代、二十年代初めの話ですよ。地主が勝手に農奴の裁判までしていた。それならば地主を追っ払えば、革命が完成する。

日本ではこうはいきません。

侍は土地を持ちません。ちゃんとした松山藩の侍が農地を私有しているというのは、恥ずかしいことでした。

侍は租税を徴収し、行政をするというのが江戸の封建制でした。

そんなことは調べればすぐにわかることなのです。しかし、日本の多くの左翼運動家は非常におおざっぱに日本史をとらえてきた。こういうことで左翼運動は衰退したのではないか。つまり足元がしっかりしていなかった。

正岡子規の言う写生の精神がなかったということになります。学者、知識人も「牛肉」をどんと置かず、観念であいまいに過ごしてきたのでしょう。

写生の精神は、昭和史にはほとんどありません。

実際に国家を運営した軍人に、まるでリアリズムはありませんでした。

ただ試験の成績がいいだけの人が陸軍大臣となる。偉い参謀肩章をつけた軍人が肩で風を切り、政治に参加し、クーデターを起こす。昭和十四年にノモンハン事件で大敗した二年後、世界中を相手に戦争を起こしています。

これは阿呆ですね。

自分の観念にフィルターを、目玉に霧をかけ、物を見ようとしない。そういう文化が長く続いてきた社会であります。

子規の言う写生の精神とは、俳句や文章における写生ではありません。

日本文化における深刻な劣等性を思い、それを解決する方法として写生を提示した。

この写生の精神さえあれば、日本の文芸はなんとかなる。日本人の精神はしゃんとする。日本文化は立派なものになると、子規は思い続けた。

子規は自分自身を客観化できる人でした。これが大事なのです。

自分は見えにくいものです。

だれでも我にとらわれていますし、自分がかわいい。自分には点数をつけたくないものです。

しかし子規には見えた。自分の胃袋、心臓の働き、頭脳や性質、自分とは何かが実によく見えた。

子規が輝いた時期は病床の七年

子規の『墨汁一滴』とか『仰臥漫録』『病牀六尺』をぜひお読みください。楽しい、実に愉快な本です。

その中に、自分は泣き虫だったという文章があります。

いじめられっ子だったようですね。

押せばすぐに泣くので、いじめっ子が寄ってくる。わあわあ泣きながら家に帰っていく。するとと妹の律さんは気の強い人ですから、飛んでいって石をぶつけてきたりする。兄貴思いは律の一生のテーマとなったのですが、ちっちゃい妹に救われて、情けない兄貴であると、実に正直に書いています。

ところが昔は灸《やいと》というものがありました。

このころは薬のない時代でしたから、病気になったら終《しま》いでした。ですから灸は健康のためにするものでした。病気にならないように、子供も毎月、灸をした。

これは熱いものでした。

どこの家の子も毎月泣くわけです。

子規をいじめているガキ大将も、灸のためにわんわん泣いた。ところが子規は泣いたことがない。自分は弱虫でどうしようもないけれど、そういう痛さや熱さは我慢できる性質だと書いています。人間はどこに勇気があるのか、どこが弱点でどこが人より強いのか。その組み合わせは人によって違うものですが、子規は自分の組み合わせをよく知っていた。

『墨汁一滴』はいつ読んでも新鮮です。都会と田舎をテーマにした随筆がありますね。田舎の子供に比べて手先の不器用な都会の子供や、「筍」が「竹の子」と知らない東京の奥さんが登場します。

さらに漱石のことも書いています。

当時の漱石はまだ有名ではなく、牛込あたりに住んでいる友人として登場しています。

いまは大変な都市ですが、そのころの牛込にはたくさん田んぼがあった。漱石の家の周りも田んぼだらけで、二人は青々とした田んぼを見ながら、散歩をしています。漱石は町っ子です。稲を見てこう言います。

「これに米がなるとは知らなかった」

稲を知らなかったんですね。

子規は言います。

都会の人間は、どうも彼のようなところがあるらしい。そこへいくと、われわれ田舎の者は、草鞋《わらじ》から味噌から何でもつくってきたし、よく知っている。

これは結論のない随筆なんです。

都会と田舎のどちらがいいというのではなくて、それぞれを描写している。そして最近は東京の風が田舎にもおよんでいるのは、ちょっと困るといった雰囲気の随筆でした。

子規は自分の暮らしの手ざわりの中から、リアリズムをつくりあげた。

いちばん頭が冴えていた、輝いていた時期は、病床の七年間でした。寝たきりです。

部屋からちょっとした庭を見たり、塀の向こうを見たりすることだけが、彼の天と地のすべてでした。

そこから全世界、全宇宙を写しあげていこうとする人だった。

子規を長く生かし、ほうぼうを歩き回らせたかったですね。もっとおもしろい文学者になったかもしれない。リアリズムとは何かを、もっとわれわれに教えてくれたかもしれない。

しかし天はそれだけの寿命を彼には与えなかった。

子規の継承の仕方を間違えますと、俳句と短歌だけになってしまいます。

子規の写生の心を、言った言葉を深刻に受け止めていただきたい。

われわれの日常の暮らし、世界を見る目、自分自身を見る目をお考えください。

自分の寿命を見る目だって、違ってきます。もう寿命は二、三年だからおれは何もしないとか、そんなことは言わないほうがいいですね。

自分の寿命があと三分あるなら、三分の仕事をしたほうがいい。

子規はそういう人でした。

そういうことこそわれわれは継承したいものですね。

一九八一年四月四日　松山市立子規記念博物館　子規記念博物館開館記念講演　協力＝ＮＨＫ

文章日本語の成立

「文章日本語の成立」というたいそうな題であります。

もうちょっと説明的に言いますと、共通文章日本語の成立と言いたいところでして、文章というのは、それがいいか悪いかは別として、社会の文化、あるいは文明の成熟に従って、やがては社会の共有のものになるんだ、ということをお話ししたいと思います。

ひとつの社会が、例えば明治維新のような、文化的にきわめて徹底的な革命が行われたときには、文章もともに滅びるわけです。江戸時代に成熟した文章は明治にはもう生き残らない。

そして、明治初年の役人、軍人、小説家、あるいは新聞記者、その他一般の人々に至るまで、それぞれ手づくりの文章をつくる。その手づくりの文章が完成するには百年ぐらいかかる。完成というと語弊がありますが、共通・共有のものになる。つまり、だれでもその文章に参加すれば、自分の言いたいことをほぼ言えるようになるまでには、百年かかる。それまでは、それぞれの人々の手づくりによるものだという話であります。

昭和二十七、八年ごろに、何かの雑誌に評論家が、「近ごろの小説は」と言って悪口を書いておりました。「皆似てきた」と。おもしろかったのは、それを読んでいて、似てくるのは当たり前だという感想を持ったわけです。

共通文章語というのはどういうものかというと、ひとつの文章でいろんなものが表現できる文章ということです。

登山に持っていくナイフで、缶切りから何から、いろんなものがついているナイフがありますが、そういう多目的に使われる能力を持った文章です。

無論作家もそれで小説を書く。あるいは、昭和三十年代になって、「週刊新潮」の発行その他で週刊誌というものが非常ににぎやかなものになりましたが、そこに書かれている文章と、作家の文章とが似てくる。それがいけないということじゃなくて、共通・共有のものになってくるということを申し上げたいわけです。

ルポルタージュ向きでない鏡花の文章

昭和二十七、八年ごろの私の実感で申します。

そのころに『大東京繁盛記』という、昭和二年に発行された古本を古本屋さんで買いました。東京日日新聞刊で、ぼろぼろの本でした。島崎藤村はじめいろんな作家が、震災後数年たった東京のルポルタージュをしている本です。

中に泉鏡花も入っていました。鏡花は深川を担当して、文章を書いております。その文章がなんとも言えず下手くそなんです。昭和二年といえば彼の晩年ですが、天才鏡花といえども、生きた町である深川というものを、この程度のとらえ方しかできないのかという気持ちを持ったわけです。

ふと気づいたのは、鏡花は明治二十年代に東京に出てきて、手づくりで文章をつくりだした人だったということです。自分自身で一筋縄の文章をつくった人なのです。

上京したとき、小説を書こうと思っても自分の中に文章がない。無論、鏡花自身は金沢の人ですから、金沢の方言か、あるいは江戸時代の漢文崩しのような文体なら書けたと思いますが、それでは小説にならない。そこで彼は、寄席に行って噺家がしゃべっているのを聞いたり、いろんなことをして、彼自身の文章をつくりあげた。そうせざるを得なかった。

その文章は、鏡花の世界を表現するだけの役には立つけれども、フォークランド紛争を論ずることはできないんですね。まして、昭和二年に、震災後の復興と、工場もあれば下町の情緒もある、生きた町としての深川を立体的に見るということは、彼の文章ではできなかった。鏡花の批評眼の中ではあったかもしれませんけれども。

結論を言いますと、明治期に夏目漱石が、だいたい多目的の文章を考案したということを言いたいんです。

考案とはおかしいですが。昭和二十七、八年ごろに評論家が「このごろの小説は皆似ている」と言った、あるいは、鏡花の深川ルポルタージュを読んで、なるほど鏡花は自分で文章をつくったが、多目的のものではなかったんだ、という感想を持ったことが、きょうのテーマの起こりです。

その後、そのことにこだわっていまして、ドイツ語の教師をして、後に哲学の教師をするようにな

った友達に、

「ドイツ語というのは一言でいえば何だ」

と聞いたことがあります。非常にうまい答えが返ってきました。

「だれが書いても大学のドイツ語の入学試験問題になる言葉だ」

これは非常に概括的な、あるいはしゃれた言い方で、いろいろ異論があると思いますが。それで、ああ、ドイツ語は成熟したんだなと思うようになりました。

文章をちょっと離れて、おしゃべりをするということについてお話しします。不特定の大衆に、ひとつのテーマで、私が今やっているように長しゃべりをする。そういうものは、日本の明治以前の習慣には全くありませんでした。言語としてうまく言えなかったわけです。とはいっても、幕末の志士などが非常に議論をしている。今後どうすべきかということを策謀したり、あるいは、反対勢力との間の調整をしていますね。しかしそれを、お座敷に座って議論をしていたのかというと、それだけの言語はなかったように思うんです。

志士たちは京都で、下宿するようにして転々と泊まっておりました。同じ党派は似たような町、木屋町なら木屋町に泊まっております。しかし隣に泊まっている仲間に手紙を書くんですね。で、下男が持っていく。すると返事もすぐ戻ってくる。こうしようとか、おれはこう思うとかいうことを、簡潔な漢文まじりの候文か、メモ程度の文章で通じ合う。非常に不自由な言葉しかなかったわけであります。

いや、西鶴があるじゃないか、『源氏物語』があるじゃないかとか言う人もいるでしょう。しかし、西鶴や『源氏物語』では、幕末の政治情勢とかペリーショックとか、幕府を倒すとか倒さないとかといったことは、なかなか論じることができないんです。

それで、明治になったときに、しばしば外国に行った福沢諭吉さんが、

「欧米の文明のもとのひとつには、自由と権利ということがあるが、もうひとつ、スピーチというものがある」

と非常に重視しました。スピーチを演説という言葉に翻訳したのは、福沢さんが最初だろうと思います。そして、文明開化の基礎だとして三田に演説館をつくるほどの情熱を見せたんです。

たしか『福翁自伝』に載った話ですが、福沢さんが、日本にはひとつのテーマで不特定大衆におしゃべりをする言葉の伝統がない、どうすればいいだろうと思い悩んでいる。と、ふと思ったことがひとつある。それは、真宗の説教お坊さんのお説教だ、これだけが例外的にある、と福沢さんは思います。

真宗の本山の中には、悪い言葉でいうと説教坊主という説教僧のグループがありました。どこの町寺や村寺のお寺の坊さんでも説教できるというわけじゃないんです。訓練された説教坊主が村々を訪ねて、お寺で檀家におしゃべりをするわけです。高座があって、ちょうど寄席と同じです。その高座の上で、紫色のちりめんの衣か何かをぞろっと着て、極端な話、薄化粧をしています。それで、阿弥陀如来の本願のありがたさを説くわけです。福沢さんは、その伝統があるなと思ったそうです。

しかしながら、文章のほうはというと、明治以後、容易にはできあがらなかった。新聞その他で文章は書かれていますが、非常にまちまちの文体でした。漢文とそっくりのものがあるかと思えば、江戸の戯作者のような文体があるというふうに、いろいろ混乱がありました。

ここにおもしろいサンプルがあります。

たまたま私の本棚にあったものですからゼロックスしてきました。書いているのは、竹添進一郎井井《せい》という人です。井井は熊本の藩の侍者で、戊辰戦争に参加した後に新政府に入って、北京の公使館に一等書記官ぐらいで行っておりました。その井井が明治九年（一八七六）に四川省に旅行したわけです。日本人は『三国志』が好きで、中でも蜀《しょく》の国が好きですから。蜀はいまの四川省ですね。その旅行の文章が昭和十年代に本になって出ました。私は学生時代にそれを読んで、ああ、名文だと思ったんです。

実を言いますと、ここに来るために用意をしていて、気づいたんです。それは、竹添井井は漢文で書いたはずだということです。私が昭和十年代に読んだのは、漢文を読み下した日本文だった。それを、井井が初めから漢文読み下し文で書いたものだと信じ込んで、若いころは読んだんですが、きのう、自分自身で訂正したわけです。

明治九年ですと、とてもそれだけの文章は書きにくい。井井のこの漢文の四川省の旅行記——『桟雲峡雨日記』といいますが——は中国人にも非常に喜ばれて、原本には李鴻章の序文がついています。李鴻章は竹添の文章、人柄を非常に称賛している。つまり、日本の外交官が自分の日記を書くのに、中国古典語で書かざるを得なかった。

日が射し込んだような漱石の文章

もうひとつ、明治二十年（一八八七）のある日の朝日新聞をゼロックスしてきました。筆者はよくわかりませんが「花吹雪」という小説風のものが出ています。それを読みますと、延々と文章が切れないんです。戯作者調の文章で、なかなか丸がついてくれない。くたびれてくるぐらいに丸がついていない。

これは、日本語の生理的な特徴なのかもしれません。

私は上方の人間ですが、上方の人間は実に歯切れの悪い言葉を使います。特に、人と話をするときには、「そうなんです」ということを言うと失礼なように思って、「そうなんですが」とか、「行きましたけれども、なかなかうまく行けなくて、どうこうで」と延々、続いていきます。少し教育を受けた人は東京風に「そうなんです」と言いますが、地元に住んでおりますと、「そうなんです」と言うと、なんだか角が立つような感じがするんです。

私の古い知り合いに、ロジャー・メイチンという、いまは京都に住んでいるイギリス人がいます。彼はケンブリッジ大学の日本語科を二十何年前に卒業しました。日本語の文章までうまい人です。その彼が、最初に文章を書いて見せてくれたことがあるんです。自分の住んでいるアパートの付近の景色を入れた日常雑記のようなものでした。その文章がずっと切れないんです。原稿用紙四枚ほど、最後まで切れない。

「メイチン、丸を打つんだぞ」

と私が言うと、ふくれるんです。彼は、日本語学については私よりも大変な権威ですから。

「そんなばかなことありません。私がケンブリッジで習ったことによると、日本語は切れないんだ」

ケンブリッジの先生は、日本語の生理にまで大変通じた方だったと思うんですが、「切れないんだ」と教えた。

「いや、このごろは切れるんだ」

と言って、私は彼の文章に丸を打っていったことがあります。

明治二十年の朝日新聞に載っている「花吹雪」はほとんど切れておりません。しかし、同じ朝日新聞でも明治四十年（一九〇七）に載っている、夏目漱石の『虞美人草』になるとずいぶん様子が変わってきます。

『虞美人草』は第一面に載っていますが、同じ面の記事のほうは、なお文語体です。大正のある時期まで新聞のこの文語体は続くんですが、明治四十年のこの紙面では大変難しい文語体が出ていまして、その下の『虞美人草』は、そこだけが、日が照っているように明るい口語体なんです。

これは、大変な新鮮さを読者に感じさせたろうし、同時に、古い読者に対しては違和感を持たせたたろうと思います。

明治四十年前後というのはおもしろい時期で、志賀直哉がなお学生でした。学生の身で小説を書きました。『網走まで』という、いい短編です。後の志賀直哉はここにほとんど込められているといえる明晰な文章。余分なもののない、文章的にいっても、道具そのものという感じです。ノミという大工道具がありますが、ノミはカンナのようであってはならず、のこぎりのようであってはならない。『網走まで』の文章は、ノミならノミの明快さが非常にある文章です。無論、口語です。もっとも志賀直哉の『網走まで』は、雑誌に送りつけて没になったわけなんでありますが。

『虞美人草』は漱石の作品の中ではそんなに高く評価されてはいませんが、しかし、文章として見ると、そこに色恋沙汰も表現できて、しかも思想的なものが十分に表現されている。一筋縄でしかなかった泉鏡花の文章から見ると、道具として非常に多目的に使える能力を持っているように思います。

それに、自分および他人に対して一定の距離を置くことができるという文体を、すでに漱石がつくりあげています。

鏡花の場合は、自分の情念なり、何事かに則した、則し過ぎた文章しか持っていませんが、漱石の文章だと、自他を客観視できるというところまでいっています。

文章日本語の共通性というか、共有性というものの歴史から見て、漱石と同時代人で友人であった正岡子規が非常に重要な存在だと思います。

漱石の文章も非常に大きな影響を与えますが、子規の、俳句詠みの世界に組織的に与えた影響というのは非常に大きかったろうと思うんです。『墨汁一滴』は、子規にすれば珍しく口語であります。子規の文語は「そうなり」と言うだけで、ほとんど口語に近いもので、かつ、文章はきわめて平易で平明な特徴を持っていますね。ものを客観的に見るという近代の精神と一致するものです。

『墨汁一滴』のある文章は、例えば、学生時代に漱石の家を訪ねるくだりについて書いています。牛込の漱石の家を訪ねて、本人を連れ出してどこかへ行く。牛込のあたりは当時、まだ水田がたくさんあったそうですね。そのときに、漱石はそばに生えている青々とした草がお米になるということを知らなかった。そういうことを書いている。

漱石のゴシップを書いているのでなくて、こういうことです。

子規は松山の田舎から出てきた人ですから、

「自分たち田舎者はいろんなことを知っている」

と。しかしながら、

「何かにおびえて暗い表情なんだ。都会で育った人たち、例えば、東京の小学生は、非常に体操が好きで、音楽が好きだ。要するに雰囲気が明るい。ところが、ものを知らない。漱石さんもそうだった」

それから、子規の家に訪ねてきた、ちゃんとした婦人の話ですが、たまたま筍の話が出て、その人は筍が竹の子だということを知らなかった。東京の子供は鉛筆が削れないというのはよく言われることですが、すでに子規は、そのようなことを『墨汁一滴』に書いております。

ここにサンプルを持たなくてもこれだけ復元できるだけに明快な文章です。それが、漱石とほぼ同時代、文章の共有化に多少の、あるいは大きな影響を与えたであろう正岡子規の文章です。

文部省がつくった「お母さん」

子規が松山中学に入ったのは、明治十年代の中ごろです。そのときに中学の教科に国語というものができました。明治の中学というのは洋学校的でして、英語を教える。初期には、教科書も英語のままで、数学の教科書も英語のままであったりしました。ところが、「日本では日本語を教えていないのか。それはいけないことだ」と、当時の東京の文部省は、フランス人かだれかに教えられたんでしょうか。それで、全国の中学校に国語科を設けよという布達が出たようです。

それがちょうど、子規が中学生のころです。子規にはそれがいちばん嫌でした。およそ愚劣な時間でした。なぜかというと、国語の先生というのはいなかったからです。明治以前もいなかったし、無論、紫式部の平安時代にも、国語の先生という不思議なものはいなかった。漢文の先生はいましたし、江戸時代にはオランダ語の先生もいた。馬術の先生も剣術の先生もいましたが、日本語を教える先生はいなかった。

松山中学は困ったんでしょうね。神主を呼んできたんです。日本語というのはきっと祝詞のことだろうということで。

その神主の先生が、生きのいい中学生を相手に、毎日、祝詞を教えたそうです。カケマクモカシコクモという、あの祝詞の節つきで、しかも延々と丸のない、奇妙な、日本語とも言えるかというようなものです。文章日本語および国語日本語の出発というのはいかに困難なものであったかということが、これでもわかります。

これも余談になりますが、明治維新およびその後十数年というものがいかに文化大革命であったかということです。それ以前の言語文化とは非常に絶縁していることからもわかりす。例えば、われわれは日常的に「おふくろさん」のことを「お母さん」と言います。「おやじさん」のことを「お父さん」と言います。しかし明治より前に、そんな言葉はどこでも使われたことがないんです。

それらはみな、文部省が勝手につくったんですね。「母上」とか言っている階級があるかと思ったら、「おっかあ」と言っている階級がある。それを全部ひとつの階級にしなきゃいけないというので、「お母さん」という言葉をつくった。明治何年だった、と特定するのは困難ですが。「お母さん」いう言葉が最初に出てくる小学校教科書があるならば、見たいと思うんですが。

「お父さんも」そう。「お兄さん」も「お姉さん」もそうです。方言で、「おにい」だとか「おねえ」だとか、「あねっこ」だとか、それから、伊勢のほうの悪い言葉では「お母さん」のことは「だだ」というんですかね。「お父さん」のことをたしか「がま」という。京都の宮中では「おもう様、おたあ様」。いろいろ違うのを統一した。

それから、「さようでございます」とか、「さようでござりまする」というのが敬語でした。それをやめて、「そうです」という非常に軽い敬語にした。これも文部省か何かが勝手につくった言葉です。一説によりますと、江戸の末期の芸者さんが「そうです」と言っていたそうです。

そういう大混乱の中で、いろんな文章を書かなければいけないということで、文章表現を必要とするあらゆる分野の人がそれぞれ手づくりで書いていったわけです。

昔から、いい文章だなと感心している本があるんです。

題が『武士の娘』。

著者は、杉本鉞子《えつこ》さんという、明治六年（一八七三）に越後長岡藩の家老の家に生まれたお嬢さんです。長岡藩というのは佐幕で官軍にやっつけられた、河井継之助の藩ですね。

彼女は、非常に品のいい教育を受けて、たしか横浜の女学校に入る。その後、やはり長岡出身でアメリカ東部で貿易商人として活躍していた人のお嫁さんになって渡米します。二人の女の子をもうけますが、ご主人が若死にしてしまって、彼女はニューヨークで孤軍奮闘、食べていかなければならなくなった。

ところが、ニューヨークの非常に筋目のいい人たちが、彼女の非常なファンになります。友人のアメリカ婦人が、

「何もお金を稼ぐことができなければアメリカでは文章を書けばいいんだ。侍という言葉は世界語としてみんな知っているから、侍の娘というのはどんな暮らしをしていたのかを具体的に書いていきなさい」

と勧めたんです。

その気になって少しずつ書いていったら、クリストファー・モーレーという作家が非常に感心して推奨したために、本になりました。一九二三年（大正十二）のことです。この人は、武士の家庭に生まれて、英語社会で生活したものですから、二つの言語について非常に鋭い感覚の人になっていたようです。本の題名を、普通なら、「ザ・ドーター・オブ・ザ・サムライ」という題にすべきところを、「ア・ドーター・オブ・ザ・サムライ」と、彼女はした。つまり、日本人のほぼ一割が武士でしたから、ごく一般的な武士の家に生まれたごく一般的な日本娘の話という意味を込めて、「ザ」を外して「ア」にした。そういう感覚のある人です。

それを、昭和十年代に、津田英学塾を出た大岩美代さんという人が翻訳した。さっきの竹添井井の漢文を、日本語読み下し文に翻訳するのと同じですね。杉本鉞子さんは晩年に日本に帰っています。大岩さんは、その杉本さんと膝を突き合わせて翻訳した。すると、著者の杉本さんの日本語の文体が生で出てくるわけです。「さようでございます」とか、日本語というのはこんなにきれいなのかというような文章です。これが、たまたま二つの言語にまたがって成立した文章だったんですね。

ここで悪文の例も挙げていくべきですかね。

敗戦前の日本の中に、非常にロマンティックな小説の伝統がありまして、その中の最も誇るべき大作が中里介山の『大菩薩峠』です。ついで、吉川英治さんの『鳴門秘帖』も非常に代表的な、ロマンティックな小説であります。

『大菩薩峠』を、ちょっとだけ読んだことがあります。長い小説ですからとても読み終えることができません。少しも頭に入ってこないんです。情景も入ってこないし、人間も入ってこない。『大菩薩峠』は、大正二年（一九一三）に都新聞に連載が始まって、満天下を沸かした新聞小説です。けれどもいま読むととても読めないような感じです。

吉川英治さんのような人は日本で二度と出てこないだろうと思うんですが、名声を決定したのは、大正十五年（一九二六）から昭和二年にかけて毎日新聞に連載された『鳴門秘帖』です。『鳴門秘帖』も読んだことがありますが、やはり数ページで、イメージがあまりにも湧かないためにやめました。次に心を入れかえて、音読してみました。すると今度は、非常に入ってくる。文章自身が音読調になっていて、例えば、

「チャラリ、チャラリと雪踏を鳴らして、今、銀五郎の左を横目づかいに摺れ違った黒縮緬の十夜頭巾は、五六間行き過ぎてから、そっと足の穿き物をぬぎ、樹の根方へ押しやッた。

かなぐり捨てた羽織もフワリとその上へ――。」


要するにオノマトペというか、擬音が非常に多い。

私どもが子供のときには、お年寄りは新聞を声を出して読んでいました。電車の中でも、夕涼みの涼み台の上でも新聞を声を出して読んでいました。いまは皆さん黙読をしますが、いまの年齢でいえば九十歳ぐらい以上の人では、声を出して、自分の音声を聞きながら読んでいる人が多い。

敗戦の後、五、六年してからでしたか、電車に乗っていたら、横で五十代ぐらいの人が大きな声で新聞を読んでいるんです。当人はそういう意識なしです。引き揚げ者の問題を論ずる記事を読んでいて、「引き揚げ者が」という言葉が頻発するんです。それを「引き揚げモノが」と読んでいて、だれか若い子がくすくす笑っているんですが、その人は容赦会釈なしに音読しています。

そういうように『大菩薩峠』や『鳴門秘帖』を音読すると、非常に明晰になって、情景まで見えてくる。羽織がふわっと落ちていく、そしていかにも江戸末期の口語のような気分が出て

くる。

同じ吉川さんの小説でも『宮本武蔵』になると、目で黙って読むことができる文体になっている。吉川さんは『鳴門秘帖』を書いたときは、ご自身、意識されなかったかもしれませんが、声を出して読む伝統の中の文章を無意識に使ったのかもしれない。

だれもが参加できるようになった日本語

先ほど泉鏡花が寄席に行ったりいろいろしたという話をしましたが、寄席の中でも三遊亭円朝という天才が、明治維新前後に現れます。円朝という人は話をつくることもできた人です。だれでも知っている「塩原多助」とか「牡丹燈籠」は円朝の創作ですね。その創作を、数カ月、もしくは一年にわたって続き物で高座で話すわけです。それは同時に速記になって、巷に売られた。円朝の古い全集を私は持っていますが、そういうものはとても読めません。しかし、声に出してみると、何とか情景が出てくる。ですから、声に出すということで成立する文章があったわけですね。

音読ということでもうひとつ。私は、兵隊に行く前に、死んだらどこへ行くんだろうというので、岩波文庫か何かの『歎異抄』を買ってきて読んでみたんです。

読んではみたものの、何も内容がない。

ふいに、昔の人はあらゆる文章を声に出して読んでいたと思いついて、そうして読んでみると、非常に行間の響きが変わってきた。『歎異抄』は明治以前の名文の代表的なもののひとつだと思いますが、思想的な本なのに情景まで浮かんでくる。そして、親鸞の精神の響きまで出てくるような、経験を持ったことがあります。

ですから、声を出して読むという伝統、文章を書く人も、声を出して読まれることを意識した伝統が、ほんの昭和十年前後まで続いていた。そして『鳴門秘帖』は、最後の光芒を輝かした文章だったんではないか。

私はこういうことを、二人の先輩にお酒の座で申し上げたことがあるんです。河盛好蔵さんと桑原武夫さん。お二人ともフランス文学の権威です。

「文章共通語の成立というのは百年ほどかかるんだろうと思うんです。フランスではどうなんですか」

と聞いてみたんです。河盛さんも桑原さんも賛成してくださって、ある時期をおっしゃってくださいました。日本の時期については、私は、最初に申し上げたように、

「昭和二十七、八年じゃないか」

と言ってみました。

桑原さんは、

「『週刊新潮』その他の発行、つまり、割合、質のいい文章の大衆化ということと関係があるんではないか」

とおっしゃった。それが冒頭の話とつながります。

いまの日本語の文章は、非常に参加しやすくなっています。これがいいか悪いかは別です。しかし、社会というものは、そういうようにして成熟していくものです。無論、例えば大江健三郎さんや野坂昭如さんのように、非常に特異な優れたスタイルを持っている作家の方がいます。優れた例外はたく

さんあるけれども、ほぼそうであるということです。
そして、共通語ができあがると、だれでも自分の感情、もしくは個人的な主張というものを文章にすることができる。文章にしなくとも、明治以前の日本人と違って、長しゃべりをすることができる。そういうようなスタイルが、共有のものとして、ほぼわれわれの文化の中には成熟したのだろうという、生態的なお話を今日は聞いていただいたわけであります。

一九八二年　東京・ＮＨＫホール　新潮カセット講演『司馬遼太郎が語る　第四集』から

『坂の上の雲』と海軍文明

私の話は、私の小説に似たところがあります。核心を言うのではなく、ちょうど糸巻きのようにぐるぐる周りのことを話し、最後には空虚なものが残る。その空虚なものは皆さんで察していただくと、今日もそういう話になると思います。

私は戦争のだいぶまずい時期になって陸軍に入り、見習士官になりました。その服装は兵隊さんの服装に見習士官の徽章を付けただけのもので、私は気に入っていました。

ところが将校となり、将校服を着たときは非常に不愉快な感じがしました。私の感じ方ですから、うまくは伝わらないかもしれませんが、昭和初年に、陸軍の中に「桜会」とか「皇道派」とか、国家の運命を玩具のようにもてあそんでいる、いわば待合の政治をしているかのような人々がいました。私はまだ子供でしたが、彼らのイメージが子供心にも嫌だった。

またこの時期に、それまでの質素なスタイルだった将校服が、ナチスのような将校服に変えられたということも知っていました。

ですから私は陸軍の将校服に、非常に不潔なというか、嫌な気持ちを感じた。そのことを以前に随筆に書いたこともあります。

すると、ある陸軍少将の未亡人という方から大変なお怒りのお手紙をいただきました。手紙をもらって腹が立つことなどないのですが、そのときは久しぶりに腹が立った。すぐに返事を書いたことを覚えています。

このあいだ、ポルトガルを訪ねました。

私は『坂の上の雲』を書くために、正木生虎《いくとら》さんという、皆さんよくご存じの元海軍大佐に、いろいろ船のことを教わりました。私はもし海軍の兵隊になったらどうしようというほど船酔いの強い人間ですから、正木さんのご案内を受けて、ようやく畳の上のナビゲーターとなれたのです。

それですっかり船が好きになったので、ポルトガルの最南西端のサグレス岬というところに行きました。ここは十五世紀に有名な航海学校ができたところで、つくった人は「エンリケ航海王子」という人です。

世界最初の航海学校ですね。それ以前は徒弟教育だったのですが、これ以降は変わっていき、いわゆる大航海時代が始まることになります。

さらにリスボンに海洋博物館があります。ここにはあらかじめ質問の手紙を書いておきました。

「甲板を発明したのはポルトガル人か、スペイン人か」

「甲板は樽を用いたものか」

甲板は水密性の強いもので、樽に栓をするようにハッチを閉め、海に引っ張り出すとなかなか沈まない。

それが大航海時代に活躍したカラベル船というものだろう、それが日本まで商人たちを運んできて日本の歴史に重要な刺激を与えたんだと、勢い込んで行きますと、

「その質問に答えるのは困難である」

という返事でした。

大航海時代にポルトガルはずいぶんお金をもうけまして、その最盛期に造られた大きな修道院があります。その修道院に別棟を継ぎたすように、海洋博物館が建てられていました。

館長さんが現役の海軍少将、副館長さんが現役の海軍大佐、守衛に至るまで下士官、水兵であります。海軍大佐の副館長さんに案内してもらい、最後に別れるときに聞きました。

「ポルトガル海軍とは、この博物館のことですか」

大佐は言いました。

「まあそんなものだ」

この気分は皆さん、ネイヴィクラブの方々も同じだと思うのですが。

つまり海洋博物館もネイヴィクラブも平和の象徴なんですね。

私が最初に申し上げたような、陸軍の指導者であった人たち、「桜会」とか「皇道派」の幹部の人たちが「ミリタリークラブ」をつくっているとしたら、社会が震え上がると思うのです。

つまり日本の旧陸軍というものは、われわれを支配していたところではなくて、われわれ日本人を占領でもしていたつもりではなかったのか。

家康も、その前の秀吉も信長も日本を支配しました。

しかしわれわれを占領した勢力というものはかつて日本の歴史になく、太平洋戦争が勃発する前後、陸軍による占領があったのみなのです。

敗戦になりまして、アメリカ軍が来たときにさほど日本人がショックを受けなかったのは、より軽度の占領が始まっただけだ、そんな感じが、当時にはあったと思います。日本の歴史に非常に重要な悪しき歴史を残した日本陸軍、もちろん陸軍の兵隊さんのことではありませんよ。

ところがネイヴィクラブは、大変に子供っぽい、ユーモラスなクラブである。皆さん、懐古談にふけっているんだと、私は思っています。

もっとも、敗戦は一種の革命でした。われわれは民主主義のなかでも最も理想的な形態である大衆社会をつくりあげた。

新しい革命の担い手たちは、過去の支配者階級のマナーを学ぶものです。

不思議なものでして、学ばないと社会がむちゃくちゃなものになってしまいます。フランス革命の担い手たちは賢くも貴族のマナーを継承した。

日本の明治維新の担い手たちも多くは山の手に住み、二百七十年間培った旗本のマナーを学んだ。薩長の芋侍が、千代田城にいた旗本の家庭のマナーを学んだ。

ところが、敗戦によってできた大衆社会は、根こそぎの、底の泥まで洗い上げたような革命でした。世界のどの国にも日本のような無階級社会はないのですが、それだけに柄が悪くなりました。この猛々しさ、柄の悪さを、世界の多くの国々の人は見抜き、眉をひそめています。

それは継承しなかったからですね。

敗戦ですから、前時代はすべて否定されることになり、何を継いでいいのかもわからなかった。

海軍はダグラス少佐が原点です

しかしネイヴィクラブはどうでしょうか。ネイヴィクラブはきっと、

「われわれは何事かを継承する」

というつもりだろうと、私は外部にいて思うのです。

私が『坂の上の雲』を書こうとしたのは、書き始める十年前のことでした。私は二年だけ陸軍にいたものですから、陸軍のことなら本を読めば、だいたいわかります。

旅順の地図を用意しました。

最初に理想的な攻略法を考えます。

私が乃木希典《まれすけ》だったらこう攻めるといった理想的な攻略図を書き込み、それから実際に行われた戦法を、繰り返し地図に書き込む作業でした。

もともと旅順の攻撃は海軍の要請によって始まりました。

ロシアにはふたつの艦隊があり、ひとつはバルチック艦隊で、これは本国から派遣されてくる。もうひとつは旅順艦隊です。旅順艦隊はバルチック艦隊の到着を待ち、サザエの蓋を閉じたように出てこなくなった。

日本としては、ふたつの艦隊を相手にするようでは勝ち目はありません。

結局、旅順艦隊を攻撃するためには、陸上からやらざるをえなくなった。

第三軍を投入して要塞攻撃をすることになるのですが、陸軍にはその知識がありませんでした。もっとも、司令官の乃木はドイツに留学した人ですから、要塞を見ているはずですが、勉強が足りなかったようですね。参謀長の伊地知幸介という人もドイツ留学組ですから知識は持っていたかもしれませんが、実際に行ったのは、素人としかいいようのない攻撃でした。

このとき海軍は巡洋艦、軽巡洋艦などが積んでいる大砲を貸しましょうと申し出ました。海軍の大砲は大きい。巡洋艦が積んでいる程度の大砲を最初から借りれば、旅順の要塞ではあれほど多くの人が死なずにすんだ。

ところが乃木と伊地知は陸軍のメンツにこだわった。申し出を断ったのも密室の判断でしたが、もしオープンの場でなら、乃木も伊地知も歴史の批判を受けただろうと思います。

こういうふうに陸軍のことなら一人でできたのですが、海軍ではそうはいきません。正木生虎さんは海軍大学校を出た海軍大佐です。しかもお父さんは日露戦争に士官として従軍されている。

父が息子に夕ご飯のときに話したことをうかがいたいと、お願いしました。プロがプロに話したことですから、正確に伝わると考えたのです。それ以降、私の頭の中は日本海のみとなりました。

ちょうどそのころ、幕末の名医、伊東玄朴の没後百年を記念する集まりがありました。日本医史学会の講演会で私が話しまして、夜に赤坂でごちそうになったことがあります。

会長が緒方富雄先生で、三代前は有名な緒方洪庵。大阪大学の微生物病研究所の藤野恒三郎教授のご先祖も、適塾の卒業生。慶応の大鳥蘭三郎先生も、大鳥圭介のお孫さん。皆さん、適塾に何らかの関係があって、実に品のいい一座でした。

気持ちがいいなあと思いながらお酒をいただきつつ、ただ支払いはだれがなさるのだろうと思いまして、こっそり世話役の順天堂大の助教授の先生に聞きますと、

「あそこの襖の近くに座っていらっしゃる方がなさいます」

「その方はどなたですか」

「化粧品のパピリオの伊東社長です」

伊東玄朴の、やはり四代目の方だそうで、うまくいっているんだなと感心しました。その雰囲気が実によろしゅうございました。

よい日は続くものです。

その翌日に「三笠」の士官室にご招待を受けました。正木さん、正木さんの同期の方が四、五人、それに技術少佐だった福井静夫さん。ビールと空揚げやピーナツが出ました。

私は生徒でして、先生たちに素朴な質問をして答えていただいたのですが、その間、ついぞ太平洋戦争の話は出ませんでした。日露戦争の話ばかりが続き、

「自分は父親からこう聞いている」

という話ばかりでした。

皆さん、太平洋戦争でずいぶん苦労されたというのに、ひとことも出ない。見事なものでした。

「海軍というのは文明なんだな」

という感じがしました。

福井静夫さんといえば、世界で福井さんほど艦船史に詳しい人はいないかもしれませんね。

東京大学の造船学科に入られたときに海軍の委託学生となり、生涯の技術将校たるべくスタートされた。

「海軍が終わってずいぶんたつのに、いまだになんで海軍のことばかり、軍艦ばかり調べているんですか」

そう聞くと、福井さんは即答されました。

「昭和十四年までに海軍に入った者でなければわからないことがあります。あんなにスマートですばらしい世界はなかった。もうそれだけです」

昭和十四年という区切り方に意味があるのでしょうね。

私は考えました。

どうして海軍は文明なのだろう。

何事も、物事は最初はどうだったかということを調べると、安心できる。

タクシーの運転手さんも、この道はどこから出発してどこへいくのかを見極めて初めて運転ができます。

私も同じで、海軍という道路がいつどこからきたかを考えると、むろん明治の海軍兵学寮（のちの海軍兵学校）に行き当たります。

築地のいまのがんセンターのあたりに旧幕府時代の海軍の用地があり、そこが新政府に受け継がれて、海軍兵学寮が置かれました。

非常にスマートな教育が行われました。のちにイギリス海軍の長老となるダグラス少佐に教育のいっさいを任せ、ダグラスさんは築地の兵学寮の構内を「ダグラス国」と呼んだそうですね。

イギリスのパブリックスクールのマナーを、そのまま築地に植えつけました。入ってきた生徒たちは、例えば山本権兵衛などは実に荒ぶる薩摩隼人でした。毎日けんかばかりしているような、少年とも青年ともつかない連中です。なにしろ戊辰戦争に従軍してきたばかりであり、イギリス人からすれば野蛮人もいいところだったと思うのですが、とにかく彼らにナイフとフォークを持たせてしまった。築地の塀の中だけは「世界の普遍性」があり、塀の外は相変わらずの「日本の特殊性」が続いていたとでもいいますか。

少年たちは、歩き方、身のこなし、表情、紳士のマナーをたたき込まれることになりました。そしてなにより大事なものは精神であり、それはすなわち、

「スマートたれ」

ということでした。

築地の構内で行われ、のちに江田島で行われた以外に、紳士教育というものが日本で行われたことはありません。学習院さえとらなかった教育だった。

おまけに艦に乗りますと、世界共通の海軍文明がありました。

陸軍は自国の文化に固執します

ポルトガルからスペインの時代となり、フランス海軍の強い時代があったが、イギリス海軍がフラ

ンスもスペインも破ってしまう。

イギリス海軍が、海軍を文明にしたのでしょうね。だれでも参加できて、その日からネイヴィ、シーマンになれる。そんな精神まで含めたメソッドをつくりあげた。

イギリス海軍ではフランスの商船や軍艦を分捕れば、ボーナスがもらえた。そしてイギリスの旗を立ててイギリスの艦籍に入れてしまう。フランスのほうが造船力はしっかりしていた。ところが当時のフランス海軍の軍人は、単なる「陸の人間」が海に浮かんでいたようです。特別な精神やルール、メソッドがなかった。

イギリスは違いました。海軍を、一種の人間的な普遍性、カトリックやプロテスタントといった宗教に通じるような普遍性に高めてしまった。

スペインやフランスの海軍はまだ醸造酒の段階であり、イギリスは蒸留酒にしたんですね。はるかのちに学び始めた日本がすぐに海軍をマスターできたのは、イギリスをモデルにしたからでした。ロシアやフランス、ドイツやイタリアをモデルにしたならば、それぞれの国のカルチャーが入ってきて覚えにくかったと思います。

イギリスの議会、外交、マナーを考えるとわかります。イギリス人は物事を普遍化する能力がある。そういう特徴を持った民族から普遍文明としての海軍が開発され、それに素直に乗ったのが日本でした。

フランスはイギリスのことを半分野蛮国だと思っています。ドイツはイギリスにはおよばないから潜水艦でやろうとするし、スペインはもうおりてしまっている。

ロシアはイギリスを学ぶにはあまりに遠い。十九世紀の偉大なるロシアの航海者に、クルーゼンシュテルンという人がいます。『世界周航記』を残した人で、文章もうまい。

彼はドイツ系のロシア人です。

ロシアにも兵学校がありましたが、彼はその兵学校に対する痛烈な批判者でした。兵学校そのものはいいのですが、兵学校の入校資格が貴族でなければなりませんでした。

こんなことをしていてはだめだと彼は言ったのですが、ついに革命で倒れるまでロシアはこの点では変わりませんでした。

彼自身は貴族待遇です。政府に呼ばれたドイツ系の技術者や医者などは貴族待遇を受けたので入校資格がある。

日露戦争の段階のロシアの将官や艦長の名前を見ますと、ドイツ系の名前が多いですね。日本はまるでドイツ人と戦争をしたようなものであり、それぐらいロシア海軍はドイツ風で、イギリス海軍の文明は受けなかった。

イギリス海軍のいちばんストレートな相続者は日本であり、さらに広やかなキャパシティーを持った受容者がアメリカ海軍だったろうと思います。

延々と申し上げてきましたが、海軍は文明であり、陸軍はどこの国でもそうですが、土着のものです。

特に日本はそうですね。

日本陸軍は長州奇兵隊の名残のようなものであり、自国の文化に固執する。文明拒否の姿勢が強く、言葉も生の英語を喜ばずにいちいち日本語にしたものでした。そのような土俗の精神がどこの国にもありますが、特に日本には強かった。

戦後になって海軍がなくなります。

沖縄の那覇に日本の海軍の偉い方が住んでいらっしゃった。寄港するアメリカの艦船の士官たちが、

「ご挨拶に行かなきゃ具合が悪い」

と言っていたそうですね。

行くとこんな話になります。

「君は何期だ。そうか、それじゃおれのほうが先輩だ」

こんなユーモアが通じるような普遍性がたしかに海軍にはある。

少し正木さんとのおつきあいを申し上げてこの話を終わります。

私は軍艦の動かし方を教えていただいても、頭が悪いですから、そんなものはわからないわけです。さきほども申し上げたように、タクシーの運転手さんがこの道はどこから始まってどこへいくということを知るように、教えていただければいい。

「海軍の軍人さんはどうして腕に金筋を入れているのですか」

というようなことを質問した。

だれにも答えられないだろうと思っていたのですが、正木さんはきちんと答えてくださった。さまざまなことを教わりましたが、いちばん傑作だったのは、軍医の始まりについてでした。

地中海のどこかの島に外科手術の得意な島があるそうですね。イギリスの海軍とも海賊ともつかない連中が、その島にいきなり横づけして村の連中を船に乗せてしまう。軍医としてあがめ、一定期間が過ぎると島に帰す。退職金か何かをつけるんでしょう。

正木さん自身がこの話には信頼性を置いてはいなかったんですが、おもしろいから教えてくださった。

さしずめ山村雄一阪大総長などはきっと地中海の島のグループですな。

そういうおもしろい、海軍文明を頭のなかで構成していくためのモザイクのような破片を、正木さんはたくさんくださった。そのおかげで、『坂の上の雲』のなかで軍艦がようやく動いているような格好になったのです。

一九八三年五月九日　大阪市・大阪ターミナルホテル　関西ネイヴィクラブ第百六十回例会

朝鮮文化のルーツ

初めにお断りしなくてはいけません。私の個人的な癖のようなものですが、「韓国」と言ったり「朝鮮」と言ったりします。

韓国の政府の人から見れば不愉快だろうと思うのですが、私が使う「朝鮮」という言葉は、地域名です。

世界を見ても、例えばイギリスという国名はありません。正式名称は長いからでしょうか、連合王国と言うよりも、皆さんイギリスと言いますね。フランス、スペイン、日本。どれもまず、地域名です。

ところが、不思議なことに中国と朝鮮だけは、地域名というものがなかなか通用しない、成立しないというおもしろさがあります。

王朝が変わるたびに、中国の場合は国名が変わります。

そして地域ぐるみ、その名前で呼ばれるようになります。

朝鮮の場合もそうですね。高麗が滅びますと、李氏朝鮮になります。

そっくり変わる。そしていまは残念なことに、朝鮮はふたつに分かれています。

朝鮮民主主義人民共和国は平壌を、大韓民国はソウルを首都にしています。そしてお互い、国名を地域名にしているかのようですね。

そうなりますと、ちょっと困りますのは、世界を把握するときに、フォークロア（民俗学）的な、あるいは人類学的な方法で把握することができると思うのですが、そのときには地域名を使うものです。

シベリアのことをソ連とは呼びません。シベリアはシベリアです。

朝鮮もそうですね。ソ連のなかにいる朝鮮族は、ソ連の住民の、ひとつの民族の個性を表しています。

中国のなかにも朝鮮族はいます。この場合、韓国族とは言いません。

ですから、朝鮮という言葉は好むと好まざるとにかかわらず、いちおう地域名として考えたほうがいいのではないか、そう考えていますので、私は朝鮮と言ったり、韓国と言ったりします。

けっして政治的な問題ではないことを、最初に申し上げておきます。

朝鮮の古い建物、そして美術品を見ていますと、独特なしなやかさがありますね。あるいは端正であり、優美でもある。これはちょっとほかでは見られませんね。

中国から出土する、あるいは伝承されている美術工芸品とは全く違う美学のにおいがします。

そういう優れた物をつくる民族とは何なのでしょうか。

大きな伝統を持つ朝鮮人という、人類の一構成員とは何なのか。

東アジアにお互い住んでいて、きわめて日本とは違った、同時に中国とも違った社会、民族性を持っています。

民族性については皆さん、ご存じのこともあるでしょう。

朝鮮人は非常にシャープであります。論理的にシャープです。

文明がおこるためには条件が要る

日本人は論理的にシャープであることを、少しはばかるところがありますね。対人関係という点で、あまりシャープでないほうがいい。

ところが朝鮮人は、対人関係を顧慮する前に、まず論理の鋭さがのぞきます。これは大きな特徴です。

李朝のころの朝鮮人の漢文を読みますと、文章までシャープですね。

ときに恨みっぽい感じがあります。

女性の恨みっぽさというよりも、何か大きなエネルギーになりそうな、そういう感情が文章の底にあるように感じます。

先ほど美術品の話をしましたが、例えば慶州に優れた石像美術が残っています。花崗岩《かこうがん》を使ったものですが、石を複雑に組み合わせてつくっています。

石でつくっているのに、いかつくはなく、非常に優美な感じがします。

そういうものが、なぜできたのか。

中国文化という大きなもののなかにあり、独自なものをつくっていったのは、なぜだろう。実を言いますと、私にはその答えを引き出せるような能力はないんです。

ただ、ここで文明ということと、文化を考えてみましょう。その材料として、中国や朝鮮、日本を考えてみようという、そんな話をしたいと思います。

ここに定義を設けますと、文化は多分に非合理的なものです。

夏になりますと、神田明神のお祭りがあります。あんなに苦労してお神輿《みこし》を担がなくてもいいだろうと思うこともできますね。

祇園祭があります。

あんなに大きなものを維持するのは大変な負担じゃないか。

合理的に考えれば、お神輿はいらないのですが、ところが人間は非合理なものに執着して、一所懸命やっています。これが文化です。

お座敷に入るときに、皆さん、きちっと座って襖を開け、そして入りますね。立ってドスンと開ければ合理的なのですが、非合理な姿勢で、非合理な入り方をするから、文化の輝きがある。美しいと思うのですが、しかし他の文化にいる人、例えばスリランカの人が見ても、美しいと思うでしょうか。単に奇妙な風習と思うかもしれません。文化は非合理で、その文化のなかでしか通用しない、しかし美しいものなのだと、まずお考えください。

文明は普遍的です。

自動車に乗っていて、赤信号が出たら止まり、青で走る。飛行機に乗っていて、離着陸のときにはシートベルトを締める。この掟《おきて》さえ守れば、自動車にも乗れるし、飛行機にも乗れる。

こういう簡単なルールさえ守れるならば、だれでも参加できるのが文明です。ですから文明のほうが物質的で、文化のほうが非常に精神性が強い。こういうふうに理解していただいて、話を進めていきます。

人類の歴史のなかで、文明がおこる場所というのは、わずかでしかありません。おこるためには、条件が要ります。

西のほうでは、ギリシャ・ローマ文明があります。

ローマ文明は道路をつくり、水道をつくる。楽しみのためにコロセウムや大浴場をつくる。

ローマ文明はやがてフランスにおよびます。それまでのフランスはケルト人が住んでいた、言ってみれば野蛮なところでしたが、ここにシーザーがやってきます。ローマ文明が腰をどっかり下ろしてフランスができあがり、いまでもフランスは他の国に対して優越感を持っていますね。

自分たちはローマの継承者である、文明の継承者であると。

アジアにおいては、インドを除きまして、中国の条件がよかったですね。

中国人という人種が偉かったのかというと、中国人は歴史的な過程において成立した民族であって、人種論としていえば、われわれがモンゴロイドであるように、中国人もモンゴロイドでしかありません。

中国人がどうして成立したかというと、黄河の流域、そして揚子江流域の条件がよかった。穀物をつくるのに非常にいい条件を持っていて、そうすると周辺からいろいろな民族が入ってくることになります。

古代において民族は大きくはなく、非常に小さいものです。それでも民族が成立するのは、暮らし方で成立している。つまり文化で成立します。

ある地域に青銅器をつくるのが上手な民族がいて、それが殷《いん》帝国をつくりました。

やがて殷が滅ぶと、周がおこる。周はまた違う民族です。

いまの西安、昔の長安があるのは、関中台地といいまして、シルクロードから、あるいはシルクロードより北方から、人がずっと入ってくる道筋にあたります。

ここは唐の時代から漢民族の大きな根拠地となるのですが、それ以前は羌《きょう》族、中国語ではチャン族の土地でありまして、羌族は羊の人と書いてあるように、羊を飼って暮らしていました。言葉もチベット系の言語だったといわれていますが、動物を飼っているものですから、力の強い民族だったのでしょう。けれども文化は素朴である。

そういう人々が兵隊の中心になって殷を滅ぼし、周をつくった。

坩《る》堝《つぼ》の中で合金がつくられていくように、いろいろな文化が煮え、全く違うものができていく。長い靴を履いているな、便利だなといって、長い靴を履くようになる。絹をつくる人と、革をつくる人とが交換し始める。こうして文化はだんだん磨《す》り減っていき、一枚の文明、普遍性の高いものになっていきます。

こうした多様な民族を統御するときには、普遍的な大思想が必要になります。だれでもこの思想に参加すれば文明人になれるというものですね。

秦は法家の思想を採用しました。法律さえ守れば文明人である。

その秦を滅ぼした漢は、儒教を採用した。この普遍的文明思想に入り込むのなら、それは漢民族である。

スキタイ文明は朝鮮に南下します

普遍的思想というものは、日本のような文化の単一性の高い国では必要がないのです。奈良朝が仏教で国家を統御しようとして、それはたしかに成功しましたが、たとえ仏教が来なくても、まとまりやすかったでしょう。

いろいろな暮らしの文化を持つヨーロッパ、あるいは中国のようなところでは必要だった。キリスト教がローマのヨーロッパ世界の統御のために役立ったように、儒教にさえ従えば中国人になれたのです。

それに参加するならば、人は六十年なら六十年、八十年なら八十年の定命《じょうみょう》を事なく過ごすことができる。

ここで朝鮮のことになりますが、ちょっと頭を空っぽにして、非常に古い時代のことを想定してください。

例えば博物館や展覧会で、朝鮮のものを見ますと、よく、きらきらとした王冠を見ることができます。

黄金の王冠ですね。

王冠には、黄金の破片が鎖でつながれ、動くたびにきらきら動く。黄金の反射を楽しむ民族である。

黄金をすべての人類が美しいと感じたわけではありません。

中国に黄金趣味はありませんね。

古来、中国でいちばん高い価値を持つのは玉《ぎょく》です。黄金は大きな位置を占めてはいません。

オリエント、ヨーロッパで黄金は尊重されました。

黄金の美しさに異常にこだわったのは、スキタイ民族であります。

スキタイは西洋人の顔をしていた、おそらくイラン系の民族でしょう。

紀元前七世紀ごろには、黒海北岸の草原を中心にして、盛大に遊牧をしていた民族でして、彼らは数々の発明をしました。

スキタイの服装は、今のレインコートを想像してもらえばいい。

そのレインコートはだらだらしますから、ベルトで締める。そのベルトにはバックルが必要で、その帯留めにはスキタイ独自の動物模様が入っています。

馬にじかに乗るときに都合がいいからと、ズボンもスキタイが発明しました。

なかなか野菜のとれない暮らしですから、ビタミン不足になります。

そこで馬の乳を搾って発酵させて、ビタミンを補うようにするのですが、これも発明した。

動物の毛をたたいて圧縮してフェルトをつくる。天幕をつくる。

要するに遊牧の暮らしの方法の多くを発明し、そしてスキタイはいつのまにか滅びてしまいます。

しかし、スキタイが発明した遊牧文明は普遍的なものですから、東へ東へと移動していきます。

中国の北方にはモンゴルの大平原が天高くそびえ、そこには大いに動物を飼うことのできる草原があります。

大いに動物が飼えるなら、大いに人間は増える。それまで狩猟生活をしていた連中も、参加させてくださいと集まりだす。またたくまに人口が増え、その中から英雄が出現し、こうして匈奴《きょうど》という大帝国が誕生します。

それを恐れた中国は、ご存じのような長城をつくります。

始皇帝以前から長城はあったのですが、非常に切れぎれでして、それを始皇帝がつないだ。匈奴を防ぐために、中国の内陸部を城壁で囲みました。

ここから内は中国という農業帝国なんだと囲み、馬に乗った人々は来ることができないようにした。北京付近の長城は高いものですが、田舎に行くと低いところもあります。人間がよじのぼるぶんにはできそうですが、馬では跳び越せない。長城は役割を果たし、こうして中国人の農業帝国としての文明意識はますます強くなっていきました。

さて、ギリシャ・ローマ、もしくはそれ以前の西方の文明と中国文明との交渉、東西交渉は人類史上もっとも劇的なものですが、ここで大きな役割を果たしたのはシルクロードでした。

ところが、ルートは一筋ではありません。

西方の文明と東の匈奴とは、シルクロードよりも北方の道、騎馬民族が駆け抜けていく道があり、この道を通じて大きな文明のやりとりがあった。

モンゴル高原および、その北の周辺のシベリアからは、オリエントの青銅器に近いものが出てきています。

だいいち、匈奴という人々は、スキタイ文明人そのものでした。

匈奴がどんな人種であったのかは謎です。トルコ系なのかモンゴル系なのかはわかりません。しかし、おおざっぱにいえばアルタイ語族に属する言葉をしゃべっていたと、私は思っています。
日本語も朝鮮語も、異説、異論はありますが、原形を取り出してざっくりいえばアルタイ語族です。中国語ですと、「私　愛します　あなたを」となりますが、トルコ語であれモンゴル語であれ、アルタイ語族ならば、日本語と同じ語順でしゃべります。

長城の外側を、オリエントの文明は東へ東へと伝わっていく。

朝鮮も長城の外にあり、その一歩手前は、中国の今の行政区分でいいますと、東北地方の遼寧省、昔の南満洲になります。

ここからオリエントのさまざまなものが発掘されていて、その文化はさらに南下して朝鮮半島にいく。

細かいことは専門家の方々にお任せするとして、大きくいえばスキタイ文明の、列車でいえば終着駅が朝鮮半島ではないか。

きらびやかな黄金の王冠。

そしてスキタイの動物模様が、朝鮮には伝わっています。

朝鮮は農業地帯であり、動物とはさほど縁のない暮らしにもかかわらず、美的なものはスキタイ的なものを好むという。朝鮮民族の非常に重要な文化的な要素だと思います。

加えて、シャーマンの存在がありますね。日本にも古代以来、シャーマンがいます。巫女《みこ》が突然震えだして、神様の言葉をトランス状態になってしゃべり始める。

そのシャーマンは匈奴にいて、シベリアのわれわれと同じ顔をしたモンゴロイドの狩猟民族にもいて、遼寧省にもいて、朝鮮半島にもいた。

われわれの重要な共通文化のひとつであります。

粗っぽい言い方が続きますが、中国文明が朝鮮に大きくかかわってくるのは、漢の武帝の郡県の設置ですね。楽浪郡などを設置したのですが、これは北朝鮮の学者で否定される方がいるそうですね。これを否定するのは、リアリズムをなくすことで、ちょっと困ります。中国文明の精密な部分がここに飛んできて居座ったと、私は思っています。

こうして、しだいに朝鮮というお酒ができあがっていきます。たくさんの要素を仕込みつつ、世界に類のない、ユニークな文化をつくっていきます。

儒教文明は韓国で精密に完成した

精神思想的にいいますと、儒教を受け入れたことが、近代朝鮮人を考えるうえでは大きいのですが、しかし朝鮮は高麗のころは仏教国でした。

日本の室町のころに李朝がおこり、すると徹底的な廃仏毀釈が行われ、山の中のお寺がかろうじて救われた程度です。いまの感覚でいえば、優れた文化財を全部といっていいくらいの勢いで打ち壊した。

高麗朝が大事にしたお寺、仏教というものを継承して、飼い馴らしていけばよいのに、全部捨てた。そして李氏朝鮮五百二十年、儒教一色となります。

儒教を発明したのは中国ですが、それは諸民族を統御するためのものでして、いってみればお行儀作法でした。

儒教というお行儀作法を学べば、中国人になれる。

そう考えますと、朝鮮で儒教が必要だったのかということになりますね。

朝鮮で諸民族を統御する必要があったのか。きっと李氏朝鮮にはそれなりの理由があったのでしょうが、結果として、朝鮮は中国もびっくりするほどの優等生の儒教国となりました。

その儒教とは、当時のモダンな朱子学でした。

孔子のころの儒教はまだ温和でしたが、朱子学は戦闘的です。

朱子学はシャープな論理、鮮やかな修辞を持ちます。自分が正当であり、相手が悪であることを繰り返し議論します。刃の鋭さを持つ朱子学は、もともとの中国では成熟せずに、朝鮮において花を開きました。

ところが、この儒教が古い衣であります。早く脱ごうとすれば民族的な、あるいは家族的な結合が弱まり、倫理観がいっぺんになくなり、これでは社会がもたなくなります。

しかし着っぱなしでは近代化はできません。

儒教は家族倫理のようなところがあり、神秘的な厳格さで、子は父を、叔父を、村の年寄りを尊びます。

「孝」ですね。

ところで法人である会社をつくる場合に、社長が自分の一族ばかりを重役や、あるいは部長や課長にしておいては、その会社は成り立たない。

法人である会社へのロイヤルティー（忠誠心）があって一所懸命仕事をするんですが、そこに生の、自然人のファミリーが入り込んできたら不愉快になってしまいます。

日本でも、このごろそういうよくない人がいますが、そういうことをしてはいけないという考え方が、日本の資本主義を精密に発達させた。

フランスは多分にファミリーの資本主義ですね。ときどき本を読んでいて、その点、暗然とする思いであります。

アメリカにいる華僑の資本主義も、やはり一族が資本の重要なポストを占める。ユダヤ資本も多分にそうです。

そういうファミリー資本主義のなかでは、大学を出て会社に入り、徹底的に会社に忠誠を尽くすということはあまりないようですね。

むしろ自分の技能を発揮して、いい条件があれば別の会社に移るほうが普通のようですが、この点が韓国の場合も、今後の宿題になって残っているのではないでしょうか。

儒教文明が韓国では精密に完成した。今後の韓国がどんな方法で、上手にそれを脱いでいくか。儒教的なものの、よきものを継承し、新しい倫理、社会的な倫理をおこす。社会の結合のための、新しいモラルをおこす。これは韓国という完成された文明圏の今後の大きな問題になると思います。

一九八三年七月二十三日　東京・日比谷公会堂　一九八三年八月二日から九月十一日まで開催された「韓国古代文化展——新羅千年の美」（主催＝韓国国立中央博物館、東京国立博物館、東京新聞、中日新聞社、日本放送協会）にちなんだ講演会

司馬《しば》遼太郎《りょうたろう》全講演《ぜんこうえん》　第《だい》1巻《かん》

二〇〇〇年七月一日　第一刷発行

著　者　司馬《しば》遼太郎《りょうたろう》

発行者　岡本行正

発行所　朝日新聞社

編集・書籍編集部　販売・出版販売部

〒一〇四－八〇一一　東京都中央区築地五－三－二

電話　〇三－三五四五－〇一三一（代表）

振替　〇〇一九〇－〇－一五五四一四

印刷所　凸版印刷

ISBN 4-02-257508-5

定価はカバーに表示してあります